KB196053

TIME SHELTER

VREMEUBEZHISHTE
by Georgi Gospodinov

게오르기 고스포디노프 장편소설　　민은영 옮김　　**타임 셸터**

TIME
SHELTER

Georgi Gospodinov

문학동네

일러두기

1. 원주라고 밝히지 않은 주석은 모두 옮긴이주다.
2. 본문 중 고딕체나 볼드체는 원서에서 이탤릭체나 볼드체로 강조한 부분이다.

아직도 유년의 영원한 딸기밭을 매고 있는

나의 어머니와 아버지께

이 소설 속 실제 인물은 모두 허구이며

오직 허구의 인물만이 실제다.

시간에 대항할 가스마스크와 대피소는 아직 아무도 발명하지 못했다.
—가우스틴, 「타임 셸터」, 1939

하지만 시간을 인식하는 우리의 감각기관은 뭐야—할 수 있다면 한번 말해봐.
—토마스 만, 『마의 산』

인간은 지금 우리가 가진 유일하게 작동하는 타임머신이다.
—가우스틴, 「유토피아에 반대하며」, 2001

나날들이 아니라면 우리는 어디에서 살 수 있을까?
—필립 라킨, 「나날들」

오, 어제는 갑자기 찾아왔지……
—레넌/매카트니

……거리가 시간이고 그는 그 끝에 있다면……
—T. S. 엘리엇, 「보스턴 이브닝 트랜스크립트지紙」

어제, 그리고 어제, 그리고 어제……
— 가우스틴/셰익스피어

소설은 응급 사태가 되어 온다, 눈부신 전조등을 비추고 요란한
사이렌을 울려대며.
— 가우스틴, 「응급 사태 소설, 간략한 이론과 실제」

……하느님은 이미 지난 것을 다시 찾으시느니라.
— 전도서, 3장 15절

과거는 한 가지 본질적인 점에서 현재와 다르다 — 과거는 한 방향
으로 흐르는 법이 없다.
— 가우스틴, 『과거의 물리학』, 1905

그 소녀는 어릴 때 언젠가 전혀 알아볼 수 없는 동물을 그렸다.
이게 뭐야? 나는 물었다.
이건 상어일 때도 있고 사자일 때도 있고 구름일 때도 있어, 아이
가 대답했다.
아하, 그러면 지금은 뭐야?
지금은 숨는 곳이야.
— GG, 『시작과 결말』

I

과거 요법 클리닉

그래서, 테마는 기억이다. 템포는 안단테에서 안단테 모데라토, (절제된) 소스테누토. 서두로는 너무 과하지 않게 엄숙하고 두번째 박자가 긴 사라반드가 좋을지도 모른다. 바흐보다는 헨델에 가깝게. 엄격하게 반복하면서 동시에 앞으로 나아가도록. 서두에 어울리게끔 절제되고 엄숙하게. 그다음에는 모든 것이 허물어져도 좋다 ― 허물어져야 한다.

1.

언젠가 사람들은 시간이 언제 시작되었는지, 지구가 정확히 언제 만들어졌는지를 계산하려고 했다. 17세기 중반 아일랜드의 주교 어셔는 정확한 연도뿐만 아니라 지구가 시작된 날짜까지 계산했다. 기원전 4004년 10월 22일. 그날은 토요일이었다(당연하게도). 어셔가 정확한 시간까지—오후 6시경—제시했다고 말하는 사람들도 있다. 토요일 오후, 그건 완전히 신빙성 있는 말 같다. 무료한 창조자가 세상을 건설해 곁에 둘 동반자들을 만들겠다고 나서기에 토요일 오후만큼 적당한 시간이 또 있겠는가? 어셔는 이 일에 오랜 세월을 바쳤고 라틴어로 쓴 그의 저작은 이천 페이지에 달했다. 애써 글 전체를 읽어본 사람은 많지 않을 것 같다. 그래도 어쨌든 어셔의 책은 예외적인 인기를, 음, 책 자체는 아니어도 그의 이런 발견은 엄청난 인기를 누렸다. 아일랜드에서는 어셔의 연구에 근거한 날짜와 연대표를 수록한 성경을 인쇄하기 시작했다. 젊은 지구를 (그리고 내 단견으로는, 젊은 시간을) 설파한 그의 이론은 기독교세계를 매료했다. 케플러와 아이작 뉴턴 경 같은 과학자들도 신성한 창조의 시점을 어셔와 대략 일치하는 특정 시기로 추정했다는 점은 짚고 넘어가야 할 것이다. 하지만 나에게 가장 경탄스러운 점은 상대적으로 그리 오래되지 않은 지구 창조의 해가 아니라 그 날짜다.

기원전 4004년 10월 22일, 오후 6시.

1910년 12월을 전후로 인간의 기질이 바뀌었다. 버지니아 울프는 그렇게 썼다. 1910년 12월을 상상하는 일은 어렵지 않다. 얼핏 보기에 다른 어떤 날과도 다르지 않은, 우중충하고 춥고, 신선한 눈 냄새를 띤 그때를. 하지만 무언가의 봉인이 해제되었고, 이를 감지해낸 사람은 몇 되지 않았다.

1939년 9월 1일 이른아침, 인간의 시간에 종말이 닥쳤다.

2.

오랜 시간이 흐른 뒤, 많은 기억이 겁먹은 비둘기들처럼 흩어져버렸을 때도 그는 여전히 빈의 거리를 정처 없이 떠돌던 그날 아침으로 돌아갈 수 있었다. 3월의 이른아침 햇빛 속에서 가르시아 마르케스 같은 콧수염을 기른 부랑자가 신문을 팔고 있었다. 문득 바람이 불어오자 신문 여러 장이 허공으로 날아올라 소용돌이쳤다. 도우려고 달려간 그는 신문 두세 장을 붙잡아 돌려주었다. 한 장은 가지세요, 마르케스가 말했다.

가우스틴은, 아, 우리는 그를 그렇게 부를 것이다. 비록 본인은 그 이름을 마치 투명 망토처럼 사용하긴 했지만. 하여간 가우스틴은 신문을 받고 나서 지폐를 건넸는데, 그런 상황에서 주기엔 좀 큰 액수였다. 부랑자가 지폐를 손에 놓고 뒤집으며 중얼거렸다. 하지만…… 거스름돈을 줄 수가 없는데. 빈의 새벽 거리에서 그 말이 어찌나 황당하게 들렸던지 두 사람 다 웃음을 터트렸다.

홈리스를 보면 가우스틴은 사랑과 두려움을 동시에 느꼈다. 사랑과 두려움, 그것이 정확한 표현이었고 항상 그 두 감정의 조합이었다. 누구나 자신이 이미 되어보았거나 앞으로 될 것 같은 것을 사랑하고 두려워하듯이 그는 홈리스를 사랑하고 두려워했다. 가우스틴은 자기도 머지않아 그들과 같은 (진부한 표현이지만) 대열에 합류하리라는 사실을 알았다. 케른트너와 그라벤 교차로를 따라 행진하는 홈리스의 긴 줄을 잠시 상상했다. 그렇다, 그는 그들과 같은 혈통이었다. 비록 살짝 특이한 사례이긴 하지만 말이다. 시간의 부랑자라고나 할까. 단지 여러 우연이 겹친 결과로 가우스틴에게는 돈이 좀 있었고, 그가 처한 형이상학적 역경이 물리적 고난으로 번지는 일을 방지하기에 충분한 액수였다.

그때 그는 자신의 여러 직업 중 하나인 노인정신의학과 의사로 일하고 있었다. 나는 그가 환자들의 이야기를 몰래 훔치고 있었다는 의심이 든다. 그 이야기들을 대피소shelter삼아 누군가의 장소와 과거 속에서 잠시 쉬려고 말이다. 그렇게라도 하지 않으면 그는 여러 시간과 목소리와 장소로 뒤죽박죽인 머릿속 때문에 동료 정신과의사에게 의탁하든가, 아니면 동료들이 어쩔 수 없이 자신을 가두게 할 만한 짓을 저지를지도 모르는 지경이었다.

가우스틴은 신문을 받아들고 조금 떨어진 곳으로 걸어가 벤치에 앉았다. 그는 보르살리노 모자와 어두운색 트렌치코트, 높은 목선이 코트 위로 드러나는 터틀넥 스웨터와 오래된 가죽 부츠 차림에 고상한 붉은색으로 바랜 가죽 가방을 들고 있었다. 그는 다른 시대로부터 기차를 타고 이곳에 막 도착한 사람처럼 보였다. 조심스럽게 행동하는 무정부주의자, 혹은 나이든 히피, 혹은 미상의 교파에 속한 목회자로도 통할 만한 모습이었다. 그렇게 그는 벤치에 앉아서 신문 이름을 읽었다—홈리스가 발행하는 신문 〈아우구스티누스〉였다. 일부 기사는 홈리스가 썼고 일부는 전문 기자들이 썼다. 그런데 거기, 뒤에서 두번째 면 좌측 하단 귀퉁이, 편집 기자라면 누구나 알듯이 신문에서 가장 눈에 띄지 않는 자리에 그 기사가 있었다. 그의 시선이 기사를 향했다. 기쁨보다 씁쓸함에 가까운 옅은 미소가 그의 얼굴을 스쳤다. 그는 다시 사라져야 할 것이다.

3.

언젠가, 닥터 알츠하이머가 아직은 주로 농담으로나 언급되던 시기에—그래서 무슨 병이래? 어떤 남자 이름이었는데, 잊어버렸어—짧은 기사 하나가 작은 신문에 실렸다. 한 다섯 명쯤 읽고 그중 네 명은 곧바로 잊어버릴 만한 그런 뉴스거리였다.

그 기사를 간략히 간추리면 다음과 같다.

빈의 비너발트*에 위치한 노인 클리닉에서 일하고 비틀스의 팬인 닥터 G(이니셜로만 언급됨)라는 어떤 의료인이 진료실을 60년대 스타일로 장식했다. 그는 베이클라이트 축음기를 구했고 그 유명한 〈페퍼 상사〉음반 표지를 비롯해 비틀스의 포스터를 여러 장 걸어두었으며…… 벼룩시장에서 오래된 장식장을 사다가 60년대에 생산된 온갖 종류의 장식 소품을 늘어놓았다―비누, 담배 상자, 폭스바겐 비틀과 머스탱과 분홍색 캐딜락 여러 대로 구성된 미니어처 자동차 한 세트, 영화 포스터, 배우 사진 등등. 그의 진료실에는 오래된 잡지들이 잔뜩 쌓여 있으며 의사 자신은 흰 가운 안에 항상 터틀넥 스웨터를 입는다고 기사는 언급했다. 물론 사진은 없었다. 기사 전체가 서른 줄에 불과했고 지면 좌측 하단에 몰려 있었다. 그 의사의 관찰에 따르면 기억에 문제가 있는 환자들이 진료실에 점점 더 오래 머무르더라는 것이 기사의 요지였다. 환자들이 부쩍 말을 많이 하게 되었다고, 달리 말해, 집에서처럼 편안함을 느꼈다고 했다. 명성이 높은 병원임에도 그곳을 탈출하려는 환자들이 있었는데, 그뒤로 그 수가 급격히 줄었다고도 했다. 기사 작성자의 이름은 없었다.

그것은 내 아이니어였다. 벌써 몇 년째 머릿속에 담아둔 생각인데 누군가가 나를 앞지른 게 틀림없었다. (내 경우에는 그

---

* '빈의 숲'이라는 뜻으로 빈을 포함한 오스트리아 남부에 걸쳐 있는 산림지대를 가리킨다.

것이 소설의 소재였음을 인정해야겠지만, 그렇더라도.)

나는 가능할 때마다 그 홈리스 신문을 구해 읽었다. 한편으로는 그 신문의 기사를 쓰는 이들에 대한 특별한 애착 때문이었고(다른 소설에 쓴 이야기인데 말하자면 길다), 또 한편으로는 어떤 확실한 느낌(개인적인 미신) 때문이었다. 꼭 쓰여야 할 이야기는 정확히 이렇게 신문 조각 한 장의 형태로 펄럭이며 다가와 사뿐히 내려앉거나 정수리를 내려친다는 것. 그런 느낌이 나를 틀린 길로 이끈 적은 한 번도 없다.

신문은 클리닉이 비너발트에 있다고만 했을 뿐 더는 설명하지 않았다. 근방의 노인 클리닉을 수소문했는데 그 숲 안에 적어도 세 군데가 있었다. 세 곳을 하나하나 조사한 끝에 내가 찾던 곳은, 아무렴, 맨 마지막에 나타났다. 그곳에 나를 기자라고 소개했지만, 사실 그리 큰 거짓말은 아니었다. 어느 신문사의 신분증을 갖고 있어서 박물관에 공짜로 들어갈 수 있고, 가끔은 실제로 그 지면에 기사를 싣기도 했다. 기자라고 하지 않을 때는 서로 연관은 있으나 훨씬 더 무해하고 규정하기 힘든, 작가라는 직업을 대기도 했는데, 그건 공식적으로 증명할 방법이 없다.

어쨌거나 나는 클리닉의 원장을—군이 덧붙이자면, 상당한 고생 끝에—만날 수 있었다. 내 관심사가 무엇인지 깨달았을 때 그 여자 원장은 갑자기 퉁명스러워졌다. 찾으시는 사람은 어제부터 이곳에서 일하지 않습니다. 왜요? 상호합의하에 사직했어요. 원장이 관료주의적 말투라는 진창에 발을 들이며 대답했다. 해고되었나요? 나는 진심으로 놀라서 물었다. 말씀 드렸잖아요, 상호합의라고요. 왜 그렇게 관심이 많으세요? 일주일 전에 신문에서 흥미로운 기사를 읽었는데…… 그 말이 입 밖으로 나오는 순간, 나는 실수했음을 깨달았다. 환자들이 클리닉에서 탈출하려 한다는 그 기사 말인가요? 우리는 이미 기사 철회를 요구했습니다.

나는 그곳에 더 머무를 명분이 없음을 깨달았다. 또한 상호 합의된 사직의 이유도 이해했다. 그 의사는 이름이 뭡니까? 나오기 직전 돌아서서 물었지만 원장은 이미 전화 통화중이었다.

나는 곧바로 클리닉을 떠나지 않았다. 진료실이 모여 있는 별관을 발견했고 직원 한 명이 오른쪽 세번째 문에서 명패를 떼어내는 모습을 보았다. 물론 그 이름이었다. 맨 처음부터 그럴 거라고 생각했었다.

4.

우리가 공항에서 비행기를 갈아타듯 이 시대에서 저 시대로 뛰어넘는 가우스틴의 흔적을 붙잡는 것은 백 년에 한 번만 오는 기회다. 처음에는 내가 머릿속에서 만들어냈고 그다음에 육신을 갖춰 내 앞에 나타난 가우스틴. 아니 어쩌면 그 반대였는지도 모르지만 잘 기억나지 않는다. 나 자신보다 더 진짜 같고 더 분명히 보이는 나의 투명인간 친구. 내 유년기의 가우스틴. 다른 사람이 되고 다른 곳에 있고 다른 시대와 다른 방에 기거하고 싶던 내 꿈의 가우스틴. 우리의 공통점은 과거에 대한 집착이었다. 차이는 미미했지만 근본적이었다. 나는 어디에서나 아웃사이더로 남았지만 가우스틴은 어느 시대에서든 똑같이 편안해했다. 난 다양한 연도로 들어가는 문을 두드렸지만 그는 늘 이미 그 안에 있다가 나를 맞아들이고는 사라졌다.

내가 처음으로 가우스틴을 불러낸 것은, 다른 시대에서 불쑥 나타난 것처럼 바로 그렇게 떠오른 세 줄의 글 아래에 그의 서명을 받기 위해서였다. 몇 달간 안간힘을 썼는데도 그 세 줄 외에 다른 어떤 문장도 덧붙일 수 없었다.

여자로부터 음유시인이 창조된다
나는 다시 한번 말할 수 있다
여자는 '창조자'를 창조했다

어느 날 저녁 나는 가죽 장정 책 표지 위에 쓰인 이름 하나를 꿈에서 보았다. 아를의 가우스틴, 13세기. 아직 잠에서 덜 깬 채로 혼자 중얼거리던 기억이 난다. 바로 이거야. 그런데 가우스틴이 직접 나타났다. 아니, 가우스틴처럼 생겼고 내가 마음속에서 그 이름으로 부르게 된 사람이라고 말해야 할까.

80년대가 거의 끝나가던 때였다. 그 단편소설을 어디엔가 분명 보관하고 있을 텐데.

5.

가우스틴. 소개.

가우스틴을 이런 식으로 당신에게 선보이고 싶다. 나는 그를 9월 초 바닷가에서 열리는 오랜 전통의 문학 학회에서 처음 만났다. 그날 오후 느지막이 우리는 작은 주점들이 즐비한 해변으로 가서 그중 한 곳에 모여 앉아 있었다. 모두가 글을 쓰고 독신이며 아직 책을 내지 못한, 스물에서 스물다섯 살 사이의 파릇한 청년들이었다. 웨이터는 브랜디와 샐러드 등의 주문을 휘갈겨 적으며 우리를 응대하느라 정신이 없었다. 우리가 조

용해졌을 때 긴 테이블의 끝자리에 있던 청년이 처음으로 목
소리를 높였다. 그는 아직 아무것도 주문하지 못한 듯했다.

커피 크림 한 잔 주세요!

그 말을 하는 그의 자신만만함은 아무리 못해도 오렌지를
곁들인 오리 요리라든가 블루큐라소 칵테일 정도는 주문하는
사람 같았다. 이후 한동안 계속된 정적을 채우는 것은 바다에
서 불어온 저녁 산들바람이 빈 플라스틱병을 굴리는 소리뿐이
었다.

뭐라고 하셨죠? 웨이터가 겨우 물었다.

커피 크림 한 잔만 주시면 정말 감사하겠습니다, 그는 아까
와 똑같이 점잖고 진중하게 다시 말했다.

우리도 마찬가지로 어리둥절했지만 좌중의 대화는 금세 좀
전의 시끌벅적함을 회복했다. 곧이어 테이블 전체가 접시와
유리잔으로 뒤덮였다. 웨이터가 마지막으로 가져온 것은 가장
자리에 얇은 금박 띠를 두른 작은 도자기 접시였다. 접시 한가
운데에 커피 크림이 절묘하게(적어도 내겐 그렇게 보였다) 놓
여 있었다. 가우스틴은 저녁 내내 그것만을 천천히 아주 조금
씩 홀짝거렸다.

그렇게 우리는 처음 만났다.

바로 다음 날 나는 그를 알고 싶어서 일부러 찾아갔고 남은

기간 내내 학회는 완전히 뒷전이 되었다. 둘 다 말이 많은 편이 아닌 우리는 함께 나누는 침묵 속에서 산책하고 수영하며 멋진 시간을 보냈다. 그래도 내가 어떻게든 알아낸 몇 가지 사실은, 그가 혼자 산다는 것, 아버지가 아주 오래전에 돌아가셨고 어머니는 한 달 전 미국으로 세번째 불법 이민을 시도했다는—이번에는 성공하기를 그가 진심으로 바란다는—것이었다.

내가 또 알아낸 사실은 가우스틴이 이따금 지난 세기말의 이야기들을 글로 쓴다는 것. 그는 정확히 그런 표현을 써서 내게 말했고, 나는 호기심을 겨우 억눌러가며 그런 일이 지극히 자연스럽다는 듯 행동하려 애썼다. 가우스틴은 특히 과거에 사로잡혀 있었다. 오래된 빈집들을 돌아다니며 잔해를 뒤지고 다락방이나 트렁크를 비우고 별의별 오래된 쓰레기를 수집했다. 가끔 그렇게 찾은 물건을 골동품상이나 지인에게 팔기도 하면서 겨우 생계를 유지했다. 일전의 저녁 모임에서 그런 변변찮은 음식을 주문한 것으로 보아 이쪽 일이 그다지 잘 풀리지는 않나보다고 나는 생각했다. 그랬기 때문에, 가우스틴이 지나가는 말로 지금 깨끗이 닦은 1937년산 토마시안 더블엑스트라 담배 세 갑을 가지고 있다고 말했을 때, 골수 흡연자인 나는 즉시 세 갑 전부를 사겠다고 나섰다. 정말인가? 그가 물었다. 그렇게 오래된 토마시안을 피워보고 싶다는 꿈이 항상 있었네. 내가 대답하자 그는 방갈로 숙소로 다시 잽싸게 달려 갔다. 내가 1928년에 제조된 진짜 독일 성냥으로(그가 담배와 함께 준 보너스였다) 무심한 듯 담배에 불을 붙일 때 그는 진심으로 흡족하게 지켜보더니 1937년의 정신은 어떻냐고 물었다. 독하군, 나는 대답했다. 담배 맛이 정말로 거칠었다. 필터도 없고 연기가 엄청나게 많이 났다. 그해 있었던 게르니카 폭격 때문일 거야, 가우스틴이 조용히 말했다. 아니면 힌덴부르크호 때문일 수도 있고. 세계 최대의 체펠린비행선이었는데 그해에, 5월 6일이었던 것 같은데, 승객 아흔일곱 명을 태운 채 착륙 직전에 백 미터 상공에서 폭발했지. 라디오 아나운서 모두가 방송중에 비명을 질렀어. 그런 일들이 분명 담뱃잎에 들러붙었을 테고……

나는 숨이 턱 막혔다. 담배를 비벼 껐지만 아무 말도 하지 않았다. 가우스틴은 사고의 여파를 힘겹게 극복한 목격자처럼 말하고 있었다.

급히 화제를 돌려야겠다고 판단했고, 바로 그날 처음으로 그의 이름에 대해 물었다. 가우스틴이라고 불러줘, 그가 대답하며 미소를 지었다. 만나서 반갑네, 난 이스마일이야, 나는 농담을 받아치려고 그렇게 말했다. 하지만 그는 내 말을 듣는 것 같지 않았다. 그는 아를의 가우스틴이 쓴 명구가 있는 그 시를 좋아한다고 말했고, 인정컨대 나는 우쭐한 기분이 들었다. 게다가 말이야, 그가 더할 나위 없이 진지하게 말을 이었다. 그것은 내 원래 이름 두 개, 아우구스티누스-가리발디가 하나로 합쳐진 이름이거든. 부모님은 내 이름을 지을 때 의견 일치를 보지 못했다네. 아버지는 가리발디로 하자고 우기셨어. 가리발디의 열정적인 숭배자셨거든. 어머니는, 가우스틴이 말했다. 조용하고 지적인 분이었는데 아우구스티누스 성자를 신봉하셨는지―어쨌든 대학 철학과를 세 학기 동안 다니셨으니까―내 이름에 그 성자의 이름도 넣어야 한다고 주장하셨네. 어머니는 계속 나를 아우구스티누스라고 부르셨고 아버지는 생전에 날 가리발디라고 부르셨어. 그래서 초기 신학과 후기 혁명주의가 하나로 합쳐진 거지.

우리 사이에 오간 구체적인 정보는 학회가 끝나가던 닷새나 엿새에 걸쳐 들은 그 정도가 대략 전부라고 할 수 있다. 물론 특별히 중요한 침묵이 몇 번 있었다는 기억이 나지만 나는 그것을 설명할 방법을 알지 못한다.

아, 그렇지, 마지막날 나눈 짧은 대화가 하나 더 있다. 나는 그제야 가우스틴이 발칸산맥 기슭 작은 마을의 버려진 빈집에 산다는 사실을 알게 되었다. 내 집에는 전화가 없다네, 그가 말했다. 하지만 편지는 배달되지. 그는 한없이 외롭고⋯⋯ 속하는 데 없는 사람 같았다. 그때 내 머리에 떠오른 표현이 그것이다. 세상 어디에도, 아니 좀더 정확히 말해 현대의 세상 어디에도 속하지 않은 사람. 우리는 침묵 속에서 풍성한 노을을 바라보았다. 등뒤의 덤불에서 하루살이가 구름처럼 날아올랐다. 가우스틴은 하루살이떼를 눈으로 좇다가 말했다. 우리에겐 그저 한 번의 노을일 뿐인데 오늘의 하루살이들에게는 평생 한 번뿐인 노을이겠군. 대체로 그런 의미의 말이었다. 나는 멍청하게도 그건 닳아빠진 은유일 뿐이라고 말했다. 그는 깜짝 놀라며 나를 바라보더니 아무 말도 하지 않았다. 몇 분의 시간이 온전히 흐른 뒤 그가 말했다. 하루살이에게 무슨 은유가 있겠나.

……1989년 10월과 11월에, 오늘날까지 지겹도록 쓰이고 묘사된 일들이 무더기로 발생했다. 나는 광장으로 나가 어슬렁거렸지만 가우스틴에게 편지를 쓸 짬을 내진 못했다. 첫 책 출간을 준비중이어서 다른 문제가 많았다. 그리고 결혼도 한 상태였다. 물론 궁색한 변명이다. 하지만 그 시기에 나는 가우스틴을 자주 생각했다. 그 역시 그때 내게 편지를 쓰지 않았다.

1990년 1월 2일에 첫 엽서를 받았다—봉투 없는 크리스마스 엽서였는데 흑백 눈꽃 소녀 그림에 가우스틴이 색을 덧칠해 주디 갈랜드처럼 보였다. 눈꽃 소녀의 손에 들린 마술봉처럼 생긴 물건이 1929년이라고 쓰인 큰 글씨를 가리키고 있었다. 뒷면에는 주소와 짧은 서신이 있었는데, 1929년 전후의 고풍스러운 철자법을 사용해 만년필로 쓴 것이었다. 서신 끝인사는 "그대의 벗(감히 이런 호칭을 써도 될는지), 가우스틴 드림"이라고 쓰여 있었다. 나는 자리에 앉아 즉시 답장을 썼고, 이렇게 기분좋은 놀라움을 안겨주어 고맙다고, 편지에 담긴 미묘한 신비를 즐거이 음미했다고 말했다.

그 주가 가기 전에 답장이 왔다. 나는 조심스럽게 편지를 개봉했다. 안에는 워터마크가 있는 연녹색 편지지 두 장이 있었고 똑같은 우아한 필체로 1920년대의 불가리아어 개정 철자법을 엄격히 따른 서신이 각 장의 한쪽 면에 쓰여 있었다. 그는 바깥출입을 전혀 하지 않고 있다고, 하지만 기분이 아주 좋다고 썼다. 일간지 〈조라〉를 구독하고 있는데 "미스터 크랍체프가 상당히 객관적으로" 쓰는 신문이라고, 그리고 요즈음 문학이 어디를 향해 가는지를 계속 주시하기 위해 학술지 〈즐라토로크〉도 구독중이라고 했다. 그는 그해 1월 6일 유고슬라비아의 알렉산다르 국왕이 헌법을 유예하고 의회를 해산한 사건이 바로 다음날 〈조라〉에도 보도되었는데, 그 사건에 대해 어떻게 생각하느냐고 내게 물었다. 그는 편지 끝에 추신을 적어 내가 말한 "미묘한 신비"가 무슨 뜻인지 이해하지 못했다고 사과했다.

나는 편지를 여러 차례 다시 읽었다. 손바닥 위에서 이리저리 뒤집어도 보고 어떤 반어적 기운을 알아차릴 수 있을까 싶어서 킁킁 냄새도 맡아봤다. 허사였다. 이것이 게임이라면 가우스틴은 규칙도 알려주지 않은 채 동참을 권하고 있는 셈이었다. 뭐, 그래, 좋아, 나는 동참하기로 했다. 나는 그 불운한 1929년에 대해 전혀 몰랐기 때문에 이후 사흘간 도서관에 처박혀 〈조라〉 과월호들을 샅샅이 뒤져야 했다. 알렉산다르왕에 대해서도 꼼꼼히 읽었다. 만일을 대비해 그뒤에 곧 일어날 사건들도 대충 살펴보았다. '소련에서 망명한 트로츠키' '독일에 대한 켈로그브리앙조약 발효' '무솔리니, 교황과 조약에 서명' '프랑스, 트로츠키의 정치적 망명 거절', 그리고 한 달 뒤 신문에는 '독일, 트로츠키의 정치적 망명 거부'. 나는 10월 24일의 '월스트리트 붕괴'까지 읽어나갔다. 도서관에 있는 동안 가우스틴에게 짧고 좀 냉정한가 싶은 답장을 썼고, 거기에 유고슬라비아 상황에 대한 내 의견(미스터 크랍체프의 것과 수상쩍을 정도로 정확히 일치하는 의견)을 재빨리 적은 뒤 그에게 무엇이든 지금 쓰고 있는 글을 보내달라고 요구했다. 정확히 무슨 일이 벌어지고 있는지 그걸 보고 파악할 수 있기를 바라서였다.

가우스틴의 다음 편지는 한 달 반이 온전히 지난 뒤에야 도착했다. 그는 사과하며 지독한 독감에 걸려서 아무것도 할 수 없는 상태였다고 말했다. 그러면서 프랑스가 머지않아 트로츠키를 받아줄 거라고 생각하는지 물었다. 나는 이따위 장난은 그만 끝내버리고 상황을 바로잡을 신랄한 편지를 써 보내야 하는 건 아닌지 오래 고민했지만 가장 놀이를 조금만 더 밀고 가기로 결심했다. 우선 독감에 관한 조언을 써 보냈는데, 그건 가우스틴도 우연히 〈조라〉에서 이미 읽은 내용이었다. 나는 그에게 밖에 너무 자주 나가지 말고 저녁마다 소금을 탄 뜨거운 물에 발을 담그라고 조언했다. 프랑스가 트로츠키에게 정치적 망명을 허용하지는 않을 거라고—그 점에 관해서라면 독일도 마찬가지리라 생각한다고도 말했다. 그에게서 다음 편지가 도착했을 때 프랑스는 실제로 트로츠키를 받아주지 않았고, 열광한 가우스틴은 내 "정치 감각은 어쨌든 탁월하다"고 썼다. 이 편지는 그전의 편지들보다 더 길었는데 열광할 거리가 두 가지나 더 있어서였다. 한 가지는 〈즐라토로크〉 최신호인 제4권이 나온 것과 거기에 엘리자베타 바그랴나의 새 연작시가 실린 일이었고, 다른 한 가지는 무선 라디오, 진짜 텔레풍켄 라디오를 한 대 손에 넣은 일이었다. 그는 지금 그 라디오를 고치려고 애쓰고 있는데 이를 위해서 내게 미안하지만 악사코프 거리 5번지에 있는 자바로프 철물점에서 발보 진공관을 구해 보내달라고 부탁했다. 아울러 닥터 라이저의 진공관 열두 개짜리

라디오가 베를린에서 전시되었다는 소식을 길게 전하며, 그 라디오는 자동 주파수 조절 기능으로 단파를 수신한다고 했다. 이게 있으면 멀리 미국에서 열린 콘서트도 들을 수 있을 거야, 믿을 수 있겠나?

그 편지 이후로 나는 답장을 하지 않기로 했다. 가우스틴 역시 다시 편지를 보내지 않았다. 다음 새해에도, 그다음 새해에도. 그 일은 기억에서 서서히 지워졌고, 지금껏 간직한 편지 몇 통이 없었다면 나 자신도 정말로 일어난 일이라고 믿지 않았을 것이다. 하지만 운명은 나를 위해 다른 계획을 준비해두고 있었다. 여러 해가 지난 뒤 다시 가우스틴의 편지를 받았다. 왠지 느낌이 좋지 않아서 바로 열어보지 않았다. 그간의 세월 동안 가우스틴이 정신을 차렸을지, 아니면 상태가 더 나빠졌을지 알 수 없었다. 저녁이 되어 마침내 봉투를 열었다. 안에는 단 몇 줄만 쓰여 있었다. 여기에 전체를 옮겨 적겠다.

오랜 시간이 흘렀는데 또 이렇게 귀찮게 해서 미안하네. 하지만 우리 주변에서 일어나고 있는 일들을 자네도 직접 보고 있을 테지. 자네는 신문도 읽고 그토록 예리한 정치 감각을 지녔으니 지금 우리 문 앞까지 들이닥친 살육을 분명 오래전에 예견할 수 있었을 거야. 독일이 폴란드 접경지에 군대를 결집하고 있어. 지금까지 난 내 어머니가 유대인이라는 말은 한 적이 없네(작년에 오스트리아에서 무슨 일이 벌어졌는지를, 그리고 독일에서 발생한 '수정의 밤'* 사건을 생각해보게). 이 작자는 절대 멈추지 않을 거야. 난 마음을 정했고 필요한 준비도 마쳤네. 내일 아침 기차를 타고 마드리드로 갔다가 리스본을 거쳐 뉴욕으로 가려고 해……

당분간 작별을 고하네.

그대의 진정한 벗, 가우스틴

1939년 8월 14일

오늘은 9월 1일이다.

6.

1939년 9월 1일, 위스턴 휴 오든은 뉴욕에서 잠에서 깨어나 일기에 이렇게 썼다.

밤새 나쁜 꿈을 꾸고 나서 두통에 시달리며 잠에서 깼다. 꿈에서 Ch가 바람을 피웠다. 신문에서는 독일이 폴란드를

---

*1938년 11월 9일과 10일에 독일 전역에서 발생한 반유대주의 폭력 사태로, 습격당한 유대인 상점들의 깨진 유리가 도로에 쌓인 모습을 수정에 빗대어 붙인 이름이다.

침공했다고 한다……

자, 진정한 시작에 필요한 모든 것이 갖춰졌다—나쁜 꿈,
전쟁, 그리고 두통.

우연히 오든의 일기를 접했을 때 나는 뉴욕공립도서관에 있
었다. 그 일기는 원래 런던의 소장품인데 어떤 행복한 우연으
로 오든의 기록물이 그곳에 대여된 것이었다.

오직 일기만이 개인적인 것과 역사적인 것을 그런 식으로
한데 모은다. 세상은 더이상 예전과 같지 않다—독일이 폴란
드를 공격하고 전쟁이 시작되고 머리는 아프고 그 바보 같은
Ch는 감히 내 꿈속에서 바람을 피웠다. 오늘은 꿈에서, 내일은
생시에. (오든은 그렇게 생각한 것일까?)『천일야화』의 샤리아
가 그런 불륜을 알아낸 뒤 여자들을 죽이기 시작했다는 점을
기억하자. 오든은 그 글 두 줄이 얼마나 많은 것을 나타내는지,
얼마나 정확한지, 얼마나 사적이고 냉소적으로 정확한지 알기
나 했을까? 한 세기의 가장 중요한 날에 대한 글 두 줄. 같은
날 시간이 더 흐른 뒤 두통이 약간 가라앉았을 때 오든은 시 몇
줄을 적기 시작했다. 미드타운의 술집에서 불안하고 동요한
채 앉아 있다고 말하는 그 유명한 서두를. 그래서 이제 미드타
운의 그 술집, 두통, 불륜과 나쁜 꿈, 9월 1일 금요일에 일어난

폴란드 침공—이 모든 것이 역사가 되었다. 그리고 그 시에 붙게 될 제목도 정확히 그것이다. '1939년 9월 1일'.

일상이 역사가 되는 때는 언제인가?

잠깐만. 그 시에서 너무나 자주 인용되는 뒷부분의 시구, 우리는 서로 사랑하든가, 아니면 죽어야 한다, 나중에 싫어져서 오든이 계속 지우려고 애썼던 그 구절은 꿈에 나온 불륜과 정확히 연결된 것 아닌가? 그런 악몽을 누가 기억하고 싶겠는가?

나는 그날에 대해, 1939년 늦여름의 어느 하루에 대해 모든 것을 알고 싶다. 세상의 부엌에서 사람들 하나하나와 마주앉아 그들이 커피를 마시며 펼쳐본 신문을 엿보고 모든 것을 게걸스럽게 읽고 싶다. 독일-폴란드 국경에 결집한 군대라든가 막바지 여름 할인판매, 로어맨해튼에 새로 개업한 술집 친자노를 다룬 기사까지 모조리. 가을은 이미 성큼 다가왔고, 선지급한 광고비로 실린 신문 광고들이 유럽의 최근 전황에 관한 간략한 공식 발표들과 나란히 놓여 있다.

7.

또다른 9월 1일에 나는 브라이언트파크 잔디밭에 앉아 있다. 52번가의 허름한 술집은 없어진 지 오래고 유럽에서 막 도착한 나는 피로에 젖어(영혼에게도 시차증은 있다) 사람들의 얼굴을 바라본다. 오든의 작은 시집도 챙겼다. 그 정도 의례는 우리도 스스로를 위해 치러주어야 하지 않나? 도서관에서 하루를 보내고 난 뒤 나는 오든의 불안을 느끼며 앉아 있다. 간밤에 잠을 설쳤다. 불륜 꿈을 꾸진 않았지만, 아니 어쩌면 꾸었는데 잊어버렸는지도 모르지…… 세상은 비슷한 수준의 불안에 잠겨 있다. 한 나라의 보안관이 머나면 나라의 보안관과 위협을 주거니 받거니 해왔다. 그들은 트위터를 통해, 글자 수 제한을 지켜가며 그런 행위를 하고 있다. 옛 시절의 수사법은 없다. 웅변도 없다. 어떤 서류 가방, 어떤 버튼, 그리고…… 이 세상 근무일의 종말. 관료 한 명이 초래하는 파멸.

그렇다, 이제 다 없어졌다. 옛날의 선술집들과 옛날의 대가들. 당시 임박했던 전쟁도 이미 끝났다. 다른 전쟁들이 왔다 갔다. 단지 불안만이 그대로 남아 있다.

근처 어디선가 도어스의 〈앨라배마 송〉이 흘러나오자 별안간 드는 생각은 어떤 비밀 대화가 이뤄지고 있었다는 것, 모리슨이 정말로 오든에게 말하고 있었다는 것이다. 바로 그 노래의 후렴구로, 그 가사로 오든에게 말하며 시인이 가장 좋아하지 않았던 구절, 우리는 서로 사랑하든가, 아니면 죽어야 한다에 담긴 망설임을 해소하듯이. 모리슨에게는 이제 그 어떤 망설임도 없고, 해답은 단정적이다. 우리는 죽어야 한다고 내가 말하잖아.

검색을 좀 해본 끝에 나는 그 노래가 생각보다 훨씬 옛날인 1925년에 베르톨트 브레히트의 글에 쿠르트 바일이 곡을 붙여 만든 것이라는 사실을 알아낸다. 1930년대에 바일 자신이 이 곡을 흡사 실성한 사람처럼, 실로 무시무시한 분위기로 불렀다…… 그러자 문제는 더욱 복잡하게 꼬였다. 오든은 브레히트가 쓴 노래에서 가사 한 줄을 낚아채 비틀었고, 실은 그가 브레히트에게 말하고 있는 것이다. 1925년의 브레히트나 1966년의 모리슨이나 둘 다 죽음의 길에 나섰다. 우리는 죽어야 한다고 내가 말하잖아. 그들을 배경에 두고 생각하면 오든은 아직 우리에게 기회를 주고 있는 것처럼 들린다─우리는 서로 사랑하든가, 아니면 죽어야 한다. 전쟁을 앞두었을 때만, 심지어 바로 전날이라고 해도, 그런 상황에서만 사람은 희망을 품으려 한다. 9월 1일에는 분명 아직 세상을 구할 수 있었을 것이다.

나는 시급한 용무가 있어서 이곳에 왔다. 보통 뉴욕에는 누구나 시급한 용무 때문에 온다. 무언가로부터 도망치고 다른 무언가를 찾기 위해. 과거의 대륙에서 도망쳐 과거가 없다고 주장하는 곳을 향해 왔다. 비록 그새 과거를 조금은 축적한 곳이긴 해도 말이다. 나는 노란색 노트를 가져왔다. 어떤 사람을 찾고 있었다. 내게서 기억이 빠져나가기 전에 그 이야기를 하고 싶었다.

8.

그때로부터 수년 전 나는 1939년이 없는 어느 도시에 서 있었다. 살기에 좋은 도시이자 죽기에는 더욱 좋은 도시. 무덤처럼 조용한 도시. 무료하지 않아요? 사람들은 내게 전화로 묻곤 했다. 무료함은 이 도시의 상징이다. 여기에서는 카네티, 조이스, 뒤렌마트, 프리슈, 심지어 토마스 만까지도 무료해했다. 그들의 무료함을 기준으로 내 무료함을 헤아린다는 건 어쩐지 약간 뻔뻔스럽다. 무료하지 않아요, 나는 말하곤 했다. 나 따위가 뭐라고 무료하겠습니까? 속으로는 무료함의 데카당스를 맛보고 싶은 마음이 간절했지만.

빈에서 가우스틴의 흔적을 놓친 뒤로 시간이 흘렀다.

그가 어디에선가 신호를 보내주기를 기다리고 있었기 때문에 나는 가장 덜 알려진 신문의 지면을 훑어보았지만, 그는 더욱 신중해진 게 분명했다. 어느 날 발신인 이름도 주소도 없는 엽서를 한 장 받았다.

　취리히에서 안부 전하네. 아이디어가 떠올랐어. 일이 잘 풀리면 편지를 쓰도록 할게.

　이런 엽서를 보낼 사람은 가우스틴밖에 없었다. 이후 몇 달 동안 아무런 연락이 없었지만 나는 단기 체류 작가로 오라는 취리히문학관의 초청을 서둘러 받아들였다.

　그리하여—그곳에서 지낼 시간은 한 달 남짓이었다—나는 일요일에 텅 빈 거리를 배회했고 햇볕을 즐겼다. 해는 언덕 위에서 더 오래 머물렀고 해질녘에는 저 먼 풍경 끝자락에서 알프스산맥의 봉우리들이 차가운 보랏빛으로 바뀌는 모습도 보였다. 나는 왜 다들 종국에는 여기로 오는지 이해했다. 취리히는 늙어가기에 좋은 도시다. 죽기에도 좋다. 유럽의 나이 지형도 같은 게 있다면 분명 다음과 같이 분포되어 있을 것이다. 파리, 베를린, 암스테르담은 젊음을 위한 곳이다. 격식에 얽매이지 않는 분위기, 어디선가 풍겨오는 대마초 냄새, 마우어파크에서 맥주를 마시고 풀밭에서 뒹굴거리는 사람들, 일요일의 벼룩시장, 가벼운 섹스…… 그다음에는 빈이나 브뤼셀의 원숙함이 자리한다. 느려지는 박자, 안락함, 전차, 적절한 건강보험, 아이들을 위한 학교, 약간의 경력 쌓기, 유럽연합의 지루한 행정직 일자리. 그래, 좋다, 아직 늙기 싫은 사람들을 위해서는—로마, 바르셀로나, 마드리드…… 맛있는 음식과 훈훈한 오후는 교통 체증, 소음, 약간의 무질서를 상쇄할 것이다. 젊음의 막바지에 이른 이들에게는 뉴욕을 추가하겠다. 그렇다, 나는 그곳을 어떤 일련의 사건으로 인해 대서양 너머로 건너간 유럽 도시로 간주한다.

취리히는 노년을 위한 도시다. 세상은 느려졌고 인생의 강물은 호수가 되어 고였다. 나른하고 고요한 표면, 무료함이라는 사치, 그리고 늙은 뼈마디를 위한 산기슭의 햇볕. 상대성이 도드라지는 시간. 바로 이 시간과 관련한 20세기의 주요한 발견 두 가지—아인슈타인의 상대성이론과 토마스 만의 『마의 산』—가 하고많은 곳 중에 바로 이곳 스위스에서 이뤄졌다는 사실은 우연이 아니다.

나는 취리히에 죽으러 가지 않았다, 아직은. 나는 거리를 거닐며 돌아다녔다. 이런 정지의 시간이 필요했다. 쓰다가 중간에 버려둔 빈사 상태의 소설 한 편을 끝내려고 애쓰는 중이었고, 가우스틴을 만날 수 있기를 바랐다. 취리히베르크로 가는 기차에서, 혹은 플룬터른 묘지의 언덕에서 조이스 동상 근처에 앉아 있다가 그냥 그렇게 마주치기를. 여러 날 오후를 그곳에서 보냈다. 다리를 꼬고 오른손에 작은 책을 펼쳐 든 채 담배를 피우는 조이스 옆에서. 그는 시선을 위로 향한 채 문장들이 담배에서 피어나는 연기와 섞일 시간을 두고 있다. 안경 너머의 눈은 살짝 찌푸린 모습으로, 당장이라도 보는 이를 향해 고개를 들고 무슨 말이라도 할 것만 같다. 이것은 내가 본 가장 생기 있는 묘비 중 하나다. 나는 세상 곳곳의 묘지를 돌아보았다. 죽음과 죽음에 이르는 과정을 죽도록 두려워하는 사람들(그런데 우리는 어느 쪽을 더 두려워할까―죽음과 죽음에 이르는 과정 중에서?)이 다들 그러듯이. 그들은 두려움의 소굴을 직접 보고 이곳이 고요하고 조용하다는 것, 어쨌거나 사람을 위해, 안식을 위해 만들어졌다는 것을 확인하려 한다…… 말하자면, 죽음에 익숙해지기 위한 장소다. 비록 익숙해지는 일은 불가능하지만. 참 이상하지 않은가, 언젠가 가우스틴이 내게 말했다. 언제나 죽는 쪽은 다른 사람들이고 우리 자신은 절대 죽지 않으니 말이야.

9.

그런데 나는 묘지에서든 취리히베르크로 가는 케이블카에서든 가우스틴을 우연히 만나지 못했다. 체류 기간이 끝나가고 있었다. 그러던 어느 날, 나는 뢰머호프광장에 있는 한 카페에 앉아 불가리아 여성과 거침없는 잡담을 나누었다. 닥치는 대로 뒷말을 해도 아무도 알아듣지 못한다는 차분한 확신을 주는 군소 언어의 장점을 즐기면서. 우리는 대담하게 비판했다—카페 손님부터 스위스의 별난 점을 비롯해 불가리아인으로 살아가는 끝없는 설움과 불행까지. 그건 대화가 어색하게 끊길 때 공백을 채우기에 딱 좋은 화제다. 불가리아인에게 불평하기는 영국에서 날씨 얘기하기와 마찬가지여서 대화가 어그러질 일이 없다.

그런데 그 순간 우리 옆자리에서 커피를 마시던 근엄하고 준수하게 나이든 신사가 고개를 돌리더니 몹시 쾌활한 불가리아인의 목소리로(쾌활함과 불가리아는 대체로 한데 묶이지 않는다) 말했다. 엿들어서 죄송합니다만, 이렇게 아름다운 불가리아어가 들리는데 도저히 귀를 닫을 수가 없군요.

어떤 목소리는 곧바로 사연을 전하곤 하는데, 이건 이민자의 목소리였다. 오래전 이민이 급증했던 시절 불가리아를 떠나온 사람들, 그들이 어떻게 여전히 전혀 낯선 억양 없이 불가리아어를 구사하는지 놀라웠다. 50년대와 60년대에 그대로 머물러 있는 이런저런 모음들만이 그들의 언어에 약간의 고색을 더할 뿐이었다. 현행범으로 발각된 당혹감은 즉시 사라졌다. 어쨌거나 우리가 그 신사를 두고 한 말은 없었으니까.

그렇게 우연히 만난 고국 동포들 사이에 대화가 시작되었고, 여기에서 나는 대체로 귀의 역할을 맡았다. 한 시간이 흘렀지만, 오랜 부재의 세월에 비하면 한 시간이 대수랴. 여성이 먼저 일어나 자리를 떴고 남은 우리는 같은 테이블로 자리를 옮겼다. 조금만 더 참아주시겠어요. 이 이야기를 마저 끝내고 나서 헤어지기로 하죠. 당연히 나는 그럴 생각이었다. 대화가 시작되었을 때 해는 카페 창문에서, 그리고 오후 3시를 가리키는 시계 위에서 졸고 있었고, 그러다 찻잔 그림자가 우리의 그림자와 마찬가지로 점점 길어지더니 해질녘의 한기가 다가왔지만 급히 들이닥치지는 않아서 우리에게 오십 년이 넘는 세월에 걸친 이야기를 마칠 수 있는 고마운 여유를 주었다.

남자는 더없이 영민한 사람이었지만 가끔 좀더 적절한 단어를 찾느라 말을 멈추기도 했다. 아니, 제가 지금 독일어에서 번역을 하고 있네요, 잠시만요, 곧 생각날 거예요, 그래, 자, 그 단어…… 하고는 말을 이어갔다. 이제는 잊힌 불가리아 작가이자 외교관이었던 아버지를 둔 그는 전쟁이 임박했던 시기에 유럽의 여러 대사관에서 유년기를 보냈다. 나는 그의 아버지가 누군지 알았고 그는 내색은 안 했지만 기뻐하는 듯했다. 그뒤는 전형적인 1944년 이후 불가리아의 이야기였다―아버지가 해고되어 재판을 받고, 강제노동수용소로 이송되어 구타와 협박을 당해 심신이 무너지고, 아파트는 몰수되어 '적합한' 작가에게 주어졌으며 가족은 도시 외곽 어딘가로 보내졌다는 이야기.

아버지는 수용소에서 무슨 일이 있었는지 얘기하지 않으셨어요, 절대로요, 내 새로운 지인이 말했다. 그를 미스터 S라 부르기로 하자. 딱 한 번, 어머니가 감자를 삶았는데 살짝 덜 익었다고 미안해 하시자 아버지가 말씀하셨어요. 걱정 마요, 생으로도 먹었는데 뭘, 돼지처럼 흙을 파서 캤지. 그러더니 안 해야 할 말을 한 사람처럼 다시 침묵에 잠기셨죠.

그러다가, 당연히 예상했듯이, 미스터 S 자신이 십오 개월 동안 교도소에 수감되었다. 주된 이유는 그 아버지의 아들이라서였지만 그에 더해 56년도에 헝가리에서 일어난 사건* 이후 혹시 모를 사태에 대비한다는 목적도 있었다. 이후로는 삶이 어느 정도 자리를 잡았다. 그는 교도소에 대해서나 계속 뒤를 밟는 비밀요원들에 대해서는 생각하지 말자고 속으로 다짐했다. 그런데 어느 날 밤 마지막 전차를 기다리는데 텅 빈 상점의 창문이 눈에 들어와 그 안을 계속 바라보았다. 상점 안에서 전선에 매달린 전구 하나가 희미한 빛을 던지고 있었다.

전구, 전선, 텅 빈 상점 창문.

그는 눈을 뗄 수가 없었다. 전차가 끼익 소리를 내며 멈췄다가 잠시 기다린 뒤 문을 닫고 덜커덩거리며 멀어지는 소리가 꿈속에서처럼 아련하게 들렸다. 그는 그대로 서서 교수형을 당한 듯 매달린 그 단순한 전구의 빛나는 필라멘트를 바라보

---

* 1956년 10월 헝가리 정부의 소련 종속 정책에 반대하는 시민들이 봉기한 전국적 혁명으로 소련 군대에 의해 진압되었다.

왔다. 그때 내 머릿속 전구가 나가버렸어요, 그는 말했다. 내가 항상, 심지어 나 자신에게도 숨겨왔던 그 전구가요—그곳을 떠나야 했어요. 내 머릿속 전구가 나가버렸죠, 그는 그렇게 말하고 웃음을 터트렸다. 1966년 2월 17일이었습니다. 난 서른세 살이었고.

그때부터 모든 것이 그 생각에 종속되었다. 그에게는 계획이 있었다. 동독에서 일할 근로자를 찾는 곳으로 직장을 바꾸겠다. 주변 사람들 모두에게 그들은 미처 깨닫지 못하도록 작별인사를 하겠다. 처음에는 가장 친한 친구에게, 그다음에는 사귀는 여자에게. 그는 이 계획을 누구에게도, 심지어 집에서도 발설하지 않았다. 그가 떠날 때 아버지는 그저 조심해라, 하고 말한 뒤 평소보다 오래 안아주었다. 어머니는 물 한 사발을 떠서 계단에 뿌렸는데, 그것은 행운을 비는 불가리아의 오래된 풍습이자 전에는 어머니가 한 번도 보인 적 없는 행동이었다. 그는 부모님을 다시 만나지 못했다.

동독으로 가는 기차를 탄 그는 베오그라드역에서 담배를 사러 내렸다가 군중 속으로 사라졌다. 여행 가방은 기차에 버려두었다. 그의 아버지가 베오그라드에서 대사로 근무한 적이 있어서 미스터 S는 유년기의 초반을 그곳에서 보냈다. 전쟁이 어떻게 시작되었는지도 아직 기억했다—1939년 9월 1일 외교 행낭으로 도착한 전보가 그 시작이었다. 어릴 때 저는 전쟁은 그렇게, 전보와 더불어 시작된다고 생각했습니다. 그뒤로 전보가 싫어졌어요, 미스터 S가 말했다.

미스터 S가 수개월 동안 많은 곳을 거쳐 고생 끝에 스위스에 온 뒤 아버지의 친구를 만난 날이 바로 이 날짜였고 그와 함께 취리히 도착 후 첫 커피를 마신 곳이 바로 이 카페였다. 태양도 똑같았다. 이후로 미스터 S는 매년 같은 날짜에 이곳에 왔다.

후회나 향수 같은 건 없었나요, 처음 얼마간이라도?

아니요, 그가 답을 미리 준비한 사람처럼 재빨리 말했다. 아니요, 절대로, 절대로 없었습니다. 이 세계가 궁금했고 어려서 이곳에서 산 적이 있고 이곳의 언어를 할 줄 알았어요. 그리고 어쨌거나 나를 십오 개월 동안 교도소에 가둔 나라에서 도망친 겁니다. 교도소에서 도망친 것이죠.

그토록 서둘러 말하는 것을 보니 그는 정말로 한시도 그런 생각을 떨치지 못한 것 같았다.

미스터 S는 친구 게오르기 마르코프가 살해당하기 사흘 전 런던에서 그를 만나 점심을 먹은 일을 이야기했다. 아직도 그때를 생각하면 오싹해지는 게 분명했다.

나는 런던에 차를 가져갔는데 게리가, 아, 우린 게오르기를 그렇게 불렀어요, 어쨌든 게리가 나와 함께 떠나고 싶어했어요. 독일에서 볼일이 있다는데, 사흘 후에나 떠날 수 있다는 거예요. 나는 얼른 집에 가야 했고요. 함께 BBC 편집실로 가서 게리의 상사를 만나 조금 더 일찍 보내줄 수 없는지 알아봤어요. 회사에서는 대체 근무자를 구해야 한다고 했고 그러자 게리는 안 되겠다며 포기했습니다. 난 혼자 떠났고 독일에 들러 며칠 있다가 취리히로 왔습니다. 역에서 신문을 사서 펼쳤는데 내 눈앞에 게리가 있는 겁니다―단 일주일 전에 내가 포옹한 그 사람이, 죽은 채로요.

그 밖에도 여러 주제로 대화를 나누다가 사위가 완전히 어두워졌을 즈음 내 대화 상대가 문득 소스라치게 놀랐다. 아내에게 미리 전화를 하지 않은 것이다. 문가에서 헤어질 때 그가 갑자기 말했다. 그런데, 이곳에 우리 동포가 한 명 더 있습니다. 우연히 친분이 생겼죠. 선생처럼 과거 이야기에 관심이 많더군요. 내가 도움을 좀 주고 있어요. 요즘 새로 무슨 일을 시작했는데, 과거 요법 클리닉이라던가 그렇게 말하던데요……

가우스틴? 나는 고함치다시피 말했다.

그 사람을 압니까? 미스터 S가 진심으로 놀라 물었다.

그는 아무도 모르는 사람이죠, 나는 말했다.

그때 가우스틴은 내 앞에 그런 방식으로 나타나기로 한 것이다. 어느 늦은 오후 취리히의 뢰머호프광장 카페에서 불가리아 이민자인 미스터 S와의 우연한 만남을 통해. 그날 미스터 S와 만난 뒤 적은 메모를 아직도 간직하고 있다. 오후에 들은 이야기 일부를 곧바로 노트에 적어둔 것이다. 불가리아에서 살던 지난날이 전혀 그립지 않다고 너무 빨리 대답하던 그의 모습을 나중에 떠올려보았다. 분명 새로운 곳에서 살아남기 위해서는 과거를 잘라내 개한테나 던져줘야 하는 거라고 노트에 썼다. (나는 절대로 그렇게 못할 것이다.)

과거에 무자비해져야 한다고. 왜냐면 과거 자체가 무자비하니까.

잘라내지 않으면 염증을 일으켜 욱신거리고 아프기만 한, 맹장과 같은 그 흔적 기관. 그게 없어도 살 수 있다면 잘라 없애버리는 게 낫다. 그럴 수 없다면야, 뭐, 받아들이고 견디는 수밖에. 소피아에서 미스터 S도 그런 생각을 하면서 천장에 알전구가 달린 텅 빈 상점 창문 앞에 서 있지 않았을까. 깨달음은 다양한 방식으로 온다. 읽기 힘든 난삽한 메모 끝에 나는 이런 그림을 스케치해두었다……

미스터 S는 오래 살았고, 훗날 자신이 설립을 도운 가우스틴의 클리닉인 과거 요법 요양소에서 말년을 보냈다. 내가 보기에 그는 행복하게 눈을 감았다. 우리가 처음 만난 날 내게 해준 이야기에 등장하는, 자신이 가장 좋아하는 추억 속에서. 가우스틴과 내가 그 옆에 서 있었다. 미스터 S는 토스트 한 장을 구워달라고 부탁했다. 한 달 동안 정맥으로 영양 공급을 받았고 음식을 먹지 못했지만 냄새만으로도 충분했다.

그는 어린아이다. 아버지가 집에 오셨다. 아버지는 무슨 번

역인가를 하고 사례비를 받았다. 그 돈으로 가게에서 잼과 버터를 사 오셨다. 여러 날 동안 감자밖에 못 먹었는데, 아버지가 커다란 식빵 한 조각을 굽고 그 위에 버터와 잼을 두껍게 바른다. 그들은 웃고 있다. 평소에는 아이들의 응석을 받아주지 않는 엄격한 아버지가 그를 안아올려 목말을 태운다. 그들은 그렇게 방안을 걸어다니다 한가운데에서 걸음을 멈추고, 어린 S는 눈높이에 있는 전구의 빛나는 필라멘트를 똑바로 바라본다.

10.

다음날 나는 눈을 뜨자마자 미스터 S가 준 주소를 보고 헬리 오슈트라세로 갔다. 호수 서안의 언덕 위에 서 있는 다른 집들과 멀찍이 떨어진 살구색 건물 한 채가 있었다. 육중하면서도 경쾌해 보이는 그 건물은 네 개 층과 다섯번째 층의 다락으로 이루어졌는데 두번째 층에는 넓은 공용 테라스가, 나머지 층에는 더 작은 발코니가 있었다. 모든 창문이 남서향이어서 오후가 길게 머물렀고 마지막 순간에는 끝까지 남은 푸르스름한 황혼이 창문에 고였다. 연파랑 덧창들은 건물 전면의 연한 살구색과 부드러운 대조를 이루었다.

앞쪽 풀밭 전체에 물망초勿忘草, forget-me-nots가 점점이 흩어져 있었다. 곳곳에 작약과 커다란 붉은 양귀비가 활짝 피었지만 자그마한 물망초들은 풀밭의 스위스 초록을 배경으로 파랗게 빛났다―난 스위스 초록이 있다고 확신한다. 누군가 그 색으로 상표등록을 하지 않았다는 사실이 믿기지 않는다. 그런데 노인정신의학 센터 앞에 물망초를 심은 건 일종의 농담일까? 나는 미스터 S가 몇 년 치 임대료를 선불해준 가우스틴의 클리닉이 자리한 맨 위층으로 올라갔다. 초인종을 울리자 터틀넥 스웨터를 입고 둥글고 큰 안경을 낀 가우스틴이 직접 문을 열었다.

우리가 마지막으로 만났을 때 자네는 1939년에 뉴욕으로 출발하지 않았나? 나는 최대한 무심하게 말했다. 언제 돌아왔어?

전쟁이 끝나고 나서. 그는 태연히 대답했다.

그래서 이제 우린 뭘 하게 되지?

각기 다른 시대의 병실을 만들 거야. 일단 시작으로는.

과거의 병실? 무슨 제목 같군.

그래, 과거의 병실이야. 혹은 과거의 클리닉. 혹은 도시……

함께할 건가?

나는 막 이혼한 상태였고, 이야기를 지어내며 먹고살 수도 있을 거라는 막연한 생각을 품고 있었다. 나는 특별히 60년대에 애착을 느꼈다. 과거 어느 때로든 쉽게 뛰어들 수 있긴 했어도 당연히 가장 좋아하는 시대가 있었다. 잠시, 길어야 한두 달 정도 그곳에 머물지 못할 특별한 이유는 없었다. (마의 산에 애초에 삼 주만 머무르려 했던 한스 카스토르프가 떠올랐다.)

가우스틴은 맨 위층의 아파트 세 칸 중 하나를 사용했다. 현관에서 가까운 가장 작은 방, 그가 '하인 숙소'라 부르던 곳—
정말로 원래 그런 용도로 쓰이던 공간이었을 가능성이 높
다—은 이제 그의 사무실이었다. 아파트의 나머지 방 세 개와
복도는 다른 시대의 공간이었다. 문을 열면 곧장 60년대의 한
복판으로 들어갔다. 입구에 있는 고전적인 일체형 코트 걸이
와 벤치는 진초록색 인조가죽에 황동 징을 박아 만든 것이었
다. 예전에 우리집에도 그런 물건이 있었다. 나는 60년대 끝자
락에 태어났지만 60년대를 시작부터 끝까지 또렷이 기억한다
고 말할 수 있다. 60년대는 나의 불가리아 유년기의 일부인데,
어떤 신령스러운 이유가 있어서 그렇게 된 것은 아니다(비록
기억은 부모에게서 자식에게 직접 전해진다는 것이 내 한결같
은 믿음이긴 하지만 말이다—즉, 부모의 기억이 자식의 기억
이 된다는 것이다). 그 시기가 내 머릿속에 있는 이유는 사실
꽤 사소하다. 불가리아의 모든 것이 그렇듯 1960년대도 연착
되어 십여 년 뒤늦게 왔을 뿐이다. 1970년대에 왔다고 해야 맞
을 것이다.

나무 단추가 두 줄로 나란히 달린 연초록색 코트가 코트 걸
이에 걸려 있었다. 그날 아침 거기 처음 들어갔을 때 그 코트
를 보고 온몸이 얼어붙었던 기억이 난다. 그것은 내 어머니의
코트였다. 금방이라도 어머니가 거실 문을 열 것만 같았다. 가

장자리를 비스듬히 깎은 그 시절의 전형적인 유리창이 빛을
번쩍 반사하고, 거기에 지금의 나보다 더 젊은 스물몇 살의 어
머니가 서 있는 것이다. 물론 어머니가 스무 살의 모습으로 나
타난다면 난 자동으로 어린애가 되고 그 어색하고도 기쁜 순
간 나는 어머니를 껴안을지 그저 무심히 안녕 엄마, 나 왔어,
방에 들어갈게요, 하고 외칠지 고민하게 된다. 이 모든 생각의
지속 시간은 일 초…… 혹은 일 분쯤이었다.

　어서 오시게, 60년대로. 가우스틴이 웃음을 지었다. 그는
60년대의 입구에서 충격을 받은 나를 몰래 히죽거리며 관찰했
다. 나는 이런 변모 속에 더 머무르고 싶어서 즉시 아이들 방
을 찾아갔다. 벽을 따라 놓인 트윈 침대 위에 특정한 합성섬유
(당시 우리는 그것을 '레데카'라고 불렀는데 아마도 축약어일
것이다)로 만든 북슬북슬한 노란색 이불이 깔려 있었다. 두 침
대 사이에 갈색 서랍장이 침대와 직각을 이루도록 놓여 있었
다. 가우스틴을 슬쩍 보자 그가 알아차리고 고개를 끄덕였다.
나는 그때의 내 모습 그대로, 재킷을 입고 신발은 신은 쉰 살
의 몸을 침대에 던졌다가 긴 털이 간질거리는 이불 위로 여덟
살의 몸이 되어 안착했다……

　벽지, 어찌 잊으랴, 그 벽지는 진정한 계시였다. 이곳 벽지
의 문양—성채와 초록색 덩굴—은 어릴 적 내 방에 붙어 있던

54

벽지와 매우 유사했다. 내 방 벽지는 연초록색 마름모와 넝쿨 식물로 이루어진 문양이었고, 성채 대신 숲 깊숙이 자리한 오두막과 그 앞의 작은 호수가 그려져 있었다. 수백 번 반복되는 초록색 오두막과 초록색 호수. 나는 밤마다 잠들면서 벽지의 오두막 속으로 들어갔다가 불쾌한 알람시계 소리에 갑자기 콘크리트블록 아파트로 튕겨나왔다. 책상 위를 슬쩍 보았더니, 옳거니, 알람시계가 거기에 있었다. 정확히 똑같지는 않지만 조금 더…… 뭐라 해야 할까, 조금 더 알록달록하고 서유럽 느낌이 나며 문자판에 미키마우스 그림이 있었다.

그런데 여기서부터는 달라지기 시작했다. 내가 아닌 이 서유럽 소년은 당시에 '메탈리제'라고 불렸던 페인트로 진짜 자동차처럼 칠한 매치박스 브랜드의 모형 자동차 수집품을 다양하게 구비해 가진 아이였다. 문도 열리고 진짜 고무 타이어가 달린 자동차들. 포드 머스탱부터 포르셰, 부가티, 오펠, 메르세데스까지. 심지어 조그만 금속제 롤스로이스도 있었다…… 나는 이 모델들을 다 외우고 있었다. 각 자동차의 최고 속도도 알았고—우리에게 가장 중요한 정보였다—속도가 영에서 시속 백 마일에 도달하기까지 몇 초가 걸리는지도 알았다. 내게도 같은 수집품이 있었지만, 그건 풍선껌 종이에 그려진 그림이었다. 나는 침대에서 일어나 모형 자동차 한 대를 집어 검지로 문을 열고 닫았다가 책상 위로 굴려보기도 했다. 같은 반의 어느 아이가 이런 모형 자동차를 하나 갖고 있었는데, 트럭 기사인 아버지가 가져다준 선물이었다. (오, 그 시절에는 세미트레일러를 몰고 '해외'라 불리는 미지의 나라에 갔다가 진짜 리바이스 청바지나 골이 파인 딱딱한 토블론 초콜릿—나는 좋아하지 않았던—을 비롯해 노래가 나오고 불이 켜져서 야간 조명으로 사용했던 베네치아 곤돌라라든가 아크로폴리스 재떨이 따위를 사 오는 아버지나 삼촌이 있다는 사실이 얼마나 중요했던가.) 거기에 더해 〈네커만〉 잡지 과월호도 있었다. 사실 그것은 독일어로 된 상품 카탈로그였는데 거기 실린 물건들은 어떤 경우에도 가질 수 없는 것이었기에 카탈로그는 상업적 성격을 잃고 순수한 미적 대상으로 변모했다. 아울러 도색 잡지의 역할도 덧붙여야 할 것 같다. 당시 열 살이던 내 기준으로, 특히 여성 속옷이 실린 부분은 그렇게 보였으니까. 같은 반 친구의 집 거실에 있던 원형 대리석 테이블 위, 전화기 바로 옆에 놓여 있던 그 잡지를 난 절대로 잊지 못할 것이다. 전화기도 가구로 간주하던 시절이 있었다. 하지만 진짜로 귀한 것은 〈네커만〉 잡지였다. 그 카탈로그에 실린 빛나는 물건들을 절대로 갖지 못한다는 사실을 알았지만, 어딘가에 그 물건들이 존재했고 그 물건들이 존재하는 세상 또한 존재했다.

소년의 방 벽에 붙은 포스터들은 약간 달랐다. 그 시절 신문에서 잘라내 내 방을 장식했던 1976~1977년 시즌의 렙스키* 축구팀 사진 대신 1967~1968년 아약스** 팀의 포스터가 붙어 있는데, 그것은 요한 크루이프의 사인인 '와우이!'라는 글자가 쓰인 거대하고 광택이 도는 포스터였다. 내 아버지의 우상이어서 나의 우상이기도 했던 크루이프…… 나는 크루이프였고 내 남동생은 베켄바워였다.

내 방 벽에는 비틀스의 포스터가 있었다. 트럭 기사의 아들이었던 같은 반의 그 친구와 물물교환으로 손에 넣은, 내가 가진 가장 소중한 서유럽 물건이었는데, 그것을 얻으려고 물방울 구슬 열다섯 개에 '시리아' 구슬 세 개까지 얹어주었다. 서방세계의 거울 속 소년은 벽 한 면을 온갖 포스터로 어지럽게 도배해놓았는데 유심히 살펴보면 그의 사춘기를 그린 성장소설 한 편 같다. 나의 동유럽 유년기에는 부재했던 (그리고 좀 더 쉽게 접할 수 있는 마르코왕***과 비네토우****가 대신한) 영웅들인 배트맨과 슈퍼맨에서 시작해 〈페퍼 상사〉를 지나고 로제 바딤의 영화에 나온 브리지트 바르도가 비키니 차림으로 머리칼을 흩날리며 해변을 걷는 롤리타 분위기의 흑백사진과 아마도 60년대의 〈플레이보이〉 모델인 듯한 이름 모를 매력적

---

* 불가리아의 프로 축구팀.
** 네덜란드의 프로 축구팀.
*** 마르코 크랄예비치(1335~1395). 세르비아의 왕이자 남슬라브 민족 문학에 등장하는 영웅.
**** 독일 작가 카를 마이(1842~1912)가 쓴 소설 속 가상의 북미 원주민 주인공.

인 아가씨들 사진 세 장을 거쳐 가죽 재킷을 입고 기타를 든 밥 딜런에 이른다. 내게는 비소츠키*가 있었다.

이 방은 남자애들만을 위한 곳이군, 나는 말했다.

여자애들 방도 있어. 바비와 켄을 보고 싶으면 말하게.

계속 가지.

거실은 환하고 넓었다. 구석 창가의 필로덴드론과 사진 벽지 앞에 놓인 키 큰 도기 화분 속 골풀이 다시 한번 그 시대로 돌아간 느낌을 주었다. 맥주에 적신 젖은 걸레로 필로덴드론**(멋진 이름!) 잎을 닦던 때가 생각났다. 당시에 권장하던 방식이었고 그래서 그 시절의 거실들에서는 알코올 냄새가 진동했다.

하지만 사진 벽지는 진정한 현시顯示이자 키치의 전형이었다. 내 아버지의 친구였던 또다른 국제 운송 트럭 기사 덕분에 우리집 역시 사진 벽지를 구할 수 있었다. 나무 사이로 햇빛이 비치는 가을 숲 사진이었다. 학교 친구 중에는 전경에 수영하는 미녀들까지 있는 완벽한 하와이 해변 사진 벽지를 집에 붙여놓은 아이도 있었다. 이 방의 벽은 그 친구의 집과 좀더 가

---

* 소련의 시인이자 배우, 가수.
** 고대 그리스어에서 필로(philo)는 '사랑'을, 덴드론(dendron)은 '나무'를 의미한다.

까운 분위기였다. 끝없는 해변과 바다 위로 지는 해. 스위스에서 사진 벽지로 붙여놓을 만한 풍경이 그런 것 말고 뭐가 있을까? 확실히 마터호른이나 알프스는 아닐 것이다.

그리고 긴 나무다리 네 개에 의지해 불안하게 서 있는 작고 네모난 텔레비전 수납장이 우리집에 있던 것과 똑같았다.

이건 오페라인가? 나는 깜짝 놀라 가우스틴을 슬쩍 쳐다보았다.

아니, 필립스야, 그가 대답했다. 누가 누구의 디자인을 훔쳤는지 한번 맞혀봐.

정말로 모양을 비롯한 모든 것이 100퍼센트 일치했다. 불가리아 인민공화국의 산업 첩보국이 졸면서 일하지는 않았던 것이다. 하지만 저 튤립 모양 의자들은 어떤가? 우리 일꾼들이 왜 저 디자인은 훔치지 않은 걸까? 내게는 영화나 〈네커만〉 카탈로그에서만 눈에 익은 의자들이었다. 우주 기체역학적인 모양의 기다란 진홍색 몸체에 와인잔 손잡이와 흡사한 한 개뿐인 다리. 물론 나는 즉시 거기에 앉고 싶었고, 거실 테이블에 놓인 상자 속 은박지로 싼 초콜릿 사탕도 맛보고 싶었다. 나는 손을 뻗다가 멈췄다.

잠깐, 초콜릿은 언제 만든 거지?

신선한 60년대산이야. 가우스틴이 빙긋 웃었다.

과거에도 유통기한이 있을까……?

거실은 무척 넓었으며 동쪽 끝에 미닫이문으로 분리된 공간
은 일종의 서재였다. 높은 책상 위에 빨간 소형 올리베티 타자
기가 놓여 있고 롤러에 종이가 한 장 끼워져 있었다. 나는—
내 손가락은—즉시 뭔가 눌러보고 싶은 욕구를 느꼈다. 자판
의 압력을 느끼고, 한 줄이 끝나며 땡 울리는 소리를 듣고, 다
음 줄로 이동시키는 작은 금속 손잡이를 손으로 당겨보고 싶
었다. 글쓰기가 육체노동이던 시절에서 온 욕구.

서재는 내 아이디어라네, 가우스틴이 시인했다. 늘 나만의
방을 갖고 싶었지. 책과 저런 종류의 타자기가 있는 작은 은신
처. 완전히 60년대 스타일은 아니야. 그 시절에 사람들은 책을
사방에, 심지어 바닥에도, 자리만 있으면 아무데나 두었으니
까…… 하지만 저 타자기는 엄청나게 인기가 있더군. 저걸 보
면 누구나 눈을 빛내지. 종이를 넣고 손가락으로 자판을 누르
고 싶어해.

뭘 쓰던가?

대개는 자기 이름이지. 사람들은 인쇄된 자기 이름을 보는
걸 좋아해. 물론 병의 단계가 초기인 사람들 얘기지만. 그 외
에는 다들 그냥 자판만 두드릴 뿐이야.

나도 어렸을 때 어머니의 타자기로 그렇게 했다는 기억이 났다. 그렇게 마구 누르면 무척 이상한 편지가 만들어졌다.

Жгмцццрт NºNºNºNºкктррпх ггфпр111111111······ внтгвтгвнтгггг777ррр······

암호일지도, 우리가 절대로 풀 수 없을 암호.

11.

왜 꼭 여기인가? 왜 스위스지? 60년대의 거실에 앉아서 나는 가우스틴에게 물었다.

『마의 산』에 대한 애정이라고 해두지. 다른 장소들도 타진해봤지만 내 아이디어를 받아들이고 투자를 해줄 사람은 여기에서 찾을 수 있었어. 여기에는 행복하게 죽기 위해 기꺼이 돈을 낼 사람들이 많다네.

가끔 가우스틴은 놀라울 정도로 냉소적일 때가 있다.

그냥 『마의 산』에 대한 애정 이야기나 계속 해보세, 나는 말했다. (사실, 스위스는 '시간의 0도'라는 특성 때문에 이상적인 나라다. 시간이 없는 나라에는 모든 가능한 시대가 거주할

수 있다. 융케도 스위스는—20세기조차—특정 시대에 있다
는 느낌을 주는 표식 없이 지나왔다.)

아직 할일이 많네, 가우스틴이 둥근 안경의 렌즈를 닦으며
말했다. 여기 보이는 건 중산층의 60년대야. 과거는 값이 비싸
고 누구나 그 비용을 감당할 수 있는 건 아니지. 하지만 모든 과
거가, 그리고 모든 유년기가 이렇지는 않았다는 점은 자네도
알 거야. 노동자들을 위한 1960년대도 필요하고 학생 기숙사
도…… 아울러 동유럽에서 산 이들의 60년대, 즉 우리의 60년
대도 필요해. 언젠가 이 사업이 궤도에 오르면, 가우스틴이 말
을 이어갔다. 이런 클리닉이나 요양소를 여러 국가에 만들 거
야. 과거는 지역마다 다르기도 하지. 어디에나 여러 시대를 재
현한 집들이, 작은 동네들이 생길 테고, 언젠가는 작은 도시
들, 어쩌면 나라 전체가 그렇게 될지도 몰라. 알츠하이머병이
라든가 치매라든가, 그 이름이 뭐든 기억 쇠퇴를 경험하는 환
자들을 위해서 말이네. 이미 과거라는 현재에서만 살고 있는
그 사람들 모두를 위해. 그리고 우리를 위해, 가우스틴은 잠깐
의 멈춤 뒤에 비로소 그렇게 말하고 나서 담배 연기를 길게 내
뱉었다. 오늘날 기억을 잃는 사람들이 갑자기 급증한 건 우연
이 아니네…… 그들은 우리에게 무언가를 말해주기 위해 여
기에 있어. 내 말을 믿으라고, 언젠가, 머지않아, 대다수의 사
람들이 자발적으로 과거로 돌아가기 시작할 거야. 기억을 기

꺼이 '잃기' 시작할 거라고. 점점 더 많은 사람이 과거라는 동굴에 숨기를, 돌아가기를 원하는 때가 올 거야. 그런데 행복한 이유로 그러진 않겠지. 우리는 과거라는 방공호를 마련해야 하네. 시간 대피소time shelter라고나 할까.

당시에는 그 말이 무슨 뜻인지 이해하지 못했다. 혹시 농담은 아닌지, 가우스틴이 실없는 농담 따위를 하는 사람이긴 한지도 알 수 없었지만.

가우스틴의 말에 따르면 우리에게 과거는 과거이며, 우리는 과거로 걸어들어갈 때조차 현재로 나가는 출구가 열려 있음을 안다. 쉽게 현재로 돌아올 수 있다는 것이다. 기억을 잃은 사람들에게는 이 문이 영원히 쾅 닫혀버렸다. 그들에게 현재는 외국이며 과거야말로 모국이다. 우리가 할 수 있는 유일한 일은 그들 내면의 시간과 일치하는 공간을 창조하는 것이다. 누군가의 머릿속 시간이 1965년이라면, 가우스틴은 말했다. 그 사람이 파리나 크라쿠프에서, 혹은 소피아대학교 뒤쪽의 다락에 세 들어 사는 스무 살이라면 말이야, 바깥세상도, 적어도 방이라는 한정된 공간만이라도 1965년이 되게 하자는 거야. 얼마나 치유 효과가 있는지는 모르겠어. 그 방법이 신경 접합부 재생에 도움이 될지 안 될지 누가 알겠나. 하지만 이 사람들에게 행복할 권리, 더 정확히 말해 행복의 기억을 떠올릴 권리를 주긴 할 거야. 우리는 행복의 기억은 행복한 기억일 거라고 가정하지만, 누가 알겠나? 두고 보자고, 가우스틴이 말을 이어갔다. 그 사람들이, 그중 일부는 몇 달 동안 입도 뻥긋하지 않은 사람들이지만, 이야기를 하고 기억을 떠올리기 시작할 거야. "오, 저 조명등 생생히 기억나요. 우리집 응접실에 있었는데, 남동생이 공으로 깨뜨려가지고…… 우리집 소파를 어떻게 가져왔어요…… 소파가 바로 여기, 벽에 조금 더 가까이 있어야 하지 않나요?"

나는 담배를 달라고 했다. 오 년 전에 이미 끊었지만 지금 우리가 있는 곳은 다른 시대, 젠장, 내가 담배를 끊기 전의 시대 아닌가. 정확히 말해 흡연을 시작하기도 전이지만, 그건 상관 말자. 우리는 한동안 말없이 앉아서 60년대의 담배 연기가 동그란 조명등 아래로 피어오르는 모습을 바라보았다. 거실 테이블 위에 1968년 1월의 〈타임〉과 〈뉴스위크〉가 아무렇게나 던져져 있었다. 그중 한 권의 뒤표지 전체를 덮은 광고에 우리가 피우는 것과 똑같은, 필터가 연장된 폴몰 골드 담배 사진이 양쪽 끝이 더욱 길어졌으니까요, 라는 슬로건과 함께 실려 있었다.

오래전 가우스틴을 처음 만났을 때 그가 준 1937년산 토마시안 담배를 함께 피웠던 기억이 났다. 그래, 적어도 그때보다 삼십 년은 진보한 것이다. 가우스틴에게 그 사실을 일깨워줄 참이었는데 뭔가가 나를 가로막았다. 가우스틴이 언제 그런 일이 있었냐는 듯 나를 이상하게 쳐다볼 것만 같았다.

여보게—가우스틴이 새 담배에 불을 붙이고 다음 문장을 말하기 전에 아주 잠깐 뜸을 들였다(그런 수법을 60년대와 70년대 영화에서 본 기억이 났다. 담배를 깊게 빨고 연기를 폐에 가둬두었다가 실눈을 뜬 채 천천히 내뱉는 것이다)—자네가 필요해.

자네가 거절할 수 없는 제안을 하겠어, 고전영화 장면에서라면 이렇게 말했을 것이다. 하지만 한동안 나는 비싸게 굴면서 화가 난 척했다.

뭐, 그렇다면 내게 신호를 보낼 수도 있었잖아. 내가 자네를 찾아낸 건 전적으로 우연이었어.

날 찾아내지 못했을 리는 없어. 어쨌거나 자네가 날 만들었잖아, 안 그래? 그는 악의를 굳이 감추려 하지도 않으며 웅얼거렸다. 이따금 자네 책을 읽어. 여기저기에서 인터뷰 기사도 읽지. 게다가 자네는 나의 대부잖아, 내게 세례를 주었으니까. 안 그랬으면 아직도 내 이름은 아우구스티누스-가리발디였을 거야. 혹시 잊은 건가?

가우스틴의 농담은 정말이지 알아차리기가 힘들다.

그나저나 60년대에는 대체 뭘 마시고 살았지? 나는 그의 말을 끊었다.

모든 걸 마셨지. 가우스틴이 말뜻을 알아듣고 미니바에서 포로지스 버번 한 병을 꺼내 묵직한 크리스털 잔 두 개를 채웠다. 여길 보게. 이 소파, 테이블, 그리고 버번(건배!), 전등과 조명장치, 음악, 60년대 팝아트―이 모든 걸 우리가 직접 꾸밀 수 있어. 하지만 자네도 잘 알다시피 과거는 세트장만으로 재현할 수 없네. 이야기가, 아주 많은 이야기가 필요할 거야. 가우스틴은 피우던 담배를 비벼 끄고 곧바로 다른 담배로 손을 뻗었다. (60년대 사람들이 담배를 얼마나 많이 피웠는지 나는 잊고 있었다.) 우리에겐 일상의 삶, 아주 많은 일상의 삶이 필요할 거야. 냄새, 소리, 정적, 사람들의 얼굴. 간단히 말하면, 닫힌 기억을 열 수 있는 모든 것 말이야. 기억과 욕망을 섞어서, 우리 나라 사람들이라면 그렇게 말하겠지. 자네는 예전에 사람들이 땅에 묻던 타임캡슐을 알 거야, 그렇지? 그래, 내가 말하는 건 바로 그런 거야. 곳곳을 여행하고 냄새와 이야기를 수집하는 거지. 우리에겐 각기 다른 시대의 이야기들이 필요해. '기적의 예감'이 있는 이야기들. 자네가 어느 쓰레기 같은 문예지에 발표한 단편에서 나한테 하게 한 말처럼 말이야, 가우스틴이 웃음을 터트리며 부연했다. 크든 작든 모든 종류의 이야기, 더 밝게, 이번에는 좀 밝은 게 좋겠어. 어쨌든 여기의 누군가에겐 그게 마지막으로 경험하는 이야기일 테니까.

그즈음 바깥은 어두워졌다. 호수 위로 어느새 구름이 잔뜩 끼었고 빗줄기가 길게 내리쳤다. 가우스틴이 자리에서 일어나 창문을 닫았다.

아, 이럴 수가, 68년도의 오늘 날짜도 목요일이었다네, 가우스틴이 각기 다른 대륙의 모델 사진이 담긴 팬암 항공사 벽걸이 달력을 슬쩍 보면서 말했다. 그리고 그날 오후에도 비가 내렸지, 기억할지 모르겠네만.

나는 가려고 일어섰다. 계단을 내려가려 할 때 가우스틴이 막 생각난 듯 불쑥 말했다. 같은 이야기에 두 번 발을 담글 수 없다는 속담은 사실이 아니야. 그럴 수 있네. 그게 우리가 하려는 일이고.

12.

그래서 가우스틴과 나는 과거 요법을 위한 우리의 첫번째 클리닉을 세웠다. 사실은 가우스틴이 세웠고 나는 단지 그의 조수로서 과거를 수집하는 일을 했을 뿐이다. 쉽지는 않았다. 누군가에게 무턱대고 이렇게 말할 수는 없다. 자, 당신이 경험한 1965년의 과거가 여기 있습니다. 당신은 그 이야기들을 알아야 하고, 혹시 이제 더는 생각이 안 난다면 지어내기라도 해야 합니다. 그해에 관한 모든 것을 알아야 해요. 어떤 머리 모양이 유행이었는지, 구두코는 얼마나 뾰족했는지, 비누에서는 어떤 냄새가 났는지, 그 모든 향의 목록. 봄에 비가 많이 내렸는지, 8월 기온은 어느 정도였는지. 최고 인기곡은 무엇이었는지. 그해에 가장 중요한 이야기들, 뉴스만이 아니라 소문이나 도시 전설까지 모두. 어떤 과거를 불러오기를 원하느냐에 따라 일은 더욱 복잡해졌다. 장벽의 동쪽에서 나고 자란 사람이라면 동유럽의 과거를 원하는가? 아니면 반대로 자신이 경험할 수 없었던 과거를 그대로 살아보고 싶은가? 평생 먹기를 꿈꿔온 바나나처럼 그 과거를 실컷 탐닉하고 싶은가?

반드시 경험한 일만 과거가 되는 것은 아니다. 때로 상상만한 일이 과거가 되기도 한다.

13.

투르누마구렐레*에서 온 미르차의 경우가 그랬다. 미르차는

---

* 루마니아의 도시 이름.

자신에게 일어나지 않은 일만을 기억했다. 그는 사회주의노, 공장에서 무슨 일을 했는지도, 끝없는 당 집회나 만찬이나 행진, 추운 창고도 전혀 기억하지 못했다—그건 그의 정신이 아직 작동하던 시기에 다 지워버렸다. 기억 비우기가 시작되면서 젊은 시절에 동경하던(달리 말할 여지가 없는 정확한 표현이다) 것들만 남았다. 그 시절에도 그는 미국과 관련한 모든 것을 알았다. 그것은 그의 마음과 영혼에 자리했다. 항상 자기가 미국인처럼 느껴졌다고 그는 말했다. 당시에 고국을 탈출해 뉴욕으로 간 친구가 있었는데, 그는 그 친구와 때때로 편지를 주고받았다. 친구는 항상 투덜거렸다. 여기선 사람들이 이렇게 해, 여기선 사람들이 저렇게 해…… 마침내 미르차는 참지 못하고 친구에게 이렇게 써 보냈다. 야, 멍청아, 그럼 왜 거기 죽치고 앉아서 기회만 날리고 있냐?…… 돌아와서 나랑 자리를 바꾸자. 운명이 투르누마구렐레 전체에 딱 한 명분의 행운을 허락했는데 그게 다른 누구도 아닌 네놈한테 떨어진 거야, 이 망할 투덜이 자식아.

미르차는 어느 오후 아들 손에 이끌려 클리닉에 왔다. 그리고 우리의 미르차는 이곳에서 사실은 제 것이었던 적 없는 과거의 음반과 소파와 테이블과 포스터에 둘러싸여 고향에 돌아온 듯 편안함을 느꼈다. 그는 사회주의 시절 투르누마구렐레에서 운명이 자신에게 할당한 진짜 과거 대신 이곳의 모든 것을 자세히 기억했다. 그에게 일어나지 않은, 그가 상상한 일이 정말로 일어난 일보다 더 오래 기억에 남았다. 계속해서 미르차는 책과 영화에서만 알던 거리를 따라 걸었고 그리니치빌리지의 클럽에서 밤새워 놀았고 가본 적 없는 센트럴파크에서 1981년에 열린 사이먼 앤드 가펑클의 야외 콘서트를 시시콜콜하게 묘사했으며 사귄 적 없는 여자들을 기억했다.

미르차는 괴짜였다, 클리닉에서도 루마니아의 작은 고향 마을에서도.

일어난 이야기는 모두 비슷한 이유로 일어났지만, 일어나지 않은 이야기는 저마다 다른 이유로 일어나지 않았다.

14.

내게는 완벽한 직업이었다. 기본적으로 그건 내가 항상 해오던 일이었다―나는 과거의 회랑을 따라 한량처럼 배회해왔다. (가우스틴이 안 듣는 데서 말하자면, 그기 내게 이 직업을 만들어주게 하려고 그를 만들어냈다고도 말할 수 있다.) 그 직업 덕분에 이곳저곳을 여행하고 겉으로는 목적 없이 거닐며 지극히 사소한 일까지도 글로 적고 다닐 수 있었다―더 무엇을 바라랴? 1942년에 쓴 탄피를 모은다거나, 이젠 황폐해졌지만 그래도 중요한 1968년에서 뭐가 남았는지 확인하는 일. 과거는 휘발성이 강해서 뚜껑을 열어놓은 향수처럼 증발해버리지만, 그 냄새에 민감하다면 한줄기 향을 늘 포착할 수 있다. 자네는 다른 시대의 냄새에 민감하지, 언젠가 가우스틴이 한 말이다. 다른 시대의 냄새, 그건 내게 요긴할 거야. 그래서 나는 공식적으로 과거 사냥꾼 비슷한 것이 되었다.

시간이 흐르며 깨달은 사실은 과거는 무엇보다도 다음 두 곳에 숨는 경향이 있다는 것이다—오후에(빛이 떨어지는 길을 따라) 그리고 향기 속에. 나는 바로 그런 곳에 덫을 놓았다.

내가 생각해낸 건 쇼가 아니야, 가우스틴은 늘 말하곤 했다. 어떤 경우에도 이건 〈트루먼 쇼〉가 아니고 〈굿바이 레닌〉도 아니고 〈백 투 더 퓨처〉도 아니야. (어디에선가 비평가들은 가우스틴에게 그런 꼬리표를 붙이려 했다.) 이건 비디오로 녹화되지도 방송되지도 않아. 사실 쇼 같은 건 전혀 없지. 난 사회주의가 계속 존재한다는 누군가의 환상을 유지하는 일엔 관심이 없고, 그렇다고 타임머신 같은 게 있는 것도 아니야. 인간 말고 타임머신이란 없네.

*

  언젠가(그리 오래지 않은 과거에) 브루클린 거리를 배회하고 있을 때, 다른 시대에서 오는 빛을 처음으로, 너무도 명료하게 감지했다. 그것을 80년대의 빛이라고 꽤 정확히 짚을 수 있었다. 80년대 초반 어느 시기, 아마도 1982년 늦여름이었을 거라고. 폴라로이드 사진에서처럼 명도가 부족하고 부드러워 모든 것을 살짝 바랜 듯 보이게 하는 빛.

  과거는 오후에 내려앉는다. 시간은 눈에 띄게 느려져 모퉁이에서 꾸벅꾸벅 졸고, 얇은 블라인드 틈새로 내다보는 고양이처럼 눈을 껌뻑거린다. 우리가 뭔가를 기억하는 건 항상 오후다. 적어도 내겐 그렇다. 모든 것이 빛 속에 있다. 사진가들에게서 배운 대로, 가장 적합한 노출 수치는 오후의 빛에서 나온다. 아침 빛은 너무 젊고 너무 날카롭다. 오후 빛은 늙은 빛, 피로하고 느린 빛이다. 세상과 인류의 진짜 삶은 몇 번의 오후에 적어넣을 수 있다. 세상의 오후인 그 몇 번의 오후를 밝힌 빛 속에.

  내가 1982년에서 온 빛을 감지한 것은 그 빛이 같은 시기 내 유년기에서 온 어떤 냄새와 동시에 나타났기 때문이라는 점도 아울러 깨달았다. 냄새에 대한 우리의 기억은 전부 유년기에서 온다고 나는 생각한다. 그 냄새들은 우리의 초기 기억을 담당하는 뇌의 구역, 그곳에 저장된다. 그날의 냄새는 아스팔트의 매캐한 냄새, 타르가 햇볕에 녹을 때 나는 그 기름진, 맞아, 기름진 석유 냄새였다. 브루클린은 내게 그 냄새를 주었다. 더위 때문이었거나, 근처 어딘가에서 진행중인 도로 보수 공사 때문이었거나, 어쩌면 근방을 누비고 다니는 대형 트럭들 때문이었는지 모른다. 혹은 그 모든 것이 합쳐졌는지도. (여기에 나는 어느 날 저녁 내 부모님이 집에 가져온 발칸체 자전거를 감싼 기름종이 포장지 냄새를 추가하고 싶다. 안달의, 새로움의, 제품 창고와 상점의 냄새, 기쁨을 주는 냄새.)

빛이라면, 그것을 사진으로 포착해 보존하려는 안쓰러운 시도나마 해볼 수 있다. 혹은 모네처럼 같은 성당을 하루의 여러 시간대에 그려볼 수도 있다. 모네는 자신이 무엇을 하고 있는지 잘 알았다―성당은 전략일 뿐, 빛을 포착하기 위한 덫일 뿐이었다. 하지만 냄새라면, 그런 비결이 우리에겐 없다. 필름도 기록 장비도 없으며, 수천 년 동안 그런 도구는 발명된 적이 없다. 인류는 이것을 어떻게 간과할 수 있었을까?

향을 기록하는 장비가 없다는 사실이 진정 놀랍지 않은가? 실은 하나가 있긴 하다. 기술보다 앞서 존재한 단 하나의 도구, 가장 오래된 아날로그 도구. 그것은 물론 언어다. 당분간은 언어 말고 다른 도구가 없으므로 나는 어쩔 수 없이 여러 향기를 말로 포착해 또다른 노트에 추가해야 한다. 우리는 묘사해봤거나 비교해본 향기만을 기억한다. 놀라운 점은 이런저런 냄새에 대한 이름도 없다는 사실이다. 하느님 혹은 아담은 일을 제대로 끝마치지 않았다. 예를 들어 빨강, 파랑, 노랑, 보라 등등의 이름이 있는 색깔과는 다르다. 향기는 우리가 직접 이름을 붙일 수 있는 것이 아니다. 향기는 언제나 비교를 통해, 묘사를 통해 인식된다. 제비꽃 냄새가 난다. 토스트 냄새가, 해초 냄새가, 비 냄새가, 죽은 고양이 냄새가…… 하지만 제비꽃, 토스트, 해초, 비, 그리고 죽은 고양이는 향기의 이름이 아니다. 이 얼마나 부당한가. 아니 어쩌면 이 불가능성 아래에 우리가 이해하지 못하는 어떤 다른 징조가 숨어 있는지도……

그래서 나는 이곳저곳을 여행하며 향기와 오후를 수집해 목록을 만들었다. 우리에겐 정확하고 철저한 묘사가 필요했다. 어떤 향기가 어떤 기억을 불러오는지, 어떤 향기가 어느 나이대에 가장 큰 영향을 미치는지, 어떤 향기로 어느 시대를 불러올 수 있는지. 나는 여러 향기를 자세히 묘사해 그 결과를 가우스틴에게 보냈다. 클리닉에서는 향기를 언제든 필요할 때 다시 만들어낼 수 있었다. 어떤 이들은 특정한 향을 구성하는 분자를 보존하려 했지만, 가우스틴에게 그것은 노력의 낭비였다. 그저 토스트 한 장을 굽거나 아스팔트 조각을 녹이는 방법이 훨씬 간단하고 진짜였다.

15.

가우스틴과 클리닉을 찾아냈을 때 나는 장편소설을 막 시작한 참이었다. 과거라는 신중한 괴물, 그것의 기만적인 천진함, 그리고 치료 목적으로 과거를 불러오기 시작하면 어떤 일이 벌어질 것인지를 주제로 하는 소설이었다. 클리닉에서 내가 맡은 업무, 그리고 동시에 진행된 소설 집필은 서로 연결된 혈관과 같았다. 가끔 무엇이 현실이고 무엇이 아닌지 감을 잃는 때도 있었다. 하나가 다른 하나에 흘러들었다.

여하튼 양쪽 일 모두에 해당하는 기본 질문은 과거가 어떻게 만들어지는가였다.

누군가가 메시아처럼 나타날 것인가? 누군가가 나타나 과거의 망각-단절된dis-member-ed 뻣뻣한 사지, 그 잿빛 얼굴과 멈춰버린 심장을 불쌍히 여겨 "나사로야, 일어나라!" 하고 말하면 과거에 서서히 호흡이 돌아오고 밀랍 같은 피부밑으로 피가 돌기 시작하고 사지가 다시 움직이기 시작하고 막힌 귀가 뚫리고 눈이 다시 뜨일까?

아니면, 우리가 기다리는 동안 온갖 가짜 예언자, 유혹자,

미친 과학자 들이 그 시체에 실험을 하면서 매번 프랑켄슈타인의 괴물을 만들어낼까? 과거를 부활시켜 다시 기억-연결되게re-member-ed 할 수 있을까? 그렇게 되어야 할까?

그런데 사람은 얼마만큼의 과거를 감당할 수 있을까?

16.

미스터 N

인생의 끝자락에 이른, 내가 미스터 N이라고 부를 어떤 사람이 창가에 앉아 이제는 지나가버린 옛일을 되살리려 애쓰고 있다. 기억이 그를 떠나고 있다. 예전에 블랙리스트에 올랐을 때 친구들이 그를 떠나갔듯이. 미스터 N에게는 친구도, 살아 있는 친척도 없다. 전화할 사람도 없다. 다른 사람의 기억 속에 존재하지 않는다면, 우리가 존재한다고 할 수 있을까?

가끔 이런저런 사람들이 그가 등장하는 이야기를 들려주기도 하지만 그는 전혀 기억나지 않는다. 마치 다른 사람에게 일어난 일인 양, 그에게는 지어낸 얘기처럼 들린다. 미스터 N은 자기 이름으로 된 저술 작품을 접하기도 한다. 어느 정도 유명한 사람이었는데 당국이 그의 기록을 지워버렸을 가능성이 높다. 의사들은 사회주의 시절에 작성된 그에 관한 자료를 찾아서 한번 보라고 조언했다. 그런데 알고 보니 그 역시 다 삭제되어 남은 것이 거의 없다. 하지만 어느 비밀요원이 자신을 주로 감시했는지는 알아낸다(사람들이 살짝 귀띔해준다).

그래서 하는 수 없이 미스터 N은 당시의 그 비밀요원에게 전화를 건다. 처음에 요원은 꺼림칙해하며 만남을 아예 거부한다. 미스터 N은 그에게 복수할 의도가 없다. 심지어 불편을 끼쳐서 미안하다고 사과까지 한다. 하지만 그는 완전히 다른 이유로 그 요원을 만나기를 원한다. 그는 기억을 잃었고 세상을 떠나기 전에 삶의 조각들을 모아야 한다. 그리고 그의 과거에 가까웠던 이들 중 남은 사람은 그 요원이 유일하다.

당신은 나를 포함해 누구보다도 내 과거를 속속들이 알고 있습니다. 그러니, 선생님, 제발 만납시다.

그래서 둘의 만남이 시작된다. 그들은 매일 오후에 길고 느린 대화를 나눈다. 둘 다 이제는 세상 밖으로, 적어도 예전의 체제 밖으로 물러난 사람들이다. 오래전 그 체제 안에서 그들은 젊었고 서로의 적, 가장 가까운 적이었다.

미스터 N에게 어떤 이야기는 전혀 자기 이야기가 아닌 듯 아무런 의미가 없다. 또 어떤 이야기는 기억 속에서 오래 잊혔던 문을 열어준다. 가령 이런 것. 어떤 여자가 당신을 자주 찾아왔습니다. 굉장히 아름다운 여자였어요. 매주 목요일 오후 3시.

그 시간에 당신은 아파트에 혼자 있었고 부인은 나가고 없었죠. 요원은 투박하게 기억을 되새긴다.

미스터 N은 기억하려 애쓰지만 뜻대로 되지 않는다. 그래, 그런 오후들이 있었지. 그는 그 시절의 죄책감과 흥분을 어느 정도는 희미하게나마 재구성할 수도 있을 것이다. 하지만 이 여자는 누구였을까? 이후에는 왜 사라진 걸까? 그와 불륜관계를 맺기로 결심했다면 틀림없이 꽤 용감했을 것이다. 그가 감시를 받고 있다는 사실을 알았을 테니까. 그런 과거를 산 사람에게는 불가피한 일이었다. 어떻게 생긴 사람이었을까? 요원은 여자를 자세히 묘사한다. 인도를 따라 걸어가던 모습, 동네의 늙은 남자들이 일제히 고개를 돌리고 여자를 빤히 쳐다보던 장면(호메로스의 서사시에서 튀어나온 듯한 묘사), 그물망 장바구니를 들고 조급히 돌아다니는 동네 여자들과는 달리 불안한 기색 없이 거침없는 여자의 움직임, 발걸음에 맞춰 찰랑거리던 머리칼.

처음으로 요원은 자의식을 버리고 무아지경에 빠진 듯 오래 이야기한다. 더위 때문에 텅 비고 하얗게 바랜 도시에서 얼룩덜룩한 밤나무 그림자 아래로 설으며. 추적자와 그의 희생양이 마침내 한자리에 모여.

취리히에서 가우스틴을 만난 뒤 한 해 남짓 지났을 때는 클리닉의 불가리아 분원도 이미 운영중이었다. 30년대에 건축되었고 소피아에서 멀지 않은 코스테네츠 외곽에 있는 넓은 빌라. 나는 그곳에 가기를 좋아한다. 스스로 관리자 자리에 앉았지만 실은 의사와 직원들이 모든 일을 하고 솔직히 그들에게 나는 그다지 필요하지 않다. 가만히 앉아서 인생 끝자락에 여기에 온 사람들과 함께 흘러가는 나의 불가리아 과거를 바라본다. 노인들은 언제나 나를 매혹한다. 나는 어렸을 때 노인들과 함께 살았다. 조부모와 더불어 자란 우리는 그들과는 대화를 나눌 수 있었지만 다른 한 세대를 통째로 잃어버렸다. 바로 우리 부모들. 이제 나도 그들과 같은 대열에 합류했음을 깨닫는 지금, 나의 매혹에는 또다른 동기도 있다. 죽음을 직면하고 삶에서 계속 멀어지면서 어떻게 나이들 것인가? 구해낼 수 없는 것들을 어떻게 구할 것인가? 기억으로라도. 그러고 나면 그 개인적 과거는 다 어디로 가는가?

이곳 사람들에게 애착을 느끼는 일은 고통스럽다. 곧 나를 떠날 사람에게 애착을 느끼고 있음을 깨닫기 때문이다. 나는 미스터 N을 특히 가깝게 느낀다. (아마도 그는 역행 기억 상실*의 사례일 것이다.) 그는 바로 얼마 전에 클리닉에 왔고 비

---

* 외상을 입거나 질병에 노출되었을 때, 그 이전에 일어난 사건에 대해 기억하지 못하는 상태.

밀요원이 일주일에 두 번 찾아와 그를 그림자처럼 따라다닌다. 분명 그 전직 요원 역시 그런 시간을 즐기거나, 그럴 필요를 어느 정도 느끼는 듯하다. 매번 도시에서 먼길을 와서 오후 내내 이곳에 머무르기 때문이다. 처음에는 우리가 차를 보내주었지만 얼마 후 그는 사양하고 자기 차로 오기 시작했다. 사람들은 누구나 이야기를 해야만 하는 것 같다. 심지어 그 남자 같은 사람도. 전에는 이야기할 수 없었고, 지금은 할 수 있으나 아무도 관심을 갖지 않는다. 그러다 갑자기 그의 말 하나하나에 매달리는 사람을 찾은 것이다. 지나간 옛날의 모든 이야기에 온전히 귀를 기울이는 한 남자. 모든 것을 들을 준비가 된 한 남자. 그가 감시하던, 기억을 잃어가던, 그래서 두 번이나 거듭 지워져버린 그 남자.

내가 누구인지 말해주시오.

비밀요원은 조종에 능한 사람처럼 느껴진다. 직업 특성상 늘 그런 힘이 있었지만, 지금과 같은 엄청난 힘은 아니었다. 기억이 거의 사라진 본인을 대신해 그 사람의 인생을 생각해내는 힘. 그는 미스터 N에게 완전히 지어낸 기억을 심어줄 수도 있을 것이다. 그래, 물론 미스터 N의 기억 속에 남은 기준점들을 어느 정도는 고려해야 할 것이다. 그리고 언제 잊었던 세부가 떠오를지, 어떤 얼굴이나 말귀가 연약한 신경의 다리를 건너올지 알 수 없는 노릇이다. 하지만 지금으로선 그 비밀 요원, 그를 미스터 A라고 부르자, 그 요원이 그런 의도를 품지는 않은 듯하다. 그 역시 과거라는 따뜻한 동굴로 돌아가고 싶은 것이다.

언젠가, 그가 미스터 N에게 말한다. 당신이 다가와 내 자리에 합석한 적이 있습니다. 아이비 카페에서요. 당신 아파트 건물과 같은 거리에 있고 출입구에서 그리 멀지도 않은 카페였죠. 난 평소 그곳에 앉아서 누가 당신 집에 들고 나는지 감시했어요. 그런데 어느 오후에 당신이 나오더니 카페로 걸어와 주변을 둘러보고는 내 자리에 앉는 겁니다. 카페 안에 사람이 거의 없어서 빈 테이블이 많았지만 당신은 내 자리에 앉았고 "앉아도 될까요?"라고 묻지도 않았어요. 난 정체가 탄로났다고 생각해 공포에 질렸습니다. 머릿속으로 온갖 시나리오를 떠올리며 당신이 무슨 말을 할지 기다렸죠. 당신은 보드카를 주문하더군요—그 시절에 우린 모두 보드카를 마셨죠. 심지어 보드카와 콜라를요. 그 예쁜 유리병에 들어 있던, 아, 그러니까 그때도 우리 나라에 콜라가 있었군요. 어쨌거나. 나는 보드카를 마시며 당신이 손에 든 패를 보여주기를 기다렸어요. 당신은 아무 말도 하지 않더군요. 내 인생에서 가장 괴로운 삼십 분이었습니다. 당신은 이따금 나를 흘깃거렸어요. 정체가 완전히 탄로났다고 느꼈죠. 지금도 궁금해요. 내가 감시한다는 걸 알았습니까? 사람들은 대개 감지할 수 있거든요. 당신도 알았나요?

기억나지 않아요. 미스터 N은 하릴없이 어깨를 으쓱한다.

미스터 N은 기대감에 들떠 이 만남을 기다린다. 그가 그 이야기를 다 듣기 위해 아직 살아 있는 것 같다는 느낌이 든다. 나는 그의 옆에 앉아 있기를 좋아한다. 우리는 가끔 잡담을 좀 나누다가 이내 침묵에 잠긴다. 그의 머릿속에서 무슨 생각이 오가는지 모르지만 나는 그가 내색하는 것보다 더 많이 기억하고 있지 않나 의심한다. 어쩌면 그 역시 자신만의 게임을 하고 있는지도 모른다. 건망증이 심한 사람의, 피해자의 게임. 표면적으로는 이야기하는 사람에게 주도권을 넘겨주고 자신이 완전한 망각 상태임을 보여주며 상대의 경계를 잠재움으로써 애초에 밝힐 생각이 없었던 세부까지 모든 것을 말하게 하는 피해자.

말해줘요, 미스터 N은 말한다. 나는 어떤 셔츠를 입고 어떤 구두를 신었나요? 활짝 웃던가요, 아니면 이를 악물고 인상을 찌푸리던가요? 걸을 때는 시선을 내리깔았나요? 등을 구부정하게 웅크렸나요…… 난 행복했나요? 마침내 그가 불쑥 내뱉는다. 이 말에 요원은 깜짝 놀란다. 그는 셔츠, 재킷, 코트, 담배, 맥주, 그리고 감시 대상이 주문한 보드카에 대해서는 모든 것을 말할 수 있다, 하지만……

이러한 세부까지 기억하는 이는 그 사람 말고는 없다. 정부나 아내도 시간이 지나면 잊는다. 오직 비밀요원만이 세부를 안다. 잠시 그의 입장이 되어보기로 하자. 그는 가만히 앉아서 감시해야 하고 자신이 보는 것을 묘사해야 한다. 그가 보는 것은 한심할 정도로 사소하다. 사실, 당시 쉰 살 남자의 하루에 정말이지 어떤 일이 일어날 수 있었을까? 그는 나간다. 보도를 따라 걷는다. 멈춘다. 성냥을 꺼내 손을 둥글게 모으고 담배에 불을 붙인다. 그는 어떤 종류의 담배를 피우는가? 당연히 스튜어디스. 어떤 옷을 입었는가? 소매를 걷어올린 회색 셔츠, 바지, 구두, 음, 이것 봐라! 구두코가 뾰족한 이탈리아제 고급 구두로구나. 그건 기록할 필요가 있다. 게다가 보르살리노 모자를 썼다. 보르살리노 모자를 쓰는 사람은 많지 않다. 그것도 기록한다. 50년대, 60년대, 70년대, 80년대에 엿듣고 끄적거리던 모든 비밀요원의 기록 수천 페이지를 누군가 문학작품 삼아 읽는 수고를 한다면, 분명 그것은 그 시대의 불가리아에 대한 아직 쓰이지 않은 위대한 소설로 밝혀질 것이다. 그 시대처럼 모든 것이 속속들이 범속하고 서투른.

17.

불가능한 서사시에 대한 메모

모든 고대의 서사시에는 전투의 상대가 되는 막강한 적이 하나 있다―하늘 황소와 길가메시*, 괴물 그렌델, 그의 어미, 그리고 마지막으로 이미 늙은 베어울프**에게 치명적인 상처를 입히는 용, 오비디우스의 『변신』에 나오는 모든 괴물, 황소 등등, 『오디세이아』의 키클롭스 등등…… 현대의 소설에서는 이 괴물들이 사라졌고 영웅들도 사라졌다. 괴물이 없으면 영웅도 없다.

하지만 괴물은 여전히 존재한다. 우리 모두를 뒤쫓는 괴물이 하나 있다. 죽음이라는 대답이 나올 테고, 그래, 물론 죽음이라는 형제도 있긴 하지만 진짜 괴물은 노년이다. 이것이야 말로 진정한 (그리고 비운의) 전투다. 번쩍이는 빛도, 불꽃놀이도, 성 베드로의 치아가 상감된 장검***도, 마법의 갑옷과 예

---

* 고대 메소포타미아의 서사시 속 영웅으로 신이 징벌을 위해 보낸 하늘 황소를 죽인다.

** 북유럽 게르만족의 서사시 속 영웅으로 괴물 그렌델과의 싸움, 그렌델의 어미와의 싸움, 불 뿜는 용과의 싸움에서 승리하고 영웅이 되어 죽는다.

*** 11세기 프랑스의 서사시 「롤랑의 노래」에 나오는 금으로 된 괴력의 칼 뒤랑달에 대한 묘사.

기치 않은 협력자도, 시인들이 나에 대해 노래하리라는 희망
도, 그 어떤 의식도 없는 전투……

서사시가 없는 서사시적 전투.

외롭고 기나긴 작전을 수행하면서, 흡사 참호 전투에서처럼
기다리고, 엎드려 대기하고, 숨어 있다가 잽싸게 출격하고, 뭉
크가 말년에 그린 자화상에 붙은 이름처럼 '시계와 침대 사이'
의 전장을 배회한다. 시계와 침대 사이. 누가 그런 죽음과 그런
노년을 찬양해 노래하겠는가?

18.

미스터 N

(앞에서 이어짐)

미스터 A는 보고서에 쓸 허튼소리를 지어내는 일이 얼마나
힘들었는지 회상한다. 작가들이 겪는 글 막힘writer's block은 그
에게도 어느 정도 불가피했다. 그가 자기 직업에 건 기대는 더
컸다. 영화나 탐정 소설에서처럼 자동차 추격전을 벌이고 수
수께끼의 인물들이 찾아오고 감시 대상이 한밤중에 창문 밖으

로 뛰어내린다든가 하는 일을 기대했다. 그는 플롯이라는 말을 몰랐지만, 그에게 필요한 건 플롯이었다. 하지만 플롯은 없었다. 거기에 인생의 깊은 반$_反$-영화적-특성이 자리했다. 집을 나섰다가 다시 돌아오는 일뿐이었다. 감시 대상의 가장 친한 친구들조차 불쾌한 상황을 면하려고 발길을 끊었다. 그렇다, 목요일에 찾아오는 정부는 기대를 불러일으키는 예외적 존재였다. 그 사실 또한 물론 서류에 기록되었다. 하지만 그조차 그리 대단한 모험은 아니었다. 게다가 그 또한 일상적인 일이다. 정부가 (혹은 연인이) 없는 사람이 어디 있나?

가끔 난 무엇을 써야 할지 고민스러웠어요, 미스터 A가 시인한다. 흥미로운 일이 일어나지 않았으니까요. 미스터 N은 미스터 A를 힘들게 했다는 생각에 안절부절못한다. 쓸거리가 너무 없는 그런 지루한 삶을 살았다니 난처한 기분이 든다. 뭔가를, 그러니까, 더 대담한 뭔가를 했어야 한다. 비밀요원 앞에서 총으로 자신을 쐈어야 한다. 그러면 두 페이지쯤은 쉽사리 채워졌을 것이다. 다른 한편으로 미스터 N이 흥미롭게 느끼는 것은 (혹은 내가 흥미롭세 느껴서 그에게 투사하는 것은) 바로 일상의 사소함, 인생의 자잘한 세부다. 바로 이것을 기억해내고 싶다. 그는 모든 예외성, 그게 옳은 표현인지는 모르지만, 그것을 체계적으로 지워버렸다. 그 예외성으로 묘사할 수 있었을 모든 일, 체포와 모스크바가(街) 5번지 지하에서 당한 구타, 북적거리던 파자르지크 교도소 감방의 참혹함과 역한 소변 냄새, 점점 뜸해지는 면회, 끊겨버린 외부의 편지. 그 모든 것이 잘려나갔다. 그런데 그와 함께 다른 것, 우리를 구성하는 정상적인 것들까지 사라진 것 같다. 교도소에 수감되기 전 문서에 기록된 그의 일상은 전부 수색 과정에서 압수되었다가 반환되었으나 이후로 그는 그 문서에 손도 대지 않았다. 어린 시절의 흑백사진 두 장, 군대에서 찍은 사진 한 장, (이혼한 뒤 그의 수중에 남게 된) 작은 결혼식 앨범 하나. 역시나 흑백인 어느 사진 속에 코트 자락을 바람에 휘날리며 걷는 도중 포착된 그의 모습. 그는 사진을 찍는 사람을 향해 어떤 손짓을 하며 웃고 있다. 그게 전부다. 목요일마다 그를 찾아온 여자의 사진은 물론 없다.

어느 날 미스터 A는 편지 몇 통을 가지고 온다─그 여자에게 보낸 미스터 N의 편지들이다. 이걸 어떻게 구했습니까? 그는 묻는다. 미스터 A는 그런 순진한 질문에 놀라 그저 눈썹을 살짝 치뜰 뿐이다. 미스터 N이 펼쳐본 편지글은 짧다. 그것을 읽어봐도 전혀 기억나지 않는다는 사실을 깨닫는다. 그는 그 편지들이 자기가 쓴 글이 아닌 양 순수한 호기심을 느끼며 읽는다. 그리고 꽤 인상적이라는 사실을 인정하지 않을 수 없다.

아주 잘 쓴 글이다. 그는 적절한 단어를 선택했고 너무 야단스럽지 않게 낭만적이었다. 어떤 제안들은 꽤 집요하고 대담하다. 새로운 사실이다. 지금의 그는 자신을 소심하고 수줍음이 많은 사람이라고 묘사했을 것 같다. 마지막 편지는 여자에게 더이상 오지 말라고 경고하는 것으로 끝난다. 분명히 감시받고 있다고, 베레모를 쓴 새우처럼 생긴 어느 앞잡이가 길 건너 카페에서 온종일 어슬렁거리고 있다는 것이다. 그 지점에서 미스터 N은 미안한 표정으로 고개를 든다. 걱정 마세요, 신경 안 써요, 미스터 A가 말한다.

미스터 N은 테이블 한가운데에 편지들을 놔둔다. 자신이 그 편지들을 가져도 되는지 돌려주어야 하는지 알 수가 없다. 그의 의문을 이해한 미스터 A가 격려하듯 고개를 끄덕인다. 그래요, 당신께 드리는 겁니다. 그들은 계속 상대를 '당신vous'이라는 존칭으로 부른다. 비록 둘 다에게 이제는 테이블 맞은편에 있는 남자보다 더 가까운 사람은 없는데도 말이다.

시간이 흐르며 목요일의 여자는 점점 더 미스터 N의 생각을 지배하기 시작한다. 하지만 무슨 이유에선지 그는 이런 상태가 다른 무엇보다 두렵다. 그 여자의 이미지가 암실 인화액 수조 속 사진처럼 무無로부터 떠오르기 시작한다. 여자는 머리를 뒤로 한 갈래로 묶었고 앞머리에 은색 머리칼 한 가닥이 있다.

그는 처음부터 바로 이것을 원했는데도 지금 나타나는 그녀의 모습이 무서워 보이기 시작한다. 그 이유는 간단하다—이 여자로 인해 자신이 오랜 세월 동안 세심히 쌓아올린 댐에 금이 가면서 겨우 막아놓은 모든 것이 풀려나올 수도 있다는 생각이 들기 때문이다. 그것을 견딜 수 있을지 그는 확신이 없다. 반면에 그를 사랑한 누군가가 있었다면 그가 자신에 대해 별로 기억하지 못해도 어쨌든 존재하긴 했다는 뜻이다.

그가 사랑한 누군가가 있었다면 그것 역시 그 자신이 존재했다는 증거로 칠 수 있으리라. 하지만 그래서 어떡하라고?

다음번 방문 때 미스터 A는 또다른 놀라움을 안겨준다. 그는 가죽 가방에서 조심스럽게 싼 사진 한 장을 꺼낸다. 그것을 미스터 N에게 건넨다. 명암 대조가 강한 흑백사진에 인적이 끊긴 도로가 보이고 인도 위 나무 그늘 속에 미스터 N과 그를 향해 몸을 기울인 여자가 서 있다. 여자는 아마도 그의 귀에 대고 무슨 말인가 속삭이거나 키스를 하려는 것 같지만 확실히 구분하기는 힘들다. 나뭇잎의 그림자가 여자의 원피스에 드리워졌다.

소피아에서 가장 아름다운 여인이었죠, 마침내 미스터 A가 말한다. 여기에, 이 시대와 이 장소에 어울리는 여자가 아니었습니다. 그 여자와 사귀고 싶어 안달이 난 사람이 많다는 걸 난 알았어요. 당신에게 생긴 문제는 일부분 그 여자 때문이기도 했습니다. 물론 곤경을 겪은 가장 큰 이유는 당신이, 특히 68년도에, 당시 일어난 모든 사건에 대해 쓴 글과 카페에서 한 말들 때문이었지만 그 여자 때문이기도 했죠. 그런데 그 여자는 어느 늙은 작가의 딸이었습니다. 그 작가는, 부디 편히 잠드시기를, 당신을 견딜 수 없어했어요. 그는 명사의 반열에 올랐지만 무능한 글쟁이여서 유일하게 훌륭한 작품이 딸이라는 농담도 있었어요. 그 여자는 당신과의 미래가 없다는 걸 알았습니다. 당신 자신에게 미래가 없었기 때문이죠. 그래서 당신을 사랑했던 것 같기도 해요.

다시 미래다. 미스터 N이 기억할 수만 있었다면 자신은 항상 미래에 무관심했다는 사실을 알았을 것이다. 공산주의 치하에서 미래 운운하는 대화를 들으면 입에서 당을 욕하는 신경질적인 말들이 튀어나왔다. 우주적 차원의 미래 역시 그에게는 불명확하고 의심스러워 보였다. 새로운 질서, 새로운 사람들, 그 모든 것이 너무 멀고 공허하게 들렸다. 밝은 미래를 생각하면 속이 쓰려, 그는 언젠가 친구들이 모인 자리에서 말했다. (그 말도 당연히 즉시 기록되었다.) 내 기억으로는, 바로 얼마 뒤에 브로드스키가 이를 조금 더 아름다운 표현으로 정리했는데 기본 개념은 같았다. "그 체제에 대한 나의 반감은 정치적이라기보다는 미학적인 것이었다." 그래도 나는 미스터 N의 정리가 더 맘에 든다. 그 체제에 대한 그의 반감은 생리학적이었다.

19.

죽어서 미라가 된 과거도 있다.

내 세대 사람들에게 시체를 본 첫 기억은 공유 기억이다. 마치 교화부로부터 명령이라도 떨어진 것 같았다(분명히 바로 그런 명령이 있었을 것이다). 모두가 초등학교에 들어가자마자 게오르기 디미트로프*의 영묘靈廟에 다녀오라는 명령. 아이들을 그리도 사랑했고 아무리 업무에 바빠도 아이들과 사진 찍을 시간을 낸 지도자이자 스승 앞에서 고개 숙여 인사드리라는 명령. 라이프치히의 영웅에게 예를 갖추라는 명령. 우리 반의 정신없는 어느 아이는 그가 독일 제국의회에 용맹하게 불을 질렀다고 말하는 바람에 엄청난 고초를 겪었고 부모님까지 불려가 훈계를 들었다. 괴벨스조차 그분에게 유죄를 선고

---

* 불가리아의 혁명가, 정치인. 국제 공산주의 운동을 이끌었고, 1919년부터 1949년 사망 직전까지 공산당 서기장과 불가리아 인민공화국 총리를 지냈다.

하지 못했는데 네가 감히 건방지게 그분을 방화범으로 몰다니, 하고 선생이 불쌍한 그 아이에게 소리를 질렀다.

어쨌거나 죽음과의 첫 만남은 평생 기억에 남는다. 그 영묘는, 이렇게 표현해도 된다면, 죽음에 대한 진짜 살아 있는 경험을 보장했다. 그뒤로 경험한 죽음과 시신은 전부 그 몸과 비교되면서 처음 접한 그 본보기 시신의 복사본이 된다. 우리는 우리가 아주 운이 좋다는 것을 알았다. 세상이 영묘나 박제 인간으로 넘쳐난다고 볼 수는 없으니까. 그 '박제 인간'이라는 말, 우리가 영묘 안으로 들어가기 전에 서로에게 속닥거린 그 말을 아무도 듣지 못한 건 다행이었다. 누가 들었다면 불호령이 떨어졌을 테니까.

우리는 불가리아의 반대편 끝까지 이송되었다. 수도의 호텔 숙박비를 아끼기 위해 밤새 가장 느린 여객 기차에 실려 덜컹덜컹 흔들리면서. 아침에 역에 도착하면 졸음에 겨운 몽롱한 상태로 영묘 앞의 자욱한 11월 안개 속으로 곧바로 걸어들어갔다. 입장할 차례가 되면 두려움이 밀려온다. 우리는 미동도 없이 입구에 서 있는 의장대 옆을 지나간다. 어쩌면 그들도 박제된 것일까? 안으로 들어가면 전기 횃불로만 밝힌 복도는 어둡고 냉장고처럼 싸늘하다. 영묘란 당연히 냉장고다. 집에서 엄마들이 돼지족발과 닭고기 등을 상하지 않도록 안에 넣어두는 그런 냉장고.

시신이 있는 방으로 다가가면 벌써 관의 유리 뚜껑이 보인다. 교실에서 옆자리에 앉는 친구 뚱보 뎀비가 밖에 있을 때 내게 속삭였다. 그의 눈꺼풀을 아주 자세히 보면 살짝 씰룩거리는 걸 알 수 있다고. 그곳을 이미 다녀간 그 아이의 형이 해준 말이었다.

죽은 남자는 플라스틱으로 만든 것처럼 보여서, 양복 코트와 바지가 그 사람보다 더 생생한 느낌을 주었다. 양복 옷깃이 훈장으로 뒤덮였고 콧수염은 마치 옷솔 같았다. 바로 그때 그의 머리 옆을 천천히 지나가는 동안 나는 그의 눈꺼풀이 찰나의 순간 씰룩거리는 것을 똑똑히 보았다. 왼쪽 눈꺼풀이 씰-룩 하고 두 번 움직였다. 나는 터져나오려는 비명을 겨우 억눌렀다. 그가 유리 뚜껑이 달린 관 속에서 나에게 윙크를 하며 어떤 신호를 보내는 것 같았다. 조심해, 디미트로프 동지는 모든 것을 보시니까, 학교에서 선생님이 벽에 걸린 초상화를 가리키며 우리에게 경고했었다. 그때는 웃기네, 보긴 뭘 봐, 하고 속으로 웅얼거렸는데, 이제 그가 의심한 나를 벌주려고 윙크를 하고 있었다. 사람들이 우리에게 항상 말한 대로, 동지는 정말로 영원히 사는 사람으로 밝혀질 것이다.

다행히 뎀비가 옆에 있어서 인생 최초의 형이상학적 두려움에서 나를 구해주었다. 뎀비도 윙크를 봤는지 (아니면 그 신호는 내게만 향한 것이었는지) 확실하지 않지만, 형의 교과서를 게걸스럽게 흡수한 아마추어 생물학자 뎀비는 그 교과서에 묘사된 죽은 개구리 실험을 토대로 내게 모든 것을 생생하게 설명해주었다. 개구리가 이미 죽어 다리가 축 늘어져 있더라도 전기자극을 조금만 주면 살아 있는 것처럼 다리를 찬다는 얘기였다. 우리도 6학년이 되면 그 실험을 할 거라고, 뎀비가 말했다. 그래서 여기 있는 남자는 개구리처럼 이미 죽었고 다시 일어나지는 않을 거라고, 그저 아직 움직이는 근육이 있을 뿐이라고.

나는 아직도 두려움이 너무 형이상학적으로 흐르면 이 설명을 되새긴다.

20.

미스터 N

(최종)

형편이 그런데도 그 여자는 어쩌다 나와 함께하게 된 겁니까? 미스터 N이 묻는다.

그 여자는 당신 친구의 아내였습니다. 그 친구란 사람이 우리 편으로 넘어왔어요. 본인에게도 몇 가지 말 못할 비밀이 있었고 우리가 압박을 좀 가하긴 했죠. 솔직히 말하면, 별로 저항하지도 않더군요. 그 사람이 우리의 주요 정보원이었지만, 당신은 항상 다른 사람들을 의심했습니다. 어쨌든 통화를 할 때는 그렇게 말했어요. 내 통화를 도청한 겁니까? 미스터 A는 굳이 대답하려고도 하지 않는다. 당신 친구가 고위직으로 승진했을 때 그 여자가 혼자서 처음으로 당신을 찾아왔어요. 목요일 오후였죠. 뒤이을 모든 목요일의 시작이었습니다.

미스터 N은 그 말을 들으며 조금씩 여자를 상상하기 시작한다. 앞머리에 흰 가닥이 섞인 긴 머리와 태평한 걸음걸이. 여자가 거리를 걸어가면 모두가 고개를 돌려 한참 바라본다. 어느 유명한 연극 연출가도 그 여자에게 열광해, 연극을 무대에 올릴 때 여자 배우를 그처럼—흰 가닥이 있는 머리를 뒤로 묶은 모습으로—분장시켰다. 그 배우가 누구를 연기하고 있는지 모두가 알았다. 연출가는 즉시 다른 극단으로 전출되었고 연극은 취소되었으며 그의 결혼생활도 끝장났다. 그 여자는 늘 문제를 일으켰죠, 미스터 A가 말했다.

하지만 비밀요원 미스터 A는 왜 계속 찾아오는 걸까? 처음에는 분명 호기심과 협박당할지 모른다는 두려움을 느꼈을 것이다. 하지만 그런 위험이 없다는 사실은 금세 알아차렸을 터다. 다른 무언가가 있다. 미스터 N이 당시의 일에 대해 아무엇도, 혹은 거의 아무것도 기억하지 못한다면, 미스터 A는 어떤 면에서 죄가 없다. 아무도 기억하지 못한다면 모든 것이 허용 가능하다는 점을, 그는 비록 명쾌하게 정리할 수는 없어도 막연히 감지한다. 아무도 기억하지 못한다면은 신이 없다면과 상응하는 말이 된다. 도스토옙스키는 말했다. 신이 없다면 모든 것이 허용된다고. 신은 거대한 기억에 불과하다는 사실이 밝혀질 것이다. 죄악의 기억. 무한 메가바이트의 메모리를 가진 클라우드. 건망증이 심한 신, 알츠하이머병에 걸린 신은 우리를 모든 의무에서 해방시킬 것이다. 기억이 없으면 범죄도 없다.

그렇다면 미스터 A는 왜 계속 찾아와서 이야기를 하는 걸까? 인간이 비밀을 오래 간직하게끔 만들어지지 않아서일 것이다. 비밀은 진화 과정 후기의 파생물인 듯하다. 동물은 비밀을 간직하지 않는다. 인간만이 그렇게 한다. 비밀의 구조를 묘사한다면, 그것은 울퉁불퉁하고 알갱이가 많은 일종의 멍울 같은 형태일 것이다. 미스터 A의 경우, 이것은 은유가 아니다. 멍울은 실재하고, 몇 달 동안 그것을 무시하려 노력했지만 삼수 전 의사의 진료를 받은 뒤로 지금은 모든 것이 명확해졌다. 불치병에 걸렸다는 사실은 그를 많은 것에서 해방시키지만, 동시에 다른 것을 추구하도록 자극하기도 한다. 이제 포식자가 사냥감에게 자기 얘기를 들어달라고 애원한다. 나이는 위대한 평형추다. 그들은 전우가 되었다. 그들은 승패가 예견되는 전투에서 지는 편으로 넘어갔다. 미스터 A는 비로소 모든 것을 말할 수 있다. 그리고 미스터 N은 비로소 자신에 관한 이야기 전체를 들을 수 있다.

그 여자는 어떻게 되었나요? 미스터 N은 다시 묻는다. 정말 알고 싶은 것인지 확신이 점점 줄어든다.

미스터 A는 무수히 다른 방법으로 이 질문에서 빠져나갈 수 있다. 여자는 작전의 관심 대상이 아니었고, 그는 여자와 한 번도 연락을 취한 적이 없다―이것이 공무 용어를 동원해 가장 쉽게 둘러대는 방법이었다. 혹은 수사가 확대되면서 다른 요원이 임무를 인계받았다는 식으로 말할 수도 있을 것이다. 잠시 침묵에 잠겼다가 담배를 마는 미스터 A의 손이 덜덜 떨린다. 미스터 N은 이제야 대화 상대가 몇 달 사이 눈에 띄게 늙어버렸다는 사실을 알아차린다. 피부가 누리끼리해지고 얼굴은 갑자기 수척해졌다. 두세 주 전에는 전화를 걸어와 만나러 갈 수 없겠다고, 어떤 검사를 받으러 가야 한다고 말하기도 했다.

그런데 미스터 A가 모든 것을 시인한다. 미스터 N이 체포되었을 때 그 여자는 남편에게 친구를 위해 무슨 일이든 하지 않는다면 자기는 당장 남편을 떠나겠다고 말했다는 것. 바로 다음날 짐을 싸서 집을 나왔고, 혼자서 여러 사무소를 찾아다녔다는 것. 여자는 그를 면회하고 싶었지만 당국은 수감자가 만남을 거부했다고 말했다. 결국 여자는 미스터 A를 찾아갔다. 어느 날 저녁에 그의 집으로 왔고 미스터 N에 대해 이야기하고 싶어했다. 여자는 그가 어디에 있는지 말해달라고, 면회를 주선해달라고 애원했다. 무슨 일이든 하겠다고……

갑자기 미스터 N은 두 사람이 나오는 장면 전체를 선명하게 상상한다. 한 가지 변칙과 더불어. 방 한가운데에서 발가벗은 여자의 몸은 젊고 아름답다. 미스터 A가 그녀 앞에 서 있지만, 그는 지금과 같은 나이, 뼈와 살가죽만 남은 쪼그라든 노인이다. 갑자기 그 끔찍한 속쓰림, 그 구역질이 기억난다. 전혀 형이상학적이지 않았던, 반대로 신체적인, 심지어 생리적 측면까지 있었던 그 구역질이. 누가 몸속에 식초를 들이부은 양 뱃속이 타오른다.

미안합니다, 미스터 A는 말한다. 꼼짝도 하지 않고 앉아서 미스터 N이 무슨 말을 할지 기다린다. 그게 무슨 말이든, 이 이야기의 끝이 될 것이다.

미스터 N은 아무 말도 하지 않는다. 그저 끔찍한 구토의 욕구를 느낄 뿐이다. 속쓰림이 돌아왔고, 몸은 그것을 기억하며 역겨워한다. 그는 사진을 들고 일어서서 방을 나간다. 이것이 영화라면 텅 빈 화면에 엔딩 크레디트가 올라갈 때 우리는 총성을 들을 것이다.

세상의 오후다. 한 남자가 거리에서 그늘진 쪽 인도 위를 걷고 있다. 게다가 때는 8월이다―한 해의 오후. 태양이 나뭇잎 사이를 뚫고 어룽진 빛을 인도에 드리운다. 주변에는 아무것도 없다. 집들은 벽이 달궈진 채 휴식에 들어갔고, 어딘가에서 켜놓고 잊어버린 라디오 소리가 열린 창문을 통해 들려온다. 장면은 영화처럼 단순하게 처리되었다. 한 여자가 거리 반대편 끝에서 나타나 남자 옆에서 멈추고 두 사람은 그늘 속에 서 있다. (절대적인 과거는 이와 비슷한 것이다―세상의 오후, 나무 그늘 속 은신처.) 거리 위 조금 떨어진 곳에 서 있는 한 남자가 그들의 눈에 띄지 않은 채 두 사람을 촬영한다. 사진은 흡사 예술작품 같다. 인도와 두 사람의 몸에 어린 나뭇잎 그림자, 여자의 기울인 형체, 오후 거리의 공허함을 또렷이 포착했다. 이 사진 이후로 일어날 모든 일이 아직은 일어나지 않았다.

사진 속 남자는 이제 자신과 여자의 화상畫像을 손에 들고 있다. 나무 아래의 커플 중에 남자만 남았다. 그리고 그 사진을 찍은 사람도. 사진을 찍은 이는 그 장면을 잊지 않을 유일한 사람이기도 하다. 이 이야기는, 그가 말하면서 기억했듯이, 그의 무미건조한 삶에서 유일한 이야기였기 때문이다. 그의 삶에서 유일한 여자였던 (그리고 수상쩍은 상황에서 사라진) 이 여자는 기억을 잃은 채 여기 서 있는 이 남자와 함께 이후로 계속 그를 추적했다. 어떤 이들은 이런 종류의 추적을 죄책감이라고 부른다. 하지만 대다수의 다른 사람들처럼 미스터 A는 마지막 순간까지도 그것을 뭐라 불러야 할지 모를 것이다.

21.

각층에 재현된 과거

미스터 N이 우리에게 오기 일 년 전 취리히의 클리닉은 애초의 기대를 능가할 정도로 무척 순조롭게 운영되었다. 가우스틴은 클리닉을 건물 꼭대기 층 전체로 확장했고, 우리는 거기에 다양하게 변주된 60년대를 창조했다. 그로부터 얼마 지나지 않아 건물을 소유한 노인정신의학 센터가 자기네 병동에도 우리의 이론을 심화해 적용해보라고 제안했고, 그래서 우리는 실질적으로 건물 전체를 자유롭게 사용할 수 있게 되었다. 우리는 과거 요법 병실들을 운영하기 시작했고 불가리아를 포함해 몇몇 다른 나라에도 작은 클리닉을 열었다.

알츠하이머병, 혹은 좀더 보편적인 표현으로 기억 소실은 세계에서 가장 빠르게 퍼지는 질병이 되었다. 통계에 따르면, 전 세계에서 삼 초마다 한 명씩 치매에 걸렸다. 등록된 사례만 해도 오천만을 넘어섰고, 삼십 년 안에 세 배 증가가 예상되었다. 길어지는 수명을 감안하면 이는 불가피한 결과였다. 모두가 늙어가고 있었다. 노인들이 아내를 여기에 데리고 왔고, 반대로 수수한 다이아몬드 반지를 낀 나이든 여성들이 동반자를 데려오기도 했는데, 따라온 이들은 어색하게 웃으며 지금 어느 도시에 와 있느냐고 묻곤 했다. 때로는 아들딸들이 부모 둘을 다 데리고 오기도 했는데, 이제는 자식의 얼굴도 못 알아보면서 서로 손을 잡고 있는 부모들도 많았다. 그들은 자신들의 청년기가 펼쳐진 아파트에 와서 몇 시간만, 혹은 오후만 머물다 가기도 했다. 그들은 자기 집에 온 양 안으로 들어왔다. 다기 세트는 여기에 있어야 해, 내가 항상 여기에 두었거든…… 그들은 안락의자에 앉아 흑백사진 앨범을 훑어보다가 갑자기 그중 어느 사진 속에서 자신들의 모습을 '알아보았다'. 때로는 동행한 이들이 그들의 옛 앨범을 가져와 미리 거실 테이블에 올려두기도 했다. 비틀비틀 몇 걸음을 내딛다가 거실 한가운데 천장 조명 바로 아래로 돌아오는 사람들도 있었다.

정기적으로 오는 어느 남자 노인은 커튼 뒤에 숨기를 좋아했다. 그는 숨바꼭질하는 늙은 소년처럼 커튼 뒤에 숨어 있었다. 하지만 놀이는 이미 너무 오래 계속되었고 다른 아이들은 백기를 들었다. 다들 집으로 돌아갔다. 이제 다 늙어버렸다. 아무도 그를 찾으러 오지 않았다. 그런데도 그는 커튼 뒤에 서서 밖을 빼꼼히 내다보며 자기를 찾는 데 왜 이렇게 오래 걸리는지 의아해했다. 숨바꼭질 놀이에서 최악의 순간은 아무도 날 찾으러 오지 않는다는 사실을 깨닫는 때다. 그 노인은 절대로 그런 깨달음에 이르지 못할 것 같다, 다행히도.

알고 보면 우리 몸은 본디 꽤 자비롭다. 끝에 이르면 마취 상태anesthesia가 아니라 잠깐의 기억 상실amnesia을 불러온다. 떠나가는 기억이 우리를 유년기의 낙원에서 마지막으로 조금만 더 놀게 해주는 것이다. 밖의 거리에서 놀던 어린 시절처럼 졸라서 허락받은 '딱 오 분만 더'를 몇 차례 누린다. 영원히 집으로 불려들어가기 전에.

그렇게 해서 과거와 가우스틴은 클리닉의 나머지 층들을 서서히 장악해나갔다. 40년대와 50년대를 따로 구분할 필요가 있었다. 우리는 처음에 60년대부터 시작했는데, 아마 무의식적으로 우리를 위한 공간을 마련하려 했던 것 같다. 하지만 구순의 환자들도 그들의 유년기와 청년기를 원했다. 그래서 제2차세계대전을 일층으로 이전했다. 그것은 좋은 선택으로 판명이 났는데, 첫째로는 노인들에게 계단 오르는 수고를 면해주었고, 둘째로는 그 아래 지하실을 방공호로 사용할 수 있어서 그 시절에 대한 우리의 재현이 아주 정확해졌기 때문이었다. 대부분의 사람들은 폭격이 진행되는 동안 방공호에 숨은 일을 기억하고 있었다.

두려움을, 두려움의 기억을 일깨워야 할까? 고전적인 회상 치료는 긍정적인 기억을 강조했다. 하지만 가우스틴의 말에 따르면 일깨워진 기억은 전부 중요하다. 두려움은 가장 강력한 기억의 자극제 중 하나고 그래서 우리는 그것을 활용해야 한다는 것이다. 물론 환자들을 지하실로 데려가는 일은 드물었지만 일단 가면 매번 결과가 나타났다. 부들부들 떨며 동요한 모습으로, 사람들은 두려움과 생기를 띤 채 방공호에서 나왔다.

50년대는 바로 위층에 펼쳐졌다. 이곳은 엘비스 프레슬리, 패츠 도미노, 디지 길레스피, 마일스 데이비스의 영토였다. 여기서는 재즈, 로큰롤, 팝, 그리고 이젠 한물간 교향악 스타일의 프랭크 시내트라까지 놀랍도록 폭넓은 음악이 흘러나왔다. 이곳을 장악한 〈북북서로 진로를 돌려라〉, 히치콕, 캐리 그랜트, 〈카비리아의 밤〉, 펠리니, 마스트로이안니, 브리지트 바르도, 디오르…… 세계는 전쟁에서 회복중이었고 삶을 원했다. 그런 일은 세상의 한쪽에서 더 쉬웠다. 다른 한쪽을 위해, 우리는 복도 끝에 별도의 구역을 마련했다. 동쪽 권역을 위한 별개의 아파트 몇 칸. 한 칸에는 동유럽의 50년대를 재현했고 다른 한 칸, 별도의 병실에는 (경제적으로는 윤택한) 소련의 50년대를 꾸몄다. 그와 비슷하게 중국의 50년대도 준비했다. 과거는 또한 자금투자를 요했다. 쿠바혁명과 카스트로는 별도의 대농장을 할당받진 못했지만 이 구역을 배회하는 사람들 중 절반은 체 게바라 티셔츠를 입고 카스트로 사령관의 초상화 앞에서 멈춰 섰다. 서구와 동구 사이의 복도는 가운데에 설치한 '철의 장막'으로 분리되었다. 그것은 육중한 나무문으로, 항상 잠겨 있었고 클리닉 직원만 통과할 수 있었다. 한쪽 사람들이 무슨 생각을 품을지 모르는 법이니까.

동쪽 복도에서 탈출하려는 시도는 딱 한 번 있었는데, 바로 이 미니 베를린장벽 위를(장벽과 천장 사이에 몇 피트 정도 공간이 있었다) 뛰어넘으려 한 그 남자는 떨어져서 다리가 부러졌다. 부상자가 생기자 병원 잡역부 한 명이 헌 군복을 입고 장벽 동쪽을 순찰했다.

기억 소실은 더 젊은 사람들에게도 나타나고 있었고, 그래서 70년대로 꾸민 층이 점점 더 필요해지자 사층을 그 용도로 사용했다. 60년대는 삼층으로 내려갔다. 다락은 1980년대와 90년대를 위해 남겨두었다—언젠가는 필요하게 될 것이었다.

22.

치과의사의 기억

그는 얼굴을 기억하지 못하고, 얼굴과 이름을 연결 짓지도 못한다. 입을 벌리세요, 어디 한번 봅시다, 아하, 이제 누구신지 알겠군요, 아래 왼쪽 여섯번째 치아에 치수염이 있는 분, 키르초 씨 맞죠?

치아의 고고학이라는 것을 만들어 치아의 필링과 사용된 재료의 종류에 따라 시대를 십 년씩 명확히 구분하는 일은 분명 가능할 것이다. 오호, 나의 치과의사는 항상 말한다. 환자분 치아는 90년대의 간략한 역사로군요. 당시의 혼란, 위기, 메탈 세라믹에 대한 의기양양한 첫 실험, 신경치료의 대중화, 비뚤어지게 박은 치아 기둥, 완전한 악몽이에요. 치과의사가 고고학자라면……

내가 나고 자란 도시의 치과에서는 복도를 따라 늘어선 진료실 문마다 위쪽 벽에 공산당 정치국 위원들의 사진을 걸어두었는데, 그 이유야 누가 알까…… 우리는 어렸을 때부터 '공산당 정치국'이라는 말을 알았고, 그랬다는 사실 자체가 역겹다. 나는 그 얼굴 중 몇몇을 알아볼 수 있었다. 그들의 사진이 어딜 가나 보였고 텔레비전에 나올 때도 많았다. 그리하여 우리는 똑같은 하얀 문이 늘어선 이 대리석 복도에서 벌벌 떨며 앉아 이를 갈아내는 드릴 소리가 들리나 귀기울이고 있게 된다. 방금 누가 진료실 안에서 비명을 질렀다. 그리고 살균된 이 무정한 복도에서 그 남자들의 얼굴이 우리를 내려다보고 있다. 특징 없고 늙은 얼굴들, 아무런 희망이 없는 무정한 얼굴들.

1970년대는 어느 정도 이런 풍경이었다, 대리석과 늙은 남자들.

그 얼굴들은 내 머릿속에 영원히 각인되어, 파블로프의 개와 비슷하게 치과의사의 드릴 소리만 들으면 그 얼굴들이 고통의 무표정한 수호성인처럼 눈앞에 떠오른다. 그리고 역으로, 기록보관소의 신문에서 그 얼굴들을 언뜻 보기만 해도 치아가 찌르르해지는 느낌이 든다.

23.

매일 아침 나는 새로 도착한 신문과 잡지를 훑어본다. 1968년 1월 둘째 주의 〈타임〉. 스토파드의 〈로젠크란츠와 길덴스턴은 죽었다〉가 브로드웨이에서 공연중이다. 영화관들은 최근에 개봉한 비스콘티의 〈이방인〉을 상영하고 있다. 그리고 거의 모든 섹션의 주제는 전쟁이다. 제2차세계대전이 아직 끝나지 않았거나 다시 발발했다고 생각될 지경이다. 물론, 그 전쟁은 베트남전쟁이다. 위쪽 귀퉁이의 작은 네모 칸 안에 1967년 미군 전사자 수가 적혀 있다. 9353명. 그리고 체코슬로바키아에서의 사건과 관련된 글이 두 열을 차지하는데 사실 그 사건은 아직 일어나기도 전이다. 둡체크*의 당선을 다룬 이 글의 제목은 '희망의 이유'로 이 역시 곧 무너질 희망이다. 하지만 지금은 1968년 초이므로 우리는 아직 아무것도 모른다. 역사가 아직은 뉴스다.

갑자기 불가리아에 대한 글이 한 줄 나오는데, 도로 위 차량의 20퍼센트 가까이가 기사 딸린 차, 즉 관료나 다양한 부류의 우두머리를 실어나르는 차라는 내용이다. 우연인지 아닌지, 맞은편 페이지 전체를 차지하는 것은 거의 도로를 꽉 채울 정도로 넓은 거대한 빨간색 폰티액 자동차로, 1968년식 폰티액 본빌 자동차 광고다.

같은 시기, 1968년 1월 둘째 주에 지붕이 하드톱이 아니라 캔버스인, 마을 소유 초록색 지프(지역 협동농장의 차였고, 그러니 〈타임〉의 기사 내용이 맞았다) 한 대가 흙길 위를 덜컹거리며 인근 소도시의 산부인과를 향해 달리고 있었다. 그 지프

---

* 알렉산드르 둡체크(1921~1992). 체코슬로바키아의 정치인으로 1968년에 공산당 제1서기가 되었다.

안에는 내 어머니가, 내 어머니 안에는 내가 있었고 차를 운전하는 사람은 내 아버지였다. 나는 태어나러 가는 길이었다.

〈타임〉에 나온 그 통계가 내게 얼마나 개인적인 영향을 미쳤는지 보라. 그 마을에는 다른 차가 없었다. 아마도 어머니를 병원에 데리고 갈 자동차를 구하느라 극심한 스트레스를 받아서였겠지만, 아버지는 가족의 예금 전액을 인출하고 대출까지 받아 중고 바르샤바를 샀고, 그로 인해 마을 내 개인 자동차의 일인당 비율이 극적으로 증가했다. 광고 속 빨간색 폰티액과는 달리 그 바르샤바 자동차는 강력하고 비대하고 소리가 큰 차였다. 어느 이웃의 말에 따르면 군대에서 그 자동차들을 주시하고 있는데, 전시 물자 징발이 필요할 경우 모든 바르샤바 자동차를 국유화한 다음 지붕에 경포를 장착해 자동으로 작은 탱크로 개조하며 그 차의 기사는 탱크 운전병이 될 거라고 했다. 그 말을 들은 아버지는 걱정이 이만저만이 아니었다. 때는 68년 5월이었고 프라하의 봄이 이미 찾아왔으며, 바로 그 이웃의 말로는(그가 비밀요원이었는지 아니면 그냥 농담꾼이었는지 우리는 결국 알지 못했다) 우리가 체코의 형제들을 해방하러 가야 한다는 것이었다. 누구로부터 해방을 합니까? 아버지가 순진하게 물었다. 누구긴 누구요, 그들 자신으로부터지, 이웃은 대답했고 아버지는 벌써 자신이 징발된 바르샤바를 타고 프라하로 출발하는 모습을 눈앞에 그릴 수 있었다.

〈타임〉은 프라하의 희망에 대해 쓸 때, 그리고 불가리아의 개인 소유 자동차 부족에 대해 쓸 때 내 아버지의 걱정과 (협동농장의 소박한 지프를 타고 병원으로 가는 길에 발생한) 내 탄생을 짐작이라도 할 수 있었을까? 내 아버지는 〈타임〉에 대해 조금이라도 알았을까? 아닐 것이다. 하지만 그래도 모든 것이 연결되어 있다. 지프, 폰티액, 그리고 둡체크.

사오십 년 전의 잡지와 신문 읽기. 그 당시의 걱정거리는 이제 더이상 걱정거리가 아니다. 뉴스는 역사가 되었다.

속보는 속히 보도된 지 오래다. 신문은 살짝 누렇게 바랬고 잡지의 광택나는 지면에서 은근히 눅눅한 냄새가 풍긴다. 하지만 광고는 어떻게 되는가? 당시 우리가 귀찮아하며 넘겨버렸던 것들은 이제 새로운 가치를 갖는다. 갑자기 광고가 그 시대에 대한 진정한 뉴스가 된다. 그 시대로 가는 입구. 그 무엇보다 빨리 상해서 곰팡이로 뒤덮어버리는, 일상생활에 대한 기억. 물론 광고되는 물품들은 없어진 지 오래다. 가치는 그래서 더욱 높아진다. 좋은 생활을 누린, 폰티액을 몰고 흰 바지에 챙이 넓은 모자를 쓰고 친자노를 마시고 생트로페*를 산책하던, 이제는 사라진 세상에 대한 감각. 바로 그 세상에서 삼

---

* 남프랑스 해안가의 소도시 휴양지.

십 년 전인 1939년에는 닥쳐오는 전쟁 소식을 실시간으로 듣기 위해 라디오 특별 할인판매를 줄 서서 기다렸다. 전쟁이 무슨 야구 경기라도 되는 것처럼……

어쨌거나 1939년에는 라디오 사용이 급격히 증가했다. 그것은 전쟁의 매체가 되었다. 라디오를 통해 전쟁이 선포되고, 전방에서 싸우는 군인들을 치하하는 공연이 중계되고, 모든 선전이 단파와 장파를 타고 전파되고, 승리에 우쭐하거나 패배나 손실에 침묵하는 일도 모두 이 매체를 통해 이루어졌다. 모두가 그 나무상자 주위에 옹기종기 모였다.

그 모든 것은 어디로 갔나…… 라디오와 그 주위에 모이던 사람들은, 잡지에 들어가던 총천연색 광고들은 전부 어떻게 되었나? 어린이 라디오 프로그램 광고에 등장한 작은 금발 소녀는 지금 호스피스 병동에 누운 할머니가 되었고 아마 자기 이름도 기억하지 못할 것이다.

24.

내게 진정한 놀라움을 선사한 사람은 반쯤 열린 문을 통해 들여다본 다른 병실의 여자 노인이었다. 아무 감정 없는 텅 빈 얼굴과 멍한 눈빛으로 클리닉에 온 그 노인이 다이얼에 도시 이름이 적힌 대형 목제 라디오를 보더니 돌연 생기를 띠며 그 이름들을 소리 내어 읽었다.

런던, 부다페스트, 바르샤바, 프라하

툴루즈, 밀라노, 모스크바, 파리

소피아, 부쿠레슈티……

오, 소피아, 소피아, 노인이 말했다. 그런 상황에서 내가 할 일은 요령껏 다가가 대화를 시작하며 이야기를 들을 준비를 하고 기억을 되살리도록 격려하는 것이었다. 노인은 불가리아에서 온 이민자로 밝혀졌다. 아버지는 불가리아 여자와 결혼한 독일인 엔지니어였고, 그들 가족은 소피아에서 가까운 어느 마을의 마당이 딸린 좋은 집에서 살았다. 어떤 산과 가까운 곳이었는데…… 노인은 이제 그 이름을 기억하지 못했다. 노인을 클리닉에 데려온 조카는 우리 옆에 서 있었고, 고모가 말을 하고 활기를 띠는 모습이 믿기지 않는 듯했다. 저건 고모가 쓰시던 언어, 불가리아어인가봐요, 조카가 말했다.

노인은 긴 세월 동안 특정 언어를 쓰지 않고 살아온 사람치고 말을 매우 잘했다. 물론 노인의 이야기는 기억과 언어의 공백 때문에 끊어지기도 했지만 또다른 곳에서 다시 이어졌다. 노인은 저녁마다 음악 프로그램을 들으려고 라디오 주위에 모이던 기억을 떠올렸다. 뉴스는 어머니와 아버지만 들었다. 하지만 전방에서 싸우는 군인들을 위한 음악과 클래식 콘서트는 모두 함께 듣곤 했다. 노인은 라디오에서 깜빡이던 불빛에 대해 이야기했고, 다이얼에 쓰인 도시 이름을 술래 뽑는 놀이의 구호처럼 외치면서 각 이름 뒤에 무엇이 있을지 상상했다고 말했다.

나도 어렸을 때 그렇게 했던 기억이 난다. 그 다이얼은 내 최초의 유럽이었고, 나는 모든 도시가 각기 다른 소리를 낸다고 생각했다. 다이얼을, 혹은 축전기를 돌리면 파리의 요란한 도시 소음이나 런던의 광장에서 말다툼하는 커플의 목소리가 들릴 거라고. 왜 그랬는지는 몰라도 내 상상 속 런던에는 항상 티격태격하는 사람들이 있었다…… 세상은 닫혀 있었고 그 도시 이름들만이 커졌다 작아졌다 하는 소리와 지직거림과 의도적 전파 방해 너머 어딘가에 그 도시들이 존재한다는 증거였다. 그곳에는 다른 사람들이 아이들과 함께 라디오 주변에 둘러앉아 있고 귀를 잘 기울이면 저녁마다 그들이 무슨 말을 하는지가 들릴 거라고 생각했다.

노인은 계속해서 이야기했다…… 그런데…… 라디오가 우리에게 명령했어요. 빨리schnell, 빨리schnell, 도망쳐야 해, 러시아 군대가, 난 아홉 살짜리 작은 여자애kleine Mädchen, 파란색 카디건, 주홍색rote 단추…… 엄마…… 여기 작은 토끼가, 하면서 노인은 카디건 오른쪽 위를 가리킨다. 엄마가 거기에 집토끼Kaninchen를 꿰매어주었지…… 도망쳐야 해. 아빠는 독일 사람이야, 독일 사람, 사람들이 아빠를 죽일 거야…… 그리고 할머니가 소리를 질렀어…… 여기 나빠, 나빠, 도망쳐…… 마지막 열차니까 빨리, 빨리, 빨리schnell, 비행기, 총소리 크르르르릉 기차가 멈춰, 우리는 엎드려, 납작…… 풀밭, 풀밭……

풀밭……

긴 침묵, 마치 생각의 갈피를 잃은 것처럼……

풀밭……

다시 긴 침묵, 그러다 갑자기 기억이 돌아와 노인의 머리 위에 전투기처럼 급강하한다…… 얼굴이 두려움으로 일그러지고, 노인은 양팔을 들어올린다……

(가능한 일인가, 나는 이 여자가 어디선가 만난 아는 사람이라는 생각이 든다……)

노인의 조카가 고모를 껴안는다…… 노인이 조카를 알아보는지도 잘 모르겠다. 조카는 이 기억 속에 존재하지 않으니. 노인은 지금 1944년에 있다…… 노인의 언어가 완전히 뒤죽박죽되어 독일어 단어들이 점점 더 많이 섞여든다…… 조심해Achtung…… 기차가 마지막 독일인 직원들, 난민들, 가족들을 이송하고 있다…… 전투기들이 폭탄을 투하한다, 기차가 멈춘다, 사람들은 기차에서 뛰어내려 땅에 엎드려야 한다. 흙 냄새, 그녀의 주위로 날아가는 총알들, 어머니의 몸, 노인은 아버지는 언급하지 않는다…… 그런데 암소 한 마리가 나타 나 그들을 향해 걸어온다. 곧이어 달리더니 멈춰 서서 주위를 둘러보고 폭탄과 총성에 놀라 다시 달리기 시작한다…… 저 리 가, 암소야, 노인이 소리를 지른다, 어린 소녀가 소리를 지 른다, 저리 가, 암소…… 저 사람들이 널 죽일 거야…… 하지 만 암소는 듣지 못하는 게 분명하고, 소녀를 보며 음매 하는 데…… 그때 파편 한 조각이(나는 이야기의 불분명한 부분을 채우고 있다) 암소의 엉덩이에 박힌다. 암소는 피를 흘리고 절 룩거리며 음매, 음매, 음매 운다. 노인이 음매 하고 운다. 이봐, 암소야, 이봐, 암소야…… 소녀가 일어나 암소를 향해 달리기 시작한다. 어머니가 딸을 거칠게 잡아당겨 소녀는 쓰러진 다…… 어디, 어디…… 음매, 음매…… 아, 암소야, 아, 암소야, 너 안 죽어, 내가 널 구해…… 암소는 소녀 앞에 누워 머리를 떨면서…… 그 눈…… 소에겐 눈이 있고 소 울음을 울고, 소 녀-노인이 말한다. 울고 있어, 울고 있어, 그리고 그녀는 울고 있다……

    고모tante, 고모tante, 노인의 조카가 독일어로 계속 말한다. 금기의 장면을 목격한 사람의 어색함이 가득한 말투로, 진정해요. 어떻게 좀 해보세요, 그가 나를 돌아본다. 우시잖아요……

기억하시는 겁니다, 나는 말한다. 그래서 우시는 거예요……

힐데! 별안간 그 이름이 떠오른다. 힐데, 나는 노인의 손을 붙잡고 크게 말한다. 조카는 놀라서 얼떨떨하다. 고모 이름을 어떻게 아세요?―그들은 여기에 처음 왔고 입원 수속을 맡은 사람은 내가 아니었다. 노인이 고개를 들고 나를 본다. 노인은 나를 알아보지 못할 것이다. 이십여 년 전 나는 프랑크푸르트에 있는 노인의 집 거실에 앉아 있었다. 아내와 나는 친구 소개로 가게 된 그 집에서 이틀 밤을 묵은 참이었다. 당시 나는 그 사람에 대해 어떤 글을 썼다. 힐데, 독일을 구한 여성.

힐데는 나를 알아보지 못한다. 나는 그녀의 손을 잡고 불가리아어로 말한다. 그 암소가 보인다고, 지금 하느님 오른편에서 풀을 뜯고 있다고, 죽을 때 혼자가 아니었기 때문에, 자기에게 말을 거는 어린 소녀를 보았기 때문에…… 그건 행복한 죽음이라고. 지금 다른 암소들은 불행하게 죽지만, 그때 그 소에겐 안아주는 이가 있었다고, 그러니 지금은 다 괜찮다고, 당신도 괜찮다고. 나는 노인이 아니라 아홉 살 소녀에게 말하고 있음을 깨닫는다. 힐데는 진정하고 소파에 앉더니 고개를 뒤로 젖히고 잠에 빠져든다.

25.

힐데는⋯⋯

비행장에서 기다릴게요, 힐데는 전화로 말했다. 목소리가
밝았다. 힐데의 불가리아어는 40년대의 말이었다. 갑자기 다
른 시대로 가는 뜻밖의 문을 열어젖히는 말들이 있다. 잠시 나
는 궁금해졌다. 40년대에는 실상 비행장에 불과했던 프랑크푸
르트공항에서 우리가 만날 때, 그때가 1945년일지 2001년일
지. (이 대화가 이루어진 때는 2001년이다.) 마치 이 순간 이
후 계속 그 '비행장'이 나를 힐데와 한데 묶을 내 기억의 '마들
렌'이 될 것처럼. 이 이야기에 나오는 다른 두 가지 사물—냄
비 하나와 정말로 평범한 보통의 공장 제조 빵 하나—과 함께.

물론 힐데는 칠십대 초반의 화려한 모습으로 비행장에서 정
시에 우리를 기다리고 있었다. 불가리아 국경 밖에서 사람들
은 더 아름답게 더 천천히 나이든다. 노년은 다른 곳에서 더
자비롭다.

이쯤에서 언급할 만한 사실은 힐데가 불가리아에서 태어났
고 붉은 군대가 밀고 들어오기 전에 마지막 기차를 잡아탈 수
있었다는 것이다. 힐데의 가족은 불가리아에 남고 싶어했다.
독일인 지질학자인 아버지는 군대와 관련이 없었다. 하지만

사람들은 그에게 그곳에 남아서 좋을 일은 없을 거라고 경고했다. 힐데는 불가리아인 어머니, 남동생과 함께 탈출했다. 아버지는 뒤에 남아 집과 관련한 몇 가지 정리를 한 다음 일주일 뒤에 기차를 타기로 되어 있었다. 다음날 저녁, 아버지는 총에 맞아 죽었다…… 힐데는 아홉 살이었다. 가족은 일주일 가까이 길 위에 있었다. 기차가 계속 폭탄 공격을 받은 것이다. 철로 옆에 엎드린 채 맡은 풀냄새, 흙냄새를 힐데는 또렷이 기억했다. 힐데는 우리가 그녀의 집 거실에 앉아 있을 때 이 모든 이야기를 했다. 장스탠드와 목제 팔걸이가 있는 낡은 안락의자 등, 영원히 60년대에 머물러 있는 거실이었다.

그때 문득 생각이 나 힐데가 전화로 부탁했던 공장 제조 빵을 꺼냈다. 그 부탁을 들었을 때 좀 어리둥절했던 것이 사실이다. 불가리아에서 그 평범한 공장 빵을 찾을 때까지 여러 상점을 돌아다녀야 했다. 아직도 누가 그 빵을 사긴 할까? 힐데는 조심스럽게 빵을 받았다. 깊이 감동한 모습이었고, 내게 그 모습을 보이지 않으려고 복도로 나갔다. 잠시 뒤 돌아온 힐데는 어린 시절의 그 빵 맛을 기억한다고 말했다. 힐데는 빵을 세 조각으로 잘라 소금을 살짝 뿌린 뒤 하나는 내게, 또하나는 내 아내에게 건넸다. 소금을 뿌린 소박한 공장 빵 한 조각을 그토록 음미하는 사람을 나는 본 적이 없다.

그런 다음 힐데는 우리를 부엌으로 데려가 매우 특별한 것을 보여주었다. 그녀는 찬장 아래 칸을 열고 안쪽 깊은 곳에 있던 냄비를 꺼냈다. 거친 강철로 만든 거대하고 육중한 냄비였다. 마치 탱크를 녹여 주조한 것 같다고, 그때 나는 생각했고 심지어 말하기도 했다. 힐데는 빙긋 웃으며 그게 얼마나 정확한 말인지 모를 거라고 했다. 이 냄비는 패망한 독일 정부가 각 가정에 나눠준 최초의 물건이자 가장 값진 물건이었다. 무기와 군수품을 녹여 만든 커다란 냄비 하나씩. 우린 이 냄비 덕분에 살아남았어요, 힐데가 말했다. 돌도 넣고 끓일 수 있을 거예요.

나는 40년대와 50년대 독일의 폐허 속 젊은 힐데를 상상했다. 다른 여자들과 함께 잔해를 치우며 온전한 벽돌을 찾고, 남동생을 위해 옷을 만들거나 꿰매고, 감자 몇 알을 받으려고 기다리고, 전기를 아끼려고 어둠 속에 앉아 있는 모습을. 토대까지 깡그리 파괴된 나라를 재건하는 것이 제 운명인 사람처럼 불평 없이.

우리는 힐데의 초라한 아파트에 앉아 있었고, 나는 언젠가 힐데의 이야기를 해야겠다고 생각했다. 자기도 모르는 채 독일을 재건한 사람. 낡고 육중한 냄비 하나와 소금을 뿌린 공장 빵 한 조각의 기억으로.

26.

가우스틴의 클리닉에는 서서히 지지자들이 생겼다. 몇 년에 걸쳐 과거 요법 병실과 주택이 다양한 곳에서 생겨나기 시작했다. 예를 들어 오르후스*에서는 옛날식 주택으로 이루어진 민속 마을을 지어 학생과 여행객에게 그들의 선조가 어떻게 살았는지, 어떻게 거위와 양과 염소와 말을 키웠는지 보여주었다. 그 거위, 양, 염소, 말 들이 19세기 동물인 것은 아니었다.

이 이야기에 호기심이 동한 나는 덴마크에서 열리는 문학 축제를 핑계삼아 며칠 일찍 입국해 오르후스로 가는 기차를 탔다. 덴마크 친구 한 명에게 부탁해 그곳에 미리 전화를 걸어 내가 작가 혹은 언론인으로서 이 사회적 프로젝트에 관심이 있다는 정도로 설명하게 해두었다. 친구는 지나치게 철저히 준비를 한 것이 틀림없었다. 그곳에 도착하자 쾌활한 젊은 여성이 안내를 해주겠다며 기다리고 있었기 때문이다.

사실 그곳은 가우스틴의 클리닉과 공통점이 많진 않았다. 다른 박물관과 크게 다를 바 없는 박물관이었으나, 한 달에 두 차례는 일반 관람객 대상 영업을 일찍 마감하고 남은 시간에 양로원 방문객들, 특히 치매를 앓는 사람들을 입장시켰다. 일

---

* 덴마크의 항구도시.

부 노인들은 기력과 기억력의 정도에 따라 농장 안으로 들어와 오리와 염소에게 먹이를 주거나 텃밭에 물을 주거나 마당에서 일광욕을 했다. 그런 활동이 아무런 의미가 없는, 마을 생활과 농사에 대한 기억이 없는 노인들도 있었다. 그 사람들은 1974년의 모습 그대로 보존된 아파트로 곧바로 데려갔다. 나는 특정한 해를 명확히 정했다는 점이 마음에 들었다. 비록 그 아파트가 1973년이나 그다음해인 1975년에는 달랐을 것인지 확실하지 않았지만. 부엌의 식탁과 냉장고, 거실의 천소파가 튤립처럼 한 해 만에 시들어 없어졌을 리는 없으니까. 물론 나는 그 점을 내 안내인에게 삐딱하게 지적했다.

그 젊은 여성은 쾌활했다. 북쪽 사람 특유의 침착한 태도로 내 의심과 질문과 남쪽 사람 특유의 직설적인 농담을 받아냈다. 그 아파트 안에 들어가면 여자들은 곧바로 부엌으로 간다고 안내인이 말했다. 어떤 숨겨진 나침반이 켜지는 것처럼. 자기 아파트 안에서도 잘 돌아다니지 못하는 여자들이 여기에서는 본능적으로 길을 알았다―조절된 반사작용이 본능으로 전환된 경우. 그들은 향신료 냄새에 이끌렸고 바질, 정향, 민트, 로즈메리가 든 항아리들을 열어 코를 들이밀었고 그 이름을 기억 못하거나 혼동하기는 해도 무엇이 무엇인지는 알았다.

그분들은 막 분쇄한 신선한 원두의 지금은 없는 커피 향을 찾아가시죠, 여성 안내자가 설명했다. 우린 50년대와 60년대에 인기 있었던 것과 똑같은 종류로 커피를 구비해둡니다. 그분들은 원두를 직접 갈고 싶어하세요. 원두가 가루가 된 뒤에도 계속 분쇄기 핸들을 돌리시는 분도 많아요.

나는 기억의 텅 빈 굴에서 마지막으로 떠나가는 것은 향기의 기억이라는 생각을 했다. 아마도 후각이 일찍 형성되는 감각이기 때문일 테고, 바로 그런 이유에서 그것은 맨 마지막에, 머리를 땅에 처박고 냄새를 킁킁거리는 작은 동물처럼 떠나간다. 나는 그 여자들이 네모난 목제 커피 분쇄기, 혹은 구리 핸들에 변색된 은으로 된 긴 원통형 분쇄기의 핸들을 끝없이 돌리는 모습을 선명히 떠올렸다. 17세기의 장면, 페르메이르, 할스, 렘브란트 같은 옛 시절의 네덜란드 화가들이 그림으로 표현했을 법한 장면, 세밀한 사실주의와 숭고한 일상이 하나로 합쳐진 장면일 것이다. 커피 분쇄기의 핸들을 돌리는 끝없는 손짓, 코로 들이마시는 그 향기, 어떤 것들은 수백 년이 지나도 변하지 않는다. 나는 그들이 해를, 계절을, 나날을, 시간을 커피콩처럼 갈고 있다고 상상했다. 이 커피 분쇄기들의 손잡이를 돌릴 때 그분들은 정말로 다른 시대로 들어가시는 것 같아요, 하고 진주 귀걸이를 한 소녀(자신을 로테라고 소개한 내 안내인을 나는 그렇게 불렀다)는 말했다. 이곳엔 60년대와 70년대의 책들로 채운 도서관도 있지만 그분들 대부분에게 문자는 더이상 아무런 의미가 없어요. 가끔 아동용 도서를 펼쳐 그림을 보는 사람들도 있지만 그게 전부죠.

사실, 커피는 17세기 초에 피터르 판덴브루커라는 네덜란드 사람이 씨앗 몇 개를 바다 건너에서 가져와 유럽 최초로 재배했다. 이 관목 식물에 매료되어 물려받아 보살핀 그의 후계자는 다름아닌 칼 린나이우스*였다. 린나이우스 자신도 말년에는 진행성 기억 상실증을 겪기 시작했다. 온 세상에 이름을 붙인, 정리할 수 없는 것들을 정리하고 분류한 사람이 바로 그 이름들을 갑자기 잊기 시작했다. 그가 물망초 앞에 앉아 다름아닌 자신이 붙여준 라틴어 이름을 기억하느라 애쓰는 모습이 상상된다.

우리는 각기 다른 시대의 집들을 지나 걸어가다가 1920년대의 우체국에 들렀고, 며칠씩 걸려 메시지를 받는 만족 지연의 산업, 기대감의 산업 전체가 종지부를 찍었다는 점을 언급했다. 계속 걸어가면서 지난 세기의 귀족들, 우유 배달부들, 양 떼가 없는 목동들과 마주쳤고 가게 앞에 나와 앉은 구두장이들에게 고갯짓으로 인사했다. 한 곳에서는 반바지에 멜빵을

---

* 생물 분류학의 기초를 놓는 데 기여한 18세기 스웨덴의 식물학자로, 귀족 작위를 받은 후의 이름은 칼 폰 린네다.

메고 납작한 모자를 쓴 아이들이 등 짚고 뛰어넘기 놀이를 하고 있었고 어느 교차로에서는 거지가 찢어진 모자를 얌전히 내밀었다. 그들 대부분이 자원봉사자거나 역사 전공 학생이거나 은퇴자라고 안내인이 말했다. 보수를 받지도 않는데 매년 더 많은 사람이 와요. 때로는 홈리스도 찾아옵니다. 그러면 그들은 어떤 복장을 합니까? 나는 반짝 흥미가 솟아 물었다. 우리는 그분들에게 따뜻하고 깨끗한 특정 시대의 복장을 드립니다. 그런데 대부분은 옷을 갈아입고 싶어하지 않아요. 자기 모습 그대로 있기를 원하니까요. 그분들도 말씀하시죠. 언제든 부랑자는 있었잖아요, 우리가 어느 세기에 필요한가요?

물론 맞는 말이지, 나는 나중에 생각한다. 홈리스에겐 역사가 없다, 그들은…… 어떻게 말해야 할까, 역사 밖 존재, 소속 없는 존재다. 가우스틴 역시 어느 정도는 그런 사람이었다.

마지막으로 우리는 70년대에 가장 인기 있던 페이스트리 체인점에 가서 앉았다. 케이크, 머랭, 크루아상을 밀가루, 바닐라, 레몬 껍질, 계피 등 당시에 사용하던 모든 재료를 써서 처음부터 만드는 곳이었다. 케이크 틀과 아이싱도 당시의 것을 쓴다고 로테는 강조했다. 우리는 거기 앉아서 예전에 인기를 누린 어느 브랜드의 핫초콜릿을 금테 두른 도자기 컵에 마셨다. 70년대의 웨이트리스들이 우리 옆을 분주히 지나다녔고, 그들이 풍기는 굉장히 친숙한 분위기가 나를 과거로 돌려보냈다—내 최초의 다소 성적인 기억 중 하나는 그들이 신은 것과 같은 발목 높이의 흰 구두와 관련이 있었다.

로테, 나는 단도직입적으로 물었다. 당신이라면 어느 시기를 선택할 것 같아요? 60년대, 70년대, 아니면 80년대?

로테는 잠시 말이 없다가 그런 질문에 할 수 있는 최선의 답을 말했다. 저는 모든 시기의 열두 살 아이이고 싶어요.

내 대답도 같았을 것이다.

27.

그렇다, 오르후스의 실험은 효과가 있었다. 하지만 그곳에는 여전히 박물관 같은 분위기, 일요일에 놀러간 디즈니랜드 같은 분위기가 있었다. 가우스틴의 실험에는 다른 목적이 있었다.

68년도로 내려가세, 내가 돌아갔을 때 가우스틴이 제안했다.

근사했다. "68년도로 내려가세"라는 그 말, 지하세계로 내려가는 오르페우스 같은 그 느낌. 60년대는 그냥 아래층일 뿐이었다. 우리는 레몬색 안락의자 두 개를 치지하고 앉았다. 가우스틴이 할인판매점에서 내게는 어이없게 들리는 가격에 산 물건이었다. 동네의 돈 많은 워홀 워너비의 아파트를 대대적으로 치우는 중이었다고 한다.

가우스틴이 담배 한 갑을, 이번에는 지탄 담배를 꺼내 한 개비에 불을 붙이자 향이 강한 연기가 천천히 방안에 퍼졌다. 그는 시그램스 엑스트라 드라이 한 병을 땄다—〈뉴스위크〉마지막 페이지에 완벽한 드라이 진, 올리브만 가져오시면 나머지는 저희가 맡겠습니다라고 광고하는 술.

그래, 말해보게, 가우스틴이 말문을 연다…… 덴마크는 아직도 감옥인가?

나는 그곳이 이젠 박물관에 가깝다고 대답하고 다양한 시대의 주택들, 1974년의 아파트와 로테가 보여준 다른 여러 개의 방에 대해 자세히 설명했다. 그 방들은 평범한 가족들이 살던 때 그대로, 그들의 이야기, 앨범, 여행 가방, 옷걸이, 빵 보관함, 냉장고 위에 놓인 조화 화병까지 갖춘 채 보존되어 있었다. 그 중 한 아파트는 튀르키예 이민자의 집이었다. 그는 쉰 살의 남자였고 아들들은 스무 살 언저리의 외국인 노동자Gastarbeiter였다. 재떨이는 담배꽁초로 넘쳐흘렀고 냄새도 여전히 남아 있었다. 나는 꽁초들이 가끔 교체되는지 궁금했다.

그것의 문제는, 가우스틴이 말하기 시작했다…… 그는 밤새 골몰한 생각을 그 순간 정리하려 애쓰는 것처럼 신중하게 단어를 골랐다. 가우스틴이 불면증에 시달렸다는 얘기를 했던가? 클리닉에서 잘 때는 그가 내는 소리가 들렸다. 여기저기 걸어다니다 멈추고 차를 끓이거나 밖에 나가 담배를 피우기도 했다. 그는 마치 '기억의 천재 푸네스'* 같았다. 언젠가 나는 우리가 예컨대 1882년 4월 20일 아침의 구름 모양을 재현할 수 있다면 완벽의 경지에 도달한 셈일 거라는 취지의 말을 한 적이 있다. 그리고 오후 3시 14분에 어떤 개의 옆모습이 어떠했는지도, 하며 가우스틴이 맞장구를 쳤다.

그에 따르면 덴마크 모델의 문제는 회상의 체제 안으로 잠시 입장하는 일, 오후 2시부터 5시까지 과거를 방문했다가 이제는 낯설어진 현재로 되돌아오는 일이 너무 혼란스럽고 고통스럽다는 점이었다. 마치 두 계절 사이의 문을 열거나 여름에서 겨울로 곧장 이동하는 것처럼. 혹은 계속해서 어둠에서 빛으로, 혹은 젊음에서 노년으로 아무런 과도기 없이 옮겨가는 것처럼. 단 몇 시간만 머무른다면 과거의 창은 너무 짧게 열린다. 가우스틴은 68년도의 진을 조금 더 따른 뒤, 자신이 보기에 이제는 한 발짝 더 나아가 좀더 급진적인 시도를 해볼 때가 왔다고 말했다.

간단히 말해서, 그의 아이디어는 특정 시기의 도시 전체를

---

* 보르헤스가 쓴 동명의 단편소설 주인공. 특정 사물이 시시각각 변하는 모습을 기억할 정도로 초인적인 기억력을 지녔다.

만드는 것이었다. 하지만 도로 하나와 섬유 유리로 지은 집 몇 채가 있는 시뮬레이션용 도시가 아니라 진짜 도시 말이네. 처음에 그 도시의 시간대는 일테면 1985년일 거야. 거기에서 시작할 거야. 나는 그해의 특기할 만한 일이 하나도 기억나지 않는다고 대답했다. 우리 학년이 고등학교를 마치고 의무병역에 동원되었다는 사실을 제외하면 말이지, 하고 속으로 덧붙이기도 했다. 다가오는 해의 그림자로 이미 어둑했던 그 일 년. 다음해에 우리는 체르노빌, 정적, 방사능 비, 요오드 부족을 겪었는데, 요오드라면 우리가 비밀리에 비축해두어……

그해에 꼭 특별한 점이 있어야 하는 건 아니네, 가우스틴이 대답했다. 시간은 특별함에 둥지를 틀지 않아. 시간은 고요하고 평화로운 곳을 찾지. 다른 시간의 흔적을 발견하는 일이 일어난다면 그건 평범한 어느 오후일 거야. 삶 그 자체를 빼면 아무런 특별한 일도 일어나지 않은 오후…… 그건 누가 한 말이더라? 가우스틴이 웃음을 터트렸다.

자네, 나는 대답했다.

자네는 항상 머릿속에 떠오른 생각을 전부 내 것이라고 우겨. 하지만 특별히 이건 정말로 자네가 내게서 슬쩍했는지도 몰라. 그래서 그 도시는 일단 1985년에서 시작할 거야—가우스틴은 이제 몹시 흥분해 있었다—우린 그해를 완전히 까뒤집어서, 1985년에 쓰던 표현대로, 아주 끝내주게 만들어야 할 거야. 고르바초프, 레이건, 콜, 그들은 뚜렷한 흔적을 남겼으니 좋지. 하지만 그 시절에 무엇을 멋지다고 했는지, 어떤 은어를 썼는지, 모두가 열광한 배우들은 누군지, 어떤 포스터들을 걸었는지, 어떤 가사家事 잡지와 텔레비전 가이드를 읽고 어떤 일기예보를 참고했는지 알아내고 그해의 〈오고뇨크〉 전권을 갖추기로 하세. 브로콜리와 감자는 얼마였는지, 동쪽에서는 라다 자동차, 서쪽에서는 푸조 자동차가 얼마였는지. 사람들은 무슨 병으로 죽었고 밤에 침실에서는 무슨 일로 싸웠는지. 우리는 그해의 신문 전부를 일별로 복사할 거야. 그런 다음 1984년에 대해서도 똑같이 하고……

그다음엔 1986년이 오는 거 아닌가? 나는 물었다.

글쎄, 아마도 처음에는 뒤로 거슬러가야 하지 않을까, 가우스틴이 대답했다. 우선, 우리 환자들은 기억을 잃었으니 계속 뒤로, 뒤로 가겠지. 계속 더 오래된 일을 기억하게 될 거야. 그들에게는 1985년 뒤엔 1984년이, 그다음엔 1983년이, 계속 그렇게 이어지겠지…… 자네가 80년대를 그다지 좋아하지 않는 걸 알아. 하지만 참아야 할 거야. 그 시절을 복구하고 거기에 이야기를 채워넣어야 해. 80년대에 사람들은 무엇에 슬퍼했을까? 물론 같은 해에 더 오래 머물러도 되고, 반복해도 돼. 그런 다음 1970년대도 작업할 거고. 그건 다른 동네가 되겠지.

하지만 새로 기억을 잃은 사람들이 올 테고, 그들에겐 90년

128

대도 과거가 되겠지, 나는 끼어들어 말했다. 모든 시기를 갖춰야 할 것 같아. 과거가 잡초처럼 자라나니까.

어쨌든 우리가 70년대에 도달하면, 가우스틴이 이어 말했다. 거기는 색채가 더 화려하고 사이키델릭할 거야. 그건 클리닉에서 이미 봤겠지. 물론 이런 도시들에 비하면 클리닉은 애들 장난 같겠지. 그 도시들에선 사람들이 하루 24시간, 일주일의 7일, 일 년의 365일을 머물 거야. 사람들 사이에서도 여러 일이 벌어지겠지. 일이 어떻게 돌아갈지 우린 알 수 없어. 그런 다음에는 1960년대 동네가 마련될 거고, 그러면 자네는 물 만난 물고기 같겠지. 꼭 원한다면 1968년을 이 년이나 삼 년으로 늘릴 수도 있네, 가우스틴이 웃으며 말했다. 어떤 일 년은 다른 일 년보다 긴 법이니까. 우린 1950년대에도 갈 거야. 거기에선 역사의 어느 편에 서느냐가 특히 중요하겠지. 물론 어느 편에서든 금욕적인 시기였지만.

그럼 1940년대는 어떻게 하나? 나는 물었다. 전쟁은?

가우스틴이 자리에서 일어나 창가로 걸어갔고, 완전한 일 분이 지나간 뒤 대답했다. 모르겠어. 솔직히 정말 모르겠어.

그의 '모르겠어'는 백 년에 한 번이나 들을 수 있는 말이었다. 가우스틴은 모든 것을 알았다. 혹은 그 반대의 상태를 인정하는 일만은 없었다.

그때, 1968년 혹은 2020년의 그 오후에—결국 둘은 같은 오후였으니까—가우스틴은 훗날 어떤 식으로든 일어날 일을 미리 암시했다. 그것은 논리적인 듯하면서도 동시에 모든 논리를 넘어서고, 무해하면서도 위험했다—말하자면, 역사적 규모의 위험. 그는 오래된 스프링 노트를 꺼내 평면도, 연도, 크로노토프*, 도시와 나라의 이름 등을 간략히 적었다. 지탄 담배를 계속 피워대면서 가끔은 반쯤 피운 담배를 잊어버리고 다른 담배에 불을 붙이기도 했다. 연기 때문에 내 눈에 눈물이 고였다. 그렇다, 연기 때문이었다. 아니, 그렇다고 생각했다. 잿빛 구름이 그 미래 위로, 아니 과거 위로, 아니 뭐라고 부르든 가우스틴이 내게 개략적으로 설명하는 그것 위로 불길하게 흘러갔다. 당연히 이건 은유일 뿐이야, 하고 당시의 나는 생각하면서 불길한 예감을 떨쳐버리려 했다.

가우스틴에게 이 실험들은 다 무엇이었을까? 그는 왜 과거의 현장을 확장해야 했을까? 그는 이미 다른 이들은 꿈도 꾸지 못할 성취를 이루었다. 그는 과거 요법 클리닉을 도입한 선구자 중 하나였다. 그의 경험에 기반을 둔 시설이 여러 나라에서 개소했다. 노인의학 전문가들은 그를 만나고 함께 일하고 자

---

* 문학이 시간과 공간을 재현하는 방식을 묘사하기 위해 러시아 문학자 바흐친이 1920년대에 도입한 개념.

문위원으로 초대하려고 기를 쓰고 있었다. 가우스틴은 절대로 직접 나서지 않았고, 대부분의 장소에 나를 보내 거절 의사를 항상 정중하고 확고하게 전달했다. 그가 온갖 인터뷰와 홍보를 사절했음에도 사람들은 직접 본 사람이 거의 없는 천재와 기인을 얘기할 때와 같은 존중과 경의를 담아 가우스틴의 이름을 언급했고, 그로 인해 전설은 더욱 강고해졌다.

28.

도망자

나는 그에게 '외로운 장거리 달리기 선수'라는 별명을 붙였다. 옛날에 나왔던 분노 가득한 영국 책에 대한 인사의 의미로 그랬지만 사실 그 책을 읽어본 적은 없다. 단지 그 제목이 머리에 콕 박혀 있었을 뿐이다. 최근에는 읽은 책보다 안 읽은 책을 훨씬 더 많이 기억한다. 이례적이라고 생각하진 않는다. 이는 일어나지 않은 과거의 경우와 같다.

어쨌거나 그는 실제로 장거리 달리기 선수였는데(혹은 사람들이 내게 그렇다고 말했는데), 튼튼하고 강한 체력의 전직 운동선수인 그의 몸은 그 사실을 잊고 싶지 않은 듯했다. 예전에

는 매우 활기차고 호기심 강한 남자였으나 질병이 지난 삼사
십 년의 기억을 먹어치웠고, 그래도 가끔 갑자기 기억이 돌아
와 우리를 놀라게 하는 때가 있었다. 약물은 망각의 과정을 늦
추려는 시도였고 우리의 노력은 그가 기억하는 시간을 돌려주
려는 시도였다…… (치료법은 없는 것이 분명하지만 사람은
병에 걸려서도 행복할 권리가 있다고, 가우스틴이라면 그렇게
말할 것이다.) 그것은 과거를 위한 전투, 모든 기억을 위한 전
투였다.

두세 해가 지나면 분명히 달리기 선수의 기력은 떨어지고
근육 기억이 약해져서 기억되는 시간의 틈은 더욱 가늘어지거
나 아예 사라질 것이다. 하지만 지금 그는 아직 튼튼한, 미심
쩍을 정도로 튼튼한 상태였다. 그는 우리 알츠하이머 공동체
의 70년대 동네에서 행복하게 살았다. 그를 79연대에 배치했
다고, 가우스틴과 나는 농담하기를 즐겼다.

달리기 선수는 날마다 도서관으로 가서 1979년에 나온 모든
신문의 최신호를 읽었다. 우리는 그해 신문을 전부 수집해 날
마다 한 부씩 내놓았다. 일기예보만 가끔 틀렸다. 하지만 아무
도 일기예보에 큰 기대를 걸지 않았고, 그래서 그다지 주목하
는 사람도 없었다. 달리기 선수는 많은 것을 읽었고 일어나는
모든 일에 흥분했다. 그는 음악 애호가였고 비틀스가 해체했
다는 사실에서 헤어나지 못했다. 그는 레넌의 편이었다. 폴 포

트 정권의 몰락, 교황 요한 바오로 2세의 첫 멕시코 방문―그는 모든 소식을 따라갔고 그해 1월은 순조롭게 시작했다. 그러다 중국이 베트남 국경을 공격했다는 소식에 한동안 의기소침하게 지냈다. 보이저호가 보낸 최초의 목성 고리 사진을 보고는 아이처럼 기뻐했다. 그 고리들에 대해 무엇을 알아낼 수 있을지, 그런 색깔들은 어디에서 오는지를 오래도록 말하고 싶어 했다. 거기에서 혹시라도 어떤 형태의 생명체가 발견될 것인지…… 나는 그의 기대감과 가우스틴이라면 기적의 예감이라 표현할 어떤 감정을 함께 나누고 같은 흥분을 느껴보려 했다.

다른 무엇보다 그를 열광시킨 것은 레넌이었다. 당시에 전 세계는 아바와 이론의 여지 없는 퇴락의 징후인 디스코를 쾅쾅 틀어댔지만, 그는 잡지와 신문에서 존의 발자국을 하나하나 빠짐없이 따라갔다. 거기에는 레넌이 집에 틀어박혀 있기를 좋아하는 사람이 되었다고, 수제 빵을 굽고 세 살배기 손을 어르며 논다고 쓰여 있었다. 달리기 선수는 그게 전혀 문제가 되지 않는다고 생각했고, 사실 존은 온종일 텔레비전 앞에서 빈둥거리기만 한다고 비꼬는 전처 신시아의 발언이 다른 신문에 실리자 진심으로 화가 났다. 한번은 〈라이프〉였다고 기억되는 잡지 최신호를 들고 내게 와서 기사를 읽어주었는데, 레넌이 최근에 자서전을 집필중이고 페니 레인에서 살던 유년기에 대해서는 이미 테이프 녹음을 마쳤다는 내용이었다. 그걸 어서 읽어보고 싶어요, 달리기 선수는 거듭해서 열성적으로 말했다.

한번은 그가 한밤중에 찾아왔다. 그는 등뒤로 문을 닫았지만 앉으려 하지는 않았다. 존 레넌이 살해당할 거예요, 그가 재빨리 말했다. 얼마 안 남았어요. 그는 진심으로 걱정했으나 어쨌든 그게 꿈에서 본 사실인지 아닌지는 설명하지 못했다. 어떤 미친놈이 존을 쏠 거예요, 난 그 사람 얼굴도 본 적이 있어요. 집에 돌아가는 존을, 다코타 아파트 입구 앞에서. 즉시 경찰에 알려야 합니다. 존이 당장 거기에서 나와야 해요.

나는 어떻게 반응해야 할지 몰랐다. 갑작스럽게 번뜩인 기억일까(그렇다면 치료가 효과를 내고 있다는 의미였다!), 아니면 외부에서 정보가 흘러들어온 걸까? 나는 내일 아침 바로 경찰에 알리겠다고 약속했다. 그러고는 좀더 대화를 나눈 뒤 그를 방으로 데려다주었다.

다음날 아침, 달리기 선수가 사라졌다.

우리 공동체에는 신중히 움직이지만 막강한 보안대가 있었다. 기억을 잃은 사람들은 길도 잘 잃기 때문에 보호 구역 밖으로 나가면 여러 사고의 쉬운 표적이 된다. 달리기 선수는 아직 체력이 좋았다. 보안대는 마지막 순간에 그가 울타리를 뛰어넘어 사라지는 모습만 보았다고 말했다.

환자가 탈주하는 일은 흔치 않았고 관련된 모든 이에게 불유쾌한 사건이었다. 다른 무엇보다도 환자의 생명을 위협하는 위험 때문이었다. 이 경우 달리기 선수는 단지 울타리 하나가 아니라 삼사십 년을 훌쩍 뛰어넘어버렸다. 다른 현실과의 이런 충돌이 어떤 영향을 미칠지 우리는 알지 못했다. 게다가 이 사건이 결국 경찰 수사와 공동체 폐쇄로 이어질지도 모르고, 그런 치료의 타당성에 대해, 내적 시간과 외적 시간을 '동기화'할 권리가 우리에게 있는지 등등을 두고 의학계와 다시 한번 논쟁을 벌여야 할 수도 있었다.

우리는 지역의 모든 경찰에 이 사건을 알렸고 다른 시기에 '거주하는' 환자를 다룰 때 특히 주의하라고 요청했다. 나 역시 그를 찾아 인근 도시를 헤매고 다니며 모든 종류의 시나리오를 머릿속에 펼쳐보았다. 달리기 선수가 처음 만나는 경찰관을 붙잡고 당장 FBI와 뉴욕 경찰에 경고해야 한다고 걱정스럽게 토로하는 모습을 상상했다. 왜요? 하고 경찰관은 물을 것이다. 비밀리에 전달할 메시지가 있어요, 존 레넌이 곧 살해될 겁니다, 범인이 이미 가고 있을지도 모릅니다. 정말입니까? 경찰관은 경찰관스러운 유머 감각으로 경쾌하게 말할 것이다, 좀 너무 늦은 거 아닌가요, 선생님? 어…… 무슨 뜻인가요, 이미 살해당한 겁니까? 나 자신을 절대로 용서할 수 없을 거예요, 하고 달리기 선수는 신음할 것이다.

나는 정말이지 그가 그런 일을 당하게 하고 싶지 않았다.

다행히도 모든 일이 신속하게, 최선의 방식으로 끝났다. 달리기 선수는, 그뒤로 우리가 도망자라 부르게 될 그는, 인근 도시에서 몇 시간 배회하다가(나는 그가 공항으로 곧장 달려가 뉴욕으로 가는 항공편을 알아볼까봐 두려웠다) 경찰서를 찾았는데 그곳 사람들은 이미 사건에 대해 알고 있었다. 그는 책임자와 얘기하고 싶다고 했고, 책임자는 그의 말을 주의깊게 들으며 받아 적은 뒤 곧바로 대응 시스템을 가동하겠다고 말했다. 그는 달리기 선수 앞에서 전화기를 들고 FBI 본부에 직접 전화했다. 그런 다음 달리기 선수를 그 경찰서의 가장 좋은(경찰 표식이 없는) 차에 태워 공동체로 다시 데려다주겠다고 했다.

나는 도망자를 어떻게 대해야 할지 알 수 없었다. 그는 '다른' 세상에서 돌아왔고, 시간을 뒤섞어버렸다. 그런 경우에는 치료를 중단하고 퇴원시켜야 할지도 모른다. 아니면 그 사람이 직접 퇴원을 요청할지도 모른다. 나는 그가 다른 사람들에게 바깥에서는 실제 시간이 흐르는데 여기에서는 우리가 중고 제품 같은 과거를 그들에게 속여 팔고 있다고 말하는 상황을 상상했다. 공동체에 입소하면 환자들(적어도 병의 단계가 초기인 환자들)과 그들의 가족은 이것이 실은 치료의 한 형태라는 사실을 알았다. 그러나 실험의 순도를 위해서는 다른 현실의 입자들이 들어오지 않도록 막는 편이 더 나았다. 환경이 다른 시대에 오염되지 않도록 멸균 상태를 유지할 필요가 있었다. 도망자가 공동체로 돌아온 뒤 한 행동은 예상을 완전히 빗나갔다. 저녁식사 후 나는 그가 다른 사람들에게 바깥의 도시에서는 모두가 어떤 실험 대상이 되어 있다고 말하는 것을 들었다. 사람들이 미래에 사는 척 연기하고 있더라고, 자네들은 믿기 어렵겠지만…… 어떤 사람들은 귀에 전선을 연결하고 손에는 작은 텔레비전을 든 채 걸어다니면서 화면에 눈을 박고 고개를 들지도 않아. 돈을 엄청 쏟아부어 SF 영화를 찍고 있거나, 아니면 앞으로 오십 년 뒤에 삶이 어떻게 될지 실험을 하고 있나봐. 그것이 도망자가 공공연히 밝힌 결론이었다. 최근에 자신이 〈타임〉에서 어떤 미래 예측에 대해 읽었는데, 그 실험을 수행하고 있는 게 분명하다고 했다. 그런데 모조리 가짜 같아서 사람들이 그런 걸 믿을 리가 없어. 우리 울타리 안으로는 넘어오지 않게 철저히 단속하고 있으니 참 다행이야, 그는 그렇게 이야기를 끝맺었다.

걱정하지 마세요, 나중에 그가 말했다. 바깥의 누구에게도 지금이 몇 년도인지 말해주지 않았으니 나 때문에 실험이 망하진 않을 거예요.

그러더니 소란을 일으켜 미안하다고 사과하고는, 그 사람들이 정말로 존을 보호하기 위해 행동에 나서리라고 믿느냐고 물었다.

나는 잠시 생각하다가 말했다—네. 내가 틀렸다는 소식이 신문에 나오기까지는 한 해가 통째로 남아 있었다.

29.

숫자들

세상이 어디를 향해 가는지 보일 거야, 가우스틴이 어느 날 아침에 말했다…… 완전한 실패, 향후 이삼십 년 안에 일어나리라고 기대한 모든 일은 일어나지 않았어. 자네도 잘 알 거야. 미래의 실패는 부분적으로 의료의 실패이기도 하다는 것을. 세상은 점점 늙어가고 삼 초에 한 명씩 누군가가 기억을 잃고 있네.

근래에 그는 통계학에 심취해 있었다. 통계를 추적하면서, 다양한 기억 장애의 점증하는 곡선, 세계보건기구, 유럽연합 본부, 규모가 큰 몇몇 나라의 자료를 끊임없이 비교하고 분석했다. 예를 들어, 미국의 수치는 실로 무시무시했다—대략 오백만 명의 치매 환자에 더해 알츠하이머병 환사도 오백오십만 명에 달했다. 지금 전 세계적으로 그 수치는 오천만이 넘는데, 가우스틴은 말하곤 했다. 등록된 경우만 해서 그렇다는 것이네. 그건 스페인보다 큰 나라 하나와 맞먹고, 칠팔 년 후면 그 숫자는 칠천오백만이 될 텐데, 역시나 병원에서 진단받은 경우로 한정해도 그럴 거야. 예컨대 인도에서는 치매를 앓는 사람 중 90퍼센트가 병원 진단을 받지 않고, 유럽에서는 절반 정도가 그러지. 거의 절반, 그럼 우리가 파악한 숫자의 두 배라는 얘긴데, 상상이 되나? 우리는 이미 방아쇠가 당겨진 사람들에 둘러싸여 있어. 본인들이 아직 모를 뿐이지. 심지어 자네와 나도 그중 하나일 수 있고…… 혹시 검사받아봤나?

아니.

나도 아니야. 모종의 전 지구적 치매가 닥쳐오고 있네.

가우스틴은 내 모든 감춰진 두려움을 건드리는 법을 알았다. 최근에 나는 날마다 이름과 이야기가 나를 버리고 족제비처럼 슬그머니 빠져나가는 느낌이 들었다.

그게 전부가 아니네, 그는 숫자 이야기를 계속 이어갔다. 현재 그것은 가장 돈이 많이 드는 질병 세 가지에 속해. 일 년에 이억 천오백만 달러가 든다고 미국인들이 계산했는데, 그게 오년 전 통계야. 그 비용에는 의약품, 사회복지 인력, 의사, 가정 간병인 등이 포함되는데, 도대체 얼마나 많은 간병인이 필요한지 상상이 되나? 미국의 일부 정치인은 머지않아 이 흐름을 이용하려 들 거야. 불안을 유도할 거라고. 사회에 짐이 될 뿐이고 불치병을 앓고 있으며 고통 없는 죽음이 필요한 정신 장애인에게 엄청난 돈을 쓰는 것은 아무도 원치 않겠지. 그들은 파격적인 보건 정책을 요구할 거야. 일종의 의학적 현실 정치realpolitik를……
전에도 이런 걸 본 적 있지 않은가. 그 수사법은 1930년대에
개발되어 적용되었어.

우리가 30년대를 재현할 필요가 없어서 다행이군, 나는 생
각했다. 하지만 그 시대를 살짝 엿본 적은 있었다. 그때 머리
에 떠오른 국가사회당 주력 잡지 〈노이에스 폴크〉 1938년도
표지에는 '불치병'에 걸린 사람의 사진과 함께 다음과 같은 설
명 글이 있었다. 유전병에 걸린 이 사람이 해마다 사회에 전가하는
비용은 육만 라이히스마르크입니다. 친애하는 동포 여러분, 그건 여
러분의 돈이기도 합니다.

우리 환자들은 블랙리스트의 맨 위에 오를 것이다. 30년대
에도 바로 그렇게 시작되었다―정신과 병동과 노인의학 클리
닉과 함께.

30.

언젠가 클리닉에 미시즈 Sh라는 여자 노인이 입소했다. 욕
실에 가기를 거부하고 샤워실을 보기만 하면 히스테리를 부리
는 사람이었다. 이런 일은 이따금 벌어졌다. 병의 단계가 심각
해진 환자들은 공격적으로 변하고 고집이 세지며 어린애처럼

이전에 습관적으로 하던 일을 하지 않으려 했다. 그런 경우 우리는 아직 향이 남아 있는 적합한 시기의 비누와 샴푸를 찾아낸다. 목욕용품과 그 시기의 샤워캡, 모노그램이 수놓인 두꺼운 가운, 상아 손잡이가 달린 거울, 나무로 만든 빗…… 욕실이 아늑하고 친숙해 보이도록 해주는 모든 것을. 하지만 이번 경우에는 그 무엇도 소용이 없었다. 미시즈 Sh는 계속 몸을 비틀며 빠져나가려 했고 간호사들에게 목욕을 면하게 해달라고 울면서 사정했다. 가우스틴과 나는 기록보관소를 뒤졌다. 그 여성의 생존한 친척과 문서를 탐색하다가, 애초에 가우스틴이 짐작했던 대로, 미시즈 Sh가 아우슈비츠 생존자임을 알아냈다. 틀림없이 본인은 그 일을 잊으려 하고 얘기하지 않으려 애쓴 듯했다. 하지만 병의 말기에 이른 지금, 평생 애써 지우려 한 것이 그녀를 향해 기차처럼 돌진했고 미시즈 Sh는 다른 기억으로 도망칠 수가 없었다. 프리모 레비는 어디엔가 썼다. 강제수용소는 삶이라는 꿈의 한복판에서 머지않아 깨어나 맞이하게 될 피할 수 없는 현실이라고. 그런 기분은 세월이 흘러도 흐릿해지지 않는다.

갑자기 모든 게 들어맞았다―노인이 아침마다 끝없이 반복하는, 어머니를 찾았느냐 혹은 형제들이 살아 있느냐는 질문. 우리는 또한 노인이 왜 빵 껍질과 다른 남은 음식을 챙겨다가 벽장에 감춰두는지도 이해했다. 그 기억을 일깨우는 모든 것을 피해야 했다—샤워, 복도에서 울리는 간호사들의 하이힐 소리. (우리는 간호사 신발을 부드러운 슬리퍼로 바꿨다.) 주간의 조도를 부드럽게 낮췄다. 카페테리아 일부를 작고 아늑한 칸막이로 분할해 넓은 공용 공간과 식기 소음을 피할 수 있게 했다. 푸코의 사유를 빌리자면, 클리닉 안에 폭력을 내포하고 있는 것이 얼마나 많은지 우리는 자기도 모르게 깨닫게 된다. 그 어떤 것도 다시 무해해질 수 없다—욕실, 카페테리아, 가스스토브, 주사를 놓으려는 흰 가운 차림의 의사, 조명, 밖에서 개가 짖는 소리, 날카로운 음성, 어떤 독일어 단어들……

이는 가우스틴이 환자의 기억을 활용하기를 삼간 흔치 않은 사례였다.

31.

곧 나타날 새로운 진단명

가족 붕괴 현상

스위스의 어떤 마을에서 아버지가 집에 돌아와보니 낯선 사람들이 있었다. 그곳을 제집처럼 차지한 여자 한 명과 청년 두 명이었다. 아버지는 그들을 안에 가두고 경찰을 불렀다. 경찰이 출동해 집을 에워쌌다.

아빠, 왜 그러세요? 그의 아들들이 안에서 외쳤다.

도래하는 대규모 기억 상실은 해마에 도달해 뇌세포를 파괴하고 신경전달물질을 차단하는 바이러스 같은 것일 수 있다고 사람들은 말한다. 그리고 자연의 최고 창조물인 뇌는 일 년 남짓한 기간에 곤죽덩어리로 변해버린다. 세계적으로 저명한 과학자 몇몇이 벌을 예로 들면서 알츠하이머의 기제가 인간 가족에게 하는 작용이 벌들의 불가사의한 사라짐, 이른바 벌집 군집 붕괴 현상과 동일하다고 경고했다.

튀는 레코드판 증후군

어느 날 아침 꿈으로 뒤숭숭한 잠에서 깨어난 그들은 아직 침대에 있는 동안 자신들이 변신했음을 깨달았다……
시간이 예전의 튀는 레코드판처럼 훌쩍 넘어가버렸다.
대학생인 젊은 남녀가 저녁에 잠들었다가 이십 년 뒤에 깨어난다. 그들은 몸이 뻣뻣하고 아파서 뭔가가 잘못되었다고 느낀다. 곤충으로 변한 건 아니지만 그보다 나을 것도 별로 없다. 낯선 어린애들이 소리를 꽥꽥 지르며 방으로 쳐들어온다.

엄마, 아빠, 일어나요, 하루종일 잤잖아요……

너희는 누구야, 여기서 뭐하는 거야? 침대에 누운 부부가 묻는다…… 나가!

내 머리카락은 도대체 어디로 갔지? 간밤에 우리가 뭘 마신 거야, 우리 파티에 갔었잖아…… 너 무슨 꿈 꿨는지 기억나?

아니, 전혀.

나도 기억 안 나.

음. 잠깐만, 어떤 사람들이 있었고 무엇 때문인지 우리를 축하해주었는데, 그러다가…… 아니, 그게 전부야, 흐릿해. 네가 좀 기억해봐.

난 부모님과 함께 사는 집으로 돌아가야 했어―3학년 기말고사가 막 끝난 때였고.

우리 같은 과였잖아, 맞지?

부모님께 오늘 못 들어간다고 전화해야 했는데. 여자가 손목시계를 본다. 지금이라도 전화해야 하나? 지금이 몇 년도지?

내 빌어먹을 머리카락은 도대체 어디로 간 거야? 그가 다시 대머리를 만진다.

우린 몇 달간 사귄 사이였어. 그날 밤 우리가 취했을 때, 네

144

가 결혼하고 싶다고 말했어.

사람은 취하면 별의별 멍청한 말을 다 하지.

음, 우린 분명히 그걸……

난 하나도 기억 안 나. 이건 우리 옛날 아파트가 아니잖아.

우린 결혼을 한 게 분명해. 일자리도 구했고. 분명히 친구들도 있었을 거야. 난 기억이 안 나, 백지야. 아마도 우린 바다로 휴가를 갔겠지. 해변으로 갔을 거야. 우리 아이들 이름은 알아?

아니, 젠장. 난 그 어떤 애들도 모른다고.

병원에 가봐야 해.

병원에? 가서 뭐라고 말하지?

음, 오늘 잠을 깨서 보니 이십 년이 훌쩍 지나 있다고.

달력 봤어?

응, 봤어. 2020년이야. 이천이십. 이건 그러니까, 완전히 다른 세기잖아.

잠깐, 우리가 언제 대학교 3학년이었지? 그 파티가 언제였냐고.

1998년이었을 거야.

그래, 좋아, 그러니까 우린 시험이 끝나고 나서 술에 취했는데, 그때가 언제였다고 했지…… 그랬다가 네가 우리집에서 자고 가기로 했고. 그게 뭐든 뭘 했고, 그다음 잠들었잖아. 하지만 그때 나는 스물세 살이었고 머리카락이 있었단 말이야, 제기랄.

그리고 거기 그런 것도 없었는데…… 더 날씬했다는, 그런 뜻이지.

너도 달랐어.

그래서 의사에겐 무슨 말을 해야 하지? 오늘 아침에 일어났는데, 마지막으로 기억나는 건 1998년 6월에 잠자리에 든 것뿐이다. 이십 년 동안 잔 것이다. 아, 그렇게 오래 주무셨을 리는 없죠, 의사는 말하겠지. 다른 증상은요? 그러면 넌 말할 거야. 그냥 늙는 동안 대머리가 되었다는 것뿐이에요. 젠장, 아무것도 생각나지 않아요. 완전히 아무것도.

그들은 머리 위로 이불을 끌어올리고 다시 잠든다. 이번엔 잠든 동안 뒤로 돌아가 옛 아파트에서 깨어나기를 바라며.

32.

보호된 시간

다음 단계는 가우스틴이 과거 요법 클리닉을 환자들만이 아니라 그들의 친구와 가족을 위해서도 열기로 했을 때 시작되었다. 그러다 환자와 전혀 연관이 없는데도 특정한 해에 살고 싶어하는 사람들이 나타났다. 현재에 편안함을 느끼지 않는 이들. 그런 이들은, 전부는 아니더라도 일부는, 인생에서 가장 행복했던 해에 향수를 느껴서 그랬고, 다른 이들은 세상이 돌이킬 수 없이 퇴락하여 미래가 없다는 두려움 때문에 그랬을 거라고 생각된다. 이상한 불안이 공기 중에 감돌았고 숨을 들이쉬면 그 불안의 희미한 향을 맡을 수 있었다.

의학적으로 건강한 사람들을 클리닉에 받아들이는 일이 윤리적으로 옳은지 확신이 들지 않았다. 그들을 환자들과 뒤섞는 일이 옳은가? 아니면, 가우스틴이 즐겨 말하듯, 과거에 대한 권리는 누구도 침범할 수 없는 것이어서 모든 이에게 유효한지도 모른다. 사람들은 그것을 원하고 여기가 아니라면 다른 곳에서라도 찾을 것이다. 실제로, 과거를 대충 꾸며 급조한 온갖 종류의 호텔들이 생겨나기 시작했다.

가우스틴은 나처럼 애매하게 굴지 않았고 점점 더 폭넓은 고객층에게 클리닉을 개방하기 시작했다. 과거에 집착하는 사람에게 그러한 현장의 확장은 언제나 반가운 일이었다. 하지만 가우스틴은 그 일을 주의깊게 진행했다. 전략이 있었는지, 아니면 수익을 내고자 한 것인지는 잘 모르겠다. (틈새시장이 분명히 있긴 했지만.) 내가 보기에 가우스틴은 과거라는 든든

한 돈줄보다 훨씬 더 큰 무엇을 찾고 있었다. 그는 시간의 시계장치 속으로 들어가 기어를 살짝 건드리고 속도를 좀 늦추고 시침을 뒤로 돌리고자 했다.

가우스틴의 아이디어는 더욱 발전했다. 그는 방문객들이 체육관에 가듯 하루에 두어 시간씩 드나들기보다는 머물게 하려 했다…… 영영 머무르라는 건 아니고 어쩌면 일주일, 한 달, 한 해. 그 장소에서 사는 것. 나는 '장소place'라고 말해놓고 그 말이 얼마나 자리에서 벗어나out-of-place 있는지 곧바로 깨닫는다. 사실, 가우스틴은 모든 이를 위해 시간을 열고자 했다. 바로 그것이 이 일의 취지였다. 다른 사람들이 공간을, 제곱미터나 에이커 등을 생각할 때 그는 연도를 재고 있었다.

실험의 요점은 보호된 과거, 또는 '보호된 시간'을 창조하는 것이었다. 시간 대피소. 우리는 시간으로 통하는 창을 열고 병든 이들이 사랑하는 사람들과 함께 거기에 살게 해주고 싶었다. 평생을 함께한 나이든 부부들이 함께 지낼 기회를 주고 싶었다. 상황이 완전히 나빠지기 전에 한 날 혹은 한 해를 부모와 함께 살고 싶은 딸들과 아들들—딸들인 경우가 더 많지만—을 위해. 하지만 그들은 소독한 하얀 방에서 침대 옆이나 지키는 것은 원하지 않았다. 중요한 개념은 같은 해에 함께 머문다는 것, 유일하게 가능한 '장소' — 부모의 희미해진 기억 속에서 아직도 반짝이고 있는 그해 — 로 가서 만난다는 것이었다.

33.

마지막 게임

나는 1978년 6월의 훈훈한 저녁에 길을 걷고 있었다. 거리 어디선가 노래가 흘러왔다. 당시에는 어디서나 이글스의 〈호텔 캘리포니아〉가 흘러나왔다. 우울하고 몽환적인 그 노래는 내용이 가끔 알쏭달쏭해졌다가 다시 제자리를 찾고, 맨 끝의 기타 종결부는 정말로 혼을 빼는 듯했다. 그 청년들은 진짜 실력자였다. 음악 잡지들은 그들의 빛나는 미래를 예언했다. 삼십몇 년이 흐른 뒤 그들이 낸 여러 앨범을 통틀어 남는 것은 이 노래 하나뿐이다.

……누군가는 기억하기 위해 춤을 추고 또 누군가는 잊기 위해 춤을 추네……

중심가에 늘어선 레스토랑은 전부 만석이었다. 화면이 불룩

튀어나온 합성수지 텔레비전에서는 월드컵 결승전이 방영되고 있었다. 부에노스아이레스에서 생방송으로 중계되는 경기였다. 나는 걸음을 멈추고 경기를 보았다. 네덜란드 대 아르헨티나, 유럽 대 남미의 대결이었다. 나는 그 경기 결과를 잘 알았다. 사십몇 년 전 처음으로 아버지와 함께 본 월드컵 경기였기 때문이다. 아르헨티나 선수들의 끊임없는 반칙 때문에 우리는 네덜란드를 응원했지만 그들이 질 게 뻔해 보였다. 경기가 구십 분 경과한 시점에 로프 렌센브링크가 기나긴 패스 끝에 공을 잡아 슛을 날리고…… 공은 골대를 맞힌다. 우리는 지는 팀에 내기를 건 것이다. 이젠 익숙할 만도 하다. 불가리아는 항상 지고, 게다가 이 경기에는 출전하지도 않는다. 그래도 이런 일에는 절대로 익숙해지지 않는다. 그뿐만 아니라 네덜란드는 아름다운 경기를 보여주었다. 불공평해요, 좋은 사람들이 항상 이기는 거 아니었어요? 나는 내 작은 주먹으로 테이블을 내리친다. 아버지보다 더 화를 내려고 애쓴다. 아버지가 나를 돌아보며 말한다. 이보세요, 영감님〔아버지는 정말로 날 그렇게 불렀다〕, 인생은 한 번의 실패로 끝나지 않아요.

어떤 일은 평생 기억에 남는다. 아마도 그 시절의 아버지들—내 아버지도 예외는 아니었고—에게 자식을 아이 취급하며 말하는 경향이 있었기 때문일 것이다. 그래서 아버지가 내게 인생은 한 번의 실패로 끝나지 않아요, 라고 말한 건 비범한 사건이었다. 그것은 틀림없이 아버지들이 자식에게 전할 법한 교훈이었을 것이다. 나는 아버지의 말이 인생은 실패로 가득할 텐데 이건 단지 맨 처음에 겪는 실패일 뿐이라는 의미인지, 아니면 인생은 한 번의 실패로 결정되는 게 아니라는 의미인지 확실히 이해하지 못했다. 어쩌면 둘 다였을 것이다.

레스토랑은 북적인다. 모두가 경기에 촉각을 곤두세우고 있다. 맨 끝 테이블에 앉은 깡마른 여든 살 남자는 머리가 하얗게 셌고 눈 색깔이 밝다. 그는 텔레비전에서 눈을 떼지 않지만, 주위의 전반적인 흥분에는 동참하지 않는 것처럼, 적어도 겉으로는 그렇게 보인다. 눈을 깜빡이지 않고, 움직이지도 않는다. 나는 그에게 다가간다. 앉아도 될까요? 나는 묻는다. 그는 고개를 돌리지 않은 채 나를 보고, 그의 아랫입술이 감지하기 힘들 만큼 미세하게 떨린다.

경기는 후반전 막바지를 향해 가고 점수는 동점이다. 경기장은 열광으로 가득찬다. 슛이 골대를 맞힌 사건은 아직 일어나기 전이다. 연장 경기 여부도 아직 결정되지 않았다. 모두가 켐페스의 이름을 연호한다. 자, 이제 구십 분 경과 시점이 되었다. 아름다운 포물선을 그린 슛, 테이블 앞의 모든 사람이 긴장하고, 네덜란드의 팬들은 당장이라도 환호를 내지를 듯이 의자에서 일어난다. 공이 아르헨티나의 골문을 향해 위압적으로 날아가 렌센브링크의 발에 내려앉았다가 슛⋯⋯ 아! 아아

아아!…… 골대. 득점을 기대하고 터져나오려던 함성이 결국 길게 늘어뜨린 한숨으로 무너진다……

옆의 남자를 흘낏 쳐다본다. 사실 내내 나는 그의 눈을 통해 경기를 보려 하고 있었다. 렌센브링크의 슛이 터질 때 그는 테이블 위에 올려놓은 오른손 주먹을 꽉 쥘 뿐이다. 어쨌든 그도 흥분되기는 마찬가지인 것이다. 여전히 동점이고 긴장이 고조되며 중계방송 해설자의 목소리는 갈라진다. 이어 몇 분간의 중간 휴식시간이 되고 그동안 관중은 맥주를 더 주문한다. 나는 사람들의 얼굴을 본다. 모두가 이 경기를 처음처럼 보고 있는지 궁금하다. 혹시 어떤 사람들은 그래도 아는 걸까, 기억하는 걸까? 그들의 일행은 확실히 알 것이다. 하지만 사실 그게 무슨 상관인가. 전혀 차이가 없다. 모두의 얼굴은 간절하고 환히 빛난다. 사십 년 전 끝난 경기가 어떻게 끝날지 우리는 잘 모른다. 나 역시 이 경기를 처음 보는 것처럼 보려 한다. 아마도 이번엔 기적이 일어날 것이다. 모든 것이 가능하다. 모든 것이 다시 한번 눈앞에 와 있다.

사람들은 즉시 조간신문을 살 것이다. 그 안에 최초의 분석, 최초의 경기 사진이 실릴 것이다. 새로운 종이에 재인쇄되어 아직도 잉크 냄새를 풍길 뿐 사십 년 전과 똑같은 내용. 사람들은 한 달 내내 그 경기에 대해, 연장전에 터진 켐페스의 골에 대해 이야기할 것이다. 시상식 참석을 거부한 네덜란드 선수들에 대해, 크라위프가 튤립 나라의 국가대표팀에서 뛰지 않기로 했을 때 이미 결판난 거나 다름없었던 월드컵 경기 결과에 대해, 손목에 깁스한 네덜란드 선수를 걱정한다는 핑계로 경기를 지연시킨 아르헨티나 선수들의 더러운 수작에 대해…… 역사를 이루는 그 모든 세부에 대해.

하지만 바로 이 순간 나는 역사에는 관심이 없고 생물학에 관심이 있다. 사람들은 서둘러 자리를 뜨지 않고 그대로 앉아서 남은 맥주를 마시고 경기를 논하며 씩씩거린다. 아르헨티나를 응원했던 이들은 당당히 축하하지 못한다. 나는 남자 옆자리에 앉아 있다. 밖은 어둡고 사람들은 일어서서 나가기 시작한다. 찬바람이 거세진다.

나는 그의 팔을 잡고 조용하지만 또렷한 목소리로 말한다. 이보세요, 영감님, 인생은 단 한 번의 실패로 끝나지 않아요. 남자가 아주 천천히 나를 돌아본다. 그가 나를 본다. 그가 무엇을 보는지, 비어버린 그의 기억 속을 무슨 생각이 통과하고 있는지 나는 잘 모른다. 그 경기를 함께 본 후 사십 년이 흘렀다.

내가 그의 기억 속에 있지 않다면 난 존재하기는 하는 걸까?

일 분이 지난다. 그의 입술이 움직이고 소리 없이 입술만으로 반복하지만 나는 알아듣는다. 그것은 세 글자로 된 암호다. 영감님……

이것이 우리의 마지막 대화다. 그는 나를 더이상 알아보지 못하고, 모든 것이 끔찍할 만큼 빨리 진행된다. 그의 뇌는 항복했다. 몸의 그 지역이 반란을 일으켰다. 나는 가우스틴이 막 개원한 공동체에 그를 모시고 왔다.

물론, 그전에는 내가 나고 자란 나라에서 어떤 것이 가능한지 확인했다. 내가 찾아간 클리닉은—입장을 허가받기 위해 '친척을 찾아왔다'는 이유를 댔다—끔찍했다. 대개의 환자들은 난동을 부리지 못하도록 묶여 있었다. 그들은 눈을 미친듯이 굴리면서, 비명을 지르느라 쉬어버린 목소리로 동물처럼 여리게 울부짖었다. 평생 본 가장 무시무시한 광경이었던 것 같다. 살면서 실로 무시무시한 광경을 꽤 보아온 내게도. 뭘 기대하는 거예요? 잡역부가 복도에서 나를 지나치며 퉁명스럽게 말했다. 나 혼자서 여기 서른 명을 담당하는데, 줄 서서 기다리게 할 수도 없잖아요. 그래도 최소한 너무 오래 고생하진 않으니까…… 나는 밖으로 달려나가 정문을 닫았다. 거기에는 평범한 종이 위에 전화번호 여러 개가 인쇄된 장례식장 광고가 붙어 있었다. 장례식장 이름을 기억했다. 메멘토 모리.*

나는 아버지를 잽싸게 스위스로 모셔가 본인 의사를 거스르며 가우스틴의 클리닉에 입원시켰다. 인간은 인간답게 죽을 권리가 있다. 지난 삼 년간 아직 정신이 온전했을 때 아버지는

---

* '죽음을 기억하라'라는 의미의 라틴어.

늘 '떠남'을 원했다. 아버지의 언어로 '떠남'은 죽을 수 있게 우리가 도와주어야 한다는 의미였다. 아버지는 온갖 종류의 쪽지에, 심지어는 방의 벽지에도 그런 말을 썼다. 아직 글을 쓸 수 있는 동안에는.

열 달 후 나는 항복하고, 안락사가 가능한지 확인해보기로 결심한다. 그냥 알아보기만 하기로.

34.

마지막을 위한 안내서

우리는 지금까지 기억 상실이 치명적일 수도 있다는 생각을 해본 적이 없다. 어쨌든 적어도 나는 그런 생각을 해본 적이 없다. 나는 늘 그 말이 은유에 가깝다고 생각했다. 그러다가 한순간 깨닫는다. 자기 몸에, 의식적이든 무의식적이든 모든 수준에서, 얼마나 많은 기억을 지니고 다니는지. 세포가 재생하는 방식 또한 기억이다. 일종의 신체적인, 세포와 조직의 기억.

기억이 물러나기 시작하면 무슨 일이 벌어지는가? 우선 개별 단어를, 그다음에는 얼굴과 방을 잊는다. 자기 집안에서도 욕실을 찾아 헤맨다. 인생에서 배운 것을 잊는다. 그건 어쨌든 그리 많지는 않고 머지않아 바닥날 것이다. 그런 다음, 가우스틴이 암흑 단계라고 부르는 시기에는 그 사람이 존재하기 전부터 축적된 것들, 몸이 선천적으로 아무런 의심 없이 알던 것을 잊는다. 이때가 치명적이라고 판명되는 단계다.

마지막에 가면 정신은 말하는 법을 잊고 입은 씹는 법을 잊으며 목구멍은 삼키는 법을 잊는다.

다리는 걷는 법을 잊는다. 이게 어떻게 작동한다고요? 젠장맞을…… 지금까지는 누군가가 우리를 대신해 기억해주었다. 한쪽 발을 올리고 무릎을 구부려 반원을 그린 뒤 다른 발 앞에 놓고, 이제 뒤쪽 발이 된 다른 발을 올려 다시 반원을 그린 뒤 처음 발 앞에 놓는다. 처음에는 발뒤꿈치부터, 그런 다음 발바닥 전체를, 그리고 마지막으로 발가락을 놓는다. 그리고 나서 이제 뒤로 처진 다른 다리를 올리고 무릎을 구부리며……

누군가가 우리의 몸속 여러 방의 전원을 꺼버렸다.

이 병의 마지막 단계는 우리 클리닉의 담당 범위에 속한다고 말하기가 힘들다. 물론 여기에서 죽는 사람도 있기는 하지만 대부분은 호스피스 병원으로 가서, 신체가 이제는 생명을 유지하지 않으려 한다는 여러 징후에도 불구하고 생명유지장치에 의지해 조금 더 연명한다. 몸은 장기 하나하나, 세포 하나하나, 조금씩 스스로를 죽인다. 몸은 진력이 난다, 지쳤다, 휴식을 원한다.

이런 몸의 욕구를 들어줄 수 있는 곳은 전 세계에 몇 군데 없다. 스위스는 산 사람들의 낙원일 뿐만 아니라 죽어가는 사람들의 낙원이기도 하다. 취리히는 몇 년 연달아 변함없이 세계에서 가장 살기 좋은 도시였다. 이곳은 아마 죽어가는 이들에게도 가장 좋은 도시일 테지만 충격적이게도 사실 그런 순위는, 적어도 공식적으로는, 매기지 않는다. 죽기에 가장 좋은 도시들. 물론 그에 따르는 비용을 감당할 수 있는 이들에게만. 죽는 일에는 점점 더 많은 돈이 든다. 하지만 죽음이 공짜였던 적도 있나? 아마 약을 먹자면 돈이 살짝 더 들겠고 총으로는, 적어도 총을 구하기 전까지는, 조금 더 힘들겠지만, 훨씬 더 간단하고 완벽히 공짜인 방법들도 있다—물에 빠지기, 높은 데서 뛰어내리기, 목매달기. 내가 아는 어떤 여자가 말했다. 난 지붕에서 뛰어내리고 싶은데, 떨어지는 동안 내 머리가 얼마나 엉망이 될지, 내 치마는 또 얼마나 구겨지고 얼룩투성이가 될지 생각하면 창피한 기분이 들면서 그냥 포기하게 돼. 어쨌거나 그런 경우에도 사진을 찍잖아, 그렇지, 사람들이 구경하고……

자, 이것은 건강한 몸의 징후다—건강한 몸은 창피한 기분을 느끼고, 어떤 일이 벌어질지 예상하고, 미래를, 죽은 뒤의 미래까지도 생각하고, 허영심이 있다. 진정으로 죽음을 갈망하는 몸은 더이상 허영심을 품지 않는다.

간단히 말해, 스스로를 죽이는 걸 감당할 수만 있다면 그것은 공짜라고도 할 수 있다. 하지만 스스로 죽을 힘이 더는 없다면 어떤 일이 벌어질까? 힘뿐만 아니라 어떻게 죽을 수 있는지 그 방법이 더는 기억나지 않는다면? 이 인생을 어떻게 떠나는 걸까, 염병할, 문은 도대체 어디에 숨겨둔 거지? 당신은 그 일을 직접 경험한 적이 없다. 아니 아마도 한두 번 있었을지도 모르지만 그건 실패한 시도였다. (사실, 실패한 자살 시도야말로 진정한 비극이다. 성공한 시도는 단지 과정일 뿐이고.) 대관절 사람은 어떻게 스스로 죽는가, 하고 희미해져가는 뇌는 자문한다. 책에서 사람들이 어떻게 했지? 목과 관련한 뭔가가 있었는데, 목에 무슨 일인가가 일어나는데, 공기, 공기를 막거나 물이 흘러들어가 몸을 병처럼 채우고…… 아니면 날카로운 날로 자르든가, 밧줄을 어떻게 한 것도 같은데, 하지만 그 밧줄로 뭘 어떻게 하더라……?

그러다 조력 자살이 나타난다. 대단한 표현 아닌가. 사태가 너무 심각해져서 조력 없이는 아무것도 할 수 없다, 심지어 죽을 수도 없는 것이다.

이런 가망 없는 상황에, 서비스가 출현한다. 그런 서비스를 직접 주문하고 결제할 위치에 있다면 당신은 운이 좋은 것이다. 그렇지 못하다면 가장 가깝고 소중한 이들에게 엄청난 걱정과 비용을 안겨주게 된다. 문제는 그들이 당신을 살해하는 일에 돈을 내면서 살인자가 된 듯한 기분을 어떻게 피할 수 있는가다. 살인을 정당화해야 하는 지금, 실로 인간 문명은 상당히 진보해 있다. 그 점에서 결코 문명을 과소평가하지 말 것. 문명은 그에 대한 듣기 좋은 말을 항상 생각해낼 것이다. 안-락-사Eu-than-a-sia. 고대 그리스 여신의 이름 같다. 아름답고 선한 죽음의 여신. 나는 그 여신을 홀 대신 가느다란 주사기를 손에 들고 있는 모습으로 상상한다. '안락사는 유발되는 죽음의 당사자를 위해 유발되는 죽음이다.' 자, 여기에 행동을 정당화해야 하는, 그래서 경련하고 배배 꼬면서 결국에는 제 꼬리를 무는 언어의 어색함이 있다. 나는 당신을 위해 당신을 죽이는 겁니다. 당신에게 더 좋은 길이라는 걸 알게 될 테고(어떻게 모를 수 있겠어요?), 고통은 사라질 겁니다.

이 나라에서 그 관습은 제2차세계대전 이후로 견고해지지 않았나 추측한다. 안락사는 이 나라와 잘 맞는다. 처음에는 불법이었다가 나중에 반쯤 합법이 되었다. 다른 일에서도 무수히 그랬듯 모두가 눈을 감았고, 그리하여 사설 클리닉들이 죽음을 향해 유럽에서 찾아온 사람들을 맞이할 수 있는 기회를 얻었다. 더 정확히 말하면, 유럽의 한 지역에서 온 사람들이겠다. 유럽의 다른 지역, 그러니까 내가 속한 지역 사람들에게는 이 또한 허락되지 않았다. 우리에게는 안락사는 고사하고 마취anesthesia조차 주어지지 않았다. 공산주의 치하의 죽음은 비단 이불 속의 안락한 사건이 아니었다. 게다가 편도 차표를 지닌 채 돌아온다는 보장 없이 이 나라를 떠나도록 여권과 비자를 받는 일은 불가능했을 것이다. 누군가 떠나서 죽으면 자동으로 탈주자가 되고 그로 인해 사형선고를 받는다. 결석재판이자, 사후 재판에서.

안락사의 나라 스위스. 죽음을 위한 좋은 목적지를 찾고 계신다면 저희가 도와드릴 수 있습니다. 우스운 점은 이 죽음 사업이 안내서, 여행자 설명서에 공식적으로 기재되어 있지 않다는 사실이다. 모든 안내서는 사람이 살아 있고 여행중이라는 환상에 기초해 작성된다. 이것은 기정사실이다. 세상의 안내서에 죽음은 존재하지 않는다. 대단한 생략 아닌가!

사람이 떠날 시간이 가까워진다면? 그 사람이 다른 의미에서 이미 여행자일 때는? 왜 우리는 아직도 그런 여행자를 위한 안내서를 기다리고만 있는가? 아니 어쩌면 이미 있는지도, 누가 알겠는가?

죽음의 관광Sterbetourismus. 그 용어가 스위스에서 처음 고안되었다고 나는 거의 확신한다. 데이터는 연간 천 명 남짓한 외국인을 나타내는데 주로 독일인이지만 영국인도 꽤 많다. 불치병 환자만 있는 것도 아니다. 둘 중 하나가 불치병에 걸리면 함께 일찍 떠나기로 미리 정해놓은 노부부. 그들이 어떤 모습으로 그곳에 도착할지 상상할 수 있다. 온화한 태도로 약간 어색해하며 손을 맞잡은 모습. 그리고 바로 그렇게 손을 맞잡고 모든 과정을 거친다. 가없는 천국의 들판 어딘가에서 서로를 놓치고 싶지 않기 때문이다. 만날 시간과 장소를 정할 수 있는 것도 아니니까.

비용. 어쨌거나 비용은 얼마나 들까? 나는 여러 사이트를 뒤진다. 준비 작업에 대략 칠천 프랑 정도가 든다. 매장과 모든 형식적 절차를 포함하면—만 프랑이다. 확실히 암살자를 고용한다면 돈이 더 들 뿐 아니라 훨씬 덜 편안할 것이다.

아마 부부는 어느 정도 할인을 받을 것 같다. 그런데 또 이런 나라에서 칠천 프랑은 그리 대단한 돈도 아니다. 그러니 이들은 회전율을 높여 수익을 낸다는 의미다. 모든 것이 얼마나 비싸졌는지 생각할 때…… 모든 것의 값이 올라가는 동안 생명의 값은 확실히 내려갔다. 비록 인류 역사 내내 죽음은 비싼 값을 유지하지 못했지만 20세기 동안에는 터무니없이 쌌다. 그렇다, 확실히 그들은 높은 회전율에 기대고 있다.

다른 한편으로는, 사실 돈이 들면 얼마나 든단 말인가, 펜토바르비탈 가루 십오 그램에? 멕시코에서는 늙은 개를 안락사시키려 한다고 말하면 어느 수의사에게서든 그걸 구할 수 있다.

이러한 기관 중 이른바 비영리단체라는 한 곳의 웹사이트를 주의깊게 살펴본다. 초록색으로 단순하게 꾸민 사이트다. 나는 초록을 죽음의 색이라 상상해본 적이 없다. 꼭대기에 적힌 구호는 존엄 있게 살고 존엄 있게 죽기, 사무라이 조직에 더 어울릴 듯한데 그 역시 일리가 있다는 생각이 든다. 팀원 전체를 찍은 단순한 사진이 조용한 경악을 불러일으킨다―모두가 팔을 벌린 채 멋진 흰 치아를 드러내며 환하게 웃고 있다. 팀의 규모는? 열두 명, 예수의 열두 제자처럼. 그게 의도적인 건지 궁금하지만, 아닐 것이다. 하지만 2005년에 그중 한 명이 유다로 판명되었는데, 내부자 정보를 흘리며 그 조직을 "돈 잘 버는 살인 기계"라고 불렀다.

사용자 후기는 없다. 환불 보장 정책도 없기는 마찬가지.

이 과정은 절대적으로 위험 부담과 고통이 없습니다, 라고 그들이 준 설명서에는 쓰여 있다. 하지만 이건 생명을 위협하는 과정 아닌가? 이들은 무슨 빌어먹을 소리를 하려는 건가? 위장장애, 변비, 혈압 급강하를 겪거나 중독될 위험이 없다는 말인가?

여름 몇 달 동안은 할인도 해준다. 사람들이 주로 겨울에 죽기를 선호하는 게 틀림없다. 이 할인 정책 때문에 더 많은 사람이 한번 해보자고 결심하는지 궁금하다. 인생의 마지막 작품을 위해 구두쇠가 될 이유는 정말이지 없다. 자신에게 일정한 사치를 허락해도 좋다. 죽음의 중개인과 신중한 관리자들(틀림없이 그런 이들이 여행사를 가장해 존재할 것이다)이 이로 인한 이득을 보지 않을까 추측한다. 몸져누운 환자라면 들것이 들어갈 공간이 확보된 길고 검은 리무진으로 유럽의 고속도로를 따라 싣고 간다. 환자가 원하고 상태가 적절하다면 오스트리아에서 하룻밤을 머무른 다음 당일 오후는 취리히호수에서 보낸다. 귀갓길에는 리무진이 장의차로 변신해 유골함을 곧장 전달하고, 돌아가는 길에는 경유지가 없다.

죽음의 관광은 부유한 사람을 위한 것이다. 가난한 이들은 안락사를 이용하지 않는다.

제2차세계대전의 대학살과 수용소에서 벌어진 죽음의 산업을 경험했기에 유럽은 좋은 죽음을 제공하는 사업을 허용하기가 훨씬 더 어렵다. 그리하여 중립국가인 스위스가 부득이하게 우아한 독점자가 되었다. 가우스틴이라면, 오늘날 유럽에서는 무슨 주제든 제2차세계대전으로 곧바로 귀결된다고 말할 것이다. 1939년 이후로 모든 것이 달라졌다.

그 의식 혹은 과정이 이행되는 건물을 보러 갔다. 그곳은 완전히 평범했다. 외벽이 플라스틱 자재로 마감된 커다란 이층짜리 창고에 가까워 보였다. 웹사이트의 사진들로 판단컨대 내부 장식 역시 보잘것없었다. 침대, 협탁, 벽에 걸린 그림 한 점, 의자 두 개. 창문 몇 개는 호수 쪽으로 나 있었다.

나는 모든 것을 냉정하게 기술적으로 읽으면서 주된 문제에 대해서는 생각하지 않으려 했다. 우스운 점은 그러는 내내 아버지가 아니라 나 자신을 생각하고 있었다는 것이다. 기술은 명확했지만, 죄책감은 어떻게 다루는가? 이런 심정을 감지한 듯 아버지가 섬세하게도 나를 도와주었다. 부모가 평생 자식들을 위해 교묘하게 자신을 희생하듯이 말이다. 아버지는 스스로 세상을 떠나셨다. 나는 마지막 순간에 아버지와 함께 있었다. 아버지의 손을 잡고서, 아버지가 할 수만 있다면 마지막 남은 기억의 세포로 다시 한번 감각하고 싶은 것이 무엇일까 생각했다. 나는 동유럽 물품을 보관한 우리의 70년대 창고에서 스튜어디스 담배를 가져와 불을 붙였다. 아버지는 내가 알았던 사람 가운데 가장 아름다운 흡연자였다. 나는 처음으로 몰래 담배를 피우기 시작했을 때 아버지를 모방하려 했었다. 이제 나는 아버지 대신 스튜어디스를 한 모금 빨아들이고서 아버지의 콧구멍이 미세하게 떨리고 눈꺼풀이 변화에 반응하는 모습을 주목했다. 그때 아버지가 조용히 떠났다.

이제 어린 시절의 나를 기억하는 마지막 사람이 없어졌구나. 나는 속으로 말했다. 그러고 나서야 울음이 터졌고 나는 어린애처럼 흐느껴 울었다.

35.

과거에 대한 이런 개인적 집착은 어디에서 오는가? 왜 과거는 마치 우물을 들여다볼 때처럼 나를 끌어당기는가? 왜 과거는 이젠 존재하지 않는 얼굴들로 나를 유혹하고, 나는 왜 그들이 존재하지 않는다는 사실을 알면서도 유혹당하는가? 거기에 내가 취하지 못한 무엇이 남아 있는가? 그 과거의 동굴에는 무엇이 기다리고 있는가? 딱 한 번만 돌아갈 수 있게 해달라고 애원할 수도 있을까? 내겐 오르페우스의 욕망만 있을 뿐 그와 같은 재능은 없는데도? 궁금하다. 힘겹게 동굴 밖으로 데리고 나온 사물이나 사람을 나는 도중에 딱 한 번 뒤돌아봄으로써 죽이게 되는 걸까?

내가 점점 더 자주 『오디세이아』로 돌아간다는 사실을 깨닫는다. 우리는 늘 『오디세이아』를 모험 소설처럼 읽는다. 그러다가 그것이 아버지를 찾아가는 이야기이기도 하다는 것을 나중에야 이해하게 된다. 물론 과거로 돌아가는 이야기이기도 하다. 이타카는 과거다. 페넬로페도 과거, 오디세우스가 떠나온 집도 과거다. 노스탤지어는 『오디세이아』의 돛을 부풀리는 바람이다. 과거는 조금도 추상적이지 않다. 과거는 매우 구체적이고 사소한 것들로 이루어진다. 오디세우스가 요정 칼립소와 행복한 칠 년을 보낸 뒤 칼립소가 자기와 영원히 머무른다면 불멸의 생명을 주겠다고 했을 때 오디세우스는 거절한다. 나도 그 문제를 생각해보았다. 자, 어서, 우리 다들 솔직해져서 과연 그런 제안을 거절할 것인지 말해보자. 저울 한쪽에는 불멸의 생명과 영원히 젊은 여자, 세상의 모든 쾌락이 있고, 다른 한쪽에는 당신을 잘 기억하지도 못하는 이들이 있는 곳으로의 귀환, 곧 닥칠 노년, 불량배들에게 포위된 집, 늙어가는 아내가 있다. 당신이라면 어느 쪽을 택하겠는가? 오디세우스는 두번째를 택했다. 페넬로페와 텔레마코스 때문에, 그렇다, 하지만 어떤 특정하고 하찮은 것, 그가 난로 연기라고 부르는 것 때문이기도 했다. 조상 대대로 살던 집에서 피어오르는 난로 연기의 기억 때문에. 그 연기를 다시 한번 보기 위해. (혹은 집에서 죽어 난로에서 피어오르는 연기처럼 흩어지기 위해.) 회귀가 발휘하는 인력은 그런 세부에 농축되어 있다. 칼립소의 몸도, 불멸의 생명도 난로에서 피어나는 연기보다 무겁지 않다. 아무런 무게도 없는 연기가 저울을 기울인다. 오디세우스는 돌아간다.

  1989년 직후, 정치적 이민자, 결석재판에서 사형을 선고받았던 한 망명자가 고향으로 돌아왔다. 사십 년 동안 돌아오지 못한 곳이었다. 그가 가장 보고 싶어했던 것은 그의 할아버지가 지은 가족의 집이었다. 소피아 한복판에 있는 크고 훌륭한 집, 그간의 시간 동안 국유화되어 중국 대사관이 되었다가 이젠 비어 있는 집…… 그 집의 여러 층을 안내받아 돌아보는 동안 그는 각층을 하나하나 기억했지만 특별히 마음에 와닿는 것은 없었다. 그 방들은 내게 아무 말도 걸지 않았어요, 다음날 그가 말했다. 지하로 데려가달라고 부탁했죠. '얼음 방'이 거기 있었거든요. 차가운 공간에 잡다한 물품을 저장해두던 그곳을 우린 그렇게 불렀어요. 깊은숨을 들이마셨더니 그 시절의 모든 냄새가 순식간에 몰아치더군요. 그제서야 흐느낌이 터져나오면서 집에 왔음을, 돌아왔음을 깨달았어요. 다른 무엇도 아닌 얼음 방 때문에. 그 얼음 방이 내

심장을 녹였어요.

나는 무슨 수를 써서라도 알고 싶다. 오디세우스의 이야기가 어떻게 이어졌는지, 고향으로 돌아온 뒤 한 달, 일 년, 혹은 이 년이 흐르고 귀향의 희열이 지나가고 나서 어떻게 되었는지. 그가 아끼던 개, 생명 있는 존재 중에 유일하게 그를 아무런 증거도 필요 없이 곧바로 알아본(무조건적인 사랑과 기억) 그 개도 죽었을 것이다. 그는 후회하면서 칼립소의 가슴과 그 섬에서 보낸 밤들, 긴 여행의 온갖 경이로움과 모험을 그리워하기 시작했을까? 한밤중에 직접 만든 부부의 침대에서 일어나 페넬로페를 깨우지 않으려고 살금살금 밖으로 나가 문 앞 계단에 앉아 모든 것을 회상하는 그의 모습을 상상한다. 장장 이십 년에 걸친 항해는 과거가 되었고 그 과거의 달이 밀물 때처럼 그를 더욱더 강하게 끌어당긴다. 과거의 밀물.

귀향 후의 오디세우스에 대한 가장 짧은 소설

어느 날 밤, 이젠 늙고 축 늘어진 채 기억이 가물가물해진 그가 몰래 집을 떠난다. 만사에 진저리가 난 그는 언젠가 경험했던 세상 여러 곳을, 여자들을, 경이로움을 마지막으로 보기 위해 다시 떠나려 한다. 흐릿해진 기억 속으로 다시 한번 들어

가 그때는 어땠는지, 자신은 어떤 사람이었는지 보려는 것이
다. 노년이라는 씁쓸한 아이러니 때문에 그는 언젠가 키클롭
스에게 자신을 소개하며 영리하게 둘러댄 이름인 '아무도 아
니오'로 변하기 시작했다.

텔레마코스는 저녁에 아버지를 발견한다. 집에서 겨우 백여
야드 떨어진 배 옆에 쓰러져 자신이 거기에서 무엇을 하고 있
는지, 어디로 가고 있었는지도 모르는 그를.

사람들은 그를 이젠 누군지 기억도 나지 않는 여자가 있는
집으로 다시 데려간다.

36.

인생(과 시간)이란 얼마나 도둑 같은가, 어? 얼마나 강도 같
은가…… 평화로운 카라반을 매복 공격하는 악랄한 노상강도
보다 더 악랄하다. 그런 노상강도들은 돈 가방과 숨겨둔 황금
에만 관심이 있다. 그들은 당신이 유순하여 실랑이 없이 재물
을 내놓으면 다른 것―목숨, 기억, 심장, 생기―은 빼앗지 않
는다. 그러나 인생이나 시간이라는 이 강도는 어느덧 다가와
모든 것―기억, 심장, 청력, 생기―을 앗아간다. 심지어 고르
지도 않고 닥치는 대로 손에 넣는다. 그걸로도 모자라는지 그

와중에 당신을 조롱하기까지 한다. 가슴을 축 늘어지게 하고, 엉덩이엔 뼈만 남게 하고, 허리를 굽게 하고, 머리칼을 성긴 백발로 변하게 하고, 귀에서 털이 자라게 하고, 온몸에 점을 뿌려놓고, 손과 얼굴에 검버섯을 돋게 하고, 앞뒤 안 맞는 말을 지껄이지 않으면 아예 입을 다물어버리게 하고, 모든 말을 빼앗아 아둔하고 망령 든 사람이 되게 한다. 그 개자식은—인생, 시간, 노년 다 똑같다, 똑같은 쓰레기, 똑같은 깡패다. 그 개자식은 처음에는 적어도 공손해지려는 노력이라도 한다. 솜씨 좋은 소매치기처럼 일정한 한계 안에서만 도둑질하는 것이다. 알아차리지 못하는 사이 작은 것들을 훔쳐간다—단추 한 개, 양말 한 짝, 가슴 왼쪽 윗부분의 미세하게 찌릿한 통증, 몇 밀리미터쯤 두꺼워진 안경, 앨범 속 사진 세 장, 얼굴들, 그 여자 이름이 뭐였더라……

당신은 문을 잠그고, 밖에 나가지 않으며, 몸속에 비타민을 가득 채워넣고, 저 호수에서 채취한 심해 해초의 완전히 입증된 마법을 발견한다. 당신을 다시 젊어지게 할, 이름이 뭐였더라, 하여간 그것을, 깨끗한 북쪽 바다의 작은 게에서 추출한 칼슘을, 불가리아 요구르트나 장미유의 경이로운 효과를 찾는다. 소뼈의 골수를 낮은 온도에서 푹 끓여 당신 몸의 결합조직을 위한 콜라겐을 얻고, 드노프의 밀 다이어트법의 태음 주기를 따르고, 그러다가 카스타네다, 페테르 드노프, 마담 블라바츠키와 함께 영혼의 미로 속으로 조금 더 들어가는 모험을 떠나고, 오쇼와 함께 고대의 가르침에 대한 신비주의 속으로 사라지고, 환생, 프라이멀 스크림 요법, 역산법, 동네 체육관의 호흡 요법 등을 시도(했다 실패)하고, 물리적 육체는 환상이라고 말하며 당신을 아스트랄계라는 영적 공간으로 이끄는 이들의 지시에 따라 평행봉과 체조용 벽 사다리와 뜀틀을 노려보고, 그러면서 학교에 다닐 때 당신에게 고통을 주던 그 체육 기구들을 계속 눈앞에 두고 바라보며 속으로 말하기를, 자, 이게 노년의 작은 기쁨이로구나, 이제 더이상 평균대나 체조용 벽 사다리에 오르지 않아도 되니까, 당신의 아스트랄계 영체靈體는 그런 것 따위 걱정하지 않아도 되니까, 그러다가 나중에 일어서려고 안간힘을 쓰면서 곧바로 깨닫게 되는 사실은 다른 종류의 육체는 모두 당신을 떠나갔고 남은 건 물리적 육체뿐이라는 것이다―그 절뚝거리는 늙은 당나귀만을 데리고 당신은 홀로 어둠 속으로 떨어진다. 이젠 그 어떤 강도도 두려워하지 않으며.

37.

　우리는 끊임없이 과거를 생산하고 있다. 우리는 과거를 만들어내는 공장이다. 살아 있는 과거 제조기, 그게 아니면 뭐란 말인가? 우리는 시간을 먹고 과거를 생산한다. 죽음마저도 여기에 제동을 걸진 못한다. 사람은 사라지더라도 그 사람의 과거는 남는다. 무더기로 쌓인 그 모든 개인적 과거는 다 어디로 가는가? 누군가 그것을 사고 수집하고 버릴까? 아니면 오래된 신문처럼 바람에 날려 길거리를 떠돌까? 그 모든 익숙하고 끝나지 않은 이야기들은, 절단되어 아직도 피를 흘리는 연결부는, 그 모든 버려진 연인들은 다 어디로 갈까? '버려진'—이 단어, 쓰레기의 용어가 여기에 쓰인다는 건 우연이 아니다.

　과거는 분해되는가, 아니면 비닐봉지처럼 사실상 그대로 남아 주변의 모든 것을 서서히, 깊이 오염시키는가? 어딘가에 과거를 재활용하는 공장이 생겨야 하지 않을까? 과거를 이용해 과거 말고 다른 것을 만들 수도 있을까? 역으로 재활용해 비록 중고일지라도 어떤 종류의 미래로 만들 수는 없을까? 여기 이렇게 많은 질문이 생겨난다.

　자연은 역사적 시간을 소멸시키거나 가공하는데, 이는 나무가 이산화탄소를 처리하는 방식과 비슷하다. 북극의 빙하는

172

삼십년전쟁*에 별다른 영향을 받지 않았다. 하지만 모든 것이 그곳에, 그 얼음과 영구동토에 기록되어 있다. 해빙된 땅이 과거의 시신들을 드러내고 과거의 매머드가 일어난다. 여러 시간과 시대가 뒤섞이고, 시베리아 어디에선가 삼만 년 동안 땅속에 얼어 있던 씨앗들이 싹을 틔우기 시작한다. 지구는 기록보관소를 개방하겠지만 그것을 읽을 독자들이 있을지는 명확하지 않다.

이제 인류세가 도래함으로써 최초로 빙하, 거북이, 날파리, 은행나무, 지렁이는 인간의 시간에서 무언가가 바뀌었다는 것을 강렬히 지각한다. 우리는 세상에 종말을 가져오는 존재다. 그런 의미에서 우리는 우리 자신에게 종말을 가져오는 존재이기도 하다. 얼마나 역설적인가―인간의 이름을 딴 최초 시대인 인류세가 인간에게는 마지막 시대가 될 것 같다.

―가우스틴, 시간의 종말에 대해

38.

가우스틴이 서서히 변하기 시작했다. 가우스틴에게 과거는

---

* 1618년부터 1648년까지 주로 독일을 배경으로 일어난 종교전쟁.

에이해브 선장이 맹목적 열정으로 추적한 저 흰고래와 같은 것으로 변모했다. 단계가 진행될수록 어떤 원칙이나 억제가 그의 더 큰 목적에 장애가 되는 경우가 늘어나면서 그것들은 하나둘 사라지기 시작했다. 그래도 나는 두 가지 이유로 그를 인정할 수밖에 없다. 첫째, 그는 이 점을 깨닫고 통제하려 했다. 둘째, 그는 어떤 거창한 야망이 아니라 살짝 고리타분한 낭만적 아이디어를 추구하고 있었다(혁명을 고리타분하고 낭만적이라고 여긴다면 말이지만). 그것은 시간을 역전시키고 변경하고 그 약점을 찾아 이를 통해 과거를 '길들이는' 일에 대한 아이디어였다. '길들이는'이 정확히 그가 쓴 표현이었다.

우리의 첫 만남과 이후에 가우스틴이 (자기만의 연대표에 의거한) 1939년으로 사라진 일이 있고 나서, 그는 자신의 집착을 합리화하려는 양 정신의학과 기억 장애를 공부했다. 그리고 나중에 내가 만난 가우스틴은 완벽히 정상적으로 보이기도 했다. 다만 가끔 눈 깊숙한 곳에서, 무심한 말이나 손짓에서 다른 시대의 무엇인가가 잠시 번뜩이는 때는 있었다. 그러나 클리닉에서 우리가 함께 지낸 마지막 몇 달간, 그 무엇인가는 더 자주 가우스틴을 압도하고 그가 자신의 보호장치로 활용한 과학마저도 압도하는 길을 찾아낸 것 같았다. 나는 가우스틴이 저항하는 모습을 보았다. 과거는 단순히 프로젝트일 뿐이라고, 자신이 미처 예상하지 못한 규모로 발전시킨 회상 요법의 일종일 뿐이라고 여기며 현재에 발붙이고 사는 사람의 침착함을 유지하기 위해 (갈수록 더 힘겹게) 노력하는 모습을 보았다.

한두 번쯤 나는 우리가 학생 신분으로 바닷가에서 처음 만난 때와 1939년 9월 1일 전의 일자로 그가 보낸 편지를 상기시키려 했지만 가우스틴은 표정이 돌변하며 말머리를 돌렸다. 마치 그때의 그 남자는 자신이 아니라거나, 그때는 잠시 이성을 잃었다가 이제는 극복했고 다시 생각하고 싶지 않다는 듯이. 잠시 나는 그가, 그 모든 시대로부터 온 똑같은 그 사람이 매일 아침 어떻게 잠에서 깨어나는지 상상했다. 첫 커피를 마시기 전, 아직 침대에 있는 동안 그는 그날의 세상과 그 안에 있는 자신을 머릿속으로 구성할 거라고. 가령, 오늘은 이러이러한 연도이고 나는 이러이러한 곳에 사는 심리치료사다. 내가 직접 설립한 과거 요법 클리닉에서 일하는 기억 장애 전문가다. 요일은 토요일, 몇 년도인지 잊지 말자.

모든 집착은 우리를 괴물로 만들고, 그런 의미에서 가우스틴은 괴물이었다. 좀더 신중한 괴물일지는 몰라도 어쨌든 괴물이었다. 그는 여러 병실과 층을 갖춘 클리닉으로 더이상 만족하지 못했고, 십 년 주기의 다양한 시대를 재현한 공동체 단지들이 점점 더 커지고 그 숫자가 늘어나는데도 불충분하다고 여겼다. 나는 어느 날 도시 전체가 달력을 바꾸고 몇십 년 뒤로 돌아가는 상황을 상상했다. 그런데 나라 전체가 갑자기 그렇게 하기로 결정한다면 어떤 일이 벌어질까? 혹은 여러 나라가 그렇게 한다면? 나는 이런 생각을 노트에 적으면서 여기에서 최소한 짧은 소설 한 편 정도는 나오겠다고 속으로 말했다.

II

결정

대체 무슨 일이 있었던가? 무슨 일이 시작되려 하고 있었나? 싸움을 좋아하는 마음. 극심한 신경질. 뭐라 이름 붙이기 힘든 초조함. 모두가 걸핏하면 독설을 퍼붓고 분통을 터트리고 심지어 주먹다짐을 벌일 듯한 기세. 매일 개인끼리 또는 전체적인 집단들 사이에 격심한 언쟁이나 걷잡을 수 없는 고함 대결이 터지곤 했다……

— 토마스 만, 「엄청난 신경질」, 『마의 산』

1.

그러다 과거가 세계를 집어삼키기 시작했다……

그것은 한 사람에게서 다른 사람에게로 유행병처럼 퍼졌다. 유스티니아누스 역병처럼, 혹은 스페인 독감처럼. 1918년의 스페인 독감을 기억하나? 가우스틴은 묻곤 했다. 개인적으론 아니지, 나는 대답했다. 끔찍했어, 가우스틴은 말했다. 사람들이 거리에서 그냥 쓰러져 죽었지. 뭘 해도 감염될 수 있었어. 누군가에게 "안녕하세요" 인사를 받고 나면 다음날 저녁에 죽는 거야.

그렇다, 과거는 전염성을 갖는다. 그 전염병은 어디서나 나타났다. 하지만 가장 무서운 점은 그게 아니었다―급속한 변이를 일으켜 모든 면역체계를 파괴하는 유형이 나타났다. 20세기에 몇 차례 심각한 이성 상실을 경험한 뒤로 어떤 집착이나 특정한 국가적 광기 따위에 완전한 저항력을 갖췄다고 생각한 유럽은 사실 최초로 항복한 지역에 속했다.

물론 아무도 죽지는 않았지만(적어도 처음에는), 바이러스는 확산되고 있었다. 그것이 공기감염되는지, 누군가 독일이(혹은 프랑스가, 혹은 폴란드가……) 무엇보다 우선한다über alles, 헝가리는 헝가리인에게, 혹은 삼면이 바다에 면한 불가리아* 같은 말을 외칠 때 침방울이 바이러스를 전파할 수 있는 것인지는 확실치 않다.

그것은 눈과 귀를 통해 가장 빨리 전파된다.

처음에 일부 유럽 국가에서 사람들이 전통 의상을 입고 거리에 나타났을 때, 이는 사치스러움, 약간의 다채로움, 어쩌면 일종의 명절이나 축제 기간의 시작, 혹은 일시적인 유행 정도로 여겨졌다. 그들이 지나가면 모두가 미소를 지었고 일부는 농담을 던지거나 자기들끼리 속닥거렸다.

---

* 오늘날의 불가리아는 한 면만 흑해에 면해 있으나 불가리아제국의 영토 확장기에 한때는 흑해, 에게해, 아드리아해 등 삼면이 바다에 면한 영토를 가진 적이 있다.

그러다가 민속 의상을 입은 사람들이 알게 모르게 도시들을 장악하기 시작했다. 갑자기 청바지, 재킷, 양복 등을 입고 돌아다니기가 당혹스러워졌다. 아무도 바지나 현대 복장을 공식적으로 금지하지는 않았다. 하지만 기분 나쁜 눈길을 받거나 민족주의자들의 의심을 사기 싫다면, 골칫거리를 만들거나 심지어 행패를 당하는 일을 피하고 싶다면, 당장 있는 곳이 정확히 어디냐에 따라, 옷 위에 모직 망토를 걸치거나 레더호젠*을 입는 편이 나았다. 다수의 은근한 압제.

어느 날, 한 중부 유럽 국가 대통령이 전통 의상을 입고 근무를 했다. 가죽 장화, 딱 붙는 바지, 자수를 놓은 조끼, 흰 셔츠 위에 맨 작은 검은색 나비넥타이, 그리고 빨간 제라늄을 꽂은 검은 중절모. 그 복장은 전직 차르다시** 명장처럼 보였다. 현직을 떠난 뒤 자기관리에 소홀했으나 결혼식에서 음악을 듣는 순간 놀라운 유연함을 자랑하며 뛰어오를 준비가 된 춤꾼. 이 복장은 국민에게도, 텔레비전 방송국에서도 크게 호평을 받았고, 대통령은 날마다 그렇게 차려입기 시작했다.

유럽연합 의원들도 재빨리 새로운 시류에 합류하여 유럽의

---

* 독일어권 일부 국가에서 입는 남성용 가죽 반바지.
** 헝가리의 민속 무용곡.

회는, 어느 유로뉴스 기자가 동독의 텔레비전 프로그램 〈다른 색깔 주전자〉를 상기시키며 말한 대로, 80년대 독일의 신년 특집 방송 같았다—이 방송은 동유럽의 여러 세대를 하나로 묶는 공통의 기억이다.

어느 남동부 유럽 국가의 부총리 또한 옆선 장식이 있고 엉덩이와 허벅지 안쪽에 보강재를 덧댄 승마바지에 빨간색 넓은 허리 밴드를 두르고, 옛날처럼 가장자리를 솜방울로 장식한 북슬북슬한 양치기 모자를 썼다. 관광부 장관은 두꺼운 빨간 튜닉과 소매가 넓은 자수 셔츠를 입었다. 장관의 의상에 붙인 동전 장식은 진짜 금처럼 반짝였고, 그녀가 실은 국가 금고에 보관된 트라키아의 금제 보물에서 빼낸 장식품을 착용한다는 소문도 돌았다. 서서히 모든 장관이 민속 의상을 입기 시작했고, 그 결과 각료이사회는 마을의 자선행사 모임처럼 보였다. 총리는 '정회하겠습니다'라는 공식적인 선언 대신 "행사를 해산하겠습니다"라고 말하곤 했다. 국방부 장관이 혁명전쟁 군복에 장검을 차고 자루가 은으로 된 나강Nagant 권총을 넓은 가죽 벨트에 꽂은 채 말을 타고 나타났을 때 처음에는 약간 민망한 기류가 흘렀다. 말은 하루 내내 각료이사회장 앞에 줄지어 주차된 검은 메르세데스 옆에 묶인 채 서 있었고 경찰이 말에게 귀리 한 봉지를 주고 멋쩍어하며 똥을 치웠다.

몇 개 웹사이트에서 이를 희화화해 다루었으나 대다수가 기쁨에 도취되어 있어서 그들의 목소리는 너무 약하고 심지어 거슬리기까지 했으므로 그들은 재빨리 입을 닫았다.

새로운 삶이 시작되었다. 재현으로서의 삶.

2.

어느 날 저녁, 헬리오슈트라세에 있는 클리닉 앞에 조용한 테슬라 전기차 두 대가 정차하고 감색 양복을 입은 남자 셋이 차에서 나와 가우스틴을 만나러 가게 된다. 그중 한 명, 감색 옷을 입은 의장은 전에 이곳에 온 적이 있다. 어머니가 이곳 환자였는데, 그후에도 혼자 몇 번 찾아와 가우스틴과 긴 대화를 나누었다. 신분을 숨긴 채 조심스럽게 방문한 그는 유럽연합의 삼대 거물 중 한 명이었다.

그날 저녁에는 삼대 거물이 모두 찾아왔다. 가우스틴은 그가 가장 좋아하는 60년대의 서재로 그들을 초대했다. 그들은 밤새 그곳에서 이야기하며 목소리를 높이기도 했고 침묵에 빠지기도 했다.

과거는 곳곳에서 깨어나 피를 채우고 생명을 얻었다. 이 거부할 수 없는 원심력을 멈출 급진적인 조치, 멀리를 내다보는 예상 밖의 조치가 필요했다. 사랑의 시간이 끝나고 이제 혐오의 시간이 왔다. 혐오가 국내총생산이라고 한다면 머지않아 어떤 국가들은 하늘을 찌를 듯 성장하는 번영을 구가할 것이었다. 지연책, 이 과정을 억제하고 시간을 벌 방법이 필요했고, 그날 저녁 감색 옷을 입은 세 남자는 그런 종류의 대책을 찾기 위해 온 거라고 나는 생각했다.

알츠하이머병, 기억 상실이나 기억력 저하에 대해 말할 때 우리는 중요한 어떤 것을 건너뛴다. 이런 병을 앓는 사람들은 예전의 사실을 잊을 뿐만 아니라 계획을 세우는 능력이 전혀 없다. 심지어 가까운 미래에 대한 계획까지도. 사실, 기억을 잃을 때 가장 먼저 사라지는 것은 바로 미래라는 개념이다.

과제는 다음과 같았다. 미래에 심각한 결손이 발생할 때 우리는 어떻게 내일을 위한 시간을 조금이나마 벌 수 있을까? 간단한 대답은 바로, 약간 뒤로 가는 것이었다. 뭐든 확실한 게 있다면 그것은 과거다. 오십 년 전은 지금부터 오십 년 후보다 더 확실하다. 이십, 삼십, 혹은 오십 년을 뒤로 간다면 딱 그만큼 앞서게 된다. 맞다, 그것은 이미 살아본 시간, '중고' 미래일지도 모르지만 그래도 미래는 미래다. 그래도 지금 우리 앞에 입 벌린 무無보다는 낫다. 미래의 유럽은 이제 가능하지 않으므로 과거의 유럽을 택하자. 간단하다. 미래가 없을 때는 과거에 투표하는 것이다.

가우스틴이 도울 수 있을까?

그는 클리닉을, 거리를, 동네를, 심지어 특정 시대에 맞춘 작은 도시를 만들어냈다. 하지만 한 나라를, 혹은 한 대륙 전체를 다른 시간으로 되돌리는 것—여기에서 의학은 정치가 된다. 이를 위한 순간이 도래한 것은 분명했다.

가우스틴은 그들을 저지할 수 있었을까?

그러기를 원했을까?

나는 확신할 수 없다. 가우스틴은 정확히 그러한 상황 전개를 은밀히 꿈꾸지 않았을까 하는 생각이 든다. 심지어, 지나친 말이겠지만, 그가 감색 옷을 입은 지인에게 별생각 없이 이 방안을 제안했을 거라는 의심도 든다. 확실히 알 방법은 없다. 아니, 있지만 알고 싶지 않다. 사실 그 세 남자는 조언, 전문 지식, 어떤 지도를 원했지만, 분명히 결정은 이미 내려진 상태였을 것이다. 게다가 가우스틴에게는 과거에 대한 독점적 권리가 없었다. 전 대륙을 대상으로는 아니었다.

사실 그렇게 나쁜 생각은 아닌 듯했고, 게다가 다른 출구는 없다는 점은 누구나 맨눈으로도 볼 수 있었다. 현재라는 선체에 난 총알구멍들을 가까스로 막아놓았지만 어쨌거나 과거는 그 모든 구멍을 통해 이미 터져나오고 있었다. 상황을 통제하기 위해서는, 어떤 모양과 질서를 갖추기 위해서는 멀리 내다보는 조치가 필요했다. 좋습니다, 그토록 과거를 원한다면 여기 이렇게 과거가 있습니다. 하지만 적어도 표결을 통해 어떤 과거를 고를 것인지 함께 결정합시다.

과거회귀를 위한 국민투표.

그들은 그날 저녁에 그것을 논의하게 된다. 혹은 바깥에, 입구에 있던 내가 그렇게 지어내 노트에 적는다.

3.

내겐 꿈이 있습니다…… 내 꿈은 과거회귀를 위한 국민투표가 끝난 뒤 언젠가는 옛 승리자의 아들들과 옛 패배자의 아들들이 함께 둘러앉아 형제애를 나누는 것입니다…… 내 꿈은 우리 모두가 가장 행복했던 시간의 나라에서 살 수 있는 것입니다……

나는 가우스틴이 60년대의 서재 밖으로 나오지도 않은 채 어떻게 대대적인 행동에 나서는지 지켜보았다. 물론 공개적인 연설을 한 적은 없었다. 하지만 감색 옷의 세 남자가 하는 모든 말에서 소크라테스부터 마틴 루서 킹까지 모든 이로부터 빌려온 그의 목소리, 단어, 억양이 들렸다.

내게 이 국민투표는 모두가 각기 다른 꿈을 쏟아붓는 프로 젝트처럼 보였다.

국민투표가 결국 성공하게 되는 이유가 바로 그것이었다.

또한 장대하게 실패하는 이유도.

4.

이 시점까지 모든 선거는 미래를 결정하는 행위였다. 이번 선거는 달랐다.

완전한 기억TOTAL RECALL: 유럽이 자신의 과거를 선택한다……

유럽―새로운 유토피아…… 유로토피아……

유럽 공통과거 연합

이것이 유럽 신문들의 헤드라인이었다. 유럽은 다른 건 몰라 도 유토피아에 전문이었다. 그렇다, 유럽 대륙에는 분열의 과 거가 지뢰처럼 묻혀 있었다. 두 번의 세계대전, 수백 번의 다른 전쟁, 발칸전쟁, 삼십년전쟁, 백년전쟁…… 하지만 동맹의 기억, 이웃으로 살던 기억, 모일 수 없을 것 같은 집단들이 수백 년 동안 모여 이룬 제국들의 기억 또한 충분했다. 민족이란 그 자체로 빽빽 울어대는 역사적 유아인데 성서 속 원로처럼 가장하고 있다는 사실을 사람들은 곰곰이 생각해보지 않았다.

이 단계에서 전체 대륙에 적용될 통합된 과거에 대해 간단히 합의하기는 명백히 불가능했다. 그런 이유로, 애초의 예상처럼, 오랜 자유주의적 전통에 따라 (비록 과거회귀에 대한 선거는 보수주의적 행위이기는 하지만) 각 회원국이 자체적인 국민투표를 실시하기로 결정했다. 예사롭지 않은 절차인 만큼 시간을 낭비하지 않기 위해, 과거로 돌아가야 하는지에 대한 질문에 답하면서 이에 찬성하는 유권자들은 자신이 선택한 십 년 단위의 특정 시기를 표시해야 했다. 그다음에는 시간 동맹들이 결성되고, 과정이 더욱 진행된 어느 시점에는 유럽 통일 시간에 대한 투표까지도 가능할 터였다.

'근과거近過去를 위한 각서'는 유럽연합 국가들에서 실시할 국민투표 과정을 천명했고 모두가 이를 받아들였다. 모든 절차가 어쩐 일인지 예상보다 더 빠르고 쉽게 진행되었다.

그리고 추후 그들은 다양한…… 과거들에 대해 합의할 예정이었다.

(흐음, 이건 일반적으로 복수로 사용하지 않는 단어인데, 어

쩐다. 과거는 단수로만 존재한다.)

5.

내가 이 책을 쓰는 동안에도 과거 도래의 징후가 점점 늘어나고 있다. 때가 가까워졌다.

쿠바에서는 오래된 자동차들을 인도에서 치우지 못하도록 금지해왔다. 여행자들이 특히 그 자동차들을 보려고 오기 때문이다. 어떤 나라들은 역사를 풍부하게 갖추었다. 소련의 모스크비치와 미국의 뷰익이 나란히 놓여 휠 테두리가 구부러지고 페인트가 벗어진 채로 부식되어가고, 녹슨 뼈대는 비에 씻기고 카리브해의 태양에 말라가며 서서히 바스러진다(『노인과 바다』에서 살점이 모조리 뜯겨 뼈만 남은 청새치처럼).

어느 날 마침내 예수의 재림이 도래할 때 헌 자동차들도 부활할까, 나는 그것이 궁금하다.

*

오늘 신문에서 독일이 일급비밀을 다루는 일부 정부 부처에 다시 타자기를 도입했다고 보도했다. 몇 년 전 발생한 간첩 사건 이후 정보 누설에 대비하기 위해서라고 한다. 타자기를 해킹해 정보를 빼갈 수는 없다. 나는 이 뉴스가 시사하는 바가 무척 크다고 생각한다. 아날로그의 멋진 구세계로 돌아가다.

*

영국에서는 우유 배달부가 다시 호황을 누리고, 점점 많은 사람이 아침마다 유리병에 담겨 문앞에 배달되는 우유를 주문한다.

*

〈뉴요커〉 신간은 (최초로) 1927년도의 옛 표지 중 하나를 재인쇄해 사용했다. 만일 모든 신문과 잡지가 똑같은 날에 오륙십 년 전 특정 일자의 신문과 잡지를 재인쇄하기로 결정한다면 어떤 일이 벌어질까? 시간의 수레바퀴가 삐걱거리는 소리를 낼까?

*

요즘에는 다른 시대의 특정 일자에 방송한 뉴스와 인터뷰와 전체 프로그램을 그와 같은 날짜에 온종일 내보내는 라디오 방송국이 있다.

6.

근과거라는 정의 자체가 여러 번 논쟁거리가 되었고, 바로 그 이유로 경계는 융통성 있게 유지하자는 타협이 이루어졌다. 각국은 20세기라는 범위 안에 머무르기만 하면 됐다.

그런 국민투표는 어쩐지 낭만적으로 망할 것 같은 느낌이 있었다. 특히 브렉시트를 둘러싼 최근의 참사를 고려하면 더욱 그랬다. 하지만 결국 사람들은 자기가 어디에서 살지 결정할 수 있어야 하지 않은가? 어쨌거나 상의하달식으로 부과된 것은 잘 작동하지 않고 거부감만 일으켰다. 국민투표는 조악한 아이디어였지만, 다들 말하듯 더 나은 아이디어는 나오지 않았다.

이것은 불가능한 미래에 직면한 우리의 마지막 생존 시도가 될 겁니다. 감색 옷을 입은 의장이 말했다. 우리는 두 가지 중

하나를 선택해야 합니다—지금까지 해온 대로 공유하는 과거 안에서 함께 살아가기, 혹은 역시 지금까지 해온 대로 완전히 허물어져 서로를 살육하도록 손놓고 있기. 두 선택지 모두 타당합니다. 오든의 저 위대한 시구를 떠올려봅시다. 우리는 서로 사랑하든가, 아니면 죽어야 한다. 그는 잠깐 말을 멈추고 일부러 목소리를 낮춘 채, 우리는 서로 사랑하든가, 아니면 죽어야 한다, 하고 되풀이했다. 다음날 언론이 냉큼 가져다 쓸 구호를 자신이 고안해냈음을 너무나 잘 아는 채로.

나는 모든 말의 뒤에 자리한 가우스틴의 목소리를 들었다. 이 사람들은 마침내 말하는 방법을, 아니 그보다는 듣는 방법을 배운 것이다.

7.

플라톤이 『크라튈로스』에서 주장하듯, 정말로 자연적으로 옳은 이름들이 있다. '국민투표referendum'라는 단어의 어원은 의미심장하다. 라틴어 어원인 동사 re-ferro를 살펴보면 이는 '돌아가다' '되돌리다'라는 의미이기 때문이다.

그 단어 자체에 회귀라는 의미가 실려 있는데 그 점을 아무도 깨닫지 못했다…… 과거회귀에 대한 국민투표referendum.

어원과 동의어 반복 등을 이용한 언어 게임은 때로 우리가 생각하는 것보다 더 많은 것을 암시하는 걸까? 동의어 반복의 트럼펫 소리를 통해 새로운 종말의 계시가 도래하는 걸까?

8.

우선, 자신들이 유럽 대륙의 일부인지 아닌지에 늘 의문을 품어온 한 나라는 따로 떨어져나갔다. 그레이트 브렉시타니아, 당시 우리는 그 나라를 그렇게 불렀다.

모든 게 문학 탓이야, 나는 언젠가 가우스틴에게 말했다.

늘 그러듯 가우스틴은 웃었다.

더 구체적으로, 『로빈슨 크루소』가 문제지, 나는 계속 말했다. 섬 하나가 사람의 생존과 지속에 필요한 모든 것을 줄 수 있다는 자신감, 그 모든 게 바로 디포에게서 나온 거야. 로빈슨은 선언하지, 혼자서도 괜찮다. 신께서 나와 함께하신다. 그의 자손들은 말하지, 우리끼리도 괜찮다. 신이여, 여왕 폐하를 지켜주소서(하지만 심지어 여왕이 없더라도 우리는 괜찮다).

맞아, 가우스틴은 동의했다. 영국인들이 디포가 아니라 던을 읽었더라면 더 좋았겠지.

그러다 그는 갑자기 우렁차게 울려나온 17세기 목소리로—

우리가 헤밍웨이 덕분에 더욱 잘 기억하는 그 구절을 읊던 가우스틴의 언어가 17세기의 영어였다고 나는 확신한다―말했다.

사람은 누구도 홀로 온전한 섬이 아니다. 모든 사람은 대륙의 한 조각, 본토의 한 부분일 뿐이니. 흙 한 덩이가 바다로 씻겨 내려가면, 유럽은 그만큼 작아진다. 곶 하나가 씻겨 내려가도 마찬가지고, 당신 친구나 당신 자신의 땅이 그렇게 되어도 마찬가지다. 누구의 죽음도 나를 줄어들게 하는 것이니, 이는 내가 인류에 속해 있기 때문이다……*

그게 문제야―디포가 던을 눌렀다는 것, 가우스틴이 영국 해군 전체를 가라앉힐 수도 있을 만한 비애를 풍기며 말했다.

둘 다 말이 없는 한참의 시간이 지나고 그가 다시 17세기 목소리로 되풀이했다. 누구의 죽음도 나를 줄어들게 하는 것이니…… 우습지, 우린 이 글을 항상 제목을 빠뜨린 채 읽어왔어. '돌연히 발생하는 사태에 대한 기도'라는 제목. 그리고 지금 돌연한 사태가 발생하려 하네.

다시 한번 영국은 골치 아픈 사례를 제시한다. 브렉시트를

---

* 17세기 영국 시인 존 던이 쓴 시의 일부. 헤밍웨이의 소설 『누구를 위하여 종은 울리나』의 제목이 이 시의 구절에서 따온 것이다.

고려하면 영국은 국민투표에서 배제되어야 했다. 하지만 이 섬나라에서는 즉시 유럽연합 지지 운동이 일어났고 영국도 공통과거에 대한 국민투표에 포함될 권리가 있다고 주장했다. 그 특정한 과거의 시기에 영국은 유럽과 유럽연합의 일부였기 때문이라는 것이었다. 사람도 그렇듯 모든 국가는 광기에 휘둘리는 순간이 있다고, 이 광기를 떨쳐낼 두번째 역사적 기회를 누리자고 운동 관계자들은 촉구했다.

"두번째 역사적 기회"에 대한 주장은 '근과거를 위한 각서'의 서문에서 그대로 인용한 것이었다. 하지만 브뤼셀의 유럽연합 본부는 영국이 근년에 보인 머뭇거림에 진력이 난 터라 건전하게 단호한 태도를 취하고자 했다. 영국의 요청은 거부되었다.

9.

하지만 이러한 소통이 이뤄지는 동안 또하나의 기적이 일어났다. 항상 유럽 속의 숨은 섬 같았던 스위스가 갑자기 과거회귀 국민투표에 합류하겠다는 의사를 표명한 것이다. 이는 진정 예상 밖의 일이라 브뤼셀의 본부에서는 한동안 어떻게 반응해야 할지 갈피를 잡지 못했다. 왜 스위스가 자국의 전통을

위반하는 일에 그처럼 태평스럽게 합의하는 것인지에 대해 온
갖 의심이 소용돌이쳤다. 스위스가 이 프로젝트의 균열, 약점
을 발견해 이를 교묘히 활용하려는 것일까? 결국 여러 부가 조
항을 넣은 주의깊은 합의 과정에서 스위스의 참여가 승인되었
다. 스위스는 섬이기는 하나 또한 유럽의 축소판이기도 했다.
독일, 이탈리아, 프랑스가 하나로 합쳐진 나라가 다른 어디에
또 있단 말인가? 그리하여 여러 의심에도 불구하고 스위스가
일정 정도의 자율성을 유지한 채로나마 국민투표에 합류하려
는 바람에는 무척 자연스러운 면이 있었다.

10.

치명적 의미 결핍증

이 질병 급성기의 특징은 정확한 진단을 저해하는 신체 여
러 부위의 예리한 긴장성 통증이다. 많은 환자가 3시에서 6시
사이 늦은 오후에 발생하는 발작 증상을 보고한다.

호흡곤란은 가장 흔히 언급되는 증상 중 하나다. 숨이 막히
는 듯한 느낌. 숨을 쉴 힘이, 의욕이 하나도 없어요. 숨을 내쉬면서
도 다시 들이쉴 의미가 있는지 잘 모르겠어요…… 이젠 신년 달력도

사지 않아요. [N. R. 53세, 전업주부]

소파에 앉아 있으면 갑작스럽게 밀려오는 무감각증 ─ 이것이 환자의 가장 전형적인 설명 중 하나다. 기억 속 텅 빈 벌판, 기쁨의 원천을 기억하려는 곳에 자리한 구멍. 사진의 네거티브필름이 과다 노출된 듯 하얗게 지워져버린 곳이에요(어느 한 사람의 호소 중에서), 전기가 나가버렸어요(다른 한 사람의 호소 중에서).

개별적 증상을 넘어 관찰된 것은 미래에 대한 집단적 두려움과 거부의 경향성, 미래공포증 등이다.

이 증후군의 후유증은 우울감, 무감각, 과거에 대한 강렬한 집착과 더불어, 사건이 기존과 다르게 발생한 상황 혹은, 더욱 흔하게는, 사건이 아예 일어나지 않은 상황에 대한 이상화 등이 있다. 과거와 비교하면 현재는 하찮아진다. 기억은 비록 폴라로이드의 흐릿한 색조일망정 항상 천연색이지만 현실은 말 그대로 흑백으로 보인다고 환자들은 주장한다. 지어낸 대체 일상 속에 머무르는 일이 빈번함.

─가우스틴, 곧 나타날 새로운 진단명

11.

그렇다, 국민투표는 급진적인 아이디어였고 모두가 거기에 각자의 숨은 희망을 걸었다. 가우스틴에게 그것은 물론 열정의 대상이었다. 너무나 단순해 보였다. 클리닉에서 개별 환자에게 유효했던 것이 이제 모두에게, 사회 전체에 유효할 터였다. 우리가 그 개념을 계속 사용할 수만 있다면 말이다.

감색 양복 차림의 남자들은 유럽에서 해체의 연쇄반응이 일어나기 전 마지막 초읽기를 하고 있었다.

세계의 다른 지역들은? 국민투표가 성공하고 경과가 좋다면 다른 지역도 이 경험에서 혜안을 얻을 테고, 그렇지 않다면─하여튼 그 유럽 작자들은 꼴좋게 된 것이다. 지난 이십여 세기 동안 그자들은 너무 자만에 빠져 있었으니까……

유럽은 더이상 세계의 중심이 아니었고 유럽인들은 이를 충분히 깨달을 만큼 지적이었다. 그런 깨달음에는, 그게 사람에 대한 것이든 국가나 대륙에 대한 것이든, 항상 어딘가 비극적인 면이 있다. 깨달음은 대체로 뒤늦게, 할 수 있는 게 별로 없을 때 온다. 하지만 시도는 해볼 수 있다.

12.

어느 날 가우스틴이 전화를 걸어 클리닉에 들르라고 했다.

나는 헬리오슈트라세 쪽으로 걸어가고 있었다. 4월의 해가 부드럽게 빛났지만 아직 온기는 없었다. 여기저기서 나무 몇 그루가 꽃을 피우기 시작했다. 희미한 흙냄새, 헛간 냄새가 이곳 도시로까지 흘러들었다. 그 마을에서도 내 할아버지가 헛간에서 삽으로 거름을 퍼서 집 앞 텃밭에 부릴 때면 이런 냄새가 났다. 이제 그런 냄새는 사라졌다. 모두가 합성 비료를 쓰기 때문에 땅에서는 페니실린 냄새가 난다. 지금도 진짜 거름 냄새를 맡으면 나는 돌아간다…… 동쪽으로 이천 킬로미터 떨어진 사십 년 전의 그곳으로. 내 어린 시절에 스위스는 이상화된 불가리아 마을, 존재하지 않는 마을이었다.

클리닉 앞 풀밭에 때늦은 히아신스가 분홍색과 파란색으로 빛나고 수선화는 호수에서 불어오는 미풍에 오만하게 흔들거렸다. 나는 5월이 되기 전, 만물이 폭발하듯 찍찍거리고 윙윙거리고 색채로 열광하기 전의 이런 고요함을 좋아한다.

하지만 가장 눈길을 사로잡은 것은 클리닉 앞 풀밭 곳곳에 흩어진 물망초들이었다. 다른 어디도 아닌 이곳에 물망초라니. (나는 그 작은 꽃의 라틴어 이름이 그리 낭만적인 의미가 아니라는 사실을 놀라움과 약간의 씁쓸함을 느끼며 알아냈다—그것은 미오소티스myosotis, 문자 그대로 '생쥐의 귀'라는 의미다.) 물망초와 관련해 내가 더 좋아하는 쪽은 전설이었다. 꽃의 여신 플로라가 여러 식물에 이름을 지어줄 때 그 초라한 파란 꽃 옆을 지나쳐 걸어가다가 뒤에서 "나를 잊지 마요! 나를 잊지 마요!"라고 말하는 여린 목소리를 들었다. 플로라는 돌아서서 그 꽃에 물망초라는 이름을 붙이고 사람들에게서 기억을 불러일으키는 능력을 주었다. 어딘가에서 읽은 내용인데, 물망초 꽃은 우울감을 치료한다고, 더 공식적인 표현을 쓰자면, 항우울 효과가 있다고 한다. 게다가 씨앗은 땅속에서 삼십 년을 견딜 수 있어서 조건이 적당할 때 비로소 꽃을 피운다. 그 꽃은 삼십 년에 걸쳐 자신을 기억한다.

나는 클리닉 안으로 들어갔다. 가우스틴은 일층에 있는 1940년대로 나를 불렀다. 그는 칼바도스를 마시며 전리품 독일 담배를 피우고 있었다. 벽에는 옛 전선의 지도가 걸려 있었고 지도 위 깃발들이 다양한 군대의 이동을 표시했다. 광택을 낸 육중한 대형 체리목 테이블 위에는 1940년대에 영국 공군이 가장 좋아한 빠르고 강한 단엽 비행기 스핏파이어의 정교한 모형들이 정렬해 있었고, 그 옆에는 메서슈미트와 허리케인 모형도 한 대씩 있었다. 모형 비행기들은 전투에서 막 돌아온 듯 단 위에 절묘하게 놓여 있었다. 소매를 걷어올린 녹색 군복 셔츠를 입은 가우스틴은 노르망디상륙을 지휘하다 갑자기 기상 상태가 예상과 달라졌음을 막 깨달은 영국군 장교처럼 보였다. 군복을 입은 가우스틴을 보는 건 처음이었다. 아마도 1940년대의 분위기를 일관되게 유지하고 싶은 모양이었다.

그가 집중하려고 안간힘을 쓴다는 느낌이 들었다. 다른 시대의 강물에서 걸어나오려고 애쓰는 사람처럼. (전에도 나는 그런 안간힘을 알아차린 적이 몇 번 있었다.) 국민투표는 일주일 앞으로 다가와 있었다. 내가 불가리아로 돌아갈 준비를 하고 있다는 사실은 가우스틴도 알았고, 실은 그래야 한다고 주장한 장본인이 그였다. 그는 이 시기 동안 잠시 물러나 있고 싶다고, 상황이 어떻게 펼쳐지는지 멀리서 주시하겠다고 말했다. 그 모습을 보니 갑자기 삼십 년 전에 만난 그 젊은이가 강렬하게 떠올랐다. 다른 시대 사람 같고 어디에도 속하지 않은 듯한 분위기도 그대로였다. 당시에 그가 사라졌던 곳, 자신만의 1939년도를 향해 천천히 걸어가고 있는 것처럼 보였다. 우리는 몇 마디를 더 주고받았고 모든 일이 끝나면 다시 만나기로 뜻을 모았다. 전쟁 이전 6시에, 맞지? 나는 농담했다. (내가 왜 '이전'이라고 했는지 모르겠다. 『훌륭한 병사 슈베이크』*에서는 '이후'였는데.) 가우스틴은 뒤로 휙 돌아서더니 강렬한 눈빛으로 일 분 가까이 나를 바라보았다. 맞네, 친구, 전쟁 이전 6시에…… 그는 '이전'에 힘을 주어 말했다.

난 이게 좋은 아이디어인지 확신이 안 서네—나는 머뭇거리며 말하기 시작했다.

자네는 늘 확신이 없지, 그래서 내가 필요한 거고, 가우스틴

---

* 체코 소설가 야로슬라프 하셰크가 제1차세계대전 참전 경험을 바탕으로 쓴 풍자소설.

이 내 말을 자르며 짜증스러운 투로 말했다. 자네가 엄두를 내지 못하는 일을 할 누군가가 필요한 거잖나.

자네에겐 쉽겠지, 상황이 험해지면 시대를 바꿔버리면 되니까. 하지만 난 여기 머물러야 하고⋯⋯

하지만 난 매번 그 시대가 유일한 것처럼 싸우는데, 자네는 자기한테 주어진 유일한 시대를 살면서 마치 백 가지 다른 시대를 가진 양 행동하지.

(가우스틴이 맞다, 그가 맞다, 젠장맞을!)

하지만 자네는⋯⋯ 자네는 투사된 존재야, 편집광이지, 연쇄 편집광이라는 점만 다를 뿐. 자네는 이전 편집증의 대상들을 기억하지 못할 뿐이라고. 과거를 그저 가지고 놀 수는 없어. 지난 소설에서 했던 수많은 다른 프로젝트들 기억나지 않나⋯⋯ 빈민을 위한 영화, 거기에서 우린 영화가 개봉하기 전에 반값만 받고 그 영화들을 이야기로 전하기로 했었잖아. 우리 자신도 영화를 보지 않은 채로 말이야. 거의 몰매를 맞을 뻔했지. 하늘에 구름 영상을 비추려고 한 일은 어떻고. 아니면, '콘돔 패션쇼'는 또 어땠나⋯⋯ 그 모든 일이 철저히 실패했잖은가, 자네는 실패의 왕자야⋯⋯

그만하게, 가우스틴이 차갑게 말했다. 국민투표를 생각해낸 사람은 우리가 아니잖아.

하지만 그들을 막으려 하지도 않았지.

그래야 했나? 내가 문 쪽으로 걸어갈 때 가우스틴이 재빨리 말했다.

모르겠네, 친구, 나는 메마르게 말했다. 그러면서 그의 녹색 셔츠를 응시하며 40년대의 분위기에 젖으려고 애썼다. 그는 웃지 않았다. 우리는 냉랭하게 악수했고, 나는 그곳을 나왔다. 다시 그를 잃을 거라는 느낌이 들었다……

III

본보기로 선택된 한 나라

우리는 유토피아에 너무 주목하지 않았다. 혹은, 그
것이 실현 불가능하다고 한탄하며 완전히 무시했
다. 이제 유토피아는 정말로 우리가 전에 생각한 것
보다 훨씬 쉽게 이룰 수 있어 보이고, 사실 우리는 완
전히 다른 종류의 고민스러운 문제에 직면해 있다.
유토피아의 최종적 실현을 어떻게 막을 것인가?

— 니콜라이 베르댜예프, 『자유의 철학』

1.

귀향

기내에 민속 음악이 조용히 흐르고 있다. 아직 이륙 전이고 승무원들이 주위를 분주히 오간다. 그들은 머리를 땋고 길이를 무릎 위로 줄인 튜닉으로 이루어진 양식화된 민속 의상을 입었다. 개량된 승마바지와 조끼 차림의 유일한 남성 승무원은 약간 우스꽝스러워 보인다. 확성기를 통해 기장의 음성이 흘러나온다.

불가리아 국적 항공기에 탑승하신 여러분을 자랑스럽게 환영합니다……

나는 말이 살짝 바뀌었음을 알아차린다. 최근까지 그들은

"기쁜 마음으로 환영합니다"라고 말했다. 자랑스러움은 갑자기 어디에서 나온 걸까? 이들은 분명 일류 항공사가 아니며, 이들이 곧 파산할 거라는 소식은 공공연한 비밀이다. 비행기가 게이트에서 멀어지며 굴러가기 시작할 때 누구나 진절머리를 내는 안전수칙 안내가 시작된다. 나는 귀마개를 끼우고 승무원의 움직임을 눈으로만 본다. 소리가 없으니 그들의 몸짓은 기이한 마술 의식이나 부족 예언자의 움직임과 닮아 보인다. 그 안내를 계속해서 한다는 점이 참 이상하다. 항공기 추락 사고에서 누구든 천장에서 자동으로 내려오는 산소마스크를 쓴 덕분에, 혹은 여러분의 좌석 밑에 있는 구명조끼를 꺼내고 응급 호루라기를 분 덕분에 구조되었다는 증거는 없다. 어쩌면 합동 기도를 드리는 편이 더 이로울지도 모른다.

내가 탄 비행기는 소피아 어디에나 있는 고정 노선 승합 택시와 닮았다. 머지않아 입석 승객을 받기 시작한다 해도 별로 놀랍지 않을 것 같다. 몇 년 전 나는 국내선 항공기를 타고 버스에서처럼 선 채로 철봉을 붙잡고 베오그라드에서 몬테네그로로 날아간 적이 있다. 버스 기사는, 앗, 죄송, 비행사는 팔을 뻗으면 닿을 만한 거리에 있었다. 문은 없고 낡은 커튼 한 장만 있는데 한쪽은 고리에서 빠져 있어서 비행사와 나는 잠시 잡담을 나누었다. 어느 시점에 비행사가 담배에 불을 붙였고, 나는 그가 재를 떨겠다고 창문을 열어 객실 압력 때문에 큰 소동이 벌어지는 일이 없기를 기원했다.

나이가 들면 비행의 두려움이 커진다. 비행시간 및 거리와 함께 분명히 공포도 마일리지처럼 쌓이는데, 그건 현금화하지 못하니 유감이다. 상용 고객Frequent Flier 카드처럼 상용 공포객 Frequent Frighter 카드도 나오면 좋을 것 같다.

안전 안내 의식이 끝나고 항공기는 상대적으로 순조롭게 이륙한다. 아마 승무원의 마술 의식이 결국 효과를 낸 건지도 모른다. 좌석 커버가 낡았고 좌석 앞 주머니는 너덜너덜하며 기내 잡지는 승객 수십 명의 초조한 손가락에 닿아 구겨져 있다. 베이클라이트 소재의 비행기 몸체가 부드럽게 삐걱거린다. 흡연 표시는 이 기계가 얼마나 오래되었는지를, 기내에서 흡연이 가능하던 시대에 제조되었음을 보여줄 뿐이다.

갑자기 파리 한 마리가 머리 위 승무원 호출 버튼 바로 옆에 내려앉는다. 비행기 안의 파리. (어떤 친구가 내가 파리를 매우 좋아한다는 것을 알고 그런 제목의 시를 보내준 적이 있는데, 자, 보라, 그 시가 어떤 의미에서 실현되고 있다.) 나는 대다수가 성가시게 여기는 이 생물과 특별한 관계를 맺고 있어서 이곳에 파리가 있다는 사실에 행복해진다. 불가리아의 파리일까 궁금하다. 이 비행기는 그날 앞서 소피아에서 온 것이다. 아니면 항공편을 착각한 스위스 파리일지도 모른다. (사실, 파리가 들어오도록 스위스가 허용하기는 할까?) 스스로 발칸반도의 스위스라고 주장하는 무명의 발칸 국가에서 평생 국외자로 남게 될 파리 한 마리.

파리에게도 민족이 있을까? 파리들은 어떤 민족적 특성이 있을까? 모국에 대한 헌신과 향수를 느낄까? 어떤 원시적 형태의 애국심이라도 품을 수 있을까? 그 민족주의를 자연사의 현미경으로 바라본다면 어떤 일이 벌어질까?

파리와 민족, 여기 이렇게 진지한 주제가 있다. 역사의 혹은 자연의 시간이라는 틀 안에서 민족은 먼지 한 점, 진화 시계의 미세한 일부에 지나지 않으며 파리보다도 덧없다. 어쨌거나 시간이라는 측면에서 파리는 민족을 수십만 배 능가한다. 호모 내셔널리스티쿠스Homo nationalisticus가 생물의 분류학에 끼어들 수 있다면 그것은 무엇일까?

속명—호모…… 사피엔스…… 유감이지만 심지어 이 단계에서조차 민족주의자는 펄쩍 뛸 것 같다. 누굴 감히 호모라 불러? 날 어디에 넣는 거야?

우리는 어디에서 시작되었나? 파리에서. 그러면 우리는 어디에서 끝날까? 민족주의라는 코끼리에서.

파리다, 하고 옆자리 승객이 꽥 소리를 지르며 뻔한 사실을 굳이 지적하고 내 머릿속에 새로 쌓은 진화론적 사고의 흐름을 방해한다……

승무원이 황급히 다가온다. 뭘 도와드릴까요?

미등록 탑승객이에요, 나는 말한다. 방금 날아갔네요.

하지만 파리는 둥글게 선회하더니 똑같은 자리에 천진하게
착지한다. 도망가, 나는 머릿속으로 말하지만 승무원이 예상
밖의 잽싼 손길로 파리를 낚아챈다. 그런 훈련도 특별히 받는
걸까?

부탁인데요, 그냥 풀어주세요, 내 옆자리 여자가 말한다. 방
금 전 그 파리를 폭로한 장본인이.

맞아요, 저도 풀어주셨으면 합니다, 내가 끼어든다. 아무에
게도 방해가 되지 않으니까요.

모든 것이 아이러니와 진지함 사이에서 줄타기하고 있다.

동행이십니까? 승무원이 게임에 응하며 근엄한 눈빛으로 나
를 주시한다. 이럴 수가, 승무원, 그 철갑을 두른 생명체에게
유머 감각이 있다면 세상에 아직 희망은 있다.

맞습니다, 반려동물로 데려왔어요, 나는 대답한다. 문제가
되진 않겠죠?

케이지 안에 넣거나 무릎 위에 놓으시면 됩니다, 승무원이
말한다. 그러면서 긴 손가락으로 이루어진 창살을 세심히
연다.

잠시 후 옆자리 승객이 나를 돌아본다. 나서주셔서 감사해요. 가느다란 눈이 파랗고 얼굴에 주근깨가 난, 나이를 정확히 짐작하기 힘든 오십대 언저리의 여자다.

아, 저는 파리들의 좋은 친구입니다, 나는 무심히 말한다. 파리의 역사학자 같은 거죠.

여자가 미소를 지으며, 내가 일종의 미치광이인지 그저 유머 감각이 별난 사람일 뿐인지 판단할 시간을 번다. 결국 판단이 후자로 기운 듯하다.

파리에게도 역사가 있는 줄은 몰랐네요.

우리보다 상당히 더 긴 역사죠, 나는 대답한다. 인간보다 수백만 년 앞서 나타났으니까요.

이런 고도에서 파리를 보다니 이상해요, 여자가 말한다.

사실, 그렇게 이상할 것까진 없습니다. 우주로 보내진 최초의 생물이 바로 파리거든요, 노랑초파리Drosophila melanogaster. 이름이 실제 파리보다도 더 길죠. 전쟁 직후에, 당시에 칭송을 받던 로켓 V2에 실려서 간 겁니다.

저는 라이카라는 개가 최초인 줄 알았어요.

모두가 그렇게 생각합니다. 엄청나게 부당한 일이에요. 라이카 이전에 다른 개들이 여럿 있었고, 원숭이들, 달팽이들…… 그것들은 다 익명으로 남았어요. 어쨌거나 최초로 자신을 희생한 그 불쌍한 파리처럼요. 하지만 파리에겐 이름이 없고, 거기에 모든 문제가 있습니다. 이름이 없으면 역사에서 떨려나가니까요.

하지만 왜 하필 파리였을까요? 내 옆자리 승객이 묻는다.

네, 좋은 질문입니다. 파리는 수명이 짧고 금방 죽으니까요. 로켓은 단 몇 시간 동안만 날아갔어요. 백 킬로미터 상공, 우연히도 바로 우주의 경계까지요. 그래서 수명이 짧은 생물이 필요했던 거죠. 태어나고 발달하고 성적으로 성숙하고 임신하고 출산하고 그러다 죽고…… 단순한 초파리는 이 모든 특성을 갖고 있죠. 게다가 파리 몇 마리의 죽음이 개나 원숭이나 소의 죽음보다 훨씬 받아들이기 쉽고요, 그렇지 않습니까? 사람들은 크기에 무척 영향을 받으니까요.

나는 주위를 둘러보고 우리 대화의 주인공이 현명하게도 어딘가에 숨었다는 사실을 알아차렸다.

그때 기내에서 '불가리아 장미' 물휴지가 배포되기 시작했다─자, 오래전 나의 첫 비행 이후로 달라지지 않은 것이 있다. 장미 오일의 향이 구름 속에 퍼진다. 비행기는 착륙을 준비한다. 비토샤산과 소피아의 윤곽이 보이고, 콘크리트 블록 아파트로 이루어진 동네들, 그다음에는 알렉산드르 넵스키 대성당, 보리스의 공원의 장방형 풀밭, 그리고 길게 뻗은 차리그라드로路가 아래로 보인다. 저기, 고속도로 오른쪽 어딘가에는

'젊음'이라 불리는 동네가 있는데, 내가 어떤 다른 일생에서
살던 곳이다. 갑자기 옆자리 여자가―우리는 아직 서로의 이
름을 말하지 않았다―창문 쪽으로 고개를 돌리며 조용히, 차
분히, 발작 없이 울기 시작한다. 미안합니다, 여자가 말한다.
십칠 년 만에 처음 돌아오는 거예요.

　비행기가 부드럽게 착륙하자 늘 그렇듯 승객들의 박수가 터
진다. 이 의식에 익숙하지 않은 일부 외국인들은 항상 그 순간
에 어리둥절해져 주위를 돌아본다. 옆자리 여자도 박수를 치
기 시작한다.
　조심하세요, 기장이 앙코르 요청인 줄 알고 다시 이륙할 수
도 있어요, 나는 농담으로 말한다.
　확성기에서 불가리아 영토에 들어온 우리를 자랑스럽게 환
영한다는 말과 함께 외부 기온에 대한 정보와 파샤 흐리스토
바가 부른 〈불가리아 장미 한 송이〉 노래가 흘러나온다. 그런
데 그 가수는 바로 이 항공사의 비행기 추락 사고로 바로 이
공항에서 죽었다.

2.

출입국 심사대 앞의 밀치기와 새치기는 이 장소의 트레이드마크라고 할 수 있다. 짐을 찾기까지는 끝없이 오래 걸릴 테고, 택시 기사는 인사를 해도 대꾸도 없다가 목적지가 도시 반대편이 아니라는 사실을 깨달은 순간 분에 겨워 가속페달을 힘껏 밟으며 질주할 것이다. 음악을 크게 틀고 담배에 불을 붙일 것이다.

그런데 이번에는 예상과 다른 무언가가 있다. 내가 처음 다가간 택시의 기사는 허리에 두른 넓은 빨간색 띠 위로 흰 셔츠와 조끼를 입었는데(아래 입은 반바지와 지극히 대조적이었다), 허리띠 밖으로는 단도 손잡이가 삐죽 나와 있다. 정말이지 너무 멀리 나갔다—즉, 너무 멀리 과거로 갔다. 그런 의상은 말 한두 마리가 끄는 마차라면 모를까, 말 아흔 마리의 동력을 내는 그의 한국산 중고 대우 자동차에는 어울리지 않는다는 생각이 든다. 마지막 순간에 나는 그 택시를 타지 않기로 마음먹고(단도를 지닌 택시 기사는 내 취향이 아니다) 옆의 다른 택시 정류장으로 간다. 그곳의 기사들은 차림새만은 평범하다. 맨 앞의 차에 다가가 문을 열고 택시가 운행중free인지 묻는다. 네, 운행중입니다, 기사가 웃으며 대답하고는 내가 들어가 자리를 잡는 동안 말한다. 그 오래된 농담 들어보셨을 거예요. 옛날에 소피아에 유학 온 쿠바 학생이 택시를 세우고 문을 연 뒤 택시가 운행중이냐고 묻고는 기사가 그렇다고 말하면 "자유 만세!"라고 외치고는 가던 길 자유롭게 가라고 보냈다고 하죠. 나는 키득키득 웃는다. 비록, 그렇다, 전에 들어본 얘기이긴 하지만.

이 차도 뭔가 살짝 이상하긴 한데, 그게 뭔지는 차가 달리기 시작한 뒤에야 깨닫는다. 공항에서 천천히 빠져나올 때 나는 모든 차가 사회주의 시절의 자동차라는 것을 알게 된다.

모스크비치, 나는 흡사 고함치듯 말한다. 질문과 의심, 진정한 놀라움과 혼란이 합쳐진 어조로.

모스크비치죠, 기사가 자랑스럽게 대답한다. 12기통. 사십년이 되었는데도 견고한 기계예요. 요즘엔 차를 옛날처럼 만들지를 않아요, 그가 말한다. 두 번쯤 시도해야 시동이 걸리지만, 이런 존경스러운 연식의 차로선 훌륭한 출발이죠. 휘발유냄새가 지독하게 나는데, 틀림없이 단열재가 망가진 지 오래인 것 같아요.

예전에 삼촌에게 이와 비슷한 모스크비치 자동차가 있었다는 기억이 난다. 삼촌은 차 이름을 말할 때 첫음절을 강하게 발음했는데, 그래야 좀더 소련 느낌이 난다고 생각해서였다. 신체 기억이라는 게 정말로 있다면 1975년부터의 내 몸은 아직도 그 좌석이 푹 꺼지던 느낌, 휘발유와 토사물의 악취 등을 확실히 기억한다. 나는 늘 비닐봉지를 가지고 차에 탔다. 그걸 생각하니 지금도 속이 울렁거린다. 차 안 백미러 위에 스탈린의 작은 사진도 눈에 띈다.

야간 교대 기사인 동료가 놔둔 거예요. 나의 시선을 알아챈 기사가 말한다. 딘코 영감님은 1950년대를 아주 좋아하죠.

예전 언젠가 모든 버스에 스탈린의 사진이 있던 시절이 기억난다―개인숭배 풍조가 나타나기 이전에도 이후에도 스탈린의 사진은 기사의 운전석에서 사라지지 않았다. 더 시간이 지나 80년대에도 그의 조지아 출신 콧수염은 샌드라와 서맨사 폭스의 총천연색 가슴 밑으로 삐죽 나오곤 했다.

서맨사 폭스 기억해요? 나는 갑자기 묻는다.

오. 여기 어디에 그 여자 사진이 박힌 라이터가 있을 텐데. 제가 라이터를 수집하거든요, 기사가 말하며 팔을 뻗어 조수석 사물함을 연다. 그 안에는 각기 다른 라이터 십여 개와 비슷한 개수의 성냥갑이 굴러다닌다. 난 이게 더 맘에 들어요. 기사가 체 게바라 사진이 각인된 지포 라이터를 꺼낸다. 아니면 여기 이 아가씨들도 정말 근사해요. 기사가 선바이저를 내리자 뒷면 가로대 위에 70년대 불가리아 리듬체조 선수들인 '골든 걸스' 사진이 있다. 그들은 우리의 영원한, 그리고 영원히 억압된 사춘기 성 혁명의 일부였다.

털털거리는 모스크비치를 타고 소피아공항을 떠날 때 마지막으로 눈에 띈 것은 주요 이동통신 사업자에 속하는 한 회사의 거대한 광고판이었다. 이 회사는 불가리아의 역사 영화 전체에 대한 무료 접속권 1300분—건국 이후 일 년마다 일 분씩—과 손잡이를 접을 수 있어 세면도구함에 쏙 들어가는 휴대용 국기로 구성된 애국자 패키지를 광고한다.

3.

고국에 돌아올 때마다 늘 그렇듯 어쩔 수 없는 우울감이 찾아온다. 전에는 슬픔이 더 가벼워서, 나무가 듬성듬성하고 눈에 보이지 않는 거미줄이 반짝거리는 숲을 거니는 듯한 느낌이었다. 나는 수련이 핀 호숫가를 지나 공원 위쪽을 따라 걷기를 좋아했다. 아주 오래전 다른 인생을 살 때 그곳에서 보낸 시간은 흔적도 없이 녹아 없어졌다. 빛이라도 그대로 남아 있을까? 10월 말에 어떤 여자와 걸으면서 지나쳐간 나무의 이파리들은—이상하게도 나는 가을만을 기억한다—그 이파리들은 지금까지 삼십 번 넘게 바뀌었을 텐데. 사물들도 우리를 기억하기는 할까? 그렇다면 어떤 면에서 보상이 되긴 하겠다. 물속의 개구리와 수련까지 모두 포함한 호수는 물에 비친 우리의 모습을 어딘가에 보존할까? 과거 자체가―우리의 더 어린 자아가―개구리와 수련으로 바뀐 걸까?

그날 오후에는 답을 찾지 못했다. 내가 찾은 것은 때늦었지만 견딜 만한 우울감과 차가운 4월의 공기뿐이었다. 잠시 그 여자에게 전화를 걸고 싶은 마음이 들었다. 그러다 그녀를 상상했다―두 아이와 남편이 있는, 우리의 이야기는 찬장 꼭대기 단에, 빈 양념 병들과 어머니가 전수해준 요리법 노트 사이에 쑤셔넣어둔 지 오래인 여자. 사실 내가 그 여자에게서 무엇을 원할 것인가―복원, 재현, 회고? 무엇을 회고한단 말인가―무슨 색이라고 딱 잘라 말하기 힘든 그 눈? 아니면 그 욕망은 좀더 자기중심적이었을까―내가 존재한 적이 있다는 확신을 얻기 위해, 그래서 그녀가 우리에게 무슨 일이 있었는지, 단지 몇 가지 추억만이라도 말해줄 수 있도록? 몇 번의 산책과 당시 우리를 웃게 했던 몇 마디 말을 내 기억에 되돌려주는 것. 과거의 기념품. 우리가 숨어들었던 컴컴한 출입구들. 그 공원. 기념비 뒤에서 단 한 번의…… 그건 무엇을 기념하는 곳이었더라? 도시는 돌연 변신한다. 연인들에게 도시는 다른 지형을 이룬다…… 우리는 실제로 존재하지 않는 우리만의 아파트를 상상했다. 그곳에서 일어날 일들을, 우리가 그곳으로 귀가하는 모습을 공상 속에서 그려보았다. 나 어제 거기 갔었어, 그녀는 내가 예전에 쓰던 노키아 전화기에 문자를 보내곤 했다. 그런데 스웨터를 깜빡 잊고 왔지 뭐야. 당신이 보고 내 생각 할 수 있게 그건 거기 그냥 두자. 난초에 물 줬어? 난초는 무척 까다로운 식물이야. 나랑 고양이 말고는 아무도 없어, 어서 와……

그렇게 타인들의 기억을 조각조각 모아 붙여 한 사람을 그려낼 수 있을까? 그러면 끝내 무엇이 만들어지는 것일까? 결국 프랑켄슈타인의 괴물이 생겨나는 걸까? 수많은 사람에게서 비롯된 절대로 공존할 수 없는 기억과 생각을 조각조각 이어 붙인 것?

……음, 넌 항상 웃고 있었지…… 너는 완전히 반사회적이어서 가끔은 몇 날 며칠을 아무 말도 하지 않은 채 지나가기도 했어(이건 내 아내의 목소리인걸, 들으니 딱 알겠다)…… 넌 너무 다정했어, 너무, 뭐랄까…… 낭만적이었지, 우린 벤치에 누워서 상상했어. 우리는 거북이처럼 백 살이 될 거라고, 그때도 함께 있을 거라고, 하늘색 덧창이 달린 바닷가의 집에서…… 세상에나, 열받으면 얼마나 욕을 잘했는지, 조심해…… 깡말랐지, 무지무지 깡말랐어…… 넌 굉장히 뚱뚱해졌어…… 난 항상 네게 너무 빨리 걷지 말라고 사정했는데…… 넌 절뚝거렸어…… 키가 컸지…… 어깨가 구부정했어…… 네 파란 눈을 보았을 때…… 계절에 따라 회색이나 초

록색으로 바뀌던 네 눈…… 빨간색 재킷을 입고…… 그 초록색 가죽 재킷…… 넌 늘 이름을 까먹었는데, 언젠가…… 항상 손에 불붙인 담배를 들고 있었잖아…… 네가 담배를 피웠다는 건 상상이 안 되는데…… 네가 절대로 기억하지 못하는 단어가 몇 개 있었는데, 이야기를 하다가 어떤 단어에 걸려 멈춰버리면 내가 그 단어를 말해주곤 했어…… 멍했어, 정말로 멍했다고…… 시간을 단 일 초도 허비하지 않는 사람…… 그때 그 첫날밤에, 네가 내 침대에 놓인 어떤 책을 봤어, 우리가 막 옷을 벗은 참이었는데, 넌 돌아서더니 말했어, 안 돼, 난 가야겠어, 코엘료를 읽는 사람과는 잘 수 없어, 그런데 그건 완전히 다른 작가였거든, 이름이 비슷한 포르투갈 작가, 그래서 우린 한바탕 웃었지…… 넌 무척 부드러웠어…… 침대에서 살짝 거칠었지…… 나중에 나란히 누운 채 정말로 멋진 대화를 나눴지……

이 모든 것이 나일까?

4.

무언가가 있다. 해가 갈수록 약해지기는커녕 더욱 강해지는 한줄기 바람이, 슬픔이. 분명히 이는 내 기억의 방들이 점점 더 빨리 비어가는 현상과 관련이 있다. 그 문들을 하나하나 열어보고 이 방에서 저 방으로 돌아다니며, 그중 한 곳에서—자신이 아직 온전하게 남아 있는 곳에서—자기를 찾기를 바라는, 바라고 두려워하는 어떤 사람.

과거 쪽으로 불어닥치는 이 바람은 결국 아무리 멀리 되돌아가게 되더라도 훼손되지 않은 그곳에 도달하려는 시도가 아닐까? 모든 것이 아직 온전한 곳, 풀냄새가 나고 눈앞 가까이에 장미 꽃송이 속 미로가 보이는 곳으로. 나는 장소라고 말하지만 사실 그건 시간, 즉 시간상의 장소다. 나의 조언은 이렇다. 아이였을 때 떠나온 곳을 다시 찾아가지 말기를. 그곳은 바뀌었고 시간이 사라졌고 버려졌고 으스스하다.

거기. 에는. 아무것도. 없다.

한 남자가 혼란스러운 정신을 가다듬기 위해 어린 시절에 살던 곳들에 가보기로 한다. 그는 유치원 때부터 지금까지 사랑한 소녀들과 여자들의 주소를 전부 모은다. 그들에게 뭐든 요구할 생각은 없고 그냥 만나서 말하고 싶을 뿐이다. 평생 당신들을 머릿속에 간직해왔다고(실은 가슴속이라 말하고 싶었지만 너무 감상적인 것 같았다), 끝까지 남은 건 당신들뿐이라고. 그는 병원에서 남은 살날이 기껏해야 몇 달이라는 말을 들었다. 마치 구두쇠처럼, 고액권을 잔돈으로 바꾸듯이, 그는 남은 시간을 날과 시간으로 쪼갠다. 그렇게 하면 더 많게 느껴진다. 그에겐 아직 석 달이 있고, 그건 최소한 아흔한 번의 오후가 있다는 뜻이다. 그는 오후를 사랑하는데…… 여기에 24를 곱하면 약 2184시간이 된다. 그것도 여전히 너무 적게 느껴져서 그는 다시 60을 곱하고 그렇게 13만 분이 넘는 시간을 얻는다. 자, 이제 더 낫다. 그 어느 때보다 큰부자가 된 기분이 들고, 그 시간을 마지막 일 분까지 다 쓸 수 있다. 남자는 온종일 버스를 타고 그 작은 도시로 간다. 그가 살았던 집은 이제 거기에 없다. 다른 주소도 대부분 바뀌었다. 소녀들은 오래전에 여인이 되어 다른 남자와 결혼했다. 애석해라. 이유는 알 수 없지만 그는 그들이 갑자기 끝나버린 관계의 한복판에서 여전히 피를 흘리며 누운 채로 체호프 작품의 여주인공들처럼 자신 때문에 비통해하고 있으리라 생각했다.

어쨌든 결국 그는 평생 가장 사랑한 연인을 그 작은 도시에서 찾아낸다. 그들은 열네 살이었고 둘이서 결혼하는 흉내를 냈다. 그가 어머니의 반지를 훔쳤다(나중에 어머니는 그 반지를 찾기 위해 집을 뒤집어엎다시피 했다). 그 시절의 여자는 키가 크고 몽환적인 소녀였다고, 어린 로미 슈나이더 같았다고 그는 기억한다. 그 집에 다가갈 때 남자는 부스스한 머리를 뒤로 묶은 나이든 여자가 젖은 옷이 담긴 대야를 나르는 모습을 본다. 여기에 없네, 그는 말한다. 이사를 한 거로군. 하지만 그래도 물어보기로 한다, 이 여자가 뭐라도 알고 있을까 해서.

이 사람이 그 소녀다.

예전의 그 소녀는 흔적도 남지 않았다. 그는 무슨 말을 해야 할지 알 수 없다. 우리는 이러저러한 사연으로 서로 아는 사이 인데…… 여자는 곧바로 연결을 짓지 못한다. 그때로부터 몇 번의 일생이 지나갔다. 여자는 넘겨짚어 다른 이름을 말한다. 그러다 문득 여자의 기억 속에서 뭔가 열린 듯한 순간, 러닝셔 츠를 입은 늙은 남자가 나온다. 여자의 남편. 무슨 일이오? 노인은 자기 아내가 울타리 너머로 낯선 남자와 이야기하는 모습을 보고 지팡이를 움켜쥐며 묻는다. 원하는 게 뭐요? 남자는 무엇을 원하는지 말할 수 없다. 자기가 왜 여기에 왔는지도 아직 설명하지 못했다.

여자도 침묵을 지킨다.

아닙니다, 우리의 남자가 말한다. 아무것도 아니에요. 안 쓰는 오래된 물건을 삽니다. 그림, 자수, 손목시계, 라디오, 오래된 것들요. 가시오, 노인이 말한다. 가던 길 가시라고, 어서요, 우리에겐 오래된 물건이 없소, 새 물건도 없지만……

여자는 여전히 거기에 동상처럼 서 있다. 대야도 내려놓지 않은 채로. 남자는 길 건너 인도의 그늘에 숨는다. 어딘가에서 다뉴브강의 수심을 센티미터 단위로 알려주는 라디오 소리가 들린다. 그의 유년기 내내 들려오던 주문 같은 소리. 그럼 지금은 오후 3시겠군, 그는 속으로 말한다. 시계를 볼 필요도 없다. 남자는 천천히 거리를 걸어가기 시작하고, 구두 밑창이 더위에 녹은 아스팔트에 끈적하게 붙는다. 그가 점점 쪼그라드는 동안 주머니에서 나와 흩어지며 동전처럼 부드럽게 짤랑거리고 반짝거리는 것이 있다. 그에게 남은 (이제 더이상 필요 없는) 분 단위의 시간.

내가 직접 할 엄두를 내지 못하는 일들은 이야기로 변형될 것이다.

5.

오후 동안 나는 예전에 살던 도시에 들른다. 불가리아에 올 때마다 그곳에 돌아간다. 그 시절로부터 남은 것은 하나도 없다는 것을, 그 공원도, 옥내 장터 옆의 작은 광장도, 어린 시절에 살던 거리도 내 발자국을 기억하지 못한다는 것을 알면서도.

우체국 옆 밤나무 몸통에 압정 네 개로 고정된 종이 한 장이 보인다. 종이 위에는 큰 글씨로 아래와 같은 글이 쓰여 있다.

그것을 그대로 아래에 옮겨 적는다.

　　물물교환

　　대형 엘-시-디 테레비

　　32인치 잘 나옴 8년 사용

　　라키아 30리터와 교환 요망

　　집 암볼, 전화번호 046……

　　2월 15일

　　나는 이 메시지 앞에 서 있다. 인생의 나무에서 가져온, 아
니 그보다는 인생의 나무에 압정으로 박아놓은 진정한 여백
메모. 여기 이렇게 불가리아 서사시의 일부분, 그 작은 조각이
있다. 불가리아 목소리의 신비, 조용하고 불가해한, 그러다 돌
연 숭고한 꿈을 분출하는 목소리.

　　텔레비전과 맞바꿀 브랜디.

　　여기에 꿈과 공포가, 공포와 꿈이 존재한다…… 2월이라고,
쪽지 아래쪽에 쓰여 있다. 이런 비명은 오로지 2월에만 터져나
온다. 그 모든 비극을 품고서…… 라키아는 바닥났는데 겨울
은 아직 물러가지 않았다. 여기 이렇게 한 민족의 존재론적 소
설 한 편이 펼쳐진다. 인생의 지프, 캔버스 천장이 달린 낡고
오래된 그 지프, 아니다, 당신 인생의 모스크비치는 겨울 막바

지에 꼼짝없이 발이 묶였다. 어둠이 내리고 자칼떼는 울부짖는데 휘발유가 떨어졌다. 빌어먹을 인생, 당신은 주먹을 쾅쾅 내리치며 말한다. 염병, 씨발, 내 라키아까지 빼앗아가다니. (누구도 빼앗아가지 않았다. 당신이 마셨다. 하지만 여기 사람들은 태곳적부터 그런 식으로 말해왔다. 누군가가 무언가를 당신에게서 빼앗아갔다고, 혹은 갖게 해주었다고.)

지금 당신은 외딴 벽지에서 인생이라는 지프 혹은 모스크비치 안에 앉아 있다. 이제 결심한다. 창피하든 말든 무슨 상관이랴. 당신은 광고를 붙이려 한다. 더는 버틸 수 없다. 종이 한 장을 가져온다. 이자를 특정 기한에 갚으라고 경고하는 은행 통지서…… 당신에겐 라키아가 없는데 그들은 이자를 원한다. 당신은 그 종이를 뒤집은 뒤 펜을 찾는다. 아들이 쓰면 문장도 매끄럽고 실수도 적을 듯해 아들에게 시킬까 생각해보지만 그러자니 너무 창피스럽다. 이건 당신이 여전히 창피하게 여기는 유일한 일이다. 결국 당신은 자리에 앉아 맞춤법이 틀리고 쉼표도 찍지 않은 문구를 직접 쓴다. 압정 한 움큼을 챙겨 멀리 도시 반대편 동네까지 간다. 두번째로 살짝 창피한 느낌이 들기 때문이다. 그런데 라키아 대신에 당신은 무엇을 내놓고 있는가—당연히 가장 소중한 재산을 내놓는다. 자에는 자로*, 의미

---

* 셰익스피어의 희곡 제목으로 '받은 대로 돌려준다' 혹은 '인과응보'라는 의미로 쓰인다.

에는 의미로. 텔레비전이냐 라키아냐, 그것이 문제로다. 텔레비전은 초월, 물론 그릇된 초월이지만, 그래도 저 너머에 대한 마지막 꿈이다. 당신의 할머니에게는 성상이 있었고 어머니에게는 조그만 레닌 사진이 있었고 당신에게는 텔레비전이 있다. 하지만 라키아가 없다면 텔레비전이 무슨 소용인가? 텔레비전은 인생을 단축할 뿐이다. 마치 라키아에 물을 붓듯이…… 벌써 시중에는 전자 담배도 나와 있고, 내일은 전자 라키아를 강매당할 테고, 좆같은 전자 나부랭이들…… 자, 그런데 텔레비전이 바로 그것이다. 전자 라키아…… 그래, 그러니 다시 가져가라, 라키아 30리터 대신 32인치 텔레비전을, 1인치당 대략 1리터, 잘 쳐준 값이다. 인생의 한 달을, 아니 아껴마시면 한 달 반이 될 수도 있는 시간을 위한 라키아 30리터. 오직 라키아만이 정직하다. 젠장맞을. 라키아는 텔레비전처럼 거짓말하지 않고, 속임수를 쓰지 않고, 쉴새없이 지껄이지 않는다. 라키아는 코를 싸하게 하고 목구멍을 짜릿하게 태운 뒤 아래로 내려가 싸늘해진 지 오래인 아래쪽 모든 것을 따뜻하게 데운다. 라키아는 불가리아의 숭고함이다. 마침내 그것은 불가리아의 텔레비전이다.

그 사내에게 무슨 일이 일어났을지, 나는 속으로 욕을 하면서도 궁금하다. 저 전화번호로 연락해 확인해봐야 하지 않을까? 이건 그저 물건을 구한다는 광고가 아니다. 도움 요청이다. 지금은 4월 말. 종이 아래쪽에 전화번호가 적힌 꼬리표는 아무도 찢어가지 않았다. 그날 오후 나는 소피아로 돌아간다.

6.

연락할 사람이 아무도 없어서 바람 부는 소피아의 거리를 쏘다니고 있다. 반려동물 가게 앞에서 걸음을 멈춘다.

대학에 입학한 첫해에 친구와 나는 우리 과 여학생에게 줄 선물로 앵무새 한 쌍을 샀다. 그런데 이 새들이 하루종일 깍깍거리지 않을까? 나는 물었다. 네가 무슨 걱정이야, 친구가 대답했다. 네가 새들과 같이 살 건 아니잖아, 안 그래? 그날 밤의 생일 파티는 끔찍했다. 싸움이 벌어져 주먹다짐으로까지 번졌고 그 여자애의 전 남자친구가 와서 문을 쾅쾅 두드렸다—1990년대…… 그곳을 조용히 빠져나오면서 속으로 이런 말을 한 기억이 또렷하다. 내가 절대로 같이 살지 않을 여자 한 명이 여기 있군. 일 년 후, 나는 같은 방안에 서서 흉악스럽게 깍깍거리는 그 앵무새들을 위해 물을 갈아주고 있었다. 아침마다 우리는 새장에 헌 수건을 던졌다. 새들이 밤이라고 착각하게 만들어서 다만 한 시간이라도 조용히 보낼 수 있을까 해서였다. 우리는 암컷에게 에마 보바리라는 이름을 붙여주었고—당시 우리는 대학에서 플로베르를 읽고 있었다—수컷은 왜 그랬는지 몰라도 페초린*이라고 불렀다. 에마는 페초린을 끊임없이 공격했고, 불쌍한 페초린은 이름대로라면 공작의 딸 메리 같은 온갖 여자를 뜻대로 움직일 수 있어야 했지만 그저 새장의 가느다란 철창에 바짝 밀쳐져 헝클어진 몰골로 부리에 쪼이고만 있었다.

이후로 내게 그때만큼 친구가 많았던 적은 없음을 지금 깨닫는다. 그 원룸은 항상 사람들로 북적거렸다. 어느 날인가 4시 무렵 이른 새벽에 뭐든 있는 대로 진탕 마시고 피워댄 우리는 별안간 걸신들린 듯이 배가 고팠다. 냉장고 안에는 아무것도 없었다. 1990년대의 가장 배고픈 시절이었다. 나는 밖에서 뭐라도 구해보려고 다른 녀석 둘과 함께 나갔다. 텅 빈 도시에서 토끼나 암사슴이라도 사냥할 수 있다는 듯이. 주위는 어둡고 흐릿하고 텅 비었다. 거리에는 배회하는 개떼밖에 없었다. 그런데 마치 기적처럼 흰색 닛산 자동차가 털털거리며 다가와 근처에 차를 세우고는 동네 상점 앞에 요구르트 세 상자를 내려놓고 다시 멀어졌다. 우리 세대는 어릴 때 아침마다 식사로 요구르트를 먹어야 했기 때문에 (원칙상) 요구르트를 싫어했

---

* 19세기 러시아 작가 미하일 레르몬토프의 소설 『우리 시대의 영웅』의 주인공으로, 공작의 딸 메리를 마음대로 희롱했다가 내치는 인물이다.

다. 우리는 주위를 돌아봤고 아무도 나타나지 않자 각자 요구르트를 두 통씩 챙긴 후 주머니의 잔돈을 탈탈 털어 놓아두고 집으로 달려갔다.

모두가 굶주린 채 우리를 기다리고 있었다. 나는 그때의 광경을 절대로 잊지 못할 것이다. 빈병과 컵이 즐비한 테이블 위에 똑같이 생긴 작은 양은 대접 열 개를 각자 한 개씩 앞에 두고 스무 살 남짓이던 우리 모두가 천사들처럼 요구르트를 후룩후룩 마시고 있었다. 천사가 요구르트를 먹는지는 모르겠으나 나는 우리를 그렇게 기억해왔다. 흰 요구르트 수염을 달고서 행복해하고 순진무구한……

그뒤 얼마 되지 않아 우리는 각자의 길로 떠나고 점점 소원해지다가 서로를 잊는다. 반항아들은 대학의 조교가 되어 고분고분해지고, 독신을 맹세한 이들과 파티광들은 유아차를 밀고 멍하니 텔레비전을 보며, 히피들은 정기적으로 동네 이발소에 가서 머리를 자른다. 앵무새 페초린은 어느 날 아침에 죽고, 에마 보바리는 슬픔에 정신이 나가 비명을 지르며 철창에 몸을 내던진다. 에마 보바리가 페초린보다 더 산 날은 일주일도 채 되지 않는다. 다른 에마(그렇다, 그것이 정말로 그녀의 이름이었다)와 나는 몇 달 후 헤어진다. 둘 중 누구도 슬픔을 못 이겨 죽진 않는다. 나는 첫 소설을 쓰기 시작하고, 그래서 점점 미쳐가는 동안에도 돌아갈 곳―홈리스를 그린 소설―이 있다.

진실을 말하자면, 나는 예전의 그 천사들 중 누구에게도 전화를 걸 수가 없다. 심지어 에마에게도, 아니 특히 에마에게는. 그 친구들을 잊지 못해서, 그리고 (그들에게 절대로 인정하진 않겠지만) 그 친구들이 그리워서 기분이 고약하다. 나는 나 자신도 그립다.

7.

국민투표 이전 마지막 일요일에는 주요 정치 세력의 대규모 집회 두 건이 예정되어 있다. 불가리아는 다양한 시기를 옹호하는 온갖 운동으로 활기를 띤다. 이들의 논점은 무료 의료 서비스부터 토마토와 할머니의 치킨 스튜 맛에 이르기까지 그 범위가 넓다. 나는 국민투표로 스튜의 맛을 되찾을 수 있을 거라고 생각하지 않는다. 어떤 이들은 근과거를 다시 불러오면 자기들도 저절로 당시 나이로 되돌아간다고 생각하는 듯하다. 빨간불이 켜지면 갑자기 다시 열다섯 살 혹은 스물일곱 살이 되는 것이다.

물론 그 모든 것은 선전에 반영된다. 결국 대부분의 여론조사에서 두 개의 주요한 운동이 나머지보다 훨씬 더 앞서 있는 것으로 나타난다. 첫째로, 국가사회주의State Socialism를 위한 운동은 소련의 국가안전부State Security를 상기시키지만 줄임말인 '국사' 운동으로 더 잘 알려져 있고, 성숙한 사회주의의 시대, 좀더 구체적으로는 1960년대와 1970년대로 돌아가기를 원했다. 그 중심에는 사회당이 있지만, 국민투표에서 국사 운동 지지자의 수는 점점 감소해온 이 정당의 당원 수보다 몇 자릿수 차이가 날 정도로 훨씬 많다. 그런 의미에서 오히려 사회당이 이 운동에서 새로운 피를 주입받기 위해 애쓰고 있다는 말이 더 옳을 것이다.

또하나의 운동은 여론조사 결과 국사 운동과 거의 대등한 것으로 추정되고 공식 명칭은 불가리-유나치Bulgari-Yunatsi, 즉 불가리아의 영웅들이며 더 간단히 '영웅들'이라는 비공식적 구어체 명칭으로 알려져 있다. 그들이 지향하는 구체적 시기, 다시 말해 그들이 이 나라를 어느 시기로 되돌리고 싶어하는지를 정확히 말하기는 어려운데, 신화는 연도 단위로 쪼갤 수가 없기 때문이다. 위대한 불가리아는, 적어도 그들의 연설에 따르면, 영원한 꿈이자 현실이다. 국민투표의 일반 지침에 의거해 회귀할 수 있는 가장 이른 시기는 20세기 초이기 때문에 영웅들은 이 경계를 편법으로 확장했다. 1876년의 4월 봉기*를 정점으로 하는 불가리아 문예부흥기의 끄트머리 어느 시점을 이상화해 거기로 돌아가기로 한 것이다.

완전히 발생하지도 못한 봉기가 숭고하고 상징적일 수 있을까? 사실, 발생하지 않은 일 외에 무엇이 숭고하고 상징적일 수 있나? 이는 발생할 잠재력이 있는 유일한 것 아니던가? 제반 사실에 방해받지 않고 무엇이든 우리가 원하는 대로 창조할 잠재력, 말하자면 기억과 상상을 근거로 재현될 잠재력 말이다. 여기에서는 누구나 발생하지 않은 일의 경험을 갖고 태어난다(혹은 물려받는다).

나는 우리의 라키아 광고인, 라키아맨이 어떤 지푸라기를—국사냐 영웅들이냐—붙잡을지 궁금하다. 이들 스킬라와 카리브디스** 사이에서 더 작은 운동들의 조각배들이 살아남기 위해 애쓰고 있었다.

---

* (원주) 1876년에 일어난 4월 봉기에서 불가리아의 저항 세력은 오스만제국에 항의해 들고일어났다. 봉기는 결국 실패했지만 불가리아의 민족적 기억과 신화에서 주요한 사건으로 남아 있다.

** 그리스신화에서 바다에 사는 괴물들로, 오디세우스가 전쟁을 마치고 귀향할 때 좁은 해협 양쪽에서 버티고 있어 진퇴양난의 상황이 펼쳐진다.

8.

K와의 만남

이전에 나는 거의 아무에게도 알리지 않은 채 이곳에 몇 번 다녀갔는데 주로 클리닉과 관련한 일을 보기 위해서였다. 그런데 이번에는 현상황에 대해 누군가와 이야기를 나누고 싶다. 결국 그사이 교수가 된 대학 시절의 친구에게 전화를 건다. 마지막으로 대화를 나눈 지 여러 해가 지났고 나는 그 친구의 전화번호가 아직 그대로인지조차 알지 못한다. 그만 끊어야겠다고 생각한 순간, "여보세요" 하는 잠에 겨운 목소리가 수화기에서 들려온다……

그의 목소리엔 놀라움 말고도 어떤 기쁨이 담긴 것 같다. 만난 지 오래된 누군가를 보거나 목소리를 들을 때 기쁨이 밀려오는 일은 불가리아에선 당연하지 않다. 고국 방문을 재개한 이후 처음 몇 번은 거리에서 친구나 지인을 만나면 달려가 포옹하곤 했는데 그럴 때 그들이 당혹스러운 표정으로 날 보며 투덜거리듯 아, 어, 근데 여기서 뭐하는 거야? 정도의 반응을 보이던 기억이 난다. 그런데 K는 한술 더 떠서 당장 저녁에 국가기록보관소 옥탑에 있는 주점에서 만나자고 제안한다. 여기 불가리아에서는 당일 약속을 잡는 일이 여전히 가능하다.

1980년대 말에 K는 대학의 젊은 조교였다. 우리는 그가 다른 조교들과 달라서 무척 좋아했고, 그를 '카프카'라고 불렀다. 하급 조교 카프카. 본인은 그 별명에 별 불만이 없었던 것 같다. 그는 (지금도 그렇지만) 무뚝뚝하고 체계적이었으며 그런 성격은 닥치는 대로 읽은 책으로 채워진 우리의 혼란스러운 정신에 상당한 도움을 주었다. K와 우리의 대화는 자주 예의의 범위를 벗어나는 극심한 의견 충돌로 끝나곤 했다. K는 불같이 열을 냈고, 신랄했고, 말허리를 잘랐다. 학계의 싸움꾼, 하지만 거기에 그의 매력이 있었다. 우리는 아주 가까운 친구 사이는 아니었지만 함께 술을 마시고 언쟁을 하며, 그 시기 이후로는 유사한 분위기를 본 적이 없는 1990년대의 주점과 학회를 두루 돌아다녔다. 우리의 모든 만남은 그의 선의로 시작되었다가 긴 대화를 지나 언쟁으로 끝났다. 일주일 후 그는 전화를 걸어 진심으로 놀랍다는 투로 묻곤 했다. 왜 전화를 안 했어? 어, 음, 우린 싸웠잖아요, 나는 대답하곤 했다. 아, 그래, 그럼 한잔하며 화해할 시간은 언제가 좋을까?

우리의 싸움은 화해를 위한 만남의 핑계에 불과했고 그런 만남은 새로운 언쟁으로 이어졌으며 그것은 또다른 만남의 핑계가 되는, 그런 식이었다. 우리 모두는 그 경이롭게 끓어오르던 시기를 그런 식으로 살아갔다.

지금 내가 그에게 전화하는 건 아마도 그래서다. 나는 그가 여전히 개신교 목사 같은 단언적인 명쾌함으로 사안을 진술하는 사람으로 남아 있기를 바란다. 그런 단언적 사고를 좋아한 적도 실천한 적도 없지만, 아마 그래서 내겐 그와 같은 사람이 늘 필요한지도 모른다. 그리고 아마 그래서 아무도 그를 좋아하지 않는지도 모른다. 나는 다른 사람들이 좋아하지 않는 사람들을 좋아한다. (사실, 내가 처음으로 K를 소개받은 것은 80년대 말 가우스틴을 처음 만났던 바닷가의 그 학회에서였다. 그리고 그가 나 외에 유일하게 가우스틴에게 관심을 둔 사람이라는 사실도 K의 남다른 점으로 언급해야 할 것이다. K는 가우스틴을 자신의 모임에 거듭 초대했지만 당연히 가우스틴은 한 번도 나타나지 않았다.)

해질녘 우리는 기록보관소 옥탑에 앉아 있다. 멀리서 비토샤산이 짙은 보랏빛으로 어두워지는 풍경을 보면서 나는 유명한 불가리아 시인 야보로프의 시구를 인용해 푸른 안개의 시간에, 라고 읊는다. 달빛-은빛 물위의 보라색 섬처럼, K가 다른 시인의 시구로 맞장구를 친다. 이 도시가 내겐 이미 다른 무엇보다도 문학이 되었음을 나는 깨닫는다. 책을 통해서만 이 도시를 안다는 것, 이제는 문학으로서만 이곳에 이끌린다는 것을.

1930년대와 1940년대 초의 소피아, 소피아의 가장 강력한 시기는 그때였을 것이다. 1931년에 여기서 가까운 어딘가에서 최초의 네온사인 광고판이 프랑스 항공사 건물 밖에 깜빡 켜졌다. 네온사인은 즉시 도시의 시詩 속으로 들어왔다. 전통적으로는 달과 별에 도취했던 눈이 처음으로 본 그 빛나는 글자들을 상상해본다. 침침한 가로등 불빛 속에 떠오른 네온사인은 확실히 충격적이고 감동적이었을 테지만 금세 시시해졌다. 오래전, 지금은 다른 일생처럼 느껴지는 언젠가, 나는 그 시기의 광고, 영화, 라디오 등을 공부했다. 삽화와 사진 중심의 주간지, 광고지, 영화 잡지, 라디오 조립 설명서 등을 검토했다. 그 시대에 쓰인 시에는 축전기, 안테나, 네온사인, 광고용 로고, 바이엘과 필립스, 러키스트라이크, 화이트호스를 비롯해, 영화 이름과 메트로-골드윈-메이어 영화사 로고 속 사자까지 모든 것이 등장했다…… 원래 나는 다른 이야기를 하러 왔지만 우선 이 화제로 시작한다. 우리는 금세 빠져들고, 온갖 인용구가 정신없이 빠르게 오고간다. 그거 기억하는지…… 이건 어때요…… 그리고 바이엘과 필립스의 광고가 낙원에서처럼 활짝 피어났다? 흐음, K는 마지막의 이 인용구를 생각하느라 잠시 멈추고, 나는 그가 뭔가를 모르는 순간을 목격해 진심으로 즐거워진다. 포기할게, 그건 누구지……? 사트라프*가 되기 전 젊은 시인이던 시절의 보고밀 라이노프, 나는 대답한다.

238

이곳에서 과거에 대한 국민투표에 참여한다면 나는 1930년대를(이후 어떤 시대가 이어졌는지는 무시한 채) 고를 것이다. 혹은 문학 때문에 1930년대를 고를지, 내가 이 시기를 안다는 막연한 느낌을 이유로 1960년대를 고를지 진심으로 고민할 것 같다.

K에게 어느 시기를 고를지 묻는다. 그는 대답을 서두르지 않는다. 마치 이 순간 돌이킬 수 없는 최종 결정을 해야 하는 사람 같다. 우리는 라키아를 한 잔씩 더 주문하고, 웨이터가 멀어져갈 때 K가 천천히 말한다. 난 1920년대와 1950년대 사이에서 고민하고 있어. 둘 다 여론조사에서 가장 지지를 못 받는 시기지만 말이야.

아무도 그 시기를 원치 않는다는 사실은 이해할 만하네요. 둘 다 유혈이 낭자한 시기였으니까요.

나는 그가 20년대의 시를 연구한다는 것을 알고 있다. 그 시기에 탁월한 불가리아 시인이 여럿 있었다. 그중 가장 뛰어난 시인은 말 그대로 머리를 내놓는 대가를 치렀다. 안면이 총탄 파편에 갈가리 찢겨 베를린으로 가서 조각조각 이어붙였는데, 결국 육 년 뒤 사라졌다가 공동묘지에서 발견되었고 유일한 신

＊ 고대 페르시아에서 속주를 다스리던 총독을 일컫는 말. 시인 라이노프는 불가리아 공산당연합 부의장을 지냈다.

원 확인 수단은 그의 유리 눈알이었다. 널리 알려진 바대로, 우리의 무능한 본토박이 경찰은 시대를 불문하고 항상 시인과 작가에게 집중된 취향을 보여왔다―그들은 항상 어떻게든 가장 재능 있는 이들을 죽이고 가장 범속한 이들을 남긴다.

나는 20년대를 고른 K의 뜻을 이해한다. 그의 마음속 문학사가는 자신이 연구하는 시기로 돌아가고 싶은 것이다. 하지만 1950년대는 왜? 나는 단도직입적으로 묻는다. 암흑기였잖아요. 거칠고 무자비한 시대, 공포와 강제노동수용소의 시대, 공산주의 독단주의자 토도르 파블로프 스타일의 경직된 미학.

1950년대에 우리 아버지는 벨레네에 있는 수용소로 끌려갔어, K가 말하기 시작한다. 그뒤로 완전히 다른 사람이 되어버렸지. 그곳에 대해서는 나중에도 전혀 언급하지 않으셨어. 난 학교에서 즉시 '불순분자'로 지정됐어. 인민의 적에 대해 이야기할 때는 선생들이 날 지목하며 적의 아들이라고 하더군. 나는 인민의 권력이 얼마나 관용적인지를 보여주는 이상적인 사례였어. 나 같은 아이도 다른 사람들과 함께 살고 공부할 수 있게 해준다는 거지.

어느 날 초인종이 울렸어. 일곱 살 때였는데, 문구멍으로 내다보니 밖에 어깨가 구부정하고 턱수염이 난 무서운 남자가 있는 거야. 나도 모르게 자물쇠에 꽂힌 열쇠를 한번 더 돌렸어. 심장이 터질 것만 같더라고. 어서, 열어―밖의 남자가 내 이름을 아는 거야. 낯선 사람에겐 문 열어주면 안 돼요, 내가 안에서 소리쳤지. 날 못 알아보겠니, 아버지야, 아버지가 조용히 말했어. 이웃들이 들을까 무서운 듯이. 문구멍으로 보니 울고 있는 것 같더라고…… 저 사람은 아버지가 아니야, 난 속으로 말했지. 하지만 저렇게 울어대는 걸 보면 분명 강도도 아닌 것 같은데. 그래도 난 문을 열지 않았어. 어머니는 공장에 있었고, 퇴근시간은 몇 시간이나 남아 있었지. 그 계단참에 처참하게 서 있는 아버지의 옷이 계단의 칙칙한 베이지색과 합쳐져 보였어. 난 당신이 내 아버지란 걸 어떻게 증명하겠느냐고 물었어…… 그 질문으로 허를 찌를 수 있다고 생각한 거야. 아버지가 대답하기를, 내 왼쪽 눈썹에 더 어릴 때 어느 겨울에 넘어져서 생긴 상처가 있다고, 그리고 옷장을 열면 금속 단추가 달린 코트가 보일 거라고도 했어. 심문에 끌려갈 때 그 코트를 거기에 두고 갔다면서. 아버지가 전방에서 싸우던 얘기를 내가 끊임없이 물었다고도 하셨지. 그 모든 게 사실이었지만 내 아버지는 다른 사람이었어. 이 남자보다 훨씬 잘생기고 젊은 남자. 그리고 난 그 말을 실제로 해버렸어. 아버지는 계단에 앉았고 그러자 내겐 더러운 모자만 보였지. 그제야 내가 얼마나 멍청하고 잔인한지 깨달았어. 그런데도 속으론 이런 거야. 이 사람은 아버지가 아니야, 하지만 저렇게 우는 걸 보면 힘든 일을 겪고 있을 뿐 분명 좋은 사람인가 봐. 그런 사람을 밖에서 기다리게 했다는 걸 어머니가 알면…… 그래서 나는 문을 열었어. 아버지는 안으로 들어왔지만 내가 정말로 자기를 믿지 않는다는 사실을 깨닫고 나를 안지도 않았어. 안으려고 하지도 않았는데, 틀림없이 나를 겁주지 않으려고 그러신 거야. 그러고는 목욕을 하겠다고 하셨지. 욕실이 어딘지도 알더라고. 물이 쏟아지는 소리가 들렸고, 그때 정말 다행히도 어머니가 돌아오셨어. 죄수들이 사면을 받아 석방됐다는 소식을 듣고 공장의 윗사람에게 조퇴를 부탁한 거야.

우리는 한참 말없이 앉아 있고, 얼마 뒤 K가 이야기를 이어간다. 그래서 난 아버지 때문에 50년대를 살아보려는 거야. 아버지는 일 년 뒤에 돌아가셨어. 우리에겐 그 어떤 얘기도 나눌 시간이 없었던 거야. 난 그 일에 대해 한마디도 듣지 못했다고.

이 이야기를 하는 동안 K는 다른 사람이 된 것 같다. 갑자기 늙어버린 듯, 예전의 냉정함과 신랄함은 기미도 없으며 날카로운 옆모습마저 무뎌져 보인다. K는 내게 해준 이야기 속 자신의 아버지로 변했다. 우리 모두 머지않아 각자의 아버지로 변하게 되듯이.

그때 K가 퍼뜩 정신을 차리며 자신이 너무 감상에 빠졌음을 깨닫는다. 그는 웨이터를 부르고 숍스카 샐러드를 한 접시 더 주문한다. 60년대 말 발칸투어리스트*가 고안해낸 대표적인 불가리아 상품. 페타 치즈, 오이, 토마토의 흰색과 초록색과 빨간색—아, 참 영리한 전략이에요, 나는 화제를 바꾸기 위해 말한다. 여행객들에게 불가리아의 세 가지 색을 음식으로 내놓는 것 말이에요.

9.

저녁이 우리 주위로 내려앉는다. 언젠가 삼십몇 년 전만 해도 당 본부의 빨간색 오각형 별이 우리 오른쪽에서 빛났을 것이다. 길 건너 불가리아 국립 은행의 1930년대식 단정한 신고전주의양식은 과거 발칸호텔이었던 건물과 각료회의장의 스탈린식 건축양식과 부드럽게 융화한다. 옛 영묘 터의 빈 공간 주위로 작업 인부 몇 명이 분주히 돌아다닌다.

저 사람들은 뭘 하는 거예요, 영묘를 재건축하려는 건 아니겠죠?

---

* 불가리아의 유서 깊은 여행사. 1940년대에 국영기업으로 설립됐다가 1989년의 불가리아 민주화를 거쳐 1990년대에 민영화되었다.

어떤 의미에선 맞아, K가 대답한다. 알잖아, 내일 여기서 국사 집회가 열릴 거야. 그들이 영묘를 다시 짓는다고 해도 놀랄 일은 아니지.

시신도 없이 건물만? 나는 추측한다.

누가 알겠어? K가 떫은 웃음을 짓는다.

나는 '삼총사와 곁들이'라는 요리를 그 이름 때문에 주문했다. 어느 옛날 바닷가에서 보낸 여름의 기억을 즉시 불러들인 그 이름. 그때 아버지는 우리를 위해 소시지 세 개와 몇 가지 곁들이 음식으로 구성된 이 고전적인 요리를 자랑스럽게 주문하곤 했다. 요리 일인분을 형과 내가 나눠 먹게 한 것이다. 그러면 어른이 된 것 같은 기분이 들었다.

그때 그 시절에서 공수해온 것 같죠, 웨이터가 음식을 내놓으며 장난스럽게 말한다.

그렇게 오래된 음식이면 안 될 텐데요, 나도 농담삼아 대답한다.

K가 살짝 경멸하는 투로 내 접시를 본다. 이건 좀 너무 국사 느낌인데?

사실, 이건 좀 너무 짠 느낌이죠, 나는 대답하며 옛날처럼 거칠게 간 고기로 만든 소시지 하나를 베어 문다. 여기저기 작은 뼛조각이 있어서 충치 치료한 치아의 필링이 깨질 수도 있을 것 같다. 아이바르*, 삶은 콩, 너무 오래 튀긴 감자―곁들이 음식의 성삼위일체.

K는 와인 소스를 뿌린 전형적인 돼지고기 요리인 비녠 케밥을 주문했다. 음식 맛은 그리 좋지 않지만 양만은 넉넉하다.

그러니까 이미 넌 감을 잡았구나, 이게 민족주의와 사회주의 사이의 선택일 거라는 점을? K가 말한다. 사태가 그 지경이 되어버린 거야. 둘 중 어떤 게 차악인지 내게 묻는다면, 난 모르겠다. 물론, 후기 국가사회주의에 민족주의가 섞여 있지 않았단 말은 아니지만.

이윽고 K는 본인이 가장 즐기는 교수 역할에 들어가고, 테이블은 그의 강의대가 된다. 어느덧 음식 접시 두 개도 이 과정에 동참한다―소시지 세 개와 곁들이가 있는 내 접시는 국사 운동이고 그의 비녠 케밥은 영웅들이다. K는 우리가 공산주의에 대해 공포와 강제노동수용소까지 총체적으로 설명할 기회를 놓쳤다고, 이제 한 세대 전체가 그것을 그저 '삶의 방식'으로 받아들인다고 말한다.

거기론 가지 마요, 나는 중간에 그의 말을 가로막는다. 안 그러면 우린 지겹도록 되풀이된 그 소리를 하고 말 거예요. '옛날 우리는 이러저러했는데 요즘 아이들은……' 세상 어디

---

* 붉은 피망을 굽고 갈아 만든 소스로 발칸 지역에서 주로 먹는다.

서나 젊은이들은 늙은이들에 맞서 일어나는데, 여기서는 늙은이들이 젊은이들을 찍어 눌러요. 타라스 불바*처럼—내가 너를 만들었다, 그러니 내가 너를 죽이겠다.

네 말이 맞을 수도 있지, K는 말한다. 우린 아무것도 하지 않았어, 정말 완벽히 아무것도…… 지금 우리가 앉아 있는 여기 이곳, 모스크바가 5번지가 국가안전부 건물이었다는 건 너도 알잖아. 여기 우리 아래에, 말코투르노보가街로 출구가 나 있는 지하실에는 수감자들을 구타하던 감방들이 있었어. 그들이 깡마른 아이들 몇 명을 데려다 죽도록 패고 있어. 자, 어서, 바지를 벗어, 하지만 신발은 벗지 않은 채로. 그걸 못한다면 네 바지가 너무 꽉 낀다는 뜻이야. 좋아, 그럼 넌 모스크바가 5번지로 가서 심문을 받아. 밖으로 드러나지 않도록 콩팥쪽에 주먹질 몇 번. 근데 그게 끝이라면 넌 정말 행운인 줄 알아. 도대체 왜 그러는 거야, 이 씨발놈들아, 왜 내 바지에 그렇게 신경을 써? 왜 우릴 개처럼 패느냔 말이야. 내 바지가 너무 끼든 말든, 내 트렌치코트가 레몬색이든 아니든, 내 외투에 나무 단추가 달렸든 말든, 그게 무슨 대수냐고, 이 멍청한 개새끼들아…… K는 정말로 머리끝까지 화가 났다. 다른 테이블

---

* 니콜라이 고골의 1835년작 동명 소설의 주인공. 우크라이나 카자크족의 지도자로 민족의 자유와 독립을 수호하려는 강인한 정신이 아들들의 다른 가치관과 충돌하는 장면이 작중에서 묘사된다.

에 앉은 사람들이 고개를 돌리고 그를 쳐다보기 시작한다.

봐요, 나는 그의 말을 끊으려 해본다—

기다려봐, K는 말한다. 너도 바로 여기, 우리 발밑 지하실에 국가안전부 박물관을 만들려던 사람들 중 하나 아니었어? 지금 너희 박물관은 어디 있냐?

그래요, 내가 그랬죠, 나는 퉁명스럽게 대답한다. 당국이 그 계획을 승인하는 척해서 우리가 그 안에 들어갈 전시품과 전시 방식 등을 적어 오십 페이지로 정리했어요. 한동안 언론에서도 대대적으로 보도했는데 결국엔—아무것도 없었죠. 그 사업의 성사를 막기 위해 그들이 생각해낸 첫번째 핑계는 남는 공간이 없다는 거였어요. 영묘를 허물지 않았다면 모르지만 지금은…… 그러면서 갑자기 소피아의 모든 공간이 다 찼다는 거예요. 그래서 그때 우리가 모스크바가 5번지의 지하실 아이디어를 냈어요. 거기 들어가면 소리가 얼마나 울리는지 형도 알 거야…… 어떤 청각적 기억을 품은 곳이잖아요, 너무나 많은 사람이 그 지하실에서 비명을 질러왔으니까. 그렇게 성사되려 했는데, 모두가 마지막 순간에 발을 빼는 거예요. 국민을 분열시키기 싫다, 적당한 순간이 아니다…… 요컨대, 아무것도 이뤄지지 않았어요. 사라진 적 없는 것을 보존할 박물관을 만들 순 없는 거죠.

우리 사이에 한동안 침묵이 흐른다. 주변 테이블이 하나둘 비어가고 점점 추워진다. 그때 K가 다시 대화를 시작한다. 그는 사람들이 정치 정당을 얼마나 지겨워하는지 말한다. 사람들은 세계화와 정치적 올바름에 신물이 났다고……

세계화가 자기들한테 뭘 어쨌는데요, 나는 말을 자르려 한다…… 그리고 정치적 올바름이 뭐가 어떻다고요, 다른 어디도 아닌 이곳, 남의 엄마를 욕하는 게 안부 인사나 다름없는 이곳에서?

이봐—K는 자기 말이 잘리는 걸 달가워하지 않는다—불공정한 일이 많고 사람들은 그걸 느낄 수 있어. 우리 지식인들은 이렇게 뒤로 물러나 있고…… 저들과 대화하는 위험조차 감수하기 싫어하잖아.

'위험 감수'라니 적당한 표현이네요, 나는 대답한다. 형은 약자들을 도와야 하는 사람처럼 말하죠. 하지만 형과 내가 약자야. 모든 것이 뒤집혔단 말이에요, 형은 언제나 그걸 알게 될까? 머리를 빡빡 민 그자들은 어떤 안경 낀 멍청이가 친히 말을 걸어주신들 털끝만큼도 신경쓰지 않을 거라고요.

여기 살지도 않으면서 그런 식으로 말할 권리는 없어, K가 내 말을 자른다.

대화가 언쟁으로 변해간다, 옛날 그 시절처럼.

잠깐만…… 그들이 우리 말을 안 들으려 하면 우린 뭘 해야 하죠…… 가서 그들에게 자유주의적 담화에 대해 알려주나요?…… 그들은 그저 씩 웃고 형 안경을 주먹으로 날려 발로 밟아버리겠지. 그런 뒤 밖으로 떠밀려 나온 형은 앞도 못 보는 채로 집에 돌아가야겠지. 그 정도가 최선의 시나리오일 거예요. 아니면 형이 안경을 더듬더듬 찾는 동안 그들은 자기들만의 담화로 형 머리를 패주겠지. 나는 말이 너무 심했음을 깨닫는다. K는 아무 말도 하지 않은 채 안경이 아직 제자리에 있는지 확인하려는 양 무의식적으로 머리에 손을 올린다. 그는 전에 나의 이런 면을 본 적이 없다. 하지만 나는 라키아를 여러 잔 마시는 동안 침묵도 함께 삼켜버렸다. 나는 계속 말한다. 민족-국가가 우리에게 뭘 주죠? 내가 누군지 안다는 안심, 나와 같은 언어를 쓰고—칸 아스파루흐*부터 즐랏나에센 쿠키의 맛까지—같은 기억을 간직한, 나와 비슷한 사람들 사이에 존재한다는 안심을 주겠죠. 그런데 동시에 그들은 다른 것에 대한 망각을 공유하기도 해요. 민족이란 같은 것을 공동으로 기억하고 잊기로 합의한 사람들의 집단이라고 말한 사람이 누군지 기억이 안 나네.

에르네스트 르낭, 19세기에 그렇게 말했지. 내가 전에 수업에서 가르쳤잖아, K가 재빨리 대답한다.

---

* 7세기 후반의 지도자로 681년에 불가리아 제1제국을 건국했다.

그래, 좋아요. 하지만 유럽이 각기 다른 시대로 나뉘는 지금은 무슨 일이 벌어질까요? 민족주의는 어떤 경우라도 영토 중심이에요. 영토는 신성하다고요. 우리가 유럽의 발밑에서 영토라는 그 양탄자를 빼버리면 어떻게 되죠? 공유하는 영토는 없어지고, 대신에 공유하는 시대가 생기는 거예요.

문제는, 우리가 그런 선택을 할 수 있을까? 준비가 되어 있나? K가 중얼거린다. 그나저나, 국민투표니 뭐니 하는 일에 대해선 어떻게 생각해? 갑자기 K가 특유의 방식으로 나를 안경 너머로 날카롭게 바라본다.

저녁 바람에 냅킨이 펄럭거린다. 테이블 위에는 아직 치우지 않은 유리잔과 더러운 접시들이 가득하다. 그런데 나는 그 어수선한 광경을 보며 불현듯, 왠지는 모르지만, 1980년대 말의 그 오래된 저녁을 마치 다른 일생의 한 장면처럼 떠올린다. (그때 K도 동석했다.) 가우스틴이 주문한 커피 크림을 담고 우리 머리 위로 우아하게 전달되던 작은 도자기 접시도 생각난다.

모르겠어요, 나는 대답한다. 이젠 정말 모르겠어요.

나도 전혀 이해가 안 돼, K가 말한다.

K의 입에서 이런 말이 나오는 걸 한 번도 본 적이 없다는 사실을 깨닫는다. 내가 아는 가장 단언적인 사람이 자신 없이 고개를 젓는다면 그건 확실히 좋지 않은 상황이다.

우리 뒤편 어딘가에서 폭발음이 울리더니…… 불꽃놀이의

불빛이 백녹적 삼색으로 피어나 머리 위에 몇 초간 떠 있다.

내일을 위한 연습이군, K가 말한다. 어서 나가자.

나의 옛친구, 지금은 교수가 된 하급 조교 카프카. 나는 어느 때보다 그와 가까운 느낌이 든다. 어쩌다 재난 속에 함께 내던져진 사람을 친밀하게 느끼게 되는 것과 비슷하게. 머리 위 별들은 칸트풍으로 차갑게 반짝이는데 거리 어딘가에서 단언적 명령*이 바닥을 굴러다닌다. 우리의 발밑에선 인부들이 계속 일하며 게오르기 디미트로프의 영묘를 어떤 경량 소재로 지어 올리고 있는데, 내일 아침이면 분명 완성될 것이다. (어쨌거나 1949년에도 진짜 방탄 시멘트를 사용해 단 엿새 만에 영묘를 지었으니까. 1991년에 그것을 허무는 데는 이레가 걸렸다.)

인부들 옆을 지나며 K가 참지 못하고 외친다. 근데 안에는 누굴 넣을 거요, 형씨들?

인부 여럿이 기분 나쁜 표정으로 돌아보지만 달리 대답은 없다. 그곳을 지나치고 난 뒤 등뒤에서 그들의 목소리가 또렷이 들려온다. 당신을 넣는 일이 없도록 조심하시오.

---

* 조건이나 결과에 상관없이 절대적으로 행할 것이 요구되는 도덕법칙을 가리키는 칸트의 개념으로 '정언명령'이라고도 이른다.

10.

국사 퍼레이드

다음날 아침, 나는 1939년 9월 1일에 오든이 겪은 두통을 느끼며 잠에서 깼다. 5월 1일 일요일이었다. 국사 운동을 위한 완벽한 날―세계 노동자의 날―이자 영웅들을 위해서도 완벽한 날―4월 봉기 발발일―이었다. (불가리아는 1916년에야 뒤늦게 그레고리력으로 전환했기에 4월 봉기는 이제 5월에 있다.) 가장 큰 연합체인 두 운동 모두 국민투표를 단 일주일 앞둔 이때 집회를 열었다.

나는 두 집회 모두에 참가할 필요가 있다고 판단했다. 완전히 실감나는 내부자 경험을 얻기 위해, 그래서 나중에 가우스틴에게 뭐든 말해줄 수 있도록, 지지자이자 참가자로 위장하기로 했다. 양쪽 집회를 위해 의상을 구하는 일은 어렵지 않았다. 의상은 비밀번호나 회원증 같은 것이었다. 두 운동의 주최자들은 자체 점포를 차려놓고 특별 할인가에 의상을 판매하고 있었다. 전반적으로 유니폼 제작은 이 나라에서 가장 수익성 좋은 사업이 되어 있었다.

이상해 보일지 모르나 사회주의하에서 재단사들은 특권계층이었다. 기억을 더듬어보면, 우리 동네만 보더라도 사적인 직업에 종사하는 일이 금지된 시기에 일층의 작은 작업장들을 사용하던 양복점에선 창문마다 불빛이 환했다. 우리는 어머니의 손에 이끌려 거기로 가서 새 양복을 맞추곤 했다. 재단사는 (마치 태어날 때부터 대머리였던 것처럼 정수리를 덮은 머리카락 몇 가닥, 작고 동그란 안경, 콧수염, 빛나는 커프스단추 등이 기억나는 진정으로 부르주아적인 인물) 내 몸 위로 헝겊을 드리우고 분필로 여기저기 표시를 했는데, 두번째나 세번째 가봉을 하러 가면 그 헝겊이 핀으로 고정된 채 바짓가랑이나 소매 모양으로 빼빼 마른 내 몸에 걸쳐진 모습을 볼 수 있었다. 나는 그 핀들이 무서웠다. 애야, 십자가에 매달린 작은 예수 같구나. 재단사는 웃으며 말하고 뒤로 물러나 눈을 가늘게 뜨고는, 자, 어서, 허리를 펴고 서서 네가 얼마나 멋진 젊은 총각이 될 것인지 좀 보렴.

그렇게, 예수와 총각 사이에서, 따귀 공장을 우회해 우리는 자라났다. 하지만 그 부르주아적인 분위기와 경건함과 수많은 핀으로 인해 생긴 재단사들에 대한 나의 불신은 오늘날까지도 남아 있다. 얘기가 거기서 살짝 옆길로 샜다. 용서하시길, 하지만 과거는 샛길과 일층의 작업장과 분필로 표시한 패턴과 복도로 가득하다. 중요하지 않아 보이는 것들에 대해 여백에 쓴 메모들―나중에 가서야 우리는 과거라는 거위가 바로 거기에, 중요하지 않은 것들에 둥지를 틀고 알을 낳았음을 문득 깨닫게 된다.

어쨌거나, 나는 두 진영의 의상을 쉽게, 좋은 가격에 구했다. 일단은 국사 복장을 입었다. 그들의 집회는 상대보다 한시간 일찍 시작되었다. 사회주의는 일찍 일어나는 사람을 좋아한다. 혁명, 쿠데타, 살인 등은 동트기 전 새벽에 일어난다. 옛날에 우리는 모두 혁명이 아니라 등교를 위해 꼭두새벽에 일어났다. 눈곱 낀 눈에 몽롱한 머리로 우리는 〈불가리아―증서와 문서〉라는 라디오 방송 시그널 음악(이른 시간이라 듣기에 짜증나는)과 여기 집에서는 시계가 째깍째깍, 일어나라, 어린이들아…… 하는 동요를 들었다. 오랫동안 우리의 잠에 겨운 귀에는 그 노래가 이렇게 들렸다. 여 기지배 서는 시계 재깍 일어나……

그래서 나는 아침 7시 반에 이미 예전의 공산당 본부 앞 지하도에 가 있었다. 그곳이 궐기대회를 위한 결집 장소였다. 나는 배꼽까지 길게 내려오고 밑부분이 넓게 퍼지는 빨간색 넥타이를 매고 있었다. 희미한 줄무늬에 플랩포켓이 달린 칙칙한 회갈색 양복을 입은 내 모습은 우스꽝스러웠다. 덤으로 파란색 테두리가 있는 진짜 남자의 헝겊 손수건과 재킷 안주머니에 넣는 작은 빗까지 받았다. 이들이 아주 사소한 세부까지

254

고려했다는 점을 인정하지 않을 수 없다. 국사 운동이 이긴다면 손수건과 작은 빗 생산을 재개해야겠군, 나는 속으로 말했다. 그 시절의 남성 장신구 일습을 말이다. '남성 장신구'라니, 그 말을 마지막으로 머리에 떠올린 때가 언제였나? 물건이 돌아오면 언어도 함께 돌아온다. 광을 내 닦은 구두에 양말은 어떤 기이한 이유로 진초록색인데 아마도 군수품 창고에서 흘러나온 것일 테다. 어쩔지 몰라서 납작한 모자까지 가져왔지만, 일단은 손에 들고만 있었다.

이른 시간인데도 광장은 일찍 일어나는 국사 운동 동조자들로 채워지기 시작했다. 예전에 어디에서나 쓰이던 '동지' 소리가 사방에서 들리고…… 내 귀가 잊은 지 오래된 그 호칭을 사용하는 일이 처음에는 여전히 좀 장난스럽다고 생각했으나 사실 장난기는 없었던 것 같다. 내 아버지의 이름은 불가리아어로 '미스터'를 의미하는 고스포딘인데 더구나 성까지 고스포디노프인 까닭에 거리에서 지인이 큰 소리로 아버지 이름을 부르면 그건 결국 "어어어이, 미스터, 미스터어어!" 하고 부르는 셈이어서 모두가 얼어붙었던 기억이 떠올랐다. 누굴 '미스터'라고 부르는 거요, 동지? 하면서 경계가 심한 어느 시민이 끼어들곤 했다. 그러나 '미스터 동지'도 우습게 들리기는 마찬가지였다.

흰 턱수염을 기른 노인이 고고학 박물관 앞 바위 위에 앉아 쉬다가 이제 다시 일어나려고 애를 쓰는데 뜻대로 되지 않는 모양이었다. 한 손에 작은 깃발을 꼭 쥐고 다른 손에는 지팡이를 든 그는 균형을 잡기 위해 깃발을 내려놓을 생각을 하지 않았다. 나는 도우려고 다가갔다.

궐기대회 때문에 오셨어요, 할아버지?

암, 그렇고말고, 궐기대회 때문에 왔네, 젊은 양반. 난 조국전선祖國戰線에서 나왔는데 평생 거기 회원이었지. 소싯적엔 금지된 일에 자꾸 끼어들어서 맨날 흠씬 두들겨맞았어. 그래도 필요하다면 돌아가고 싶어. 거기 그 사회주의가 헛소리투성이였을진 몰라도 난 그걸 파악할 순 있었어. 한 번 속아넘어가면 내가 두 번 속여먹는 거야. 우린 언제나 해결 방법을 찾아냈지. 그런데 여기 이 새 시대는 그냥 손끝 하나 대지 않고도 사람을 빈털터리로 만들어버려. 화물열차처럼 사람을 뭉개고 지나가. 피융, 하면 끝나는 거야. 팬티만 남기고 죄다 털린 채 서 있어도 신경쓰는 사람 하나 없어.

노인이 바지에서 먼지를 떨어낸 뒤 실눈을 뜨고 나를 쳐다보았다. 아, 그런데, 우리가 시간을 되돌린다면 흘러간 세월도 다 돌려받는 건가? 실컷 두들겨맞아도 괜찮아, 다시 스물몇 살이 될 수만 있다면.

나는 크게 웃으며 노인의 어깨를 도닥거렸고, 마테이코 할

아버지(나는 그를 엘린 펠린*의 소설에서 결국 천국에 가게 되는 늙은 농부의 이름으로 부를 것이다)는 도와주어 고맙다고 인사한 뒤 그의 구역을 향해 총총 걸어갔다.

동지…… '당 전위대' 완장을 차고 빨간 파르티즈다트** 노트를 든 늙수그레한 여자가 내게 다가와 물었다. 어느 당 조직에서 나왔습니까?

(이런, 말이 되나?…… 정말로 임무를 시작하자마자 정체를 들키는 건가?)

어느 지구에서 왔는지 묻는 거예요.

레닌 지구요, 나는 반사적으로 대답했고, 그 여자가 근처에서 있는 의용군 장교를(그렇다, 그들은 보안요원에게 입힐 옛 '인민 의용군' 군복을 찾아냈다) 불러 나를 광장에서 끌어내리라 예상했다.

내 암울한 예상과는 달리 여자는 환히 웃으며 고개를 끄덕였다.

모두 옛날에 쓰던 진짜 지구명은 이미 잊었죠, 여자가 말했다. 난 키르콥스키 지구에서 왔어요. 이름을 알려주시면 등록

---

* 불가리아의 소설가(1877~1949). 불가리아의 농촌을 배경으로 한 작품으로 유명하다.
** 소련 연방공산당 도서 출판소.

해드릴 수 있는데요?

나는 대충 가우스티노프라고 웅얼거렸고 여자는 성실히 받아 적었다.

저쪽 테이블에서 빨간 깃발과 함께 무료로 드리는 카네이션을 가져가시면 됩니다, 여자는 그쪽을 가리켜 알려준 뒤 가던 길을 갔다.

나는 이런 장면을 수백 번도 더 봐왔다. 그것을 내 정신의 지하실 어딘가에 묻어두었는데 지금 눈앞에 유령처럼 떠오르고 있다. 그런데 그것은 살과 피로 이루어졌고 손을 내저어도 흩어지지 않는 유령이다. 그런 의미에서 그들이 진짜라면 내가 바로 유령일 것이다.

남자, 여자, 대중, 인민…… 내 것과 똑같은 회갈색 제복을 입었거나 여기저기에 간간이 섞인 감색 혹은 검은색 블레이저 차림의 남자들. 내가 틀리지 않았다면 70년대 말 스타일인 베이지색 트렌치코트를 입은 무수한 여자들. 마치 '발렌티나 패션하우스'나 '야니차 센터의 새로운 상품과 패션'이 생산 라인을 다시 돌리기라도 한 것 같다. 사실 그렇다 해도 나는 놀라지 않을 것이다. 그런데 살짝 다른 양식으로 더 눈에 띄게 차려입은 여자들도 보였는데, 당 위원회의 계급이 높은 동지들이 분명했다. 그들은 제1서기 손녀의 특징적 스타일을 뚜렷이

258

보여주었다. 본인이 디자이너였던 제1서기의 손녀는 언론의 좌파 진영이 지겹도록 쓴 표현대로 "진짜 패션 독재자"였다. 여자들은 둥글게 부풀린 머리 모양을 자랑스럽게 내보였는데, 아침 일찍 헤어스프레이를 듬뿍 뿌려서 첫 여성 우주인인 발렌티나 테레시코바 스타일로 손질한 것이다. 그건 그렇고, 미용실에 있는 고전적인 후드형 헤어드라이어는 소련의 최초 우주인들이 입던 우주복과 눈에 띄게 비슷했다. 응급 사태가 발생하면 미용실에 있는 모든 여성이 그 기구들과 함께 곧장 공중으로 솟아오를 수 있다고 해도 놀랍지 않을 것 같았다. 군중 속 사람들은 이리저리 바쁘게 돌아다녔고, 여자들은 서로의 볼에 입을 맞추고는 상대의 얼굴에 묻은 립스틱을 오래 닦아주었다. 깨끗이 면도한 얼굴에 오드콜로뉴의 시원한 향을 풍기는 남자들은 담배를 피우면서 여성 동지들을 쳐다보았다.

즐거운 흥분으로 들뜬 분위기였다는 사실만은 인정하겠다.

깃발도 카네이션도 없이 혼자 어색하게 서성이는 내가 너무 튀어 보여서 좌판으로 다가갔다. 다 떨어졌군요, 동지. 거기 있던 여자가 하릴없이 어깨를 으쓱했다. 재고를 다시 채워준다고 약속을 받긴 했는데……

세상에, 이 모든 게 얼마나 근사하고 친숙한지. 분명 나는 꽤 풀이 죽어 보였을 것이다. 그래선지 내 뒤에 줄을 선 남자가 담뱃갑을 내밀었다. 한 대 피우실래요?

스튜어디스! 나는 순수한 진심으로 외쳤다. 아홉 살에 피운 내 첫 담배의 기억이자 내 첫 도둑질(아버지의 담배), 첫 거짓 말, 처음으로 남자가 된 기분, 첫 혁명의 기억이었다―담배 한 대에 얼마나 많은 것이 숨어 있는지.

남자는 내 반응을 잘못 이해하여 안주머니에서 다른 담뱃갑 을 꺼냈다. 외화 상점에서 산 HB도 있어요.

나는 웃음을 터트리고 그제야 남자를 제대로 쳐다보았다. 흉측한 노란색 넥타이를 매고 살짝 특이한 양복 코트를 입은 그는 주변의 군중과 차림새가 좀 달랐다. 갑자기 내 머릿속에 서 불이 탁 켜졌고 그 순간 남자 역시 마찬가지인 듯했다. 재 회라는 그 유명한 장르가 뒤따랐다. 『오디세이아』의 시대보다 훨씬 더 시시하게. 너 맞지…… 그런데 너는…… 해외에 사 는 줄 알았는데. 왜 이래, 해외가 저승이라도 되나, 다들 돌아 오기도 하잖아.

아주 오래전 나와 같은 반이었고 아주 잠깐 대학도 함께 다 닌 뎀비는 문학이 막다른 길이라는 사실을 아슬아슬하게 깨닫 고 90년대 초반의 평행세계 어딘가로 사라졌다.

우리는 삼십 년 동안 만난 적이 없었다. 마지막으로 들은 소 식은 그가 부동산 판매와 항공기 부품 판매를 거쳐 로사벨라 제과점 체인을 열었다는 것이었다. 정확히 그 순서대로.

언젠가 그가 전화를 걸어 제과점 체인의 광고 문구를 만들어달라고 했다. 어서, 그가 말했다. 너 시인 아니야? 물론 나는 시인이 아니라 문학을 공부하는 대학 2학년생이었으며, 내 전공과 학년이 요구하는 대로 완전한 무일푼이었으므로 즉시 그의 제안을 받아들여 "도저히 당해낼 수 없는 달콤함" 운운하는 문구를 만들었는데 그는 그것을 완전히 좋아했고 나는 이 레프 지폐 서른 장, 즉 육십 레프를 인생 최초의 사례비로 벌었다. 제과점 계산대에서 막 꺼내 왔는지 지폐가 버터크림으로 끈적거리는 느낌이 들었다.

나와 함께 온갖 어리석은 짓을 저지르며 사춘기를 통과했던 뎀비는 우리 고등학교에서 가장 교활한 녀석이었고 쉽게 만나기 힘든 매력적인 사기꾼이었다. 우리는 둘 다 이 우연한 만남을 놀라워했다. 주변에서 트럼펫 연주가 시작되면서 사람들이 줄을 서고 있었다. 뎀비는 갑자기 급한 볼일을 기억해내고 자기 명함을 내 손에 쥐여주었다. 난 여기 일 때문에 왔어, 그가 말했다. 좀더 여유 있을 때 만나자. 뎀비는 그렇게 말하고는 군중 속으로 사라졌다. 나는 명함을 슬쩍 보고 나서 집어넣었다. 데얀 뎀벨리예프, 전화번호…… 이름과 전화번호가 전부다. 엄청나게 유명한 사람과 엄청나게 겸손한 사람만이 그런 명함을 사용할 것이다. 뎀비는 후자가 아니었다.

갑자기 광장이 탈바꿈하면서 와글거리던 군중이 신호라도 받은 듯 대형을 이루기 시작했다. 음향 시스템에 문제가 있는지 음향 기사가 젠장…… 하고 말하는 소리가 밖으로 흘러나와 광장 전체로 울려퍼졌다. 그때 실수를 은폐하려는 듯 〈인터내셔널가〉의 선율이 쩌렁쩌렁 울렸다. 일어나라, 노동자여 잠에서 깨어나라…… 전동차가 끄는 맨 앞의 단상 위에서 반바지를 입은 체조 선수들이 신호에 맞춰 피라미드 대형을 만들 준비를 하고 있었다. 내 옆에서는 젊은 여자들이 손수건과 깃발을 흔들며 집단 체조를 연습중이었는데, 그들이 어떤 신호에 따라 바닥에 쪼그려앉아 몸과 깃발로 그려낸 얼굴은 게오르기 디미트로프로도 레닌으로도 통할 수 있을 만큼 모호한 형상이었다. 예전에 가족들이 식탁에 모여 앉을 때마다 이모가 자신이 학생이던 1968년에 레닌의 콧수염 자리에 있었다며 자랑스럽게 얘기하던 기억이 났다—국립 경기장에서 열린 청년 축제 개막식을 위해 사만 명 관중 앞에서 그 집단 체조를 공연할 때 얼마나 신났는지 상상도 못 할 거야. 그 이야기를 들을 때마다 웃음이 터질 것만 같아서 엄마에게 따귀를 맞기 전에 놀이방으로 달려가야 했던 기억도 난다. 불쌍한 이모, 일평생 자신의 표현대로 예능인이 되는 꿈을 품었지만 일생일대의 배역이라는 게 레닌의 콧수염 한 가닥이었다.

사회주의시대 궐기대회의 형태로 집회를 진행한다는 아이디어는 나쁘지 않았지만 공간이 한정적이어서 문제가 좀 있었다. 모두가 이백에서 이백오십 미터만 걸으면 디미트로프 영묘와 국립 미술관 사이 공간에 도달할 수 있었다. 국립 미술관은 예전에 차르의 궁전이었고 또 그전에는 튀르키예 공회당이었던 건물이다. 사회자의 목소리가 스피커에서 갈라져 나왔다. 저들은 옛날과 똑같이 갈라지고 터지는 소리를 일부러 경험할 수 있도록 오래된 스피커를 찾는 수고도 마다하지 않은 걸까? 그런 경우라면 이 운동 뒤에는 만만찮은 두뇌와 돈줄이 있는 것이다. 돈이 러시아에서 흘러든다는 건 공공연한 비밀이었다. 러시아 역시 서서히 그리고 매우 확실히 소련으로 돌아가는 중이며, 이 경우에도 그런 용어를 쓸 수 있는지 모르지만, 국민투표를 통해 예전에 잃었던 지역들의 영토를 회복하고 있었다.

감정에 북받친 사회자의 깊은 목소리가 광장 위로 떠올랐다. 그들은 옛날과 같은 절절함을 연기할 나이든 배우를 찾아냈다. 그 목소리를 들으니 어쩔 수 없이 소름이 돋았다. 수천 명의 영웅이 흘린 피, 밝은 미래를 향한 힘들지만 유일한 길, 패기와 담대함, 담대함과 패기…… 그런 것들을 얘기하는 저 똑같은 표현들.

내 주위의 사람들은 옛날 그 시절과 마찬가지로 발설되는 말의 의미를 파악하려는 노력을 거의 하지 않았다. 어쨌거나 그건 불가능한 일이었지만, 그 주문과도 같은 말 자체, 그 억양과 파토스는 과거라는 소화액 분비를 촉진할 작은 적외선 전등이 되었다. 나는 조국전선 구역 뒷줄에서 자리를 발견했다. 마테이코 할아버지가 눈에 띄어 고갯짓으로 인사를 나눴다.

퍼레이드가 시작되었다. 취주악대가 맨 앞줄에 섰고 소규모 치어리더 집단이 그 뒤를 따랐다. 사회주의가 언제부터 그런 외설을 허용했는지 이해할 수 없었다. 정치국의 망령난 노친네들이 80년대 즈음에 그런 호색적인 승인을 내린 게 분명했다. 바로 그 노친네들이 그전에는 너무 짧은 치마를 입은 여자들의 허벅지에 지워지지 않는 잉크로 도장을 찍으라고 경찰에게 명령하더니 어느 날 갑자기 혁명 군복을 입은 이 롤리타들을 승인한 것이다.

이어서, 이동 단상 위의 체조 선수들이 몸으로 살아 있는 오각형 별을 만들었고, 그다음은 깃발로 레닌/디미트로프 머리를 만드는 연습을 하던 젊은 여자들의 차례였다. 이후에는 스티로폼 구조물과 초상화를 실은 거대한 장식 무대를 여러 대의 전동차가 끌고 지나갔다. 그 뒤를 따르는 것은 평범한 노동자들, 카네이션과 조그만 붉은 깃발을 든 우리 같은 사람들이었다. (나는 그 두 가지 요구 조건 중 단 한 가지도 갖추지 못했다.) 우리 구역 행진단은 광장 맨 뒤편의 미술관/궁전/공회당 옆에서 멈췄지만 거기에서는 위쪽으로 전체 장면이, 무엇보다도 영묘가 다 보였다. 더할 나위 없이 완전한 모습으로 재건된 영묘는 이 행사의 백미가 되었다. 그 앞에 서 있는 동안 도열한 사람들 사이로 진정한 흥분이 파문처럼 번지는 느낌이 들었다. 간밤에 본 인부들은 정말로 훌륭하게 일을 해냈다. 영묘는 원본처럼, 전보다 더 새하얗게 빛났다. 군인들이 앞에서 위병 교대식을 거행했다. 신호에 따라 시위대가 구호를 세 번 외치기 시작했다. "영광, 영광, 영광"…… 이들이 언제 예행연습을 했는지 궁금했다. 그렇게 완벽히 맞춘 구호 제창은 갑자기 되는 게 아니다. 어쨌거나 나는 예행연습을 놓치고 살짝 박자가 어긋난 시점에 합류한 듯했지만, 그래도 뭐, 우리는 어쨌든 떨거지들만 모인 조국전선 소속 아닌가. 그 순간 관리들이 무대에 오르기 시작했다. 예전에 그랬듯이 손목만 꺾은 채로 손바닥을 흔들면서. 안무가 있는 거야, 나는 생각했다. 전부 미리 기획된 거라고. 각본가가 누군지 알고 싶군.

마침 때맞춰 제창이 멈추고 사회자의 목소리가 다시 한번 광장 위로 흘러나왔다. 우리의 지도자이자 스승이신 게오르기 디미트로프 동지를 반갑게 맞이합시다…… 각본에 무슨 오류가 있는 게 분명해, 나는 생각했다. 추모를 하려는 거겠지만 다시 맞이한다니, 그건 좀 너무 간 거지……

그때, 내려앉은 침묵 속에서 팡파르가 울렸고 건물의 지붕이 열리더니 평평한 판 두 개가 옆으로 벌어지며 영묘 안에서 디미트로프의 장례용 침상이 천천히 올라오기 시작했다. 내가 어릴 적에 본 그대로, 밑으로 드리운 빨간색 벨루어 휘장, 밀랍 같은 시신 주위로 장식된 꽃과…… 밀랍 같은 시신. 석관은 무대와 그 위에 선 사람들 머리 위에 매달려 있었다. 한쪽 끝에 있던 한 여자가 재빨리 성호를 그었다. 광장은 얼어붙었다. 나는 미라가 단에서 굴러내려 그 아래에 선 관리들의 머리 위로 떨어질까봐 두려웠다. 그들도 같은 두려움을 느낀 것 같았다. 잠시 후 지붕의 판 두 개가 소리 없이 다시 합쳐졌다. 그런데 줄지어 서서 움츠린 사람들 사이로 조용한 공포의 전율이 퍼져나갔다. 왜냐면, 아니, 아니라고 말해줘, 미이라가 손바닥을, 단지 손바닥만을 살짝 올려 미세하게 손을 흔들었기 때문이다. 눈에 보일까 말까 하게, 거의 감지하기 어렵게. 노인 여자 몇 명이 가슴팍을 움켜쥐고 부축을 받으며 재빨리 멀어지는 모습이 보였다. 곧바로 디미트로프의 목소리가 가세했다. 오래전 녹음된 음성으로, 우리가 걷는 길은 의회 앞의 돌길만큼 매끄럽고 평평하지 않다고, 오히려 가시밭길이라고 말했다…… 이 사람들은 도대체 제대로 말하는 법을 배우지 못했다.

소름이 끼쳤다. 심지어 나도 심장이 철렁하는 느낌이었음을 인정해야겠다. 녹음 재생이 끝났을 때 국사 운동의 지도자가 앞으로 나왔다. 쉰 살 언저리의 붉은 머리 여성으로 허리 부분이 살짝 들어가도록 주름이 잡힌 전형적인 정장을 입고 목에는 빨간 삼각 숄을 둘렀으며 재킷 가슴주머니에는 빨간 카네이션을 달았다. 여자는 군중을 향해 조용히 하라는 신호를 보내고 나서 귀에 익은 그 서두를 시작했다. 담대한 동지와 동포 여러분Dear daring comarades and compatriots…… 네 단어에 각기 하나씩 들어간 r, 이것은 사회주의의 숨은 암호가 분명했다. r은 많을수록 좋다. 개 이름을 r이 들어가게 지으라는 권고도 우연이 아니다. 개에게 명령을 할 때 주인을 우러러보게 하려는 것이다.

11.

집단 기억 상실과 기억의 과잉생산

사회가 더 많이 잊을수록 누군가는 더 많은 모조품 기억을 생산하고 판매하며 그것으로 비워진 틈새를 메운다. 기억의 경공업. 경량 소재로 제작한 과거, 3D 프린터로 토해낸 듯한 플라스틱 기억. 필요와 수요에 의거한 기억. 새로운 레고―빈자리에 정확히 맞춰 들어가는 다양한 과거 모듈이 판매된다.

우리가 묘사하는 것이 진단명인지 아니면 경제체제인지가
불확실하다.

— 가우스틴, 곧 나타날 새로운 진단명

12.

봉기

나는 영묘 앞에서 연설을 마저 다 듣기 위해 기다리지 않았
다. 날이 가고 있었고, 영웅들의 회합도 놓칠 수 없었다. 그 집
회는 길을 따라 오백 미터 정도 가면 나오는 보리스의 공원 안
에서 시작되고 있었다. 나는 공회당 뒤편의 작은 공원을 가로
질러 첫 집회에서 빠져나왔다. 근처에 빌려둔 아파트에서 양
복과 바지를 벗은 뒤 승마바지와 자수가 놓인 조끼로 갈아입
었다. 흰 셔츠는 언제나 유행이었으므로 그건 그대로 입은 채
허리에 띠를 두르고 머리에는 칼파크* 대신에 내 모자를 눌러
썼더니 짜잔—이제 나는 젊은 영웅이었다. 종아리에 두른 각
반과 수제 모카신은 조금 더 골치 아팠지만 아직 길들지 않은

---

* 튀르크 계열 사람들이 쓰는 정수리가 높은 양가죽 모자.

딱딱한 옥스퍼드화를 신고 다닌 뒤라서 다소 편한 느낌도 들었다. 나는 대학교를 지나 붉은 군대 기념비가 있는 크냐제스카공원을 통과해 걸어갔다. 붉은 군대 기념비 주위에는 좌파 성향의 자원봉사자들이 저지선을 이뤄 주야로 지키고 있었는데 이는 최근에 빈발한 장난질 때문이었다. 심야에 스프레이 페인트로 단 삼십 분만 단장시키면 다음날 아침 기념비의 러시아 군인들은 배트맨과 슈퍼맨이 되어 잠에서 깨어났다. 사실 그건 아직도 그 기념비에 생길 수 있는 유일한 경사였다. 나는 경기장을 지나쳐 구석진 곳을 통해 공원 안으로 들어갔다. 그곳은 예전에 '자유공원'이라고 불렸고 그전에는 보리스의 공원이었으며 그보다 더 전에는 페피니에라, 혹은 너서리* 라고 불렸다.

여기서는 모든 장소가 예전의 어떤 곳이다.

나는 보리스의 공원에 들어갔다. 여기 모인 애국자들 중 한 명이라도 이곳이 해방 전에 튀르크 수비대의 진영이었고 그 직후에는 튀르크 공동묘지였다는 사실을 어디선가 읽었더라면 분명 다른 집회 장소를 찾아보았을 것이다. 하지만 자연은 기억이 없고 사람도 마찬가지여서, 정오가 가까운 그 시간에, 혹은 옛날 사람들이라면 '오스만제국 표준시로 12시'라고 할

---

* '유아원'을 뜻하는 이탈리아어, 영어.

시간에, 보리스의 공원에서는 영웅적인 노래들이 울려퍼지고 있었다. 아리아나호수를 지나 걷고 있을 때 내 모카신 한 짝의 끈이 풀리면서 땅에 얼굴을 처박고 넘어질 뻔했다.

어떠세요, 바초, 형님, 도와드릴까요? 젊은 청년이 내게로 허리를 숙이며 말했다.

난 괜찮네, 브라테, 동생—나도 그 언어에 동조하려고 노력했다—고맙네, 그리고 잘 가게.

괜찮은 언어학적 훈련이었다. 그런 일에는 충분히 동조할 수 있었다. 언제나 결국에는 모든 것이 언어로 귀결된다. 저기에는 '동지'가 있고 여기에는 '바초'가 있었다. 언어는 짐 나르는 짐승처럼 모든 것을 감내하고 반란을 일으키지 않는다. 언어는 우리가 존재하기 전의 시간을 기억하기 때문이다. 혹은 기억이란 게 아예 없기 때문이거나.

귀 뒤에 꽃을 꽂고 전통 의상과 장신구로 치장한 아가씨들이 키득키득 웃으며 내 옆을 지나갔다. 의상에 붙인 동전 장식이 햇빛에 반짝이고 화려한 은제 허리띠 고리가 그들 앞을 환히 비추었다. 의상으로 미루어보아 이들은 불가리아 각지에서 온 여자들이었다. 트라키아 소녀들의 빨간색 커틀과 자수가 놓인 검은색 앞치마, 소피아 주변의 쇼플루크 지역에서 온 처녀들의 검은색 튜닉, 로도페 아가씨들의 아름다운 새틴 보디

270

스…… 남성복과 여성복을 만드는 많은 회사가 지금은 '베틀질 의상실'이라고 이름을 바꾸고 승마바지, 조끼, 튜닉, 저항군 제복을 아동용까지 포함해 전력을 다해 생산하고 있었다. 마치 새로운 4월 봉기를 준비하기라도 하듯.

화창한 날이었다. 5월의 태양이 부드럽게 빛났고, 나무들도 앞으로 일어날 일에서 소외되지 않으려고 나름의 민속 의상을 입었다고 할 수 있었다. 보리스의 공원 안쪽 넓은 풀밭에 사람들이 삼삼오오 모여 앉아 있었다. 어떤 이들은 바닥에 담요를 깔고 닭고기, 삶은 달걀, 아이바르를 비롯해 뭐든 가져온 음식을 꺼내놓았다.

다양한 단계의 남자들이 있었다―얼굴이 매끄러운 젊은 청년부터 나이가 확실치 않은 (하지만 배는 확실히 나온) 중년, 그리고 백발의 노인까지. 가장 열심인 이들은 노인들로, 일부는 너무 늙어서 지금껏 서유럽 복식으로 갈아입은 적도 없는 사람처럼 보일 정도였다. 모든 남자가 저마다 군도나 오래된 단도 혹은 주머니칼을 지녔다.

남자들 대부분은 검은색 매듭 장식이 달리고 엉덩이 부분에 주름이 크게 잡힌 넉넉한 승마바지를 입었고, 다들 권총과 뼈 손잡이가 달린 단도를 허리 밴드에 꽂은 모습이었다. 거의 모두가 오래된 소총을 지녔다―베르단 소총이 휙 지나갔고 화승총, 러시아-튀르크전쟁에서 사용된 크른카 소총이 보이는 가 하면, 같은 시기에 쓰이던 샤스포 소총도 여기저기에 나타 났다. 그중 좀더 아마추어에 가까운 이들은 다른 무기는 없이 개머리판을 저항군 깃발 색으로 칠한 플로베르 공기총을 들고 나왔다. (혀도 어느새 승마바지를 꿰입었는지 이 이름에서 저 이름으로 잘도 미끄러져 움직이는 것을 보라.)

오른쪽에, 경기장 바로 옆에 소규모 기병대가 있었다. 그들 은 자하리 스토야노프의 1884년작 『불가리아 반란군의 자서 전』에서, 아니 그보다는 그 책의 영화 버전에서 곧장 튀어나온 듯한 모습이었다. 서른 마리 정도 되는 말의 등에 올라탄 저항 군은 사자 문양이 그려지고 칠면조로 보이는 깃털을 꽂은 칼 파크를 머리에 썼다. 그중 벤콥스키*가 틀림없는 한 명은 말을 묶어두고 초록색 저항군 깃발을 든 어느 아가씨와 뻔뻔하게 농담을 주고받고 있었다.

나는 어느 무리에든 섞여들어 사람들이 하는 말을 듣고 싶 었다. 호기심이 동하면서 내 빈정대는 태도도 서서히 사라지 고 있었다. 이곳은 나의 조국이었다. K라면 '민족주의가 우리

---

* (원주) 게오르기 벤콥스키(1843~1876)는 1876년에 불가리아를 지배한 오스 만제국에 저항했으나 결국 실패로 돌아간 4월 봉기에서 주도적 역할을 한 인물 로, '하늘을 나는 기병대(Hvarkovata cheta)'의 대장이었다.

에게서 빼앗아간' 조국이라고 말했겠지만. 나는 초등학교 때 귀를 짓누르는 아스트라한 모자 속에서 진땀을 흘리던 기억, 빳빳한 모직 망토에 목이 쓸려 이후 일주일 동안이나 발진 부위에 돼지기름을 바르던 기억이 났다. 매일 아침 우리는 학교 운동장에서 일반적인 운동 대신 다양한 민속 무용을 배워야 했다. 난 언제나 줄 맨 끝으로 쫓겨났지만 거기서마저 주변 사람들을 정신없게 만들었다. 그때는 그랬지만, 나는 단 한 시간만이라도 전체의 일부가 되기를, 농담에 요란스럽게 웃을 수 있기를, 나와 같은 다른 몸, 공통의 기억과 공통의 이야기를 공유할 것으로 추정되는 그들의 몸을 느끼기를 은밀히 원하지 않았던가?…… 그리고 저 사람들도 바로 그것을 위해 여기 온 것 아닐까? 자신과 마찬가지로 뭐가 뭔지는 몰라도 자긍심을 느끼는 사람과 함께하기 위해? 튀르크와 집시를 열렬히 싫어하지만 또 그만큼 열렬히 곱창 수프와 이맘 바일디*와 불가리아 칸들의 장엄함, 튀르키예 커피, 〈일어나라, 일어나, 젊은 발칸의 영웅〉이라는 찬가뿐만 아니라 대중적인 포크 인기곡 〈하얀 장미〉를 좋아하는 사람, 오후에는 잠깐 졸다가 저녁이 되면 라키아 한 잔을 들고 앉아 텔레비전을 켜고 걸쭉한 욕을 한두 마디 던지며 부엌 쪽을 향해, 여편네야, 소금 병은 대체 어디다 숨

* 가지에 속을 채워 올리브오일로 조리한 튀르키예 전통 요리.

긴 거야? 하고 외치는 사람. 그는 집안의 모든 것이 단정하고 깨끗하기를 원하고, 그래서 재떨이를 조그만 비닐봉지에 비운 뒤 그것을 발코니 난간 너머로 내던지고, 그래서 내일 거리를 걷는 동안 바람에 날아오른 봉지가 자기 이마에 척 붙을 때, 혹은 개똥을 밟을 때, 염병, 이놈의 불가리아는 완전 돼지우리라니까, 하고 말한 뒤 다시 엄선된 욕 몇 개를 날려주는 것이다. 그 누가 말했던가, 욕은 불가리아의 득도, 불가리아의 선禪, 번뜩이는 깨달음, 숭고함으로 가는 지름길이라고⋯⋯?

다행히 백파이프 소리가 삐익 울리면서 나를 이런 암울한 생각에서 끌어냈다⋯⋯ 사람들이 벌떡 일어나 전통 원무인 호로에 동참하러 달려갔다. 나는 물러나다가 나무 아래에 앉은 노인을 보았다. 이 집회의 마테이코 할아버지로서 아침의 궐기대회에서 본 다른 마테이코 할아버지와 정확히 똑같았다. 그래서 나는 그에게 다가가면서 실제로 같은 노인이 아닐까 자문하기도 했다. 그는 조그만 파이프에 불을 붙이려고 부싯깃에 부싯돌을 쳐 불꽃을 일으키려 했다. 그 손짓에 불가리아 문학과 설화 전체를 나타내는 무언가가 담겨 있었다.

어떠십니까, 할아버지, 여기 그늘에 저도 함께 앉아도 될까요? 나는 말했다.

안녕하신가, 젊은이. 어서 앉으시게. 그늘은 우리 모두를 위한 곳이니까, 노인은 올려다보지도 않은 채 대답했다.

백파이프 소리를 들으셨을 때 가슴이 뛰던가요? 나는 살짝 놀리는 투로 말했다.

그럼, 뛰었지. 그런데 다리가 따라주질 않네, 노인이 대답했다. 내 심장은 말하지, 이럇, 다리야. 하지만 다리는 좀체 말을 들어먹질 않아. 게다가 귀도 완전히 먹었고 눈도 안 보여. 내가 똑 발칸지 요보* 꼴이지 뭐야, 노인이 웃으며 말했다. 세월은 제일 덩치 큰 튀르크 놈이야, 내게서 모든 것을 빼앗아갔지. 묻지도 않고서 말이야. 난 예전에 노래 연주를 잘했는데 내 가둘카**가 타버려서 이젠 배나무 이파리로 연주를 해. 그런데 요즘은 배나무도 찾을 수가 없네그려. 자네한테 보테프***와 바조프****의 노래들을 처음부터 끝까지 해줄 수 있어. 난 발데보에서 왔는데, 발데보 들어봤나?

나는 발데보의 거지들에 대해 알고 있었다. 그들은 차르 사무엘의 맹인 병사들의 후손으로, 1014년에 불가리아가 대패한

---

* (원주) 펜초 슬라베이코프(1866~1912)의 시에 대한 언급. 그 시에서 오스만 제국 사람들은 발칸산맥에서 온 요보에게 아름다운 누이 야나를 내놓으라고 거듭 요구한다. 거절할 때마다 그는 형벌을 받는다.

** 활로 켜는 불가리아의 전통 현악기.

*** 흐리스토 보테프(1848~1876). 불가리아의 혁명가, 시인으로 국가적 영웅으로 칭송된다.

**** 이반 바조프(1850~1921). 불가리아의 시인, 소설가, 극작가. '불가리아문학의 대부'로 지칭된다.

뒤 온 나라에 흩어져 다리와 광장에서 구슬라*를 연주하며 노래하는 떠돌이 악사가 되었다. 불운과 맹인 병사들에 대한 노래로 빵 한 조각을 얻으러 다니는 이들. 노인은 누군가 그런 얘기를 들은 적이 있다는 사실에 눈에 띄게 기뻐했다.

아, 내가 바로 그 후손이야, 그는 말했다. 그런데 보라고, 시간이 흐르니 나 역시 사무엘의 병사들처럼 맹인이 되었잖아.

어르신을 도와드리는 사람이 있습니까? 나는 물었다.

있지, 우리 손녀가 여기로 데려다줬어. 그애는 분명 호로 대열에 끼어든 것 같아. 실컷 춤추고 나면 와서 나랑 집에 갈 거야. 이런 난리법석이라니, 난 좀 별로야. 소총 소리도 그렇고.

순한 영혼, 그는 내 할아버지를 연상시켰다. 아직도 기적적으로 살아남은 그런 노인들이 있어서 얼마나 감사한지.

호로 원무는 정말로 천둥처럼 요란했고 계속 커져갔다. 공원 위쪽 보도에서 시작되어 수련 연못 주위를 돌고 이제는 아리아나호수와 정원 입구 쪽을 향해 나아갔다. 머지않아 독수리다리까지 이르렀다. 그들이 차리그라드로의 차량을 통제할 허가를 받았는지는 모르겠지만, 누가 배짱 좋게 그들을 막을 수 있을까? 옛날 불가리아의 웅대한 꿈에 이르는 그 고속도로

---

* 남슬라브 지방의 원시적인 현악기.

가 텅 비어 있다는 사실은 의미심장했다. 〈보스포루스해협 근처에서 일어나는 소음〉이라는 노래는 차리그라드의 성벽 앞에 선 차르 시메온에 대해 이야기한다. 결코 그의 손에 들어오지 못할, 그리스인들은 콘스탄티노폴리스*라고 부른 도시 차리그라드. 하지만 비잔틴제국의 황제 로마누스가 벌벌 떨었다는 사실만으로도 오래 고통받은 불가리아인의 영혼에는 충분했다. 게다가 날마다 버스들이 시메온의 후손들을 카팔르 차르시** 시장에 부려놓았다. 흥정으로 얻을 수 있는 도시를 왜 굳이 정복하겠는가?

실로 원무는 시시각각 커지면서 차리그라드로의 중앙분리대를 넘고 독수리다리로 다시 굽어든 뒤 공원으로 들어갔다.

이-후우-이이-후-후우우, 춤꾼들이 함성과 탄성을 내질렀다…… 누군가 이 순간에 "계속! 차리그라드를 향해!"라고 명령을 내린다면 춤꾼들의 줄은 용처럼 동쪽을 향해 고속도로를 타고 구불구불 나아가 마침내 차리그라드궁전 앞에서 멈춰 사방에서 성벽을 감싸고 보스포루스해협을 첨벙첨벙 가로질러 넘어갈 것이다. 그리고 도시 주변의 올가미가 더 단단해지고

---

* 튀르키예의 수도 이스탄불의 옛 이름으로, 과거 로마제국, 라틴제국, 오스만제국의 수도였다.
** 이스탄불에서 가장 오래되고 규모가 큰 시장으로 그랜드 바자르라고 불리며, 1416년에 건설되어 오스만제국 시절부터 번성하였다.

백파이프가 울부짖고 호로 원무가 도시를 포위하면 그 도시는 함락되지 않을까? 물론 함락될 테고 게다가 그곳 사람들도 호로에 합류할 것이다. 호로, 여기 불가리아의 비밀 공격대, 불가리아판 트로이의 목마가 있다. 호로 원무를 추는 유흥객으로 변장했으나 바지에 권총을 찔러넣은 젊은 영웅들. 여기엔 오디세우스 같은 교활함이 있다. 영리한 페테르*와 약삭빠른 오디세우스를 하나로 합친 듯한.

갑자기 보리스의 공원 위쪽에서 시끄러운 소리가 들리더니 하늘에 구름도 없는데 나무들 위로 그림자가 천천히 떠올랐다. 모두가 즉시 고개를 들어 쳐다보았다. 나중에 신문에 보도된 바에 따르면 삼백 대에 이른다는 드론이 끄는 불가리아 국기가 머리 위 하늘에서 날아가고 있었다. 지금까지 펼쳐진 불가리아 국기 중 가장 큰 것으로 '기네스 세계 기록' 후보가 될 만했다. (여기에서 바그너의 〈발퀴레의 비행〉이 나오면 완벽하게 어울렸을 테지만 주최측은 보이저호에 태워 우주로 보낸 불가리아 민요 〈이즈렐 에 델리오 하이두틴〉**을 선곡했다.)

포스트아포칼립스 영화를 연상시키는 전체적인 풍경에는

---

* (원주) 불가리아의 설화 속 대표적인 사기꾼 인물.
** 17세기 말과 18세기 초에 활동했던 저항군 지도자 델리오를 기리는 불가리아 민요.

어딘가 이상한 점이 있었다. 드론들은 엄숙하게 윙윙거리며 국기를 당겼고 깃발의 끝은 보이지 않았다. 그 아래에서는 승마바지를 입고 19세기의 소총을 지닌 사람들이 모자를 공중에 던지며 함성을 질렀다⋯⋯ 드론이 공원 위 하늘 부분을 놀라운 정확성으로 완전히 덮고 난 뒤 놀라서 어리둥절해진 사람들의 머리 위에서 잠시 그대로 멈췄다.

비단으로 만들어진 이토록 웅대한 하늘, 그것이 나의 아름다운 조국⋯⋯ 누군가 즉흥 무대에서 사회주의시대 동요를 부르기 시작했지만 다른 목소리가 동참하지 않자 어색하게 노래를 멈췄다. 그때 운동 지도부의 누군가가 메가폰을 잡고 암호를 말했다. 불-가리-아 젊은 영웅! 즉시 구호가 퍼져나가 언덕과 계곡에 울리고 차리그라드로 건너편 건물에 부딪혔다가 보리스의 공원 나무들 사이로 되돌아왔다. 불-가리-아 젊은 영웅!⋯⋯ 사람들이 외치며 드론에게 인사하듯 하늘을 응시했다.

내게서 멀지 않은 곳에 있던 대담한 청년 하나가 자제력을 잃었다. 그는 만리허 소총을 들어올려 영화에서 본 대로 하늘을 향해 흥겹게 발사했다. 그만해, 깃발에 구멍나잖아, 그 옆에 앉은 더 나이 많은 동포, 아마 그들이 속한 저항군 무리의 지도자인 듯한 이가 곧바로 그를 나무랐다. 청년은 얼굴을 붉히며 소총을 내려놓았지만 이미 신호는 나간 뒤여서 주변의 소총과 리볼버에서 총성이 연달아 울려퍼졌다. (예전에는 리볼버revolver를 레보르버levorver라고 썼는데, 얼마나 듣기 좋은 가.) 드론 여러 개가 총에 맞아 털털거리다가 아래쪽 군중 속으로 떨어졌다. 다행히도 사상자는 없었다. 드론 살해 현장을 목격하는 기분은 날아가던 거위가 총에 맞는 모습을 본 것처럼 이상했다. 깃털이 흩어지진 않았지만 그래도 총에 맞아 떨어지는 새를 본 느낌이다.

바로 그 순간, 마치 신호를 받은 듯이(이것이 시나리오의 일부였는지 갑작스러운 총기 발사 때문이었는지는 아무도 알지 못했다) 드론들이 완벽히 일치된 동작으로 집게를 열더니 서쪽으로 사라졌고 불가리아 국기는 공중에 홀로 남겨져 잠시 놀란 듯 떠 있다가 천천히 떨어지기 시작했다. 깃발은 비단결처럼 부드럽게 하강하여 나무, 관목, 미끄럼틀, 놀이터의 석조 코끼리, 수련이 핀 연못, 벤치, 정자, 시인들과 장군들의 기념비, 벤콥스키의 기병대, 그리고 잡다한 소총을 든 사람들을 감쌌다. 공원 가장자리에 있던 사람들은 간신히 도망쳤고 크게 겁먹은 여자들과 아이들 몇몇도 즉시 자리를 피해 달려나갔지만 대부분은 깃발 아래에 그대로 서 있었다. 높은 소나무와 밤나무가 있는 곳에서는 거대한 서커스 텐트를 닮은 구조물이 생겼고 경사지와 풀밭 위에서는 직물이 땅에 평평히 내려앉아 그 아래에 눌린 사람들이 허둥지둥 돌아다니는 모습이 보였으며 여기저기서 숨이 막힌다는 비명이 터져나와 누군가가 어쩔 수 없이 그 성스러운 헝겊을 칼로 갈라야 했다. 보리스의 공원은 면적이 삼 제곱킬로미터에 달하는, 지금까지 제작된 것 중 가장 큰 불가리아 국기에 덮여, 다른 경우라면 젊은 영웅들 대부분이 호되게 비판했을 크리스토*의 손길로 포장된 것 같았다.

다행히도 나는 마테이코 할아버지가 앉아 있던 곳의 높은 밤나무 근처에 있었다. 거기에는 공기가 있었고 직물 냄새와 손 세정제의 짙은 향만 아니라면 심지어 쾌적하기까지 했다. 알고 보니 그 깃발에는 장미수가 뿌려져 있었고, 그래서 보리스의 공원은 장미 계곡으로 변신했다. 깃발 밑에서 쌕쌕, 컥컥 기침하는 사람들에게는 공포스러운 일이었지만. 수많은 단도와 군도가 드디어 쓸모를 찾아 고통받는 사람들을 해방시켰다. 비명과 기침과 욕이 대기에 울려퍼졌고 사람들은 헤어진 소중한 이들의 이름을 외쳐댔다. 이 모든 것이 4월 봉기 발발을 재현하려던 계획을 망쳤다. 체리목으로 만든 대포는 결국 발사되지 않았다. 저 옛날에도 사람들이 갖은 고생을 해야 발사할 수 있었던 대포인데다 직물로 덮여 있는 지금 발사한다면 대중을 질식시키기나 할 뿐이었다. 다 어디로 갔는지 몇 마리밖에 보이지 않는 기병대의

---

* 크리스토 자바체프(1935~2020). 불가리아 출신의 대지 미술가로, 건축물이나 자연물을 직물이나 플라스틱으로 감싸는 초대규모 포장 방식의 예술로 명성을 떨쳤다.

말들은 두려워서 날뛰고 미친듯이 빙글빙글 돌면서 낙마한 기수들을 짓밟을 것만 같았다. 역사적 정확성을 위해 십카 고개를 상징하는 언덕에서 돌과 나무를 던지기로 예정되어 있었지만 들리는 거라곤 숨죽인 신음과 확성기로 유명한 시를 낭독하는 한 사람의 목소리뿐이었다.

봉기는 점점 재난으로 변해갔고 이는 역사적 사실과도 일치했다. 그래서 이 행사는 완벽히 실감나는 재현이 되었다.

13.

5월의 해질녘은 저항의 오후에서 남은 흔적을 가리기 위해 미묘하게 애쓰고 있었다. 보리스의 공원 밤나무들 위에 걸린 국기 조각, 빈병, 신문, 포장지…… 매번 혁명이 일어날 때마다 쓰레기는 누가 다 치우는지 나는 모른다.

박사들의 공원을 향해 크라크라가街를 따라 걸었다. 아직 집에 돌아갈 마음이 들지 않아 건축가 조합에 있는 카페로 들어갔다. 과거 어느 때인가 거의 오후마다 와서 죽치고 있던 곳이다. 카페에는 정원이 딸린 아담한 마당이 있어서 독서하고 상념에 잠기기에 완벽한 장소지만, 물론 수다스러운 친구를 우연히 만나지 않을 때라야만 그렇다. 나는 가우스틴의 클리닉 번호로 전화를 걸었다. 그에게 간단한 보고를 하고 싶었다. 신호음이 계속 울리기만 해서 그냥 끊었다. 글로 써 보내는 편이 낫겠다고 속으로 말했다. 어쨌거나 그는 전화 통화를 싫어하니까.

그러다 뎀비에게 전화하기로 마음을 먹었다. 그의 명함을 꺼내 거기 적힌 번호로 걸었다. 이번에도 신호음이 울리기만 할 뿐 전화를 받지 않았다. 전화 건 사람은 나라고, 둘이 한번 만나자고 문자를 보냈다. 일 분 후 답장이 왔다. 뎀비는 미안하지만 오늘 하루가 너무나 고단했다면서 다음날 중앙 온천 건물에 있는 그의 사무실에서 만나 커피를 마시자고 제안했다.

건축가 조합의 마당은 꽤 조용했다. 온종일 궐기대회와 봉기가 일어난 날이지만 이곳은 아무 일도 없었던 것 같았다. 나이가 지긋하고 귀족적으로 보이는 여러 커플이 구석의 대형 테이블에 모여서 조신하게 뭔가를 축하하고 있었다―아마도 회혼례 같은 기념일이거나, 아니면 그저 아직도 살아 있다는 사실을 축하하는지도 모를 일이었다. 내 자리에서 멀지 않은 곳에서는 젊은 커플이 키스를 나누고 있었다. 그래, 변하지 않는 것들도 있구나, 하고 생각하며 애써 시선을 돌렸다. 그리고 영웅들이 이긴다면 이 카페와 마당은 어떤 모습이 될까 상상해보았다. 체리목 대포를 입구에 끌어다 놓을까? 유리잔을 불가리아 전통 도예 작품인 토기잔으로 바꿀까? 테이블을 토속 느낌이 나는 빨간색 직물로 덮을까? 귀엽게 멍한 저 웨이트리스들도 동전 장식이 있는 튜닉을 입고 머리에는 울긋불긋한 수건을 묶어야 할까? 부드러운 재즈 음악은 민속 음악으로 대체될까? 역사에 진력이 난 시민들을 위해 몇 군데라도 중립적인 장소가 남기는 할까?

아마도 그들은 여기에서 자라는 다양한 원산지의 꽃들 대신에 '민족'이라고 알려진 신품종 튤립을 심을 것이다—꽃잎의 색이 흰색에서 위로 갈수록 초록색으로 변했다가 다시 빨간색으로 바뀌는 이 품종은 한 원예사가 무수한 시도 끝에 개발에 성공했다. 튤립의 꽃잎에 억지로 초록색을 넣는 것은 초록을 꽃잎이 아니라 꽃대와 이파리의 특질로 보존해온 그 꽃의 본질을 위반하는 일이었다.

사람들은 무슨 일이 일어나든 자연의 어김없는 위안은 남을 거라고 믿는다. 봄은 항상 오고 여름, 가을에 이어 겨울이 오고 또다시 봄이 올 것이다. 하지만 이마저도 보장되지는 않는다. 여담이지만, 켈트족 사람들은 세계 종말의 초기 징조 중하나가 뒤죽박죽된 계절이라고 한다.

그 순간 근처에서 총성이 또렷하게 울렸다. 온종일 소란과 법석을 겪은 터라 그 정도로는 당황스럽지도 않았지만, 기관총 총성이 연달아 들리더니 이윽고 구급차와 경찰차의 사이렌 소리가 나자 실제로 무슨 일인가 벌어졌다는 확신이 들었다. 소피아 중심가에서 벌어지는 고위층 살해는 1990년대와 1920년대뿐만 아니라 19세기 말에도 전형적인 사건이었다. 어느 총리는 이곳 차르 오스보보디텔 대로에서 폭탄에 날아갔고 또다른 총리는 저쪽 라콥스키가(街)에서 갈기갈기 난도질당했다. 그냥 여기가 그런 곳이라는 얘기다.

하루에 겪는 감정적 격변은 이만하면 충분하다 싶어 찻값을 내고 일어나 카페를 나왔다. 집에 돌아와서 뉴스를 틀었더니 소련군 기념비에서 두 집회 참가자들 사이에 충돌이 있었다는 보도가 나왔다. 영웅들 쪽에서 두 명이 심각한 부상을 입었는데 제2차세계대전 당시의 슈파긴 기관단총에 의한 총상일 가능성이 크다고 기자가 밝혔다. 소련군 기념비는 두 집회 사이의 경계에 있었다. 보도에 나온 부상자는 피를 흘리며 순순히 누워 있었다. 텔레비전 취재진이 구급차보다 먼저 그곳에 도착한 것이다.

14.

뎀비의 사무실에서

다음날 이른아침에 중앙 온천 쪽으로 갔다. 밤새 비가 내려 서늘한 5월의 새벽에 도시는 전날과 완전히 달라 보였다. 인도는 흡사 지뢰밭 같아서 보도블록이 기우뚱하며 내뱉은 진흙이 바짓자락에 튀겼다. 그로 인해 걷는 일은 신중한 평가와 껑충껑충 뛰기, 망설임, 우회로 탐색으로 이루어진 실로 기묘한 운동이 되었다. 걷기가 아닌 기술적 동작. 그래서 나는 아무도 모르게 욕지거리를 내뱉고 울화통을 터트리며 목적지에 도착했다.

중앙 온천은 물론 오래전부터 목욕탕으로 쓰이지 않았지만 섬세한 제체시온양식*이 은근하게 반영된 전면과 둥근 비잔틴양식의 외곽선 등이 돋보이는, 소피아에서 가장 아름다운 건물 중 하나로 남았다. 이제는 소피아 역사박물관이 입주해 있는데도 모두가 아직도 그곳을 온천이라 불렀고, 어쨌든 이따금 어떤 비영리기구들이 나타나 그곳을 다시 커다란 남탕과 좀더 작은 여탕이 있던 도심 온천으로 되돌리자고 주장하기도 했다. 나는 박물관 전시실들을 통과해 루이 16세 양식의 금색 마차, 그 마차와 크기 면에서 막상막하인—비스마르크가 직접 차르 페르디난트에게 선물로 준—거대한 책상을 지나갔다.

뎀비의 사무실은 위층의 복도 맨 끝에 있었다. 널찍한 공간

---

* 19세기 말에 일어난 빈 분리파의 예술운동으로 전통을 따르는 보수주의적 예술과 단절해 새로운 예술을 추구했고, 우아한 기하학적 문양과 화려한 장식이 특징이다.

에 다양한 양식과 시대의 물건들이 여기저기 복잡하게 쌓인 그곳은 박물관의 자연스러운 연장선처럼 보였다.

뭐 마실래? 뎀비가 문을 열어주자마자 물었다.

뭐가 있는데?

커피부터 쿠미스까지 모든 것.

쿠미스라고? 나는 소리쳤다. 암말의 젖?

그래, 원조-불가리아 아침식사와 함께, 뎀비가 대답했다. 요즘 불티나게 팔려. 수수로 끓인 죽, 끓인 불구르*, 얇게 저민 육포. 먹어봐.

그러더니 뎀비는 옆의 작은 테이블에 차려놓은 음식 위에서 덮개를 걷어냈다.

말 안장 밑에 넣어 말린 것 말이지, 나는 육포에 손을 뻗으며 농담삼아 말했다.

음, 포장지엔 그렇다고 쓰여 있긴 한데, 확실한지는 모르겠고…… 그나저나 근래에는 말이 양보다 더 많아져서, 심지어 이곳 불가리아에서 키우는 암소의 개체수를 따라잡았어. 애국심이 생산을 견인하는 힘이라고 밝혀진 거지.

얇은 육포를 천천히 씹는데 뭔가 미심쩍었다. 예상보다 더 질겼고 불쾌하고 묘한 단맛이 있었다.

---

* 삶아서 말려 빻은 통밀.

아, 말해주는 걸 잊었네, 뎀비가 내 표정을 보며 말했다. 그건 말 육포야.

냅킨에 뱉어버리고 싶은 충동을 겨우 억눌렀다……

음, 당연히 원조-불가리아인들은 돼지와 소를 키우지 않았지, 뎀비가 말했다. 어디에든 말을 이용했잖아. 그나저나 그 육포는 건강에 아주 좋아. 콜레스테롤과 지방 함량이 절반밖에 안 되고 아연이 풍부하지, 그는 라디오 광고처럼 주절거렸다. 요새 막 출시된 제품이야, 브랜드는 칸 아스파루흐.

뎀비는 벽에 걸린 그 회사의 증정품 달력을 가리켰다. 681년에 불가리아 제1제국을 건설한 칸 아스파루흐가 말 등에 위풍당당하게 앉아서 바로 그 말에서 막 잘라낸 듯한 육포 한 덩어리를 씹고 있는 그림이 보였다. 위대한 불가리아의 맛. 그 밑에는 더 작은 글자로 쓰인 글귀도 있었다. 불가리아 고기로 제조. 어쩐지 식인 풍습처럼 들리는 말이었다.

커피 좀 줘, 나는 말했다. 가능하다면 암말 젖 없이.

나는 입에 감도는 말고기의 들척지근한 맛을 씻어내려고 커피를 한입에 다 마시다시피 했다. 뎀비가 셀러리와 비트에서 짜낸 주스를 주겠다고 해서 그러라고 했다. 블렌더가 윙윙 돌아가는 동안 나는 사무실을 찬찬히 둘러보았다. 대大불가리아의 거대한 지도―불가리아가 정확히 언제 이런 형태로 존재했는지는 기억나지 않았다―가 문 오른쪽에 걸려 있었다. 거의 유럽 전역이 불가리아 영토였고 여기에 육포처럼 길게 잘린 아시아의 땅 두 조각까지 더해졌다. 책상 뒤쪽에 놓인 작은 유리 진열장에는 극히 기묘한 모양의 성배가 네 개 놓여 있었다. 가까이 다가가서 보니 사실은 해골을 세심히 깎아서 연철 받침대에 올려 와인잔 모양으로 만든 것이었다.

니케포루스의 술잔* 세트야, 뎀비가 사무실 한쪽 구석에서 외쳤다.

크른카와 만리허 등 오래된 소총 몇 자루가 벽에 우아하게 걸려 있었다. 나는 전시된 소총을 볼 때마다 나도 모르게 체호프를 상상하게 된다. 소총들 바로 옆에 있는 오래된 목제 라디오에 뜨개질로 짠 조그만 덮개가 올려져 있고 오래된 베로Vero 주방 세정제 병으로 손수 만든 꽃병에는 은방울꽃 조화 몇 송이가 발랄하게 꽂혀 있었다. 과거를 불러오는 데는 키치만한 게 없다.

야, 네가 무슨 생각 하는지 알아, 뎀비가 갑자기 말했다. 하지만 내 고객들은 바로 이런 물건을 좋아해.

나는 걱정 말라는 손짓을 하고 나서 사무실 구경을 이어갔다.

뚜껑에 빨간색 오각형 별이 그려진 유리병 안에 생물학 실

---

* (원주) 비잔틴제국의 황제 니케포루스 1세는 811년에 불가리아의 칸 크룸에게 살해당했고 크룸은 그의 해골로 성배를 만들었다고 전해진다.

험실에서 훔쳐왔나 싶은 뇌가 폼알데하이드 용액에 떠 있었다. 그건 게오르기 디미트로프의 뇌야, 뎀비가 주스를 가지고 다가오며 무심히 말했다. 디미트로프를 미라로 만들 때 따로 보존한 거래.

이 전시용 벽 맨 끝에는 성냥개비로 만든 작은 영묘 모형이 서 있었다. 극히 세밀한 작품이었다.

저런 건 불에 잘 타, 나는 참지 못하고 말했다.

영묘 얘기가 나왔으니 말인데, 넌 어제의 궐기대회를 어떻게 생각해? 사실…… 내 회사가 관여한 거야. 그…… 재현 말이야, 뎀비가 겸손하게 덧붙였다.

그러니까 내 오랜 친구 뎀비가 하는 일이 이것이었다.

그러니까 네 말은 네가…… 감독이었다고? 나는 그게 올바른 표현인지 알 수 없었다.

입에 풀칠이나 하는 거지. 여기 내 회사가 역사적 재현을 담당해. 그게 주요 사업 분야야. 난 항상 연극을 사랑했지. 옛날에 연극학교에선 날 안 받아줬지만.

나는 궐기대회의 세부 처리가 상당히 절묘했다는 점을 떠올렸고 그 정도의 말을 해주었더니 뎀비는 꽤 기분이 좋은 듯했다.

스피커 소리를 갈라지게 한 게 좋았어. 일부러 그런 거지?

어떻게 생각해? 그리고 음향 상태 확인 과정의 실수 말이야, 음향 기사가 욕하고…… 사람들은 그런 걸 기억해. 내 말 믿어도 돼, 하나같이 똑같았던 사회주의 시절의 무수한 궐기대회에서 사람들이 기억하는 건 정확히 그런 거야, 그런 실수. 그리고 지금 그걸 재현해서 보여주면 사람들은 그때로 곧장 돌아가는 거지. 그럼 디미트로프의 등장은 어땠어, 어? 데우스 엑스 마키나Deus ex machina.* 집회 전에 내가 영묘의 지하로 내려가봤어. 야, 거기 참 볼만하더라. 예전에 거기를 파괴하려고 간 사람들은 대체로 위쪽만 폭탄으로 날려버렸거든. 아래쪽은 사방이 갈라지고 철근이 늘어져 있어도 방들은 무사해. 미라를 넣은 방은, 난 그걸 분장실이라고 부르는데 말이야, 전혀 손상되지 않았더라고. 미라를 올려놓는 엘리베이터도 약간 녹슬긴 했지만 온전했고. 게다가 작동도 되더라니까. 예전에 밤마다 미라를 아래쪽 냉장고로 내려놓았잖아. 40년대 말에 지어 배관을 장치한 그 거대한 강당. 그게 불가리아 최초의 냉방 장치였지. 그때 사람들은 디미트로프를 분장실로 데려가 이것저것 발라 단장을 시키고 나서 엘리베이터를 통해 지상세계로 올려놓았어. 위로 아래로, 이 세계에서 저 세계로, 그 불쌍한 시체에겐 좀 너무했지. 수도 없이 왔다갔다하면서.

　내 생각엔 말이야, 마지막에 손을 흔들던 부분이 좀 너무 연극적이었어, 나는 주스를 마시며 평했다.

---

* 연극에서 초자연적 요소를 이용해 갑작스럽게 작중 문제를 해결하는 무대 기법.

그러면 달리 어떻게 해야 했지? 난 혁명이 아니라 연극을 해, 뎀비가 발끈하며 말했다. 난 그 멍청한 정치운동에 대해선 털끝만큼도 관심 없어. 그들은 돈을 내고 난 내 일을 하지. 이건 새로운 연극이야. 야외에서, 자신이 공연에 참여한다는 사실조차 모르는 군중과 함께하는 연극. 트라지코메디아 델라르테Tragicomedia dell'arte.* 사실, 그중엔 아는 사람도 있어. 불려와서 군중 속에 있으니까. 난 집회와 혁명운동에, 말하자면 엑스트라 배우들을 공급하지.

혁명운동의 엑스트라 배우? 설마 농담이겠지, 나는 말했다. 잠깐만, 네가 영웅들의 봉기에도 관여한다는 말은 아니겠지?

아, 그게—뎀비는 우물쭈물 망설였다—그 얘긴 안 하고 싶은데, 그 사람들이 마지막 순간에 전화를 해가지고, 내가 구해줘야 했어. 하지만 아마추어들한테 소총을 나눠주면, 드론이고 뭐고 다 망쳐버리게 되는 거고—

그 순간 그의 전화기가 울렸고, 놀랍게도 그 소리는 순전히 장식일 거라고 생각한 어느 상자에서 흘러나왔다. 그것은 소형 전화 교환기처럼 보였다—가장자리에 조각이 장식된 정사각형 목제 패널에 묵직한 검은색 베이클라이트 수신기와 두 줄의 버튼, 그리고 위쪽 모퉁이에 달린 둥근 회전식 숫자판.

---

* 이탈리아에서 시작된 전문 배우들의 즉흥 희극 장르인 코메디아 델라르테를 비튼 말로 '즉흥 희비극'으로 풀이할 수 있다.

저 사람들이 내게 '페톨치카'로 전화를 건 거야. 오각형 별 말이야, 뎀비가 비밀이라도 나누는 양 눈을 찡긋하고 전화를 받았다. 페톨치카―공산주의자 최고위층을 위한 전설적인 비밀 전화망. 평행세계의 전화망, 평행세계의 카페테리아, 평행세계의 별장, 레스토랑, 이발소, 운전기사, 병원, 안마사, 아울러 평행세계의 매춘 여성들까지. 지금까지 항상 평행한 두 국가가 있었다는 점만은 분명했다.

미안, 뎀비가 말했다. 이건 받아야 해. 오 분만 있다가 밖에 나가 신선한 공기를 쐬자.

15.

그러니까 이들이 바로 과거 판매상들이로군, 나는 속으로 말했다. 뎀비도 그중 한 명이 되었다. 암시장의 선수이자, 나중에 그가 해준 말로 판단컨대 그중 최고 선수 중 하나였다. 사실은 암시장도 아니었다. 이 사업은 완전히 합법적이었다. 그는 온갖 종류의 고객들로부터 주문을 받았고 정치적 편견이 전혀 없었다. 이 경우 60년대와 70년대의 주문이 가장 큰돈이 되었고 뎀비 역시 그 시기의 일을 할 때면 마치 물 만난 물고기가 된 것처럼 느꼈다. 그가 항상 약간의 아이러니를 담아 덧붙이는 말이 있었다. 내가 그자들을 엿 먹인 게 한두 번이 아니야, 라는 게 그의 표현이었다. 나는 그런 '엿 먹임'을 본인 말고는 아무도 이해하지 못했을 거라고, 그리고 그건 대체로 제 양심을 위한 알리바이로 쓰였을 거라고 추측한다.

이 근방 사람들이 잘 먹인 술배라고 부르는 둥근 배가 두드러진 뎀비는 사실 어릴 적부터 통통했다. 심지어 초등학교 시절부터 뎀비에게는 모든 것이 쉬웠다. 그는 노트 뒤쪽 지면에 몰래 여자들 알몸을 그리며 흥분하다가 화장실로 가서 자위를 하곤 했다. 그 당시에 우리가 손에 넣을 수 있는 섹스 관련 책은 크게 두 가지였는데—『은밀한 남과 여』, 그리고 『성병과 장애』—그 책들 모두 자위는 악명 높은 질병을 초래하는 위험한 짓이라고 비난했다. (지금은 맹인이 된다는 말만 기억난다.) 뎀비는 푼돈을 받고 제가 그린 그림을 우리에게 팔았고, 그리하여 우리도 소위 맹인의 길을 향해 맹목적으로 행진해 안경 렌즈에 몇 밀리미터 두께를 더했다. 어쨌거나 『은밀한 남과 여』에 나오는 성교하는 커플의 그림은 피스톤을 비롯해 이런저런 부품이 그려진 자동차 엔진 단면도와 더 비슷했다.

고등학생 시절 후반에 뎀비가 자기 집 다락방을 임시 사진 스튜디오이자 암실로 만들었던 기억도 난다. 작은 창문에 드리워진 두꺼운 커튼과 적색 등, 정착액과 현상액을 채운 트레이 등이 또렷이 떠오른다. 당시 사진 인화는 하나의 과정이자

고된 노동이었고, 그렇다, 작은 기적이었다. (어둠이 있는 곳에는 기적이 항상 잠들어 있다.) 인화지를 한쪽 트레이에 담갔다가 다른 쪽 트레이로 옮겨 담는다. 너무 오래 담가두면 태운 토스트처럼 외곽선이 까매지고 너무 빨리 빼버리면 흐릿하게 번진 사진이 나온다.

나는 뎀비의 조수이자 조명 담당이었다. 뎀비 할머니의 오래된 흰 우산을 정해진 위치에 놓고 배터리로 작동하는 조명기를 들고 있었다. 우리 학교 여자애 몇 명이 스튜디오를 거쳐갔다. 촬영 중간에 뎀비는 '모델'이 불안해하지 않도록 나를 밖으로 내보냈고 그들은 어두운 방안에 단둘이 남아 있었다. 가끔 우리보다 꽤 나이가 많은 동네의 미인 레나가 들르기도 했다. 그러면 뎀비는 스튜디오에 더 오래 머물렀다. 간혹 여자친구와 단둘이 있고 싶은 동네 남자애들에게 스튜디오를 시간 단위로 빌려주기도 했다. 이 모든 것을 기억하는 이유는 사실 뎀비의 사진이 믿을 수 없을 만큼 훌륭했기 때문이다. 그는 빛과 어둠을 약사와 같은 정확도로 측정할 줄 알았고 그림자를 훌륭하게 활용해 신체를 딱딱하게 굳은 따분한 포즈에서 해방시켰다. 그의 소위 '모델'들은 당연히 어색해했지만 그래서 오히려 더 에로틱한 분위기가 흘렀다. 뎀비는 언제든 급전이 필요하면 알몸에 영원히 굶주린 우리 학교나 동네의 콤소몰* 회원들에게 사진 몇 장을 팔 수 있었다. 그는 콤소몰 총무들이 늘 가장 큰 고객이라고 말했다. 사회주의 말기 에로티시즘의 결핍, 젊음의 이른 타락, 자본의 원시적 축적. 여기 이렇게 대학 경제학과에서 가르칠 만한 주제가 있다.

뎀비는 흠이 많은 사람이지만 재능을 콸콸 쏟아내며 또 멋대로 방치했다. 그는 이 재능을 계발하고 자신이 만든 것을 자랑하며 사진계로 진출하기를 전혀 원하지 않았다. 내가 왜 굳이? 하고 그는 어쩐지 이탈리아 갱 같은 목소리로 말했다. 원하는 일을 하면서 충분히 돈을 벌고 동네에서 제일 예쁜 여자애들을 손에 넣는데 왜? 나는 그가 그런 삶의 기준을 지금까지도 유지해왔을 거라고 추측했다. 가끔은 뎀비가 사업을 내려놓고 예술을 붙잡기를 은밀히 꿈꾼 적은 없는지 궁금했다. 그에게 물었다. 뎀비의 대답은 내 예상과 정확히 일치했다. 넌 늘 진짜 세상에서 벗어나 살아왔지. 그러고는 언젠가 돈을 충분히 벌면 예술에만 몰두할 거라고, 지금껏 노트에 아이디어들을 적어놓기도 했다고 덧붙여 말했다. 뎀비가 나를 놀리는 건지 아니면 정말로 그런 계획이 있는지는 잘 알 수가 없었다.

---

* 1918년 설립된 소련의 공산주의 청년 동맹.

16.

혁명을 위한 엑스트라 배우들

우리는 돈두코프 대로를 건넌 뒤 대통령궁 앞 광장을 가로질 렀다. 도로를 따라 약간 아래쪽에서 임시 영묘를 해체하는 모습이 보였다. 노란색 돌길 위로 아직도 카네이션 꽃송이들이 굴러다니고 바람 빠진 풍선들과 원래는 해바라기씨를 담았을 원뿔형 종이컵들도 보였다…… 비가 그쳤고 날씨는 점점 개고 있었다. 우리는 성네델랴교회를 지나갔다. 중앙의 돔형 지붕 아래에 설치한 이십오 킬로그램의 폭약, 혹시 모를 생존자도 전부 질식시킬 황산 한 병까지, 그리하여 1925년 4월 16일 오후 3시 20분에 불가리아는 당시 교회에서 발생한 최대 규모의 테러 공격이라는 절대적 세계 기록 보유국이 되었다— 백오십 명의 남자, 여자, 어린이가 죽었다. 지금 국가사회주의 운동을 이끄는 바로 그 정당의 급진적 계파가 저지른 테러였다. 누군가 진정 1920년대로 돌아가고 싶다면 이 문제 역시 대면해야 할 거라고, 나는 생각했다.

걷는 내내 뎀비는 과거의 이데올로기가 시장의 성격을 바꿔놓았다고, 이미 잊힌 직업들—삯바느질 재봉사, 총기 제작자—을 되살리고 새로운 직업들을 창조했다고 계속 떠들어댔다. 자신이 공급하는 혁명의 엑스트라 배우들을 염두에 두고 한 말이었을 것이다. 그 시장은 정말로 거대했다. 일례로 지역 극장 주변에서 빈둥거리던 무수한 미취업 배우들에게 갑자기 쨍하고 볕들 날이 찾아왔다. 모든 재현 행사의 중추를 이루는 것은 정확히 이들 전문 배우들이었다. 트라키아의 왕이나 다산의 여신, 심지어 광대뼈가 극적으로 도드라진 원조-불가리아의 칸도 언제나 수요가 있었고, 금발인 이들은 모두 긴 흰색 가운을 걸친 슬라브족 후궁으로 즉시 변모했다. 누구에게나 역할이 있었다—오스만인, 튀르키예의 친위 보병, 노상강도…… 갑자기 연극계에서 실업이 사라졌다. 극장들은 더이상 무대에 연극을 올릴 필요 없이 의상과 소품 대여만으로도 연명할 수 있었다. 오래된 무기, 금색 망토, 다마스쿠스 검 등등……

그러자 도시와 시골의 주점에서 죽치던 다양한 연령대의 놈팡이들이 갑자기 '대기중인 배우'가 되었다. 다시 말해, 아직도 그들은 주점에서 죽치고 있지만 이제 희망이 생겼다. 말하자면, 자신들도 언젠가 불려나가 저항군이라든가 오스만인, 아니면 공산 게릴라 역할이라도 할 수 있을 거라는 꿈이 생긴 것이다. 사실이야, 뎀비도 인정했다. 시골 사람들은 이젠 땅에서 일하지 않았다. 그냥 그렇게 하루에 이십, 삼십, 혹은 오십 달러까지도 벌 수 있는데 뭐하러 들판에 나가 햇볕에 통구이가 되겠는가? 시의회가 자금을 댄 재현 행사라면 품삯이 한심했다. 하지만 그 이십 달러도 무시할 순 없었다. 만일 지역 유지가 사적으로 테마 파티를 열었다면—예컨대 클로콧니차 전투라든가, 사슬 세 줄에 나란히 묶인 노예들을 풀어준 마르코 크랄예비치 이야기 같은 것—그러면 돈도 많이 받고 일도 더 쉬웠다. 특히 사슬에 묶인 노예 역할이었다면 더더욱.

잠깐, 내가 뭘 좀 보여줄게, 갑자기 뎀비가 말하고 걸음을 멈췄다.

우리는 안겔칸체프가街와 옙티미 총대주교 대로의 교차로에 이르렀다. 바로 맞은편은 예전에 크라바이 카페가 있던 곳으로, 그 카페는 80년대에 (그 시절 용어로) 언더그라운드 '컬트' 명소였으며 그곳에서 불가리아 최초의 펑크 음악이 밀레나의 허스키하고 냉소적인 목소리로 터져나왔다⋯⋯ 불가리아 사람들이 80년대로 돌아가고 싶었다면 이곳을 복원해 전설을 되살릴 필요가 있었을 것이다.

문화궁전으로 가자, 뎀비가 말했다.

더 좋은 곳은 없어? 나는 항의하려 했다. 국립문화궁전, 역시나 80년대에 건설된—불가리아 국가 수립 1300주년을 위한 모든 것이 그랬듯 신속히 지어올린—거대한 거북이 같은 콘크리트 건물이 우리와 비토샤산 사이에 서 있었다. 그곳에는 전당대회를 열기 위한 초대형 강당이 하나 있고 일반 강당여남은 개가 각층에 흩어져 있었다. 그곳에서는 어떤 문화 행사를 열든, 그게 콘서트든 강독회든, 이상하게도 모든 것이 어쩐지 공산당 총회와 닮은 행사로 변질되고 말았다. 그리고 행사 끝자락의 박수 소리는 옛 시절 일간지 〈노동자의 행동〉에서 출간한 기나긴 전당대회 기록물에 나오는 표현대로 "……에 바치는 열화와 같은 우렁찬 박수와 영광의 함성"처럼 들렸다.

우리는 거대한 깃대들을 세워놓은 곳 근처의 옆문을 통해 건물 안으로 들어갔다. 안전요원이 우리에게 말없이 고개를 끄덕인 뒤로는 뎀비가 카드 열쇠를 이용해 더 안쪽에 있는 문들을 열고 함께 지하로 내려갔다. 나로서는 처음 가본 곳이었다. 우리는 방공호가 연상되는 긴 복도를 따라 걸어갔다—정말로 방공호 용도로 설계된 곳이라 해도 그리 놀랍지 않을 것 같았다. 마침내 도착한 곳에는 뜻밖에도 커다란 유리문이 있었고 그 너머는 천장이 낮고 창문이 없는 강당이었다. 거기에서 내가 본 것은 체조 연습 같기도 하고 국가 의장대의 훈련 같기도 하며 궐기대회 예행연습 같기도 한 어떤 행위였다. 운동선수 같은 탄탄한 몸매의 젊은 남녀 오십여 명이 다양한 동작을 연습하고 있었다. 갑자기 그들이 팔꿈치를 굽히고 주먹을 쥔 오른팔을 들어올렸다. 그러더니 보일 듯 말 듯한 지시에 따라 소리쳤다. 영광…… 영광…… 영광……

전날 궐기대회에서 이상할 정도로 일치된 구호 함성에 강한 인상을 받았던 기억이 났다. 그건 연습하지 않은 사람들, 자발적으로 광장에 막 모인 사람들은 해내기 어려운 일이었다. 내 생각을 읽기라도 한 듯 다음 지시가 떨어지자 무리는 완벽한 대형을 돌연 무너뜨렸고 그다음에는 (잘 연습된) 소동이 이어졌다. 지시를 내리는 사람은 군복 차림의 키 작은 남성이었는데 우리가 선 곳에서는 잘 보이지 않았다. 무리 속 누군가가 ……는 사퇴하라, 하고 외치자 점차 다른 외침들이, 처음에는 의도적으로 어수선하게 더해졌다. 옆에서 보면 정말로 자발적이고 진심어린 행동처럼 보였다. 분노한 표정이 잠시 그들의 얼굴에 떠올랐다. 그러다 한 남자가 허리를 숙이고 보이지 않는 돌을 집어 역시나 보이지 않는 건물을 향해 힘껏 던졌다. 즉시 그의 몸짓을 주변의 다른 사람들이 따라 했다. 머지않아 모두가 목표물을 향해 돌을 던지고 있었다. 창문이 깨지는 소리가 들렸을 때 나는 깜짝 놀랐지만 뎀비는 그저 눈짓으로 스피커를 가리켰다. 잠시 뒤 '경찰'이 반격에 나서 전진하기 시작한 듯했다. 말하자면 체조 선수인 그들이 방어 자세를 취했기 때문이다. 그들은 조여드는 올가미를 피하려는 듯 웅크려 앉았다가 미리 준비한 각목을 꺼냈고, 그리하여 한동안 합기도 훈련처럼 보이는 장면이 펼쳐졌다. 지휘관의 목소리가 지시와 욕설을 거칠게 내질렀다. 그게 아니잖아, 이 멍청아, 불알을 발로 차, 쓰러져, 지금 고함을 쳐, 비명, 얼른 비명을 지르란 말이야, 염병할, 카메라가 돌아가고 있잖아, 네 목소리가 들리게 해야지…… 바닥에 쓰러져 비명을 지르는 여자를 향해 하는 말 같았다…… 이제 상황이 다른 단계로, 피해자 단계로 매끄럽게 넘어가는 듯했다. 갑자기 백발 남자가 머리가 깨진 채 나타났다. 그때까지 주의깊게 보지 않았던 사람인데, 피(페인트)가 관자놀이에서 흘러내려 티셔츠에 뚝뚝 떨어지고 있었다. 그는 손바닥으로 얼굴을 쓸어내린 뒤 피에 젖은 손가락을 머리 위로 올렸고, 그러자 신호라도 받은 양 다른 사람들이 소리치기 시작했다. 살인 경찰!…… 살인 경찰!…… 살인 경찰!……

손을 더 높이 들어…… 앞으로 조금 더 나와, 새우처럼 생긴 지휘관이 소리질렀다. 카메라에 잡혀야 하잖아, 살짝 더 공포에 질린 모습으로, 어쨌든 머리에서 피가 나는 거잖아…… 경찰 쪽으로 가, 그래, 그거야, 약 올려, 경찰을 약 올리라고…… 그래서 쫓아오면 화면에 같이 잡힐 수 있게……

뎀비는 눈짓으로 원하면 나가도 된다는 신호를 보냈다. 실내가 너무 답답해지긴 했다.

다 내 사람들이야, 뎀비가 밖에 나와서 말하며 체리 향이 나는 가느다란 담배의 연기를 내뿜었다. 그러더니 갑자기 의례적인 자세를 취하며 재빨리 장광설을 늘어놓았다. 세계 최고의 배우들로서 비극, 희극, 사극, 목가극, 목가적 희극, 역사적 목가극, 비극적 사극, 비극적 희극적 사극적 목가극을 비롯해 장소 불변의 극이나 무제한 극도 좋습니다. 세네카의 비극이 얼마나 무겁든, 플라우투스의 희극이 얼마나 가볍든, 극작법을 따랐든 자유롭게 썼든 이들은 다 해낼 수 있는 유일한 배우들입니다.『햄릿』2막 3장. 다 외우고 있지, 아주 옛날에 연극학교에 들어가려고 이걸 시도했다가 폭삭 망했어…… 하지만 이젠 내 극단도 생겼고…… 가끔 교수들을 초빙해 단원들 교육도 시켜. 날 쫓아냈던 그 사람들…… 내가 그 작자들한테 돈 몇 푼을 던져준다고.

그러니까 이들이 혁명을 위한 엑스트라 배우들이구나, 나는 말했다.

일부가 그렇지. 아까 저건 항의 시위대를 위한 예행연습이었는데, 그 외에도 다른 건수가 많아…… 다른 건수가 많다고, 그가 다시 말했다.

나는 이런 식으로 훈련된 사람들 백여 명이 있으면, 아니 아마 그보다 적은 수로도, 정부를 와해시키고 국제 분쟁을 일으키고 방송국의 뉴스 속보에 나올 수 있겠다고 생각했다. 뎀비에게 그런 생각을 말했다

알아, 그는 대답했다. 하지만 내가 뭐하러 그러겠어? 진공

상태가 되었을 때 거기 들어올 사람이 없잖아. 나는 파괴하고 뒤엎을 수는 있지만 새로운 장치를…… 혹은, 뭐랄까, 체제를 유지할 순 없어. 그 가짜 쿠데타 뒤에 뭐가 오든, 그게 우리도 다 휩쓸어버릴 거야. 사이비 같은 국가라도 어쨌든 질서라 할 만한 걸 유지할 수 있다면 그게 우리한테는 좋은 거지. 우리는 그런 생태 환경에서 일해. 국가라는 몸속의 바이러스 같은 거지. 몸이 약하면―그건 우리에게 아주 좋아. 하지만 몸이 완전히 없어지면 우리도 없어지는 거야. 우린 정치적 야망 같은 건 없어, 뎀비가 말했다. 그건 그렇고, 내가 같은 선상에서 어떤 사회적 계획을 추진했거든, 그가 말했다.

그런데……?

그런데, 음, 추풍낙엽이 되었지…… (사십 년 전에나 쓰던 표현, 당시 우리 동네에서는 그런 말을 썼다.)

그런데 그게 어마어마하게 잘 기획된 프로젝트였단 말이야, 뎀비가 마땅찮은 듯이 손을 내저으며 말했다.

17.

점심을 먹을 시간이었다. 우리는 '작은 오각형' 광장에서 예전에 '해와 달'이라고 불리던 식당에 들어가 앉았다. 언뜻 봐서는 변한 게 없어 보이고 심지어 이름도 그대로였으며, 우리에게 메뉴판을 갖다준 젊은 남자는 럼버섹슈얼* 느낌의 턱수염을 길렀고 시인 혁명가 흐리스토 보테프를 닮았다. (이 근방에서 럼버섹슈얼 남성은 항상 보테프와 닮아 보인다.) 그 청년이 점심 특선 요리 목록을 읊었다. 불가리아 요구르트, 불가리아 양고기와 민트 소스, 해방된 닭(정확히 그렇게 말했다)의 알로 만든 파나규리시테 지역 스타일 요리, 방울양배추와 불가리아 향신료를 곁들인 소머리 편육, 전통 방식으로 요리한 독일밀 롤빵, 그리고 디저트로는 4월 봉기 체리케이크 또는 사모코프 스타일 크렘브륄레. 우리는 재빨리 불가리아 양고기로 정했다. 나와 달리 뎀비는 메뉴에 그다지 깊은 인상을 받지 않았다.

그건 말이야, 탁월하게 기획된 프로젝트이자 진정으로 사회를 위한 대의였어, 뎀비가 다시 말했다. 여긴 시골이나 도시나 늙은 사람들로 넘쳐난단 말이지. 자식들 일부는 90년대에, 일부는 그보다 뒤에 모두 떠났어. 자식들은 몇 년 동안 한 번도 돌아오지 않고, 자식의 자식들은 해외에서 태어나. 노인들이 주변에 아무도 없이 홀로 남겨지는 거야. 극심한 외로움, 그건

---

* 격자무늬 플란넬 셔츠를 입고 턱수염을 길러 과거 북미의 벌목 노동자들을 상기시키는 스타일.

의료 기록에 적히지 않는 병이지만, 내 생각에 여기서 그보다 더 심각한 사인은 없어. 재현 행사 사업을 막 시작했을 때 회사 사람들과 전국을 돌아다니는 동안 그런 사람들을 유심히 봤지. 그런데 노인뿐만 아니라 우리 나이대 사람들도 그런 거야. 아내는 스페인이나 이탈리아로 가서 그곳의 병자를 간병하고 집으로 돈을 보내. 남편은 실업 상태로 이곳에 남아 있지. 처음에 아내는 두세 달에 한 번씩 집에 오는데 좀 지나면 반년에 한 번씩, 그러다가 결국 아예 오지 않게 돼. 처음에는 비싼 경비 때문이지만, 나중에는 거기서 다른 사람을 찾아서 그러는 거지. 남편이 집을 떠나는 사례도 있긴 하지만 그건 옛날부터 흔히 있던 일이고. 한 명은 외국에 나가 집으로 돈을 보내고 다른 한 명은 여기 남아서, 아이가 있다면 아이를 키우지. 엄마를 스카이프 화면으로만 보는 한 세대가, 스카이프 엄마들의 한 세대가 있어. 그래서 난 속으로 그랬지, 이 사람들이 일주일에 한 번쯤, 토요일이나 일요일에, 사람을 고용할 수 있게 해주면 어떨까? 닭고기 수프를 끓여주고 함께 카페에 가고 담소도 좀 나눌 수 있는 '아내' 말이야. 아이들도 집 안팎에서 여성의 손길을 느낄 필요가 있어. 그 여자가 아이들의 엄마와 닮을 필요는 없어, 도플갱어를 찾자는 건 아니니까. 하지만 너도 알다시피 고아에겐 모든 여자가 어머니, 모든 남자가 아버지 아니겠어. 난 아버지들도 공급했지. 정말 최저가격으로 말이야. 내 이윤은 붙이지 않았어, 그러지 않아도 난 먹고살 만하니까.

처음에 사람들은 이 아이디어가 너무 터무니없다면서, 도대체 뭐가 다른지 이해를 못하더라고. 그들에겐 그냥 하룻밤 함께 보낼 사람을 구하는 편이 더 쉬웠어. 하지만 내 상품 패키지에 섹스는 포함되지 않았거든. 아주 초기에 사건이 좀 있었어. 고객들이 토요일 배우자로 고용한 여자를 강간하려 한 일이 두 건 일어났거든. 그게 오륙 년 전 일이야. 지금은 일본에서 그와 비슷한 뭔가를 하고 있더라고. 공감대가 형성되고 있는 것 같아.

훌륭한 아이디어네, 나는 완전한 진심을 담아 말했다. 그 아이디어를 높이 평가할 사람을 알아. 나는 물론 가우스틴을 생각하고 있었다.

뎀비는 회의를 띤 미소를 지었다. 어쨌든 끔찍한 고립이 찾아오고 있어, 분명해.

우리가 디저트로 주문한 크렘브륄레는 세계의 다른 모든 곳에서 파는 크렘브륄레와 같은 평범한 맛이었다. 왜 사모코프 스타일인 거죠? 나는 돈을 내면서 보테프에게 물었다. 요리사가 그곳 출신이거든요, 젊은이가 대답했다.

뎀비는 일하러 사무실로 돌아갔다. 선거를 앞둔 이 시기에 그는, 본인의 표현대로, 물이 들어올 때 노를 저어야 했다. 나는 다시 연락하겠다고, 그를 위한 아이디어가 있다고 힘주어 말했다.

알았어, 조, 상황이 아슬아슬해지면 와서 날 구해줘, 뎀비는 외치면서 멀어져갔다.

조…… 우리가 학교에서 서로를 그렇게 불렀다는 사실을 잊고 있었다. '레모네이드 조'라는 제목의 체코 카우보이 영화가 있었는데, 우리는 그 주인공처럼 레모네이드를 꿀꺽꿀꺽 마시면 슈퍼파워가 생겼다. 나는 뎀비가 그라프 이그나티예프 거리를 건너서 성셋모치슬레니치 공원 쪽으로 사라지는 모습을 바라보았다. 그런데 다시 한번 나는 이 여행에서 극심한 외로움을 느꼈다. 갑자기 슈퍼파워를 잃어버린 슈퍼히어로처럼, 미래로 여행을 떠났는데 자기가 알던 사람은 모두 죽었음을 알게 된 사람처럼, 낯선 도시에서 길을 잃은 아이처럼. 언젠가 내게도 그런 일이 있었다. 해질녘 모두가 집을 향해 발길을 재촉하는데 멈춰 서서 도와주는 이는 아무도 없고…… 늘 그런 순간이 있다. 한 사람이 갑자기 늙어버리는, 혹은 그 사실을 갑자기 깨닫는 순간이. 분명 그런 순간 우리는 공포로 허둥대면서, 멀리 사라지고 있는 과거라는 기차의 마지막 칸을 따라 전속력으로 달려간다. 이러한 역방향 인력은 국가에나 사람에게나 똑같이 작용한다.

나는 얼른 레모네이드를 마시고 취해야 한다고 느꼈다.

18.

오후 늦게 나는 임대한 아파트의 발코니에 노트북을 들고 나가 앉았다. 이곳은 20세기 초에 지은 아름다운 건물로, 소피아에 처음 생긴 아파트 단지 가운데 하나였다. 사실 입구 옆에 붙은 간판의 말을 믿는다면 최초가 맞는 것 같다. 프라하, 빈, 베오그라드 같은 곳에서 볼 수 있는 것과 같은 준수한 유럽 건축. 테라스는 안뜰을 향해 있는데, 안뜰은 아무렇게나 방치된 상태로 보아 공용 공간이 틀림없었다.

지난 며칠간 보고 들은 모든 것과 뎀비가 내게 보여준 것들을 토대로, 과거를 위한 전투가 실제로 얼마나 진행되었는지 이해하고 싶었다.

인터넷은 펄펄 들끓었다. 내가 뉴스와 거리에서 본 것들이 웹사이트와 소셜미디어에서 몇 배로 부풀려졌다. 대부분의 여론조사에서 국사와 영웅들이라는 두 운동 진영은 거의 정확히 대등한 결과를 나타냈고, 소수점 단위 퍼센트에 불과한 격차는 통계 오차 범위에 충분히 들었다. 물론 운동 진영들이 자체적으로 자금을 대는 사회학 연구들은 고려하지 않았다. 역설적이게도 두 집단은 모두 자신들이 8퍼센트 앞서고 있다고 주장했다. 다른 정당들을 보자면, K가 참여하는 대학교수들과 지식인들로 이루어진 '이성 추구 운동'은 훨씬 뒤처져 있었다. 마찬가지로 뒤처진 '젊은 녹색 운동'은 악플러들이 즉각 '젊은 풋내기'라고 불렀다. 이 두 집단은 통합을 시도했는데, 아직 연합체 결성이 타결되기 전인데도 이미 '똑똑이와 초록이'라는 별명이 붙었다. 사실 그들은 대체로 현재에 머무르자는 의견이었지만 두 운동의 지도자들은 상당히 모순적인 성명을 내놓았다.

'영웅들'이라는 검색어를 넣자 하나의 불가리아가 내 눈앞에 나타났다. 온갖 종류의 역사 재현 클럽들, 애국 협회들, 크고 작은 공동체들, 선전 사이트들, 저항군 깃발을 바느질로 제작하는 직물 공방들, 가능한 모든 종류의 민속 의상 광고, '자유가 아니면 죽음'이라는 자수 문구를 넣은 운동복, '삼면이 바다에 면한 불가리아'라는 구호를 인쇄한 민소매 셔츠와 속옷들, 애국 문신 시술소…… 뎀비가 사무실에서 했던 말이 생각났다. 나는 거물급 선수가 아니지만 거물들이 나를 찾아. 나는 일을 다르게 하니까. 키치를 만들어내고 있는 건지도 모르지만 적어도 그건 숭고한 키치라고.

그런 협회들의 페이스북 계정은 예외적인 인기를 누렸다.

모두가 혁명에서 영감을 받은 프로필 사진들을 걸어두었는데, 이두박근과 가슴에 문신을 새겼거나 등에 십카 고개 전투를 기린 시 전체를 새긴 이들도 있었다.

수효가 가장 많은 것은 역사 재현 클럽으로 저마다 수백 명의 회원과 자원봉사자를 거느렸다. 그들이 가진 무기, 화승총, 단도, 언월도, 권총, 기관총 등을 전부 모으면 불가리아 군대의 상설 무기고보다 더 규모가 클 것 같았다. 어떤 의미에서 그들은 변장한 진짜 전투부대들이었을 수도 있다(그랬을 가능성이 크다).

국가기관들이 이들을 그다지 은밀하지 않은 방식으로 지원하고 있다는 사실도 금방 알 수 있었다. 하이두크* 협회의 웹사이트에는 허리 밴드에 단도와 권총을 차고 완전 무장을 한 남자 여럿이 교실로 쳐들어가자 아이들이 공포에 떠는 장면을 담은 사진이 실려 있었다. 애국 교육을 위해 새로 도입한 수업 장면이었는지, 파란색 가운을 입고 머리에 화관을 쓴 교사가 그중 가장 포악해 보이는 남자의 단도를 감탄하며 만지고 있었다. 사진 아래에 적힌 설명 문구에는 나중에 "어린이들은 진짜 무기를 가까이에서 볼 기회를 가졌다"고 쓰여 있었다. 여덟

---

* (원주) 발칸 설화에서 하이두크는 17세기에서 19세기까지 존재한 로빈후드 스타일의 무법자들이며 오스만제국에 대항한 게릴라 전사로 활동하기도 했다.

혹은 아홉 살 소년이 권총을 양손으로 쥐고 칠판을 향해 조준하는 장면도 있었고, 같은 나이의 어린 예비 영웅 하나가 활짝 웃는 하이두크들 앞에서 언월도를 칼집에서 꺼내느라 낑낑거리는 장면도 있었다. 무기를 학교 안으로 반입하는 일은 공식적으로 금지되어 있는데도 이런 일이 벌어진 것이다. 웹사이트에는 어린 불가리아인들의 교육을 위해 기금을 후원해준 애국적 기업들을 향한 특별한 감사의 말이 실려 있었다.

또다른 사이트에서는 한 역사 재현 협회가 튀르크인들에게 '아름다운 야나'를 넘기지 않고 저항한 발칸지 요보의 사지 절단 형벌을 라이브 공연으로 보여주기로 했다는 내용이 있었다. 이를 위해 그들은 민속 의상을 입힌 마네킹을 사용했다. 내용을 대충 살펴보니 이 행사는 심약한 아이들 여럿이 기절하면서 중단된 듯했다. 그 외에 '다가올 행사들'로 '혁명 영웅 바실 렙스키의 교수형'과 '바탁에서 일어난 불가리아 주민 학살' 등을 약속하는 글도 보였다.

비토샤산 뒤에서 태양은 하이두크의 머리처럼 빨갛게 굴러갔다. 저녁이 찾아왔고, 도시는 구운 피망 냄새를 진하게 풍겼다. 가장 불가리아적인, 가장 사랑받는 그 냄새. 만일 내가 무엇에든 애국심을 느낀다면 그건 그 냄새에 대해서일 것이다—해질녘의 구운 피망 냄새. 다른 층 어딘가에서 고기완자가 지글지글 익고 텔레비전 소리가 웅성웅성 들리고…… 그 모든 냄새와 향신료와 고기완자와 온갖 법석과 함께 삶은 계속되었다. 추워지고 있어서 자리에서 일어나 재킷을 걸친 뒤 국사 운동에 대해서도 재빨리 조사하기로 했다.

19.

국사 활동가들 역시 뉴미디어에 통달했다. 아니 본인들의 표현대로 말하자면 '정복'했다. 공산주의의 유령이 인터넷을 배회하고 있었다. 옛 휘장과 기념품들이 다시 한번 상징물이 되었다. 이 모든 일이 언제 일어난 걸까? 여기 이런 웹사이트가 있다. '사회주의를 되살리자, 드루지야*'라는 곳으로 글이 절반은 러시아어로 쓰여 있다. 동영상 하나가 바로 재생된다―기록용 자료 영상으로, 70년대 말 어느 새해에 보야나 저택에서 어린이들이 서기장과 정치국 영감들을 장식 막대로 '톡톡 두드리며' 건강을 비는 의식이 담겨 있다. 노인들은 정신이 혼미한 듯하다. 그들이 곰 발바닥 같은 손으로 아이들 머리를 어색하게 토닥이고 뽀뽀를 하려 한다. 어린 소녀 하나가 질색을 하

---

* '친구들'을 뜻하는 러시아어.

며 옷소매로 얼굴을 닦자 카메라는 재빨리 장면을 전환한다.

무엇보다 눈에 띄는 점은 사이트 전체가 아동용 초급 읽기 책 같은, 운율이 엉망인 구호들로 넘쳐난다는 점이었다. 불가리아 공산 독재자 토도르 집코프, 브레즈네프, 스탈린 등의 사진이 무수하고 아울러 제2차세계대전 사진, 라다 자동차 사진……

날마다 철의 주먹으로
적을 산산이 부수리라.

좌파의 신화는 뼛속까지 빈곤하게 남아 있다.

그들은 계속 노력해 신화의 접착성을 유지할 수도 있지만 그러려면 몇 가지 사실을 잊어야 한다. 1925년에 일어난 교회 테러 공격을 잊는다. 쿠데타가 일어날 때마다 곧바로 살해되어 집단 매장된 사람들을 잊는다. 구타를 당하고 억센 장화에 짓밟히고 수용소에 감금된 사람들을 잊는다. 감시받고 기만당하고 소외당하고 금지당하고 경멸받은 이들을 잊는다…… 모든 이를 잊어야 한다. 그런 다음 잊었다는 사실조차 잊는다…… 잊는 일에는 상당한 노고가 따른다. 무엇인가를 잊어야 한다는 사실을 끊임없이 기억해야 하니까. 분명 모든 이데올로기는 그렇게 작동한다.

정말이지 담배가 피우고 싶었다…… 날카로운 맛이 나는 담배, 옛날처럼 맛이 거친 담배를 정말로 피우고 싶었다. 아파트 안에서 빈둥거리고 싶지 않아 밖으로 나갔다. 성소피아교회 앞 작은 공원을 가로지른 뒤 몇 년 전 세운 차르 사무엘 동상 뒤로 공원을 빠져나갔다. 조각가는 동상의 눈에 작은 LED 전구 두 개를 넣어 지나가는 사람이나 고양이들을 질겁하게 했다. 다행히 두 달 후 불이 나가버렸는데 아무도 굳이 전구를 갈려 하지 않았다.

빗물처럼 쏟아지는 이 모든 키치에서 이 나라를 구할 수 있는 게 있다면, 그건 오로지 게으름과 무감각이다. 이곳을 망가뜨리는 것이 동시에 보호도 해준다. 무감각하고 게으른 나라에서는 키치도 악폐도 오래 승리하지 못한다. 노력과 관리가 필요하기 때문이다. 그것이 나의 낙관적인 이론이었지만 머릿속 작은 목소리는 다른 말을 했다. 문제를 일으키는 일에는 게으른 사람도 열성을 다한다고.

밖에 나와 산책을 하고 있어도 머릿속에서는 페이스북 하이두크들과 공산주의자들이 소리를 질러댔고, 차가운 밤공기에 정신이 맑아지자 생각은 더욱 분명해졌다—두 개의 불가리아가 있고 둘 중 어느 쪽도 내 나라가 아니라는 것.

빛나던 눈이 더이상 빛나지 않는 동상 근처에 잠시 앉았다. 아마 난 무척 추레하고 울적해 보였을 것이다. 혹시 작가세요? 아니요, 그냥 숙취가 심할 뿐이에요, 하는 오래된 농담에서처럼.

살짝 취한 십대 아이들 무리가 내게 외쳤다. 이봐요, 아저 씨, 그렇게 엑스레이 안경 씨 지켜봤자 헛수고예요. 걱정 마세 요, 안경 씨는 도망 안 가니까! 그들은 미친듯이 웃으면서 지 나갔다. 그게 내가 이번주 내내 들은 말 중 가장 정상적인 말 이었다는 사실은 짐작도 못한 채로. 그래도 된다면 일어나서 그들 사이에 끼어들고 싶었다.

이곳은 나의 도시여야 한다. 거리를 따라 굴러다니며 모퉁 이마다 고개를 내밀고 내게 말을 거는 나의 과거여야 한다. 하 지만 이제 우리는 더이상 대화하지 않는 사이가 된 것 같았다.

20.

이 도시에서 의사소통은 모든 수준에서 가로막힌다고 나는 판단했다. 사람들은 다른 직업군끼리 대화하지 않는다. 의사 가 환자와 말하지 않고, 판매원이 손님과 말하지 않으며, 택시 기사는 승객과도 말하지 않는다. 직능 조합에서도 서로 말하 지 않고 어떤 작가들은 다른 작가들과 말하지 않으며 그 작가들은 또다른 작가들과 말하지 않는다. 가족들은 집에서 서로 말하지 않고 남편과 아내도 말하지 않으며 엄마와 아빠도 말하지 않는다. 마치 공룡이 사라지듯, 꿀벌이 알 수 없이 종적을 감추듯, 모든 대홧거리가 갑자기 증발한 것 같다. 부엌의 배기 후드로 빨려들어가고 작은 욕실 창문의 찢어진 방충망을 통해 빠져나가 사라졌다.

그래서 지금 사람들은 그 자리 그대로 서 있을 뿐, 정확히 언제 어디서 대화가 끊겼는지 기억하지 못한다. 어느 순간부터 나도 침묵하기 시작한다. 그리고 시간이 지날수록 끊어진 대화를 잇는 일은 더욱 불가능해진다. 단순한 얘기다. 침묵이 침묵을 낳는다는 것. 처음에는 무슨 말인가 하고 싶은 순간이 있다. 심지어 머릿속에서 굴려보고 숨을 들이쉰 뒤 입을 벌리기까지 하지만, 이내 아니라는 듯 손을 휘휘 젓고는 안에서 문을 닫아버린다.

내가 아는 어떤 부부는 사십 년 동안, 그러니까 거의 평생을 서로 말하지 않았다. 오래전 무슨 일인가로 싸웠는데 이제는 그 싸움의 이유를 기억할 수 없어서 화해할 기회가 사라졌다. 침묵 속에서 키운 아이들은 자라서 집을 떠났다. 아이들이 집에 오는 드문 경우에 부모는 같은 방에 있을 때도 자식들을 통해 이야기했다. 가위를 어디에 뒀는지 아버지한테 물어봐라.

렌틸콩 요리에 소금을 너무 많이 넣지 말라고 어머니한테 말해라.

부부는 클리닉에 온 뒤로 완전히 대화를 멈췄다. 내게는 그들이 서로 모르는 사이로 보였다.

공통의 과거를 가진 사람들이 떠날 때는 공유한 과거의 반쪽을 가져간다. 아니, 사실은 통째로 가져간다. 과거의 반쪽이라는 건 없기 때문이다. 마치 반으로 길게 자른 종이의 반쪽을 들고 거기 적힌 글을 중간까지만 읽으면 나머지는 다른 사람이 읽는 셈이다. 그러면 누구도 아무것도 이해하지 못한다. 이제 다른 반쪽을 들고 있는 사람이 없다. 지나간 나날에, 아침과 오후와 저녁과 밤, 수많은 달과 해를 함께하며 그토록 가까웠던 사람…… 그 사실을 확인해줄 사람이 없다. 끝까지 함께 연주를 이어갈 사람이 없다. 아내가 떠났을 때 나는 과거의 반을 잃은 느낌이었다. 사실 나는 과거를 통째로 잃었다.

과거를 연주하려면 네 개의 손이, 최소한 네 개의 손은 있어야 한다.

21.

연대기

이후 상황이 어떻게 흘러갔는지 여기에 간략히 설명하겠다.

국민투표 사흘 전 이성 추구 운동은 국사 운동을 지지하는 러시아 해커들이 개입했다는 증거를 폭로했다.

같은 날 밤 이성 추구 운동의 활동가 세 명이 자택에서 폭행을 당했다. 그중 한 명은 K였다.

선거일에 투표소에서 발생한 부정행위가 수십 건 보고되었지만 묵살되었다.

최초 선거 결과는 국사 운동과 영웅들이 거의 완전한 무승부를 이루었고 그 차이는 통계 오차 범위 안이었다.

새벽녘 열린 여러 기자회견을 시청한 분석가들은 두 진영 지도자들의 어조가 놀랄 만큼 유화적이며 양쪽의 입장 차가 개선되고 있다고 평했다.

다음날 정오, 국사 운동이 0.3퍼센트라는 간발의 차이로 승리했다는 최종 결과가 발표되고 국사 운동을 이끄는 여성이 빨간 정장 차림으로 나타나 모든 지지자에게 열렬한 감사 인사를 한 뒤 단상으로 초대한 이는…… 영웅들의 지도자였다. 기자회견장의 참관인들이 충격을 느낀 기색이 역력했다. 국사 운동의 서기장인 그 여성은 중앙위원회가 약식 회의를 거친 후 국가의 단합 유지를 위해 영웅들과 연합체를 구성하기로 결정했다고 발표했다. 서기장은 반으로 갈린 표심을 지적했다. 조국 불가리아의 이익을 위해, 그리고 게오르기 디미트로프와 칸 쿠브라트*의 유산을 보존하기 위해, 라고 목청껏 외친 서기장은 영웅들의 지도자와 함께 미리 준비한 것이 분명한 막대기 한 묶음을 집어들었다. 두 사람은 그것을 부러뜨리려 했지만 당연히 그럴 수 없었다. 그들은 막대기 묶음을 머리 위로 들고 일치된 목소리로 엄숙하게 말했다. 우리 민족이 이 묶음처럼 하나가 되어 기뻐하고 슬퍼하며 행복한 순간이나 불운한 순간에도 단합하기를!

그것은 결혼식을 집전하는 치안판사가 신혼부부에게 하는 축복의 말처럼 들렸다.

모든 징후가 가리키는 실상은 두 운동의 통합 결정이 적어

---

* (원주) 칸 쿠브라트는 632년경 지금의 우크라이나 남부와 러시아 남서부에 이르는 땅에 고대 대불가리아를 건설했다. 불가리아의 모든 학생은 칸 쿠브라트가 자신이 죽은 후에도 아들들이 단합하게 하려고 막대기 묶음으로 교훈을 주었다는 전설에 대해 배운다. 훗날 그의 아들 아스파루흐는 현재의 불가리아 땅에 불가리아 제1제국을 세웠다.

도 일주일 전에 (혹은 그보다 더 이른 시점에) 성사되었고 예상대로 막상막하의 선거 결과가 나온 뒤 재확인되었다는 것이었다. 하지만 그것이 전부는 아니었다. 불가리아는 특정 연대를 선택하기는커녕 한참을 미적댄 후 말하자면 잡탕 혹은 모둠 요리를 선택했다. 사회주의를 조금만 담아주세요. 네, 네, 거기 있는 그것에다 아이바르를 곁들여서요. 그리고 불가리아 부흥 한 접시도요. 그런데 뼈는 발라내고 지방이 많은 덩어리로요.

승마바지를 입은 남자들이 머리에 스프레이를 잔뜩 뿌린 여자들 옆에 누워 있었다……

연설의 후반부는 더더욱 급진적이었다. 서기장은 어려운 결정을 발표한 뒤 숨을 고르는 양 잠시 말을 멈추더니 이윽고 두 진영의 지도자가 유럽연합에서 탈퇴하기로 합의했다고 선언했다. 우리의 하이두크와 공산당원이 남긴 유산에 충실한, 동질적이고 순수한 민족을 향한 새로운 길에 들어서는 과정을 진행하기로 했다는 것이다……

외부 참관인들은 다른 어느 나라도 아닌 불가리아가 국민투표 후 유럽연합을 떠나는 최초 사례가 되리라고는 예상하지 못했다. 최초가 되는 것은 불가리아의 포트폴리오에 포함되어 있지 않았다.

국유화된 국가nation nationalized, 새로운 조상이 된 조국 fatherland fathered. 나는 온라인에 그렇게 썼다. 한 시간도 채 지나지 않아 내 글이 신고당했고 계정은 차단되었다.

다음날 출국 비행편을 힘들여 구했다.

이틀 뒤 국경이 폐쇄되었다.

내 친구 K라면 이렇게 말했을 것이다. 미래의 독재가 가고 과거의 독재가 왔다.

덫이 철컥 닫히기 직전에 그곳을 떠날 수 있을 만큼 자기 나라를 잘 안다는 건 참 좋은 일이다.
앞으로 올 세상은 내가 이미 살아본 세상이다.

22.

나는 그 이후로 일어난 일을 완벽히 상상할 수 있었고 이를 내 노트에 간략히 기록했다.

국가사회주의를 원했던 이들이 회원 가입 선물 패키지로 받은 것은 낙태 금지, 〈노동자의 행동〉 구독권, 여행 일시정지, 불시 검문검색, 여성 위생용품 부족 등이었다. (국사를 원하지 않았던 사람들도 이 선물을 받았다.) 상점에서는 다양한 물품들이 알게 모르게 사라지기 시작했다. 이케아는 철수했고 이곳을 일요일의 순례지로 삼았던 이들은 갑자기 상실감에 빠졌다. 푸조와 폭스바겐을 비롯해 모든 서유럽 회사들이 불가리아 지사의 문을 닫았다. 크레미콥치 철공소는 재가동을 준비했고 굴뚝에서 수차례 검은 연기를 뿜어내며 이를 만천하에 알렸다. 암시장에서 콘돔이 사라졌지만 아직도 연줄을 동원하면 가벼운 고무로 만들어 탤컴 파우더를 뿌린 불가리아제 콘돔을 구할 수는 있었다. 작고 네모나게 자른 신문지가 이제는 없어진 화장지를 대신했다. 정확히 서기장의 사진 부분을 잘라 엉덩이를 닦던 예전의 반항적 행동이 다시 유행했다. 라디오가 다시 폭발적인 인기를 누렸는데, 특히 대역 맨 끝의 금지된 주파수를 잡을 수 있는 옛날의 셀레나와 VEF 라디오 기기의 인기가 높았다. 민주주의시대에는 불필요해서 성급하게 닫았던 자유유럽방송은 프라하에 다시 본부를 차렸다. 그리고 그 방송을 듣는 이들이 이른 새벽, 인민 의용군의 라다 자동차에 실려 잡혀가는 일도 다시 벌어졌다.

처음에 사람들은 그런 모든 일을 일종의 놀이라고 생각했지만, 의용군이 재빨리 상황을 명백하고 확고히 깨우쳐주었다. 배에 주먹질, 어깨 탈골, 부러진 손가락, 곤봉, 갈비뼈에 발길질—실없이 우유부단한 자유주의시대 이전의 그 정겨운 무기들이 다시 돌아왔다. 인민 의용군은, 아마도 새로운 연합체에 대한 예의로, 챙이 달린 군모 대신 양치기의 칼파크를 썼다. 국가안전부의 정보원 조직은 애초에 해체된 적이 없으므로 되살리는 게 전혀 문제가 되지 않았다. 산하 정보원들이 당당하게 선언한 대로 그 조직은 '비전문화'된 적이 없었다. 그래서 멈춘—아니 실상은 멈춘 적도 없는—그 자리에서 완전히 자연스럽게 다시 시작할 수 있다는 것이었다.

국제 여권은 몰수되었다. 기록적으로 빠른 시일 안에 국경의 울타리가 재건되었다. 사실, 국경의 울타리는 이민자들 때문에 국민투표 이전에 이미 다시 설치되고 있었다. 국경 경비대도 이전에 방치되었던 전초기지로 돌아왔다. 의류 상점은 대표적인 몇 가지 스타일의 기성복으로 들어찼다. 거리의 패션이 재빨리 바뀌었다—똑같은 정장을 입은 여성들이 점점 더 많아졌고, 새로운 점이라고는 양식화된 전통 튜닉뿐이었다. 릴라와 파나카 같은 예전 불가리아 청바지 브랜드가 다시 나타났다. 옛날에 우리는 그 청바지들을 사서 즉시 상표를 떼어낸 다음 어디서 구했는지 알 수 없는 라이플, 리바이스 등의 상표를 그 자리에 붙였다. 이제 사람들은 청바지에 불가리아 자수로 장식한 흰 셔츠와 칸 아스파루흐의 티셔츠를 입고 넓은 허리 밴드를 둘렀다.

국가사회주의를 점점 더 생소하게 느끼게 된 사람들에게 가장 불쾌한 일 중 하나는 그 시대의 신문과 텔레비전이었다. 위세 부리는 허튼소리를 기사로 읽는 일은 진정 고통스러웠다. 텔레비전 방송은 저녁 10시 반에 뉴스와 함께 끝났고 국가가 연주된 뒤에는 텅 빈 화면에 흰 눈 결정들만 지직거렸다.

이제는 어디에서나 자유롭게 담배를 피울 수 있어서 흡연자들은 기뻐했다. 그러나 불행히도 옛날 브랜드의 담배만 구할 수 있었다. 스튜어디스는 예전과 한 치도 다름없이 날카로운 맛이었고 하드 팩 BT 담배도 마찬가지였으며, 여성용 슬림 담배인 피닉스와 페미나 멘톨도 예전처럼 살짝 들척지근한 뒷맛을 풍겼다. 아르다는 필터가 있는 종류든 없는 종류든, 서유럽의 혼합 연초 제품에 부드럽게 길든 이들의 폐를 찢어놓았다.

언제나 그래왔듯이 사람들 대부분은 의외로 빨리 적응하기 시작했다. 마치 그 시대가 돌아오기를 지난 삼십 년간 끈질기게 기다려오기라도 한 것 같았다. 옛 습관들이 건재하다는 사실이 밝혀졌다. 익숙해지지 못한 사람들의 경우는…… 아직도 민주주의의 타성에 젖어 살면서 이런 상황을 받아들이지 못하는 (젊은이들을 포함한) 시민들이 유치장을 속속 채우기 시작했다. 내가 친구인 K 교수와 거론했던 모스크바가 5번지의 지하는 전력 가동을 시작했지만, 물론 박물관으로 쓰인 건 아니었다.

오래된 농담이 다시 우스워졌다. 그리고 무서워지기도 했다.

IV

과거회귀 국민투표

고개를 돌리자마자 그들은 무엇이 오는지 보았다……

1.

취리히의 공항에서 기차를 타고 삼십 분 거리에 있는 수도원으로 곧장 갔다. 그곳의 손님용 별관에서 내 예산에 맞고 와이파이가 되는(더 무엇을 바라랴?) 수도실을 빌릴 수 있었다. 오랫동안 프란체스코 수도회는 최저 숙박비만 받고 순례자들을 받아주었고 나는 그들의 선의를 잘 활용했다. 혼자서 평화롭고 고요한 시간을 보내면서 인터넷을 통해 다른 나라에서는 국민투표가 어떻게 진행되고 있는지 살펴보고 싶었다. 그리고 이 메모를 끝마치고 싶기도 했다. 처음에는 이 메모가 실제 사건에 앞서거나 앞으로 일어날 일을 예지하는 것 같았지만—이제 점점 명확해지듯이—실은 최근의 사건들을 묘사하면서 나란히 진행되고 있었다. 모든 유토피아는 머지않아 역사소설이 된다.

　나는 컴퓨터 화면으로 모든 것을 보았다. 수백 년 된 종과 문과 창문이 있는 이 금욕적인 프란체스코 수도원의 개조된 수도실에 처박힌 채로 말이다. 유리는 진정 놀라운 발견이었다. 우리는 오랜 세월을 견딘 건물이나 바위에는 익숙하지만 이토록 깨지기 쉬운 물건이 17세기부터 온전히 남아 있다는 사실은 어떻게 보아도 기적이다. 사람의 손으로 직접 부어 거칠고 울퉁불퉁한 유리의 표면 아래에 재료가 된 모래알도 보였다. 수도원 근처 작은 농장에서 키우는 십여 마리의 암소 역시 17세기의 암소들과 다르지 않았다. 동물들은 시간 감각을 지워버린다. 나는 모든 것을 노트에 성실히 적었다.

　가우스틴에게 전화를 걸어 신호음이 계속 울리도록 놔두었다. 나중에야 그가 60년대 구역으로 내려갔다면 아직 휴대전화는 존재하지 않는다는 점을 깨달았다. 지금까지 내가 본 것을 가우스틴에게 말해야 했다. 짧게 줄이면 이렇다. 재앙. 그의 가장 암울한 두려움이 현실이 되었다. 우리의 가장 암울한 두려움이.

2.

어떤 글에서 말하듯, 행복한 나라들은 모두 비슷한 이유로 행복하고 불행한 나라들은 저마다 다른 이유로 불행하다.

유럽이라는 가정에서는 모든 것이 잘못되고 있었다…… 유럽이라는 집이 혼란에 휩싸였다.

실로 이 대륙은 엉망진창으로 뒤집혔고 각 구성원은 저마다의 독특한 이유로 불행했다. 그런데 '독특한'이라는 바로 그 말이 요즘 들어 구약성서 속 파리들 혹은 모로코 메뚜기들처럼 그 수가 엄청나게 불어나 다른 모든 언어적 짐승들을 새까맣게 지워버렸다. 모든 것이 '독특'했고, 그중 불행이 가장 독특했다. 어느 나라도 불행을 포기하려 하지 않았다. 그것은 모든 것의 원료이자 핑계, 알리바이, 가식의 근거였다……

어떤 나라가 가진 유일한 자산이 불행이라면 왜 불행을 단념한단 말인가―그들에게 슬픔이라는 원유는 유일하게 고갈되지 않는 자원이다. 그리고 그들은 더 깊이 팔수록 더 많이 채굴할 수 있다는 사실을 안다. 국가적 불행의 무한한 매장고.

민족과 국가가 저마다 행복을 추구한다는 생각은 거대한 환상이자 자기기만이다. 행복은 실현 불가능할 뿐만 아니라 견디기도 힘들다. 그런 휘발성 물질, 깃털처럼 가벼운 그런 환

영, 바로 코앞에서 터져버려 눈에 매운 거품이나 튀길 비눗방
울을 갖고 뭘 하겠는가?

행복이라고? 행복은 볕에 내놓은 우유처럼, 겨울날의 파리
나 초봄에 핀 크로커스처럼 금방 부패한다. 행복의 등뼈는 해
마의 등뼈처럼 연약하다. 훌쩍 등에 올라타 멀리 내달릴 수 있
는 튼튼한 암말이 아니다. 교회나 국가의 기틀이 될 주춧돌이
아니다. 행복은 역사 교과서에 실리지 않고(거기에는 전투, 집
단 학살, 배반, 어느 대공의 유혈 낭자한 살해 따위만 들어갈
수 있다) 연대기나 실록에도 실리지 않는다. 행복이란 독해 책
과 외국어 숙어집, 그중에도 초급 교본에나 나올 뿐이다. 행복
은 언제나, 아마도 문법적으로 가장 쉬워서겠지만, 현재시제로
이야기된다. 오직 현재에서만 모두가 행복하고 태양은 빛나고
꽃은 향기롭다. 우리는 해변에 가는 중이에요, 여행에서 돌아
오고 있어요, 실례지만 근처에 좋은 레스토랑이 있을까요……

검劍은 행복을 벼려 만들지 않는다. 행복이라는 원료는 연약
하고 부스러지기 쉽다. 행복은 웅장한 소설이나 노래나 서사시
에 적합하지 않다. 노예의 사슬도, 함락된 토로이도, 배반도,
날이 무뎌진 검과 부서진 뿔피리를 지닌 채 언덕에서 피 흘리
는 롤랑도, 치명적인 상처를 입은 늙은 베어울프도 없다……

행복의 깃발 아래로는 군단을 불러모을 수 없다……

실로 어떤 나라도 불행을 단념하려 하지 않았다. 필요하면

언제든 꺼낼 수 있는 지하 저장고에서 잘 익어가는 와인과 같은 불행을. 국가적이고 전략적인 불행의 비축. 하지만 지금 (최초로) 행복을 선택할 순간이 왔다.

3.

프랑스는 저 이름난 행복의 시기인 영광의 삼십 년을 선택할 것이 거의 확실했다. 이 시기에 프랑스는 경제적 호황과 번영을 구가했고, 모두가 프랑스 영화, 레네, 트뤼포, 트랭티냥, 들롱, 벨몽도, 아누크 에메, 지라르도와 사랑에 빠졌으며, 모두가 조 다상의 〈만약 그대가 없다면〉을 흥얼거리고 사르트르와 카뮈와 페렉에 대해 이야기했다…… 그리고 이 모든 것의 배경에는 기름칠이 잘된 경제 기계가 있었다. 1945년에서 1975년 사이의 그 찬란하고 행복한 삼십 년. 태양왕 이후의 프랑스에서는 모든 것이 오래 지속되어야 했던 것이다. 그들의 행복한 시기는 삼십 년이나 지속되었다. 그들의 전쟁들도 그랬지만……

어떤 이들은 60년대에 큰 판돈을 걸었다. 물론 가장 인기 높은 특정 연도, 고안되고 영화화되고 전설로 만들어진 1968년도가 있었다. 1968년의 젊은이로 살기, 그것을 선택하지 않을 사람이 누가 있겠는가?

그러나 결과적으로 프랑스인은 그 시기를 선택하지 않는다. 60년대는 골치 아픈 시기였다. 식민지들이 떠나갔고 1962년에는 알제리를 잃었다. 상대를 후원자가 아니라 압제자라 여기는 이들과 스스로를 후원자라 여기는 이들 사이의 잇따른 충돌. 60년대의 파리는 잡지 기사나 영화나 두 주 동안의 휴가를 위해서는 근사했지만, 결국 사람은 늘 더 평범한 시대에서 살기를 택한다. 생활에는 평범한 시대가 가장 편리한 법이다. 사실, 60년대가 선택될 실질적인 기회는 전혀 없었다.

추측하자면, 1968년에는 1968년이 존재하지 않았을 것이다. 그 당시 누구도, 어이, 이봐, 우리가 지금 살며 경험하는 이것 말이야, 이게 역사에 길이 남을 그 위대한 68이야, 하지는 않았다. 모든 것이 발생한 지 오랜 뒤에야 발생한다…… 이미 생겨났다고 추정되는 어떤 일이 정말로 일어나기 위해서는 시간과 이야기가 필요하다. 그것은 지연되어 발생한다. 사진을 인화할 때 이미지가 어둠 속에서 천천히 나타나듯이…… 1939년도 1939년에는 존재하지 않았을 것이다. 그저 불확실하고 두려운 마음으로 두통을 느끼며 깨어나는 아침들이 있었을 뿐.

국민투표와 함께 불쑥 나타난 가장 희한한 운동 중 하나는

'언제 어디서나 축제A Moveable Feast'라 불렸다─헤밍웨이가 1920년대에 세계의 수도를 배경으로 쓴 회고록의 이름을 딴 것이다. 라탱 지구 카페들의 파리, 생제르맹데프레의, 라클로즈리데릴라나 라쿠폴이나 라로통드 같은 카페들의, 몽생미셸의 파리…… 거트루드 스타인의 정착지이자 조이스도 즐겨 찾던 서점인 실비아 비치의 셰익스피어 앤드 컴퍼니의 고향, 그리고 피츠제럴드와 파운드의 파리…… 나는 언제나 그 회고록을 좋아했고 할 수만 있다면 이 시기에 투표했을 것이다. 그 운동은 젊은 작가 집단이 시작했다. 하지만 막상 때가 되자 모두가 언제 어디서나 벌어지는 축제 속에서 살기를 원하진 않았다. 축제는 즐기기에 좋을 뿐 생활을 위해서는 불편하다. 중심 구역의 임대인인 어느 나이든 여성이 뉴스 보도에서 말했듯이, 축제는 떠들썩한 소음을 일으키고 잠을 방해한다. 게다가 그 운동은 단 한 도시에, 아무리 그곳이 세계의 수도라 하더라도 그 도시에만 판돈을 걸었다는 문제가 있었다. 하지만 프랑스는 넓고 지역 특색이 강했다─브르타뉴의 어부들, 노르망디의 농부들과 사과 재배자들, 남프랑스의 조용한 소도시들은 이 카페에서 저 카페로 떠돌고 여자들을 맞바꾸고 땡전 한 푼 없이 싸구려 호텔에서 뒹구는 글쟁이들의 난장판에는 전혀 관심이 없었다. 잃어버린 세대의 잃어버린 대의. 그 운동은 투표에서 대략 4퍼센트 정도 득표하게 되는데, 그것은

무시할 만한 숫자는 아니며 아마도 그 순간 파리에 살던 작가
들의 숫자와 정확히 일치할 것이다.

마린 르펜의 지지자들은 나중에 잘못된 판단이었음을 알게
되는 어떤 전략을 선택했다. 그들은 처음에 국민투표를 거부
하기로 했다가 상당한 시간만 허비한 채 여론조사 순위에도
들지 못했다. 선거 유세가 끝나갈 무렵에야 합류했고 회귀할
시기로 50년대 말을 선택한 드골주의 계파를 지지함으로써 모
든 이를 놀라게 했다. 그래도 드골은 위대하고 자주적인 프랑
스의 가장 막강한 옹호자였고, 강대국에 맞서고 '민족국가들
의 유럽'을 위해 싸워 전설적인 명성을 얻은 사람이었다. 드골
은 그들의 남자였다, 아주 탁월한Par excellence.

수많은 요인, 특히 비이성적이고 개인적인 요인이 투표에
영향을 미침으로써, 지스카르데스탱이 나가고 미테랑이 들어
온 그 달콤한 영원의 시절인 80년대 초에 표를 던진 이들이 승
리했다는 결과가 나왔을 때 분석가들은 이것이 왜 논리적인
귀결인지 설명하기 위해 시간이 좀 필요했다.

결국 승리는 1980년대에 젊고 활동적이었던 이들에게로 돌
아갔다. 1960년대가 3퍼센트라는 근소한 차이로 2위가 되었
다. 아마도 이는 무엇보다 최근에 세를 불리던, 그리고 1968년

의 짱돌을 던질 또다른 기회를 원하던 무정부주의 운동들 때문이었을 것이다.

르펜의 민족주의자들만이 유일하게 선거 결과를 거부하겠다고 선언하게 된다. 그들은 유럽 의회에서 이 문제에 관한 모든 결정을 막겠다고 발표했다.

4.

스페인은 저마다 다른 이유로 불행했던 오랜 경험이 있어서 좀 더 수월하게 선택할 수 있으리라 예상되었다. 내전이 비화하여 프랑코 정권으로 귀결된 시기를 경험한 사람이라면 두 번 생각하지 않고도 반세기라는 시간을 덜어내버릴 수 있을 테고, 그러고 나면 선택할 만한 시기가 훨씬 적게 남으므로 더욱 수월해진다. 여기에 세기 초 몇십 년을 스페인 독감과 리프전쟁*과 데 리베라 장군의 독재로 인해 없애버렸다면 상황은 정말이지 간단해진다. 80년대는 찬란한 시기, 야성의 시기였다고, 어느 마드리드 주민이 뉴스 보도에서 말했다. 건물의 일층처럼 좁고 어둑한 프랑코 치하의 몇십 년이 지나고 문득 밖으

---

* 1921년부터 1926년까지, 스페인 식민주의자들과 모로코 북부 산악지대의 베르베르 부족 간에 일어난 무력 충돌.

로 나오니 태양이 환히 빛나고 있다. 세상은 문을 활짝 열고 여태 그들이 놓친 모든 것을, 성 혁명과 그 밖의 모든 혁명을 일거에 경험하라고 기다리고 있다.

다른 이들은 스페인이 90년대보다 더 잘산 적이 없다고 주장했다. 프랑코 정권 이후의 과도기는 지나갔고 모든 것이 제자리를 찾았으며 경제는 부흥하고 있었다. 일을 적게 해도 많은 돈을 벌었어요, 미래가 있었죠……

내겐 통장을 만들거나 운전면허를 딸 권리가 없었어요, 남편 허락 없이는 여권도 가질 수 없었다고요, 한 여자가 토론중 목청을 높여 말했다. 나이 지긋한 어느 신사가 무모하게도 프랑코 치하의 차분한 사회 분위기를 암시하며 60년대의 스페인 경제 기적을 언급했을 때였다.

결국 스페인은 라 모비다 마드릴레냐*, 알모도바르, 말라사냐 지구 등이 있는 80년대의 '해방'을 선택했다. 프랑코 정권 이후 영화에서 처음으로 나온, 때로는 정당화되고 때로는 그렇지 않았던 여자의 맨가슴. 그런 영화들이 마침내 우리에게 당도했을 때(그때 우리는 열일곱, 열여덟 즈음이었을 것이다) 우리는 다음 일 분 이내에 알몸 장면이 있을 것인지 내기를 걸었다. 그래서 스페인 영화를 좋아했다.

---

* 1975년 프랑코 사망 이후 스페인이 민주주의로 이행하던 시기에 마드리드를 중심으로 일어난 반문화 운동.

어쨌든 국민투표가 진행되는 동안에는 일부 참관인들이 예측했던 내전은 일어나지 않았고(프랑코에 대한 지지는 예상보다 훨씬 낮았다), 스페인은 행복하게 1980년대의 축제로 되돌아갔다.

언젠가 나는 훈훈한 9월 말에 마드리드에 있었는데, 자정이 지난 시간의 광장은 꽉 차 있었다. 젊은이들, 맥주 마시는 이들, 불 삼키는 묘기 공연자들, 마리화나를 피우는 사람들, 기타 연주자들, 무리 지어 웃음을 터트리는 친구들…… 적어도 몇백 년 동안은 계속 자연스러울 장면. 그날 밤늦게 집에 돌아가면서 젊은 남자들과 여자들이 골목길에 주차된 차들 사이에서 태연히 인도에 오줌을 누는 모습을 보았다. 그게 마드리드의 냄새였다. 맥주와 오줌, 그리고 그 냄새에는 즐거움이 있었다.

포르투갈은 카네이션 혁명*으로 막을 내린 길고 냉혹한 정권을 지나왔으니 새로운 시작으로 1970년대 중반을 선택하리라는 유추가 가능했다. 1974년의 흥분이 아직 남아 있는 때이기도 했지만, 에스타도 노보**, 살라자르, 그리고 그의 후임자 카

---

* 1974년 리스본에서 에스타도 노보 독재 정권을 전복시킨 좌파 군 장교들의 쿠데타.

** '새로운 국가'라는 의미로, 살라자르 총리가 집권한 1930년대부터 1970년대까지 지속된 권위주의 독재 체제.

에타누의 기억이 아직 생생하여 포르투갈인으로 살아가는 불행의 요인으로 꼽히던 시기이기도 했다. '위대한 탐험의 시대' 이후 수세기 동안 국민을 통합시켰고 '새로 탐험한 영토의 거대한 상실' 이후에는 더욱 막강해진 하나의 신화가 있었다.

어릴 적에 '나라들'이라는 게임을 하던 기억이 난다. 우리는 원형으로 둘러서서 특별한 노래에 맞춰(빙글빙글, 지구는 돌아간다, 넌 지금 어느 나라에 있니?……) 나라를 하나씩 고르고 나서 모두 함께 크게 외쳤다. "다음은 바로, 바로……" 예컨대, 프랑스라고 하자. 우리는 도망가고 그러면 프랑스는 "멈춰" 하고 소리친 뒤 다른 특정한 나라로 몇 발걸음 만에 갈 수 있는지 말해야 했다. 발걸음 수를 정확히 맞히면 그 외국 영토를 정복하는 것이다. 발걸음의 크기도 여럿이었다—거인 발걸음, 인간 발걸음, 쥐 발걸음, 거미 발걸음, 그 외에 기억나지 않는 기타 등등. 단순한 놀이였고, 이 놀이를 할 때는 각자 어떤 나라를 고르는지가 가장 중요한 문제 같았다. 모두가 이탈리아, 독일, 프랑스, 미국을, 적어도 '해외'를 고르려고 서로 밀치고 야단을 부렸다. 내가 남몰래 좋아했던 여자애는 항상 포르투갈을 골랐다. 그래서 나는 그 아이와 가까이 있으려고 마땅히 스페인을 골랐다. 어쨌거나 포르투갈은 스페인 말고는 다른 이웃이 없었고 그런 지리적 위치로 인해 나는 불가피했을 질투를 느끼지 않을 수 있었다. 지금 생각해도 그 아이에겐 포르투갈이 정말로 잘 맞았다.

우리는 포르투갈에 대해 무엇을 알았나? 유럽의 끄트머리에서 대양의 벽에 짓눌린 작은 나라. 그 어떤 것으로도 유명하지 않은 나라. 어쩌면 그 아이가 포르투갈을 고른 것은 그 이름이 불가리아어로 오렌지를 뜻하는 포르토칼처럼 신비하게 들려서일까? 나는 오렌지가 주로 그곳에서, 포르투갈에서 난다고 확신했다. 그리고 그곳은 아주 멀기 때문에 오렌지가 우리나라까지 오는 일은 드물다고. 그 긴 여정 사이 누군가가 다 먹어버리는 거라고. 가장 유력한 범인은 트럭 기사들일 거라고. 왜냐면, 누군들 그 유혹을 물리칠 수 있겠는가? 나는 트럭 기사들을 탓하지 않았다. 나 역시 물리칠 수 없었을 테니까.

포르토칼리아 포르투갈로바, 나는 그 아이를 그렇게 불렀다. 이제 그애에 관해 기억나는 건 그 이름뿐이다.

5.

스페인, 포르투갈과는 달리 돌아갈 행복한 시절을 고르기가 훨씬 어렵다고 느끼는, 예컨대 **스웨덴** 같은 나라도 있었다. 불행했던 연대가 별로 없어서 지나치게 많은 선택지가 남아 있기 때문이었다.

좋다, 우선 금세기 초 십오 년은 쉽게 제외할 수 있을 텐데, 이때는 일부 역사학자들이 백신과 감자 덕분이라고 말하는 인구 폭증으로 인해 실업이 문제가 되었기 때문이다. 그리고 두 번의 주요 전쟁을 거치고 영리하게 중립국 지위를 획득한 이후로는 모든 것이 척척 돌아갔다. 대륙을 초토화한 사건이 이 나라에는 이익이 된 것이다. 스웨덴의 튼튼한 철강과 기계 부품이, 특히 전쟁중에는, 항상 필요했다. 그래서 국민투표 직전에 여러 나라 중 처음으로 1940년대를 지지하는 운동이 생겨났고 심지어 인기를 누리기도 했다. 누군가 친절하게도 아스트리드 린드그렌의 일기에서 발췌한 구절에서 다음과 같이 짧고 감미로운 설명을 읽으면 알 수 있었다. 당시 전쟁중에 스웨덴의 명절 식탁에 무엇이 올랐는지—3.5킬로그램에 달하는 돼지다리, 가정식 간 파테, 로스트 비프, 훈제 장어, 순록 고기. 그리고 1944년 크리스마스에 가족끼리 주고받은 선물은 무엇이었는지—아노락, 스키 부츠, 스웨터 조끼, 흰색 털목도리, 긴 내복 두 벌(내가 매년 그이에게 주는 선물), 커프스단추, 일상복 바지, 그이의 시곗줄, 책, 회색 주름치마, 감색 카디건, 양말, 책, 퍼즐, 아주 멋진 알람 시계, 목욕용 브러시, 마지팬으로 빚은 작은 돼지……

마지팬으로 빚은 작은 돼지가 왜 내 머리에 박혔는지는 잘 모르겠지만, 스웨덴 기자들에게도 같은 효과를 낸 게 분명했다. 전시의 스웨덴은 마지팬 돼지가 아니었다—1940년대 지지 운동에 반대하는 시위자들이 이 구호를 외쳤다. 그런 물질적 풍요를 누린 것은 사실이지만, 당연히 죄책감이라는 문제가 남았다. 주변에 생지옥이 펼쳐지는데 그 한복판에서 배불리 먹고 행복할 수 있을까? 여론조사 결과 40년대의 지지율은 5위나 6위 정도에 그칠 대단찮은 수준이어서 사실상 이 시기가 선정될 가능성은 없었다. 하지만 전시의 유령이 하나의 가능성으로 대두되었다는 사실 자체가 꺼림칙할 만했다.

분석에 따르면, 모든 여론조사에서 선거전의 선두를 달리는 것으로 나타난 1950년대 회귀에 대한 높은 지지율도 결국은 직전 십 년이 호황기였다는 점과 차마 전쟁을 선택하기가 곤란하다는 점에 기인했다. 하지만 50년대는 그 자체로도 강력한 시기였다. 전쟁에서 헤어나는 유럽의 폐허 한가운데에서 유린당하지 않은 자원과 제조업을 보유한 스웨덴은 막강했다고 언론은 되새겼다. 삶이 더욱 아늑해지고 있었다. 우리에겐 근사한 반자동 세탁기와 처음으로 들여놓은 텔레비전, 그리고 이만큼 커다란 냉장고도 있었죠…… 텔레비전에서 한 여자가 양팔을 최대한 넓게 펼치면서 말하고 있었다. 일흔쯤 되어 보이고 나이에 비해 잘 관리된 외모였다. 그리고…… 이때 카메라가 옆에 앉은 남자에게 향했고 큰 키와 근육질의 마른 몸에 얼굴이 불긋한 그 노인은 냉장고에 덧붙여 자신의 볼보 아마존 자동차를 언급했다. 1957년산 최초 모델로 검은색 차체에 지붕이 연회

색인, 참 대단한 작품이었는데…… 그러더니 그 차 앞에 서서 입이 귀에 걸리도록 웃고 있는 부부의 흑백사진 한 장을 카메라에 들이밀었다. 그 볼보는 내 아버지의 바르샤바와 비슷하게 생겼는데, 또한 바르샤바는 소련의 포베다를 그대로 본떠 만든 차였다. 견고하고 다소 육중한, 탱크처럼 튼튼하고 연료 효율도 거의 그만큼 나빴던 50년대의 그 자동차들.

50년대 지지 운동의 또하나 강력하고 부인할 수 없는 비장의 무기는 물론 이케아였다. 그렇다, 그때가 바로 이케아가 최초의 카탈로그를 발행하고, 첫 점포를 열고, 아마도 이게 가장 중요한 시도일 텐데, 거실 테이블의 다리를 해체해 자동차 트렁크에 넣었다가 집에 가서 다시 조립한다는 개념을 도입한 시기였다. 50년대는 그러했다, 실용적이고 견고하고 값싸고 약간은 미가공인 채로 단순한.

하지만 강력한 경쟁자로 70년대가 있었다. 한쪽은 1950년대, 다른 한쪽은 경제 위기는 있었지만 그래도 살 만했던 1970년대, 이것이 스웨덴 국민투표의 내기 후보들이었다. 70년대는 어딘가 본질적으로 불미스러웠다. 1970년대와 80년대에는 철의 장막 말고도 세상을 단언적인 방식으로 양분하는 것이 있었으니, 그것은 모든 남자가 받는 한 질문이었다―아바의 멤버 중 금발이냐 갈색 머리냐 (혹은 때로 빨간 머리냐). 앙네타

대 아니프리드(프리다)가 아니라, 금발이냐 갈색 머리냐. 나는 열 살 인생의 지혜가 엄연한데도 질문을 받는 집단에 속하지 않았지만 대부분의 남자들과 마찬가지로 금발을 좋아했다. 하지만 그게 범속하다는 것을, 갈색 머리를 더 좋아해야, 혹은 적어도 말이라도 그렇다고 해야 더 멋지다는 것을 이미 알았다. 어쨌거나 아바는 북쪽, 밝음, 스웨덴, 춤, 반짝임, 흰색을 상징했다─70년대에는.

아바, 혹은 일례로 같은 시기에 이케아가 만든 포엥 안락의자. 시대를 거꾸로 뒤집은 것은 국내총생산이나 목재와 철강 수출이 아니라 바로 이런 것들이었다. 결국, 1970년대의 위기와 정권 교체, 연료비 폭등과 그에 따른 새로운 위기 등을 비롯한 모든 것에도 불구하고, 70년대 말의 〈댄싱 퀸〉은 1957년의 볼보와 거대한 냉장고와 반자동 세탁기를 앞질렀다. 낭만은 더이상 냉장고에서 나오지 않았다. 사람들은 춤추고 싶어 했고 새로운 감상주의가 북쪽 바다 위를 맴돌았다. 그래서 국민투표가 끝난 뒤 스웨덴은 잠에서 깨어나 새로운 1977년을 맞이했다.

덴마크 역시 결국 1970년대를 선택한 것은 그다지 놀랄 일이 아니었다. 비록 막판까지 90년대와 각축을 벌였지만 말이다. 그렇다, 70년대에는 어딘가 스칸디나비아적인 면이 있었다. 그 시기는 눈 대신 흰 설탕을 뿌린, 그래서 우리가 몰래 핥아먹곤 했던 새해 카드와 비슷했다.

우리가 삶에서 쾌락을 얻기 시작한 게 1970년대이기 때문이야, 내 덴마크인 친구가 설명해주었다. 하지만 60년대는 어때? 나는 물었다. 쾌락은 거기에서 시작하지 않았나? 그녀는 잠시 말이 없다가 이윽고 대답했다. 네 말이 맞아, 다만 그때는 그 쾌락을 어떻게 다뤄야 할지 아직 몰랐을 뿐이야. 난 그럴 생각이 없었는데 임신을 했고 아이를 낳았는데 애아빠는 사라졌어. 부모님께 아이를 맡기고 모스크바로 가서 새로운 삶을 살려고 했지만 겨우 일 년 버텼지. 옙투센코*들은 대형 경기장에서 고함을 질렀고, 아흐마둘리나**들, 60년대 아이들의 해빙기까지…… 그들의 진짜 시인들은 지하에 머무르거나 술에 절어 있거나 시집도 내지 못하거나 망명해 있었는데 말이야. 그리고 그들을 막 발견했을 때 난 체포되어 공식 경로를 통해 덴마크로 추방됐어. 간단히 말해, 60년대는 그렇게 끝난거야. 대학 파티에서 술을 마시고 막 알딸딸해졌는데 갑자기

---

* 예브게니 옙투센코(1932~2017). 소련을 거침없이 비판하는 시로 명성이 높았던 러시아의 시인. 반체제 작가였으나 점차 체제 순응주의자로 변신했다는 평가를 받기도 했고 전성기에는 대형 경기장에서 시 낭송회를 열기도 했다.
** 벨라 아흐마둘리나(1937~2010). 러시아의 여성 시인. 1960년대의 '새로운 물결'을 타고 등장했고 옙투센코와 더불어 러시아 최고 시인의 반열에 든다.

경찰이 들이닥친 것처럼. 그냥 숙취만 남은 거지. 1970년대에 난 쾌락을 다루는 방법을 이미 알고 있었어. 우리 모두 이미 알았지. 우린 잘살았어. 모두가 그 시기에 투표할 테니 그러려니 해.

음, 모두가 다 그런 건 아니었지만, 그래도 친구의 말이 맞았다.

6.

……저녁 내내 비가 왔다. 빗소리에 잠이 깨어 그대로 누운 채 눈을 감고 빗방울이 떨어지는 소리를 들었다. 천장에는 다락이 없고 세월의 무게를 버텨온 두꺼운 지붕보만 있었다. 나는 거기 누워 귀를 기울였다. 몸과 비는 오래전부터 계속된, 나는 잊고 있던 대화를 나눈다. 내가 다시 낯설게 느끼게 된 소박한 삶, 고독 속의 삶이 있다. 목제 테이블 앞에서 빵을 먹고 부스러기를 모아 참새들에게 던져주기. 주머니칼로 천천히 사과를 깎다가 이 손짓이 아버지의 손짓과 정확히 똑같다는, 그리고 아버지의 손짓은 할아버지의 손짓과 똑같다는 사실을 깨닫기. 장소는 똑같지 않다. 시간도, 손도 마찬가지. 하지만 손짓은 기억한다. 지역 신문 〈추거 보헤〉를 펼쳐 일기예보를

확인하고. 새로 싹이 나온 양파와 꽃이 핀 마당의 체리나무를 생각하기. 내가 속하지 않은 세상을 걱정하기. 5시 무렵에 성벽 너머 프란체스코 수도회의 거대한 시계에서 종소리만큼이나 우렁찬 소리가 울렸다. 나는 일어서서 옷을 입고 동트는 창가에 앉아 있었다. 트란스트뢰메르의 문고판 얇은 시집을 펼쳐 다른 시대에서 전해지는 기쁨을 느끼며 천천히 읽었다. 그 작은 책을 덮고 생각했다. 각국이 70년대 혹은 80년대로 돌아갈 수 있다면 아직 쓰이지 않은, 곧 나올 시와 책들은 어떻게 되는 걸까? 그러다가 지난 몇 년간 어떤 훌륭한 작품들을 읽었는지 기억을 되살려보았다. 그중 어느 것도 없다 해서 아쉽지는 않을 것 같았다.

7.

옛날의 동쪽 유럽—늘 앞에 '이전의'라는 수식어가 붙는 그 지역—에서는 어떻게 국민투표가 진행될 것인가? 물론 모두가 흩어진 지 오래다. 아이들이 자랄 때까지만 억지로 한 지붕 밑에서 함께 살다가 다들 각자의 길을 간 이전의 가족처럼 말이다. 그들은 서로를 미워하진 않았지만, 서로에 대한 호기심 또한 없었다. 사회주의라는 공통의 부부 침대에 누운 채로도 각자가 꿈에 그리던 (서쪽의) 정부情婦에게 가고 싶어했다.

　새로운 1968년으로 돌아가고 싶다는 내 희망은 프랑스에서
는 실패했으나 마지막으로 바로 이곳, (이전) 동구권에 남아
있었다. 그리고 자연스럽게 **체코공화국**이 가장 가능성이 있는
68의 나라로 보였다. 스물몇 살이 되어 파리나 프라하의 거리
를 돌아다니는 것, 그보다 더 바랄 게 뭐가 있을까? 80년대를
지지한 프랑스의 투표 후 이 꿈의 절반이 사라졌다. 파리는 잃
었지만 프라하는 남아 있었다.

　하지만 프랑스에서와 마찬가지로 밖에서 좋아 보이던 것이
안에서는 꽤 달라 보였다. 68의 전설은 듣기에 좋았고, 거친
모서리는 세월에 씻겨 매끄러워졌으며, 프라하의 봄은 에덴동
산만큼이나 유혹적이었다. 물론 노기등등한 신이 들이닥치는
사건을 빼면 그렇다는 얘기다. 그런데 어쨌든 이 들이닥침 역
시 실제로 일어났다. 신은 러시아 탱크처럼 우르릉거리며 쳐
들어왔고 '형제국 군대'처럼 복수심에 불탔다. 이는 진정한,
게다가 무장까지 한 데우스 엑스 마키나였다.

　프라하의 봄 이후 파멸의 여름이 찾아왔고, 삶이 부서질 때
늘 그렇듯 모든 것은 자리를 바꾼다. 거리를 행진하던 이들은
그해 여름과 그뒤 모든 여름의 추운 그늘 속으로 사라지고 고
분고분한 이들이 밖을 기웃거리다 불려 나와 비어버린 자리를

차지한다. 당신을 절망하게 하는 것은 충돌, 깨진 창문, 망명자, 수감자, 폭행과 강간 피해자, 심지어 살해된 자가 아니라, 훗날 어느 오후에 거리에서 웃고, 함께 어울리고, 당신을 오래 삶에서 내쫓은 그 똑같은 체제 안에서 아이를 낳는 사람들을 볼 때 미묘하게 찾아오는 오싹한 허무감이다. 역사에는 수천, 수만 년의 세월이 있으니 오륙십 년 정도는 망쳐도 별 탈이 없다. 역사에게 그 정도는 고작 일 초나 될까 말까 한 시간이다. 하지만 역사의 일 초가 일생인 인간─하루살이는 무엇을 해야 하나? 68에 뒤이은 그 오후들 때문에 프라하는 60년대를 선택하고픈 마음이 없었다.

하지만 체코공화국에서는 회귀 가능한 과거 국가 세 곳을 지지하는 운동들 사이에 긴 전투가 벌어졌다. 선두 주자는 제1공화국이었다─20년대의 황금기…… 경제의 기적…… 문화 융성. 이 운동의 언론 부문은 제1공화국이 당시 세계 경제 10위권에 진입했다는 사실을, 모든 것에서 성공을 거둔 젊은 국가의 열성을 상기시켰다. 두번째는 동세기 반대편 끝에 자리한 국가, 1989년의 벨벳 혁명이었다. 마지막 주자는 1968년 프라하의 봄이었는데, 3위 정당이긴 해도 처음부터 가볍게 취급될 순 없었다. 각기 이름만은 꽤 유혹적인 이들 국가 중 무엇을 고를 것인가─황금기, 아니면 벨벳, 아니면 봄? 특이한 콧수염을 기른 어떤 인물이 20년대 뒤편에서 빼꼼히 고개를 내밀었다. 그는 주데텐란트* 사람들을 맞아들이고 막 융성하기 시작한 국가를 보호국으로 삼았다. 프라하의 봄 뒤에는 추운 러시아의 여름이, 벨벳 혁명 뒤에는 실현되지 않은 갖가지 꿈에 대한 실망이 이어졌다.

결국, 20년대 이후에 대한 두려움은 90년대 이후에 대한 두려움보다 크다고 밝혀졌다.

여러 두려움이 격돌한 대전투. 그렇게 벨벳 혁명은 또한번 승리를 거뒀고 체코공화국은 1990년대로 돌아갔다.

폴란드에도 1920년대를 지원하며 폴란드 제2공화국에 판돈을 거는 운동이 있었지만 크게 성공하지는 못했다. 막판에 승기는 1980년대 쪽으로 확실히 기울었는데 여기에도 두 파벌이 있었다. 첫번째 파벌은 80년대 초로 돌아가, 저항과 1980년에 탄생한 '연대'**를 되찾기를 원했다. 지지자들은 당시의 열정에 다시 활기를 불어넣어야 한다고, 절정에서 다시 시작해야 한다고 주장했다. 그들은 체제가 허용한 최초의 비공산계 노조 회원이 고작 몇 달 만에 천만 명에 이른 사실을 강조했다.

---

* 체코슬로바키아 서북부 주데텐산맥 인근의 독일계 인구가 많은 지역으로, 1938년 뮌헨협정에 의해 나치 독일에 합병되었다가 1945년 체코슬로바키아에 반환되었다.

** 1980년 9월에 그단스크 조선소 노동자였던 레흐 바웬사의 주도로 창립된 자유노조. 바웬사는 1990년 폴란드 제3공화국 2대 대통령으로 선출되었다.

10,000,000. 긴 시간이 흐른 지금도 이 수치는 여전히 인상적
이었다.

하지만 두번째 파벌은 같은 1980년대에서 야루젤스키*의 허
수아비를 끌어내 전면에 내세웠다. 검은 안경을 쓴 야루젤스
키 장군은 불가리아의 내 할머니까지도 나를 겁줄 때 입에 올
린 사람이다. 어서 자러 가거라, 그 안경 낀 아저씨가 오기 전에.
1980년 이후에 온 계엄령, 탄압, 구속…… 그런 이유로 폴란
드인들은 80년대 끝자락에서 새롭게 시작하기를 원했다. 바웬
사가 승리를 거둔, 최초로 절반이나마 자유로웠던 선거와 함
께. 어쨌거나 1980년대 초를 지지한 파벌이 우위를 차지했다.
심지어 폴란드는 새로운 시작을 그보다 이 년 앞당기기로 했
는데, 요한 바오로 2세의 교황 선출을 기념하기 위해서였다.
그것이 뒤이은 찬란한 80년대를 예고한 하느님의 신호였다는
것이다.

결국, 동구권의 거의 모든 나라(불가리아와 루마니아, 두 나라
만 예외로)가 되돌아가 다시 시작하고 싶은 시점으로 1989년**

---

* 보이치에흐 야루젤스키(1923~2014). 폴란드 인민공화국의 군인, 정치인. 제3
공화국 대통령.

** 1980년대 말부터 1990년대 초까지 발생한 연쇄 혁명의 여파로 동유럽의 공
산 정권이 붕괴하고 베를린장벽이 무너져 90년에 독일이 재통일하고 소비에트
연방이 해체된 일련의 과정을 1989년 혁명이라 이른다.

전후를 선택했다. 물론 여기에는 견실한 논리와 더불어 개인적 관점도 있다. 세기의 막바지에 이른 그즈음 언젠가 우리는 저마다 최후의 젊음을 보내고 있었다. 종말이 올 거라 믿고 그 종말을 기다리던 1950년대의 젊은이들뿐만 아니라, 89년을 발생했으나 발생하지 않은 68의 행복한 도치라고 본 68세대 젊은이들까지 모두. 그리고 마지막으로는 젊은이들 가운데 가장 젊었던, 1989년에 이십대였던 이들이 있었다. 1989년이 최초의 혁명이었던 그들 무리 속에서 나는 일인칭으로 말할 수 있다. 마침내, 발생하지 않았던 일이 발생하게 될 것 같았고 모든 것이 우리 앞에 놓여 있었으며 모든 것이 시작되고 있었다. 그것도 세기의 막바지에.

나는 여백에 메모할 권리, 목격자의 사담을 늘어놓을 권리를 행사하려 한다. 왜냐면 나는 진짜 1989년의 시위들 속에 있었기 때문이다. 나는 뛰고 소리치고 울었으며, 그러다가 그뒤에 온 시대의 미끼 상술에 넘어가 갑자기 늙어버렸다. 이것은 여백의 메모이자 90년대에 대한 소심한 애도다. 체제는 바로 우리 눈앞에서 변화하며 멋진 삶과 국경 개방과 새로운 규칙 등을 기약했다…… 그것도 하루하루 초고속으로. 기억해보면 1989년의 광장에서는 다음과 같은 대화를 들을 수 있었다. 그런데, 이봐, 찬물을 끼얹고 싶진 않지만, 상황이 정리되려면 분명 일이 년은 걸릴 거야, 하고 한 친구가 말했다. 그 친구는 혹시 K가 아니었을까? 삼사 년 정도 걸릴지도 모르지, 어쩌면 오 년까지도, 하고 다른 친구가 조심스럽게 의견을 냈다. 세상에, 우리는 그 친구를 얼마나 몰아붙이고 맹비난했던지. 우우, 네가 말한 그 오 년을 누가 기다리겠냐, 허, 여보세요, 우리 대학 시험이 석 달 뒤야, 오 년 계획이라니 벌써 지긋지긋하다…… 그때는 아직 미래의 재고가 국가 전략 자산으로 남아 있었고 우리는 그것을 대담하게 분배했다. 나중에 밝혀지듯, 지나치게 순진하게.

십 년 후 새로운 세기가 막 시작되었을 때 그 재고는 이미 고갈되어 매끈한 바닥만이 우리 앞에서 유리처럼 빛났다. 그즈음 언젠가, 이전 십 년이 끝나고 다음 십 년이 시작되던 시기에, 시간에 무슨 일인가가 벌어졌다. 뭔가가 궤도를 이탈하고 딸깍 끊어져 털털거리더니 바퀴가 헛돌다 멈춰버렸다.

8.

스칸디나비아가 행복했던 여러 시기 중 하나만 선택해야 해서 힘들었다면, **루마니아** 역시 의구심으로 고통받았지만 이유는 정반대였다. 20세기 전체가 역사적 충격과 극도로 열악한 환경과 나쁜 선택―어느 말에 수레를 맬 것인가, 독일인가, 영국인가, 러시아인가?―의 연속이었다. 영토 상실과 전투, 포위, 위기, 내부 쿠데타. 1989년의 혁명마저도 벨벳처럼 부드럽진 않았다. 60년대 말과 70년대 초에야 창문이 잠깐 열린 것 같았고(다른 대안이 전혀 없으므로 결국 이때가 선택될 터였다) 이는 분열된 세계에서 독립을 위한 하나의 시도였다. 이후 그 창문마저 다음 십 년간의 빚과 빈 상점들과 세쿠리타테*의 고통 속에서 쾅 닫히고 만다.

저 무수한 행복하고 배부른 민족들, 프랑스인, 영국인…… 오, 나는 이곳 사람이 아니다, 수백 년 동안 끊임없이 이어진 불행이 내 뒤에 있다. 나는 기회가 전무한 나라에서 태어났다. 행복은 빈에서 끝나고, 빈 너머에선 영원한 형벌이 시작된다! 인정사정없는 시오랑.**

이 구절의 묘사가 루마니아에만 해당하는 건 아니다.

오스트리아의 투표는 가장 파편적이고 불명확해 보였다. 유권자 참여율이 가장 낮았고 활동이 저조하기 짝이 없는 몇 개의 운동 조직이 그나마 투표소에 나온 이들의 표를 균등하게

---

* 국가보안부의 약칭으로 루마니아 사회주의 공화국이 설치한 정치경찰을 가리키며, 독재자 니콜라에 차우셰스쿠가 인민을 도청하고 감시하는 도구로 활용해 악명이 높았다.

** 에밀 시오랑(1911~1995). 루마니아에서 태어나 프랑스에서 활동한 철학자, 작가.

나눠 받았다. 20세기 초에 존재한 다채로운 다언어 제국의 기억은 무엇보다도 문학과 제체시온양식으로 식탁에 올랐지만, 말라빠진 자허토르테 한 조각과 함께 베란다에 내놓고 잊어버린 커피처럼 서서히 식어갔다. 게다가 그 끝도 전혀 좋지 않았다―대공의 암살, 대전쟁, 제국의 해체, 그 밖의 모든 것까지…… '안슐루스*의 오스트리아'는 우려스러운, 하지만 마찬가지로 불충분한 득표율을 기록했다. 아마도 확신이라기보다는 습관일, 공적인 수치심이 아직은 남아 있었다. 영구적인 중립국 지위를 영구적인 수입원으로 삼은, 동구와 서구 양쪽에 꺼림칙한 쾌락의 원천이었던 70년대와 80년대의 오스트리아는 국민투표라는 파이에서 또하나의 맛깔스러운 조각이었다. 그리고 마지막으로, 앞선 시대의 비밀을 마침내 발설할 수 있게 된 90년대가 있었다. 서류 가방이 열렸고 수표가 현금으로 교환되었으며 이중 첩자들은 양쪽의 고용주들에게 미수금 결제를 요구했다.

한 세기에 걸쳐 있는 여러 후보 시기들이 이처럼 철저히 불명확한 무승부를 기록함으로써 오스트리아는 이웃한 시간적 제국들 사이에 끼여 절멸될 위험에 처했고, 빈은 지금까지 늘 그랬듯 박물관 도시에 불과한 곳으로 남게 될 상황이었다. 행

---

* 1938년 나치 독일이 인접국 오스트리아를 합병한 사건.

복의 지형도 위의 경계선 구역.

그렇지만 막판에 80년대가 단 몇 퍼센트 차이로 승리를 거머쥐었다. 이 승리는 바로 그 시기에 전성기를 구가했던 외르크 하이더*의 후계자들이 던진 숨은 민족주의 표심의 덕택이라는 것이 대다수의 생각이었다. 빈과 잘츠부르크에서 보도되는 뉴스를 보면서 나는 80년대의 승자들이 재빨리 새로운 국민투표를 조직하고 이때는─유럽의 감시에서 벗어난 채, 말하자면 자기 집안의 사적인 공간에서─1938년의 안슐루스가 부상하는 상황을 상상했다. 땅 밑에 묻힌 많은 것이 1939년의 발치에 있었다.

9.

독일은 주요하고도 결정적인 수수께끼로 남았다. 독일에서 역사는 가장 오래 춤을 추었고 베를린은 그 무대이자, 카바레, 연병장, 상점 진열창과 벽이면서 동시에 그 모든 것이기도 했다. 세기의 앞쪽 절반은 잘려나갔으나 새로운 극우파 진영이 그 빈자리에 보철물을 대려고 시도하고 있었다. 독일이 거기

---

* 오스트리아의 극우 정치인(1950~2008). 1980년대부터 자유당 당수가 되었고 나치와 히틀러를 공공연히 찬양했다.

로는 가지 않을 것이다, 아직은. 비록 그들에겐 아우토반도 있고 이 경주가 진행되는 동안 암시장에 나온 폭스바겐 자동차도 있지만 말이다. 하지만 그 이후 시기들은 저마다의 방식으로 가망이 있었다. 사회학자들은 1980년대가 이길 거라고 예측해, E가 베를린에서 몸서리치며 편지를 보내왔다. 상상이 돼? 50년대의 경제 기적도 아니고, 68과 그 밖의 모든 것이 있는 60년대도 아니고, 80년대라니, 이 무슨 수치야. 당신은 내가 90년대를 지지한다는 걸 알잖아. 우린 늘 그때가 불가리아에선 없었던 우리의 60년대라고 말했잖아. 사랑의 여름, 프라하의 봄, 그 모든 것. 90년대는 우리의 68이었지. 그래, 어쩌면 살짝 초라하고 살짝 중고 느낌도 나지만, 그래도 우리 거였잖아. 난 90년대 초에 살고 싶은데, 만약 우리가 이기면 당신이 그 시대로 와서 나랑 만나, 베를린이나 소피아에서…… 사랑을 담아, E.

다정한 E. 그녀와 나는 90년대 초반을 함께 지나왔다. 그때만 가능했던 파란만장한 관계였다. 당시에 그녀는 침대 위에서 웃으며 60년대를 그토록 기다렸는데 마침내 보상을 받았어, 하고 말하면서 내게 담배를 넘겼다.

E와 나는 심지어 결혼까지 했지만 그건 큰 실수였다. 1990년대에는 아무도 결혼하지 않았고 모두가 이혼만 했다. 그렇다, 뭐, 우리도 90년대를 넘기기 전에 그 실수를 정정했다. 우리는 갈라섰고 그녀는 독일로 떠났다. 독일어에서 계속 A를 받은

불가리아 학생들은 모두 언젠가는 떠났다. 나는 불가리아어에서 계속 A를 받았고 그래서 남았다.

그래도 80년대에 대해, 적어도 독일의 80년대에 대해서라면, E가 완전히 옳진 않았다. 양쪽 편에서 뭔가가 끓어오르고 있었다. 우리가 인민이다Wir sind das Volk! —알렉산더광장과 동쪽의 다른 여러 광장에서 사람들은 외쳤다. 원자력 발전 Atomkraft? 사양합니다Nein danke, 하고 서쪽 사람들이 부르짖었다. 인간 사슬, 평화 행진, 빨간 풍선, 네나*, HIV, 그리고 펑크. 결국 80년대에는 양쪽 편이 다 흥미로웠다. 하지만 현시점에서 80년대로 회귀한다면 분단된 독일로 돌아가야 한다는 것은 거의 아무도 상상하지 못할 것이다. 그러나 우회하는 방법도 있었다. 그들은 1989년을 특정해 투표했다. 축하 행사 전야에 영원히 머무르며 (비스마르크**와는 반대로) 시간을 질질 끌어 연장된 미래에 열정이라는 청어를 오랫동안 신선하게 보관할 수 있다면 그 이상 무엇을 더 바랄 수 있을까? 나는 장벽을 허물고 이후 비밀리에 재건하여 또다시 허무는 영원한 과정을 상상했다. 행복에 젖어 계속 바퀴를 돌리는 것이다.

---

* 독일의 밴드. 대표곡으로 〈99개의 풍선〉이 있다.
** 19세기 후반 독일을 통일해 독일제국을 수립한 프로이센의 정치인.

솔직히, 1968년은 독일에서도 별 가망이 없었다. 후기 마르크스주의자와 관절염에 시달리는 무정부주의자(무정부주의자도 나이가 든다)로 이루어진 강경하지만 수효는 미미한 한 집단을 제외하면 68년이라는 웅장한 해는 압도적인 지지세를 확보하지 못했다. 바로 다음에 1970년대가 이어졌다는 것이 주요한 이유였다. 그리고 바더-마인호프*와 그들이 저지른 살인, 폭탄 테러, 납치, 은행 강도질 등을 생각하면 그 시기는 쉬운 선택지가 아니었다. 마오와 다오** 사이, 〈반디에라 로사***〉, 체 게바라, 마르쿠제****, 두치케***** —유럽의 70년대라는 그 엉망진창. 게다가 제2차세계대전이 끝나고 고작 이삼십 년밖에 지나지 않은 시기이기도 했다.

---

* 서독의 극좌파 무장단체 적군파의 1세대에 해당하는 집단. 68운동의 혁명적 사상에 뿌리를 두고 자본주의와 제국주의와 전체주의에 반대하며 테러라는 극단적인 방식으로 세상을 바꾸려 했다.

** 마오(Mao)쩌둥과 도교(Dao)사상의 운율을 살린 표현.

*** '빨간 깃발'이라는 의미로 이탈리아 노동 운동의 대표적인 노래 제목.

**** 헤르베르트 마르쿠제(1898~1979). 프랑크푸르트학파의 사상가로, 68운동의 이론적 지도자로서 20세기 후반 신좌파에 큰 영향을 미친 독일계 미국인 철학자.

***** 루디 두치케(1940~1979). 유럽 68운동의 대표주자이자 독일 사회주의 정치 활동가.

때로 우리는 어떤 역사적 사건이 실제보다 훨씬 더 옛날 일처럼 보인다는 사실을 곰곰이 생각해보지 않는다. 내가 태어났을 때 제2차세계대전은 고작 이십삼 년 전의 과거였지만 내게는 항상 완전히 다른 시대처럼 느껴졌다.

가우스틴이라면 이렇게 말할 것이다. 경고, 백미러에 나타난 역사는 항상 보이는 것보다 더 가깝습니다⋯⋯

결국 80년대가 이겼다. 아니다, 서독의 80년대가 이겼다는 말이 더 정확하다. 베를린은 다시 한번 갈라진 도시가 되긴 했지만. 흥미롭게도 양쪽 편 모두 베를린을 나눠야 한다고 주장했다.

나이가 지긋한 독일인들은 안정과 안보의 광휘를 내뿜던 헬무트 콜이라는 출중한 인물 때문에 80년대에 표를 던졌다. 젊은이들, 혹은 그 당시 젊었던 이들, 다시 말해 대다수의 투표자들은 80년대 디스코의 잔재를 선택했다.

결국 항상 범속한 것이 이긴다. 사소함과 그 안에 사는 미개인들이 머지않아 무거운 이데올로기의 제국들을 침략해 정복한다. 국민투표의 최고 승자들은 팔코, 네나, 알파빌, 80년대 서독의 축구팀 전체, 브라이트너의 턱수염, 젊은 베커와 슈테피 그라프, 카데베백화점의 둔중한 호화로움, 〈댈러스〉 시리즈, 〈더티 댄싱〉, 마이클 잭슨 등이었다. 이곳에서는 누구나 마이클 잭슨에게 열광했고, 이는 동독 텔레비전의 졸음을 유발하는 새해맞이 프로그램 〈다른 색깔 주전자〉에서도 마찬가지였다.

80년대는 동유럽에서 주로 권태와 디스코를 생산한 시기라고 당신은 늘 말하지, E는 선거 뒤 그렇게 썼다. 하지만 사람들이 원하는 게 그건가봐—디스코와 권태.

E의 말은 옳았지만 그 외에 다른 요인도 있었다. 사람들이 80년대를 선택한 것은 그 시기의 마지막 해가 곧 오기 때문이기도 했을 것이다. 그 투표에는 어딘가 이상한 점이 있었고 그것이 우리에게 명확한 신호를 보냈다. 어떤 십 년 혹은 일 년을 선택함으로써 사실 우리는 그뒤에 오는 것도 함께 선택한다. 나는 80년대에 살고 싶다. 1989년을 즐거이 기다리기 위해서.

(독일의 동쪽 지방 대부분에서 그 사악한 당이 있던 30년대가 2위를 기록했다는 사실에는 아무도 주목하지 않았다.)

10.

여러 날(여러 주?) 동안 나는 아무와도 말하지 않았다. 시간 감각을 잃어버린 것 같다. 일어나서 옷을 입고 생선을 사러 시내로 간다. 장이 서는 날이다. 다시 가우스틴에게 전화를 걸어보지만 소용이 없고 건너편에서는 이상한 신호음만 나온다. 올리브를 파는 사람과 잠시 잡담을 나눈다. 그는 이탈리아어로 말하고 나는 형편없는 독일어로 대답한다. 그는 결국 의도한 만큼의 올리브를 전부 내게 판다. 언덕 위 수도원으로 다시 올라가며 나는 머릿속에서 그의 마지막 말을 올리브 씨앗처럼 굴린다―부탁해요prego, 올리브olive, 감사해요grazie, 부탁해요, 올리브, 감사해요. 꼭대기에 올라가 그것들을 뱉어낸다. 나는 치즈와 생선도 샀다. 생선을 씻고, 신 사과를 얇게 저미고, 올리브유와 바질과 레몬과 와인 살짝, 흰 알프스 치즈 한 조각을 넣는다. 삼십 분 만에 생선 요리가 준비된다. 그것을 가장 좋은 접시에 담아 식탁에 올린다. 남은 와인을 따른다. 자리에 앉고 나서야 식욕이 전혀 없음을 깨닫는다.

11.

부재자 증후군

내가 있지 않은 무수한 장소들. 나는 나폴리에, 탕헤르에, 코임브라에, 리스본에, 뉴욕에, 얌볼에, 이스탄불에 있지 않다. 단지 거기에 있지 않을 뿐만 아니라 고통스럽게 부재한다. 나는 런던의 비 오는 오후에 있지 않다. 초저녁 마드리드의 소란 속에 있지 않다. 브루클린의 가을 속에 있지 않다. 소피아나 토리노의 텅 빈 일요일 거리에 있지 않고, 1978년 어느 불가리아 도시의 정적 속에 있지 않고⋯⋯

나는 정말이지 너무나 부재한다. 세상에 나의 부재가 우글거린다. 인생은 내가 없는 곳에 있다. 내가 어디에 있든 무관하게⋯⋯

지리적으로만 거기에 있지 않은 것이 아니다. 다시 말해, 나의 부재는 공간에 한정되지 않는다. 공간과 지리가 단지 공간과 지리일 뿐이었던 적은 절대로 없지만.

나는 1989년 가을에 있지 않고 1968년 그 광란의 5월에 있지 않고 1953년의 서늘한 여름에 있지 않다. 나는 1910년 12월에 있지 않고 19세기 말에도 있지 않고 내가 개인적으로 혐오하는 그 디스코 리듬에 갇힌 동유럽의 80년대에도 있지 않다.

사람은 하나의 몸과 하나의 시대라는 감옥에서 살도록 만들어지지 않았다.

　　　　　　　　　　　　—가우스틴, 곧 나타날 새로운 진단명

12.

이제 **스위스**의 차례다. 스위스가 회원국도 아니면서 국민투표에 참여하길 원한다는 것은 (불가해할지언정) 기분좋게 놀라운 일이다.

몇 달 전 가우스틴과 나는 다음과 같은 논쟁에 꼼짝없이 갇혔다.

내 말 명심하게, 나는 말했다. 이곳 사람들은 눈 하나 깜짝하지 않고 1940년대를 선택해 모두를 경악에 빠트릴 거야.

이것 봐, 그는 말했다. 전쟁으로 피폐해진 유럽에서 스위스는 낙원처럼 보였겠지만, 내 말 믿게, 그건 사실이 아니었어. 그들은 언제든 공격받으리라 예상했고 전투기들이 국경 위를 선회했지. 히틀러는 우물쭈물하고 있었던 게 아니야. 정말이네, 히틀러는 스위스 도시들을 하나하나 차례로 정복할 세밀한 계획을 세워두고 있었어.

나는 가우스틴이 목격자처럼 말하는 걸 무척 좋아했지만 가끔 신경에 거슬릴 때가 있었다. 자기가 거기에 있었던 양 말하는 사람과 어떻게 논쟁을 한단 말인가?

그렇지만, 전쟁을 준비하는 상태는 격렬한 전쟁 한복판과는 다르지, 안 그런가? 나는 날카롭게 응수했다.

그 말은 전혀 납득할 수 없네, 그가 대답했다. 때론 그게 더 나쁘니까. 이웃나라가 겪는 온갖 참상에 대해 들으면서 머리맡에 소총을 둔 채 완전한 전투태세로 잠드는 것. 알프스산맥으로 파고들어 벙커를 만들고, 우린 그걸 '보루'라고 부르는데 말이야. 그런 보루에 숨고, 독일제국에 점점 더 많은 대출과 양보를 해야 하고…… 그들이 프랑스를 순식간에 완파하고 난 뒤에는 특히 더 그랬지. 어떤 도시들은 연합군의 폭격을 받았다고 기억해—예를 들면, 바젤과 제네바, 그리고 내 착각인지도 모르지만, 취리히도 마찬가지였고.

항법상의 오류였지, 나는 미국 공군의 공식 해명을 참고해 반박했다. 그들이 말하듯, 자기 돈을 보관중인 은행에 일부러 폭탄을 떨어뜨리는 사람이 어디 있겠나.

하지만 바로 그 스위스가 전쟁 직후에 얼마나 많은 돈을 마셜플랜, 제네바의 적십자 등등의 자선기금에 쏟아부었는지 보게. 그건 누구도 부인할 수 없을 걸세, 가우스틴이 대답했다.

그래도 그들은 1940년대를 선택할 거야, 내 말 명심하게. 금과 돈과 그림 등의 유입이 그때보다 더 컸던 적은 없잖은가. 은행들과 거장 화가들의 작품.

그건 사실이지, 하지만 돈은 다 은행으로 들어갔고 사람들은 정말로 가난했어. 특히 취리히 밖에서는. 그들은 절대로 1940년대를 선택하지 않을 거야, 가우스틴이 주장했다.

결국 가우스틴이 옳았다. 그는 항상 옳았다. 여론조사에서 전쟁 기간에 대한 지지가 꽤 높게 나타나 브뤼셀이 몹시 긴장한 건 사실이다. 그러나 마지막 순간에 이 국민투표의 거장들은 너무나 논리적이면서 동시에 전적으로 예기치 않았던 결정을 내렸다. 스위스는, 놀라지 마시라, 중립을 선택했다. 말하자면, 특이한 시간적 중립. 스위스는 국민투표 시점의 연도와 달과 정확한 날짜를 자신들의 시기로 택했다.

하지만…… 하지만 그건 과거가 아닙니다, 유럽연합 집행위원회는 더듬거렸다. 아니죠, 우리가 말하는 동안 이미 과거가 됩니다, 스위스 정부는 침착하게 반응했다. 그리고 내일이면 분명 더 먼 과거가 되겠지요. 하루하루 지날수록 더욱더.

중립국으로 남는다는 것은 언제나 시간을 초월하는 게임이었다. 나는 당신의 박자time에 맞춰 춤추지 않는다―적어도 일정 시간 동안은. 하지만 당신을 위해 시간을 재줄 수는 있다, 돈을 낼 의향만 있다면. 스톱워치로 측정time하고(물론 스위스제) 각종 시계를 팔겠다. 당신의 그림, 반지, 다이아몬드, 그 밖의 모든 짐을 맡아주겠다. 당신이 나가서 놀거나 싸우고 있는 동안에.

그것에 반대하기란 불가능할 것이다.

약간의 논쟁 끝에 유럽인들은 사실 스위스의 선택이 모든 이에게 일정한 이득을 제공한다는 점을 인정했다. 지금처럼 역사적 시간의 전복이 일어날 때 모두가 시간을 맞출 기준이 될 한 나라를 둔다는 건 그리 나쁜 생각이 아니었다. 그런데 스위스의 시계보다 더 믿을 만한 시계가 어디 있나? 보존된 본보기, 다른 이들이 멀리 벗어날 때도 제자리를 지키는 시간의 최적 기준이 있다는 건 좋은 일이었다. 그리고 누군가 과거에서 격심한 폐소공포증을 겪는다면 스위스가 그들에게 일시적인 도피처를 제공할 수 있을 것이었다. 하나의 대피소로서.

아울러 새로운 시간 국경 준수를 감독할 독립적인 범유럽 기관을 바로 그런 나라, 시간의 무인지대에 설치하는 것이 가장 바람직하다는 결론도 도출되었다.

13.

덧붙임: 이탈리아

내가 모든 희망을 포기했을 때, 마침내 이탈리아가 남부다운 전형적인 꾸물거림으로 맨 마지막 순간에나마 60년대를 구해냈다. 게다가 처음에는 이렇게 되리라는 낌새를 전혀 보이지도 않았다.

우리가 무솔리니의 시대로, 하지만 무솔리니 없이 돌아갈 수 있다면 어떨까요. 정말로 많은 것이 당시에 건설되었습니다, 하고 투표 전에 어떤 남자가 RAI 1 방송에서 말했다. 배가 불룩하고 멜빵 청바지를 입은 남자가 자신의 소형 피아트 자동차에 기댄 모습이었다. 다행히도 선거 유세가 진행되는 동안 그런 언설은 점점 줄어들었고 그 간격도 점점 넓어졌다. 그리고 다른 종류의 노스탤지어가 깨어났다. 알고 보니 품질이 그다지 좋진 않았던 무솔리니의 고속도로보다 더 가깝고 더 정다운 시기에 대한 노스탤지어. 일 두체*는 라 돌체에게 자리를 내주었다.

일 두체 말고 라 돌체 비타**! 동명의 운동 지지자들은 벽에 그렇게 썼다. 우리에겐 소비할 돈과 젊음이 있었어요, 하고 로마의 스페인광장에서 어떤 이탈리아 여성이 젤라토를 핥아먹으며 내뱉은 말은 마치 영화 대사 같았다. 50년대의 경제 기적이 60년대까지 이어져 텔레비전과 세탁기와 베스파, 소형 피아트 등이 넘쳐났고, 펠리니, 롤로브리지다, 마스트로이안니, 셸렌타노와 같은 유명인들도 많았다.

국민투표에서 마침내 이탈리아는 프라하, 파리, 베를린 등

---

* 이탈리아어로 '지도자' '영도자'를 뜻하는 말로 이탈리아 파시스트 집권기의 국가 원수 무솔리니를 가리킨다.
** '달콤한 인생'이라는 의미의 이탈리아어.

에서 감히 고르지 못한 시기를 선택했다. 다음날, "이탈리아가 60년대를 구하다"라고 〈코리에레 델라 세라〉를 비롯한 대다수 주요 언론이 대서특필했다. "인생은 짧고, 달콤한 인생은 길다 Vita Brevis, Dolce Vita longa!"

60년대는 아마도 치네치타 영화사에서 창작된 영화였겠지만, 영화 속에서 살고 싶지 않은 사람이 어디 있나? 하늘색 베스파의 이탈리아, 밤과 레인코트의 이탈리아, 얽히고설킨 이탈리아식 이혼, 트레비 분수. 비아 베네토*와 테라스, 1958년 11월 초 젊은 여백작 올가 디 로빌란트의 비공개 생일 파티에서 댄서 아이케 나나가 느닷없이 스트립댄스를 추고 그 장면을 찍은 사진 여러 장이 새어나가 전 국민의 상상을 자극했던 전설적 사건. 새로운 문구가 만들어졌고, 높은 수요를 누리는 발명품 60년대는 잘 준비되어 있었다.

라 돌체 비타, 그 달콤한 인생이 적어도 한 나라에서는 가능했다.

나는 항상 생각해왔고, 나이가 들면서 점점 더 자주 생각한다. 언젠가 우리는 모두 60년대의 이탈리아에 가서 살 거라고. 반드시 팔레르모는 아니더라도 거기 어딘가, 토스카나, 롬바르디아, 베네토, 에밀리아로마냐, 칼라브리아…… 그 이름들,

---

* 페데리코 펠리니 감독의 영화 〈달콤한 인생〉의 주요 배경이 되는 로마의 유명한 거리.

살살 녹는 젤라토 같은 이름들, 그 부드러운 '르l'와 '냐gna'와 '므m'와 가끔 견과류처럼 씹히는 '르r'를 혀에 담고 있기만 해도 충분하다.

젊은 시절 언젠가 나는 피사의 작은 광장에 서 있었고, 그날 이후 늘 알고 있었다. 내가 항상 원하던 것이 어떤 모습을 하고 있는지……

이 밤은 잠을 위한 시간이 아니라는 것을 깨닫게 되는 그런 밤이었다. 당신은 낯선 거리로 내려간다. 몇 블록 정도 가면 소음은 완전히 잦아든다. 그러다 한쪽에 작은 분수와 교회가 있는 광장을 발견한다. 그리고 자정 무렵의 서늘함을 즐기며 잡담을 나누러 나온 친구들, 몇 명의 청년과 아가씨들이 모여 있다. 당신은 광장 맞은편 벤치에 앉아 그들의 목소리를 듣는다. 만일 누군가 그 순간에 행복이 뭐냐고 묻는다면 당신은 조용히 그들 쪽을 가리킬 것이다. 이런 광장에서 친구들과 함께 늙어가는 것, 훈훈한 밤에 오래된 건물로 둘러싸인 사각형 안뜰에서 맥주를 홀짝이며 잡담을 나누는 것, 잠시 대화가 끊겨도 개의치 않고, 그러다 또 와르르 웃음이 터지고, 당신은 세상에서 그것보다 더 낫거나 더 못한 것을 원치 않는다. 침묵과 웃음의 그 리듬을 보존하는 것 말고는. 앞으로 다가올 세월과 노년의 피할 수 없는 밤에도.

그런 종류의 유럽을 가우스틴과 나는 꿈꾸었던 것 같다. 사소한 잡담이 가득한 광장들이 있는 유럽. 오스트리아-헝가리 제국 같은 아침이 있고 이탈리아 같은 밤이 있는 곳. 엄숙함과 슬픔은 불가리아의 것이다.

14.

유럽의 새로운 지도는 다음과 같게 된다.

결국 국민투표에서 사람들은 자신이 젊었던 시기를 선택했다. 현재의 일흔 살은 1970년대와 1980년대에 이십대와 삼십대를 지나던 젊은이들이었다. 늙어가는 이들은 자신이 청춘이던 시기를 선택했지만 당시에 아직 태어나지도 않았던 젊은이들은 그 시기를 살아가야 한다. 어떤 면에서 좀 부당한 일이다―다음 세대가 살아갈 시대를 미리 선택한다는 것은. 사실, 모든 선거에서 벌어지는 일이긴 하지만.

젊은이들이 완전히 결백했는지는 또다른 문제다. 출구조사에 따르면 대다수의 젊은이가 자신은 기억조차 없는 지난 세기를 선택했고, 그들의 숫자는 노인보다도 더 많았다. 모종의 새로운 보수주의, 새로운 감상벽, 세대에서 세대로 전해지며 부과된 노스탤지어.

1980년대의 제국은 가장 넓고 가장 강력한 권역을 이루었다. 마치 유럽의 중심을 통과하는 척추처럼, 이전의 독일, 프랑스, 스페인, 오스트리아, 폴란드를 아울렀다. 그리고 이탈리아의 더 가난한 버전인 그리스도 여기에 합류하게 된다.

1970년대의 북부 동맹은 또다른 주요 집단으로, 스웨덴, 덴마크, 핀란드를 포함했다. 이 집단에서 예외적으로 유일하게 남부에 자리한 나라는 포르투갈이었다. 하지만 70년대의 북유럽인들에게 대륙의 반대편 끝에 자신들만의 남부 식민지와 따뜻한 해변이 있다면 이보다 더 좋을 수가 있을까? 사회주의 시기의 '가장 행복한 병영'이었던 헝가리 역시 이 동맹에 합류했다.

1990년대는 대부분 나라에서 2위를 차지한 차선의 꿈이자 어떤 의미에서는 80년대 제국의 밝은 미래로, 실은 만만찮은 저력을 지녔다. 여기에는 체코공화국, 리투아니아, 라트비아, 에스토니아 등 1989년 이후의 독립에 아직 취해 있는 나라들이 있었다. 슬로베니아와 크로아티아 역시 결국에는 20세기의 마지막 십 년을 선택하면서, 유고슬라비아전쟁이 끝난 이후여야 한다는 특별 조항을 추가했다. 자유주의적인 유권자와 민족주의적인 유권자 모두 여기에서 발전의 지평을 보았으므로 이는 양쪽에 모두 좋은 선택이었다. 이때, 다소 파편화되고 동요된 90년대의 나라에서 아일랜드의 호랑이가 손을(아니 발을) 빌려주었다. 다른 여러 나라에서 더 많은 이민자들이 새로 들어오리라 예상되었다. 70년대와 80년대의 제국들은 머지않아 여기에 닻을 내리게 될 것이다. 결국 모두가 1989년이라는 시점에 모이게 될 것이 분명했다.

전체가 주요 시간 동맹 서너 개로 집중되었다는 것, 게다가 이들 모두가 20세기 후반에 있다는 것은 미래의 통합을 위해 유망한 한 걸음으로 해석되었다. 그러나 한동안 모든 시민은 자기 나라의 국경과 각국에서 가장 표를 많이 받은 시간대 안에 머물러야 했다. 적어도 초기에는 상황이 안정되어 궤도에 오를 때까지 시간대의 섞임을 피해야 했다.

그런 다음에 국경이 열릴 예정이었다. 사실 이 점에 관해서는 격렬한 의견 충돌이 있었다. 통시주의자로 알려진 한 집단은 선택된 시기의 처음 몇 해 뒤에는 시간을 재시작하여 자연스러운 시간 흐름을 허용하는 방안을 지지했다. 다른 쪽의 공시주의 진영에서는 각 나라가 선택한 시기에 더 오래 머물 것을 요구했다. 시계를 다시 맞추는 과정은 느리고 복잡했으며, 그런 상태가 얼마나 유지될 수 있을지도 전혀 확실하지 않다……

과거의 해악이 담긴 판도라의 상자가 이미 열려버렸다……

15.

그들은 그를 찾아 사방을 수색했다. 70년대와 80년대를 포함한 모든 곳을…… 그가 머무르기 좋아한 60년대도 샅샅이 뒤졌지만 흔적도 찾을 수 없었다. 여러 클리닉에도, 과거의 공동체들에도 없었다. 헬리오슈트라세와 알 수 없는 온갖 곳의 의사들도 내게 연락을 했다. 나로 말하자면, 며칠간 날마다 전화를 걸었지만 한결같이 응답이 없자 결국 수도원을 떠나 취리히행 기차를 탔다.

날씨가 좋았다. 우듬지에서 보이지 않는 새들이 울어댔다. 한 여자가 햇볕에 앉아 책을 펼쳐놓고 있었다. 발코니에서 책을 읽는 여자. 세상은 아직 똑같았다.

물론 가우스틴은 사라졌다. 내가 겪은 가우스틴을 떠올린다면 특이한 사건이랄 수는 없지만 그래도 무척 이상하게, 특히나 이런 순간에는 다소 무책임하게 느껴졌다. 혹시 그는 과거가 고삐 풀려나온 이 같은 혼란상에서 째깍거리는 시한폭탄을 감지한 걸까? 30년대의 물리학자들처럼 핵폭탄급 죄책감을 느꼈을까? 과거가 그를 다시 빨아들인 걸까? 아니면 이건 오래 지속될 실종이 아니고, 그는 다른 시간으로 잠시 굴러떨어졌다가 곧 다시 나타나게 될까? 가우스틴이 스스로를 끝장내기로 결심했다는 생각이 얼핏 머리를 스쳤다.

하지만 내가 살아 있는데 가우스틴이 죽을 수 있나?

우리가 마지막으로 만났던 40년대 층의 작은 방이 기억났다. 그곳이 그가 가장 최근에 사용한, 말하자면 비밀 사무실이었다. 거기에서 가우스틴을 발견해도, 발견하지 못해도 똑같이 무서울 것 같았다. 나는 두려움에 떨며 문을 열었다. 책상 위, 모형 비행기들 옆에, 내 이름이 적힌 커다란 갈색 봉투가 놓여 있었다. 안에는 그가 수기로 글을 쓰고 서명을 한 종이 한 장이 있었는데, 거기에는 클리닉이나 과거의 마을과 관련된 모든 사무를 임시로, 무기한으로, 나의 감독에 맡긴다는 내용이 적혀 있었다. 봉투 안에 다른 것도 있었다—부드러운 표지가 달리고 글로 반쯤 채워진 16절지 규격의 노란색 노트. 그건 나중에 읽어야겠다. 아울러 뉴욕공립도서관의 로즈 주열람실이 찍힌 흑백 엽서에는 가우스틴이 자필로 쓴 글 두 줄이 있었다.

난 1939년으로 가야 하네. 거기에 도착하면 편지할게.
안녕히, 그대의 벗 G

전형적인 가우스틴. 모든 것을 두 문장으로 쓰기. (개인적으로 좀 불쾌했음을 인정할 수밖에 없다.) 지시도 없고 감정도 없고 아무것도 없었다. 그의 모든 프로젝트는 딱 여기까지만 진행되었다. 그의 모든 미친 계획들이라고 말해야겠지. 그리고 나의 미친 계획이라고도, 나도 관여했으니까, 내가 그걸 믿었으니까, 가우스틴과 함께 그 계획들을 만들었으니까. 가우스틴은 움직이는 시간에서 간단히 뛰어내렸다. 한 세기에서 다른 세기로. 우리가 마지막으로 만났을 때도 가우스틴은 이미 알고 있었다. 이미 결심을 한 뒤였다. 그래서 내가 전쟁 이전 6시에 만나자고 말했을 때 나를 그렇게 꿰뚫을 듯한 눈빛으로 바라봤던 것이다.

가우스틴은 39년의 폭탄에서 뇌관을 제거하러 갔다. 나도 조만간 따라갈 것이다.

과거가 경계 밖으로 흘러나와 주변 도시들 전역에 공식적으로 정착한 지금, 이 클리닉들과 과거의 마을들은 어떻게 해야 할까? 알츠하이머의 세계에서 알츠하이머 요양원들을 어떻게 할 것인가? 나는 며칠 밤새 그 생각을 했다. 가우스틴은 어떻게 내게 이 모든 것을 떠넘길 수 있었을까? 물론 클리닉은 계속 열어두어야 했다. 환자들은 보호된 과거를 누릴 권리가 있으니까. 바깥에서 벌어지는 시간적 혼돈을 생각하면 특히. 바깥에서 벌어지는 시간적 혼돈을 생각하면 더더욱.

V

신중한 괴물들

그리고 악령들이 과거에서 빠져나왔을 때 그들은 인간 속으로 들어갔다……

— 가우스틴, 노란색 노트

이 지면의 글을 우리 중 누가 썼는지 나는 모른다.

— 호르헤 루이스 보르헤스, 「보르헤스와 나」

1.

상자는 열렸다……

각국이 저마다의 행복한 십 년을 선택한 뒤 처음 몇 달은 상대적으로 차분하게 흘러갔다. 옛날 영화, 음악 앨범, 엘피 음반, 전축 생산이 눈에 띄는 호황을 누렸다. 그 시절의 잡지와 신문도 다시 발행되기 시작했고 전보와 타자기와 먹지가 도로 나타났다…… 과거의 자잘한 세부를 잊고 있던 사람들은 지하실에 내려가 오래된 물건을 찾아내 닦고 다시 칠하고 복원하면서 잡다한 재발견을 즐겼다. 우표와 성냥갑, 냅킨, 레코드 등의 수집품을 꺼냈다. 영화관에서는 옛날 영화를 24시간 상영했고 영화감독들은 리메이크 의뢰를 받았으며 레트로 댄스

클럽이 우후죽순 생겨났다. 거리에서는 동유럽이라면 오래된 라다 자동차가, 서유럽이라면 오펠 레코드 자동차가 자주 눈에 띄었고, 경공업은 진로를 수정하고 있었다……

하지만 궁극적으로 잔칫상을 뒤엎어버릴지도 모르는 문제들도 내재했다. 때로는 기억하기보다 잊기가 더 어렵다. 예를 들어, 스마트폰, 인터넷, 소셜미디어를 포기하는 것…… 기꺼이 그렇게 하는 사람들도 있었다. 어쨌거나 그게 바로 요점이었으니까—잊기, 버리기…… 하지만 그들의 비율은 매우 적었다. 그동안 가상세계라는 마약이 제 소임을 다한 것이다. 사람들은 대부분, 50년대와 60년대에 투표한 이들까지도, 이런 것들을 포기하려 하지 않았다. 이동통신 사업자들과 소셜미디어의 제국들 역시 부의 역전이 일어날까봐 못마땅해했고, 소문에 따르면 이들이 새로운 규칙을 거부하는 캠페인에 은밀히 돈을 쏟아붓고 있었다.

반면에, 국민투표에서 '패배한' 이들 사이에서는 반란의 기운이 끓어올랐다. 예를 들어 90년대에 투표한 이들은 영원한 70년대에 동조하기를 거부했다. 모두가 자신이 투표한 시기, 선거운동 과정에서 각성된 그 시기를 원했다. 무정부주의와 원심성 격동이 여러 나라를 훑고 지나갔다. 갑자기 목가적이었어야 할 많은 것이 무너지기 시작했다…… 불만이 터져나와 저마다의 공동체와 독립 지역을 이루고 작은 영토를 표시하여 그 안에 각기 다른 시대를 구성했다. 지역은 다시 한번 중요해졌다.

사정을 미리 알지 못한 사람이 여행을 떠난다면, 문득 자신이 있는 곳이 예상과 달리 어느 안내서에도 표시되지 않은 다른 시간대임을 깨닫게 될 수도 있었다. 집단 농장과 오래된 트랙터들이 보이는, 초기 사회주의로 편입한 동유럽 마을, 19세기 말 불가리아 부흥기 주택들 안에서 저항운동 준비가 한창인 소도시, 원형 천막과 트라반트 자동차, 혹은 1960년대 레드 웨스턴* 영화에서 툭 튀어나온 듯한 동독 인디언 따위가 있는 숲. 온갖 종류의 과거 시대가 유럽 대륙의 길 위를 굴러다니며 서로 합쳐지고 동시에 발생했다.

옛날의 도로 지도는 이제 시간 지도가 되었다.

2.

세계는 혼란에 휩싸인 야외의 과거 요법 클리닉이 되었다.

---

* 냉전시대 구소련에서 제작된 서부극.

마치 벽이 무너져내린 것 같았다. 가우스틴이 이런 사태를 예상했는지 궁금했다—시대가 섞이지 않도록 언제나 문을 꼭 닫으라고 내게 말했던 가우스틴……

각각의 시대는 개천처럼 흘러가 강에 합류했다. 강물은 제방 너머로 흘러넘쳐 사방을 적시면서 골목을 따라 굽이치고 건물 일층을 침수시키고 벽을 따라 밀려올라가 창문을 부수고 방으로 흘러들었다. 그 물살에 끌려나온 것은 나뭇가지, 나뭇잎, 익사한 고양이, 포스터, 거리의 악사가 쓰던 모자, 아코디언, 사진, 신문, 영화 장면, 테이블 다리, 말의 파편, 타인의 오후, 탁탁 튀기는 레코드판…… 과거의 거대한 해일.

새로 생긴 나라들의 시간 지도는 아주 잠깐만 지속될 것이란 사실이 분명해지기 시작했다. 국민투표가 잠에서 깨운 악령은 다시 병에 넣어 가둘 수 없었다. 악령들은 일단 기어나오자 사방으로 퍼져 마구 돌아다녔다. 헤시오도스*가 묘사한 악령들과 똑같이—소리 없지만 유혹적으로.

세상은 원래의 혼돈 상태로 돌아가고 있었다. 하지만 그것은 만물의 기원인 태고의 혼돈이 아니라 종말의 혼돈이었다. 시간이라는 시간은 전부, 그 안의 모든 창조물까지 함께 집어

---

* 기원전 7세기경 고대 그리스의 서사시인으로 『일과 나날』이라는 저서에 판도라의 이야기를 썼다.

삼켜버릴 종말이 도처에서 잔혹하고 혼란스럽게 발생하는 혼돈……

악령들이 풀려나버렸다……

3.

나는 젊고 야심 찬 의사 두 명을 골라 클리닉 운영을 맡겼다. 한아름의 책과 빈 노트와 연필을 챙겨, 종탑 바로 아래 17세기 성벽 안쪽에 있는 언덕 위의 수도원으로 돌아갔다. 수도원의 (그리고 17세기의) 고도에서는 과거의 홍수가 어디까지 갔는지 더 잘 지켜볼 수 있고, 아울러 그 물이 여기 내가 있는 곳까지 도달하는 데에도 시간이 좀 걸릴 터였다. 나는 가우스틴이 남긴 노란색 노트도 가지고 갔다. 거기에는 온갖 잡다한 관측, 곧 나타날 새로운 진단명(그것이 가우스틴이 붙인 이름이었다), 개인적인 기록, 의도적으로 남긴 듯한 빈 지면이 있었다. 나는 곧 빈 곳을 채우기 시작했다. 처음에는 가우스틴의 기록은 'G'로 표시하고 내가 쓴 글은 두 개의 G, 즉 'GG'로 표시했지만 곧 그만두었다. 우리의 필체는 구분이 되지 않았다.

4.

신이 필름을 거꾸로 돌리고 있을 가능성도 있을까? 우리는 망각을 시작한 신의 불확실한 기억 속에 있다. 처음에 자신이 했던 말에 대한 기억을 전부 잃어버리기 시작한 신. 이름으로 만들어진 세계에서 이름을 잊는다는 것은 그 세계의 자연적인 종말이다.

신은 죽지 않았다. 신은 잊었다. 신은 치매에 걸렸다.

—노란색 노트, G

내가 감히 할 (혹은 말할) 수 없는 것은 가우스틴으로 변한다.

하지만 그래도 '신은 치매에 걸렸다'라는 말은 너무 과격하다. 신은 그저 막 잊기 시작했을 뿐이다. 가끔 시간을 뒤섞고 기억의 혼동을 겪는다. 과거는 한 방향으로 흐르지 않는다.

세상의 모든 이야기를 간직한 신의 머릿속엔 무엇이 지나가고 있을까? 일어난 일과 일어나지 않은 일 모두. 이 세상에서 매초에 일어나는 우리의 이야기 전부.

—노란색 노트, GG

5.

정확히 언제부터 가우스틴이 나보다 더 실제가 되기 시작했는지는 잘 기억나지 않는다. 사람들은 가우스틴에 대해 읽었고, 그 이야기에 흥미를 느꼈고, 그의 다음번 출현을 고대했고, 왜 이렇게 오래 나타나지 않는지 물었다. 내가 이따금 가우스틴에 관한 단편을 발표하는 잡지는 내 원고료를 두 배로 올려주었다. 가우스틴이 그 60년대식 윙크와 함께 내게 말하는 모습이 눈에 선했다. 그 절반은 내 거야, 친구. 자네는 아무것도 필요 없잖아, 하고 나는 대답한다. 어쨌거나 내가 자네를 만들어냈으니까, 안 그래? 오, 그랬다 이거지? 그가 눈썹을 치켜뜬다. 이 터틀넥과 이 동그란 안경보다 좀 나은 걸 생각해낼 순 없었나? 연파랑 폰티액이나 정 안 되면 미니 쿠퍼라도 써넣어주면 어떨까?

무슨, 턱도 없는 소리, 나는 톡 쏘아 말한다. 베스파라면 모를까, 그 이상은 안 돼.

해가 거듭되면서 누가 누구를 글로 쓰고 있는지 구분하기가 점점 더 어려워졌다. 아니면 어떤 제삼자가 우리 둘에 대해 쓰고 있는 것 같기도 했다. 특별히 애쓰지 않고 일관성도 없이. 때로 저자가 나를 더 행복하고 나은 사람으로 그리면 나는 고양되지만, 바로 한 단락 뒤에서 내 날개를 꺾어버리면 나는 먼 짓구덩이 속 비둘기처럼 비틀거린다. 나는 나 자신에게 말한다. 넌 이야기의 반대편에 있다는 걸 잊지 마, 넌 이야기의 반대편에 있다는 걸 잊지 말라고…… 네가 쓰고 있는 거야, 이야기가 널 쓰는 게 아니라. 너 말고 다른 사람이 너를 쓴다는 느낌이 들기 시작하는 순간 망치는 거야. 악령이 널 사로잡은 거라고, 네가 가장 두려워하는 것이 널 덮치려 해. 너의 뇌는 겨울날의 헛간처럼 비어가고 있어. 아니, 나는 여전히 잘 붙잡고 있어…… 여전히 문을 꽉 닫는다고, 아니 그런 것 같다고.

쓰는 사람은 나야……

글을 쓸 때 나는 내가 누군지 안다. 하지만 쓰기를 멈추면 더이상 확신이 들지 않는다.

6.

모든 라디오 방송이 지난 시대의 음악과 뉴스를 튼다. 오늘 일어나고 있는 일은 이제 중요하지 않다. 국민투표에서 어느 시기가 선택되었는지도 중요하지 않고, 모두가 자기만의 시기에 살고 있다. 우리는 과거가 사진을 순서대로 잘 꽂아둔 가족 앨범처럼 정리되어 있다고 생각했다. 여기서 우리는 어린이였어, 여기서 졸업을 했네, 여기선 군복무중이구나, 내 첫 결혼식이야, 내 딸이 태어났구나…… 그런 것과는 전혀 다르다.

나는 오늘의 뉴스를 보도하려 애쓰는, 합법과 불법의 경계에 있는 작은 라디오 방송국을 찾았다. 하지만 이곳도 (무정부 상태이기는 마찬가지여서) 과거를 보도하도록 강요받는다.

7.

오늘 문득 어릴 때 이후로 만들어보지 않았던 어떤 음식을 요리할 생각이 떠올랐다─신문지 달걀. 내가 아는 가장 간단한 요리법이다. 버너에 신문지 한 조각을 올리고 그 위에 달걀을 깨트려 올린다. 옛날에는 달걀이 없어서 문제였는데 지금은 신문이 없다. 다행히도 신문지 한 장을 찾았다. 버너를 약불로 켜자 여덟 살 때 이후로 맡은 적 없는 냄새가 방안을 채웠다. 달걀과 구운 종이의 냄새, 메마른 냄새. 일부 글자가 달걀흰자 위에 찍히던 기억이 떠올랐다. 그 시절에는 신문지가 온갖 용도로 쓰였던 기억도 났다. 할아버지는 치즈를 신문지로 쌌고, 그래서 나는 할아버지와 함께 앉아서 점심을 먹을 때

페타 치즈 덩어리에 찍힌 표제를 읽을 수 있었다.

여름에 사람들은 신문지를 창문에 붙였는데, 블라인드 대신이기도 했고 파리가 유리를 더럽히지 못하게 하려는 목적도 있었다. 파리 얘기를 하고 보니, 마을의 어느 집 천장에 매달린 전구에 파리가 끈적끈적하게 달라붙어 있던 모습도 떠오른다. 할머니는 그래서 신문지로 전등갓 비슷한 걸 만들었는데, 신문지는 금세 누레지고 열기에 그을렸다.

신문지 달걀은 꽤 맛있었다.

8.

잠을 설쳤다. 홍수와 들짐승들과 불이 나오는 꿈을 꾸었는데…… 간단히 말하면 구약성서적인 꿈, 진정한 악몽이었다. 그것도 모자라 담배까지 떨어졌지만 밖에 나갈 기분이 들지 않았다. 살 담배는 충분히 있었다. 그저 담배를 말 종이가 필요했을 뿐. 남은 신문지가 없었고 노트 내지는 너무 두꺼웠다…… 얇은 종이로 된 오래된 노트가 하나 있긴 했다. 거의 화선지만큼이나 얇은 노트로, 90년대부터 써온 시가 가득 적혀 있지만 어쨌거나 그다지 좋은 시도 아니고……

9.

눈먼 바이샤 증후군

왼쪽 눈으로는 과거만을 보고 오른쪽 눈으로는 미래에 일어날 일만을 보는 한 소녀의 사례가 보고되었다. 어떤 때는 과거와 미래의 경계가 너무 얇아져서 왼쪽 눈으로 지는 달을 보면서 오른쪽 눈으로는 떠오르는 해를 보기도 한다. 다른 때는 경계가 너무 두꺼워져서 왼쪽 눈앞에 태초의 지구 표면이 형태도 없이 텅 빈 채 펼쳐지고 오른쪽 눈앞에는—종말이 가까운 이 행성의 황폐한, 그리고 다시 한번 형태가 없는 풍경이 떠오른다.

눈먼 바이샤 증후군이라고 과학계에 알려질 이 병은 바로 이러한 과거와 미래의 동시성이 특징이며, 환자는 세상의 이전과 이후를 완전히 동시에 보는 능력(과 불운)을 갖지만 현재는, 바로 지금의 여기는 보지 못한다. 과거에만 머물거나 미래에서만 사는 이들의 증후군과는 다르며, 중증도는 그보다 두 배나 높다.

임상상: 어느 시간대에도 속하지 않는다는 고통스러운 감각, 과거와 미래 사이의 급작스러운 건너뛰기, 동공 기능은 정상이지만 기능적으로는 실명, 자해 시도와 자살 성향. 소위 무

소속자 증후군과 유사함.

환자는 동반자 없이 밖에 나갈 수 없다. 거리를 걸을 때 그 거리는 한쪽 눈으로 보면 아직 존재하지 않고 다른 한쪽 눈으로 보면 자동차들이 질주해 지나가는 고속도로이기 때문이다. 전문가들은 한두 해 안에 이 질병의 사례 빈도가 두 배로 늘 거라고 예상한다.

—가우스틴, 곧 나타날 새로운 진단명

때로 G—그의 이름을 온전히 쓰지도 않을 작정이다—는 나를 진정 격분하게 한다. 예전에도 그는 나를 격분하게 했다. 그런데 웃기는 건 지금은 여기에 있지도 않으면서 나를 격분하게 한다는 것이다. 여기에 없는 가우스틴이 행간에서 히죽거리고 있다는 사실 자체가 어처구니가 없다. 모든 것을 이토록 비양심적으로 독점하는 그에게 화가 나서 미칠 것 같다. 이 허구의 인물이 제멋대로 날뛰고 자기 자신을 망각했다. 도대체 어디까지 갈 것인가? 잠깐만, 널 생각해낸 사람은 나잖아, 그럼 내가 글로 없애버릴 수도 있지…… 단 하나의 문장이면 족할 것이다. 예를 들면, "가우스틴은 바로 그 9월 첫날에 세상을 떠났다" 하면 끝이다.

일평생 내 옆에는 나의 따뜻한 동남부 심장을 이용해먹는 누군가가 있었다.

10.

　오래전, 내가 아직 여행중이었을 때, 크라쿠프에 있는 도미니크회 성당의 일요일 미사에 우연히 들어간 적이 있다. 춥고 음울한 2월이었고 주위에선 눈발이 휘날렸다. 내 눈에 들어온 것은 짧은 외투를 입고 계단에 앉은 소녀, 유아차를 가진 부모와 무서워서 칭얼거리며 그들에게 기댄 아이 둘, 수염을 메트로놈처럼 박자에 맞춰 흔드는 늙은 홈리스 남자, 불안에 떠는 사람들의 얼굴이었다. 이와 똑같은 얼굴과 몸, 이와 똑같은 장면을 40년대의 언젠가 본 듯한 느낌이 들었다(나는 그로부터 이십 년 뒤에 태어났다). 최후의 날이 오면 사람들의 얼굴은 어떤 모습일까? 그 얼굴에는 어떤 표시가 있을까, 아니면 우리의 얼굴과 똑같을까?

　몇 년이 흐른 어느 오후에, 유럽 어딘가에서 또 한번의 테러가 일어난 뒤, 나는 헤이그의 박물관에 오래 머물렀다. 마치 다른 시대에 속한 대피소에 머무르듯이. 그곳은 그날의 뉴스로부터 도망쳐온 사람들로 꽉 차 있었다. 청바지에 스웨터를 입은 한 소녀가 〈진주 귀걸이를 한 소녀〉 앞에 서 있었다. 나는 사람들로부터 한 발짝 떨어진 곳에 움직임 없이 서 있었다. 하나같이 똑같아 보이던 그 얼굴들. 그러면 시간은 옷 한 점, 귀걸이 한 개에 불과한 것인가······ 전시실의 경비는 페르메이르와 닮아 보였다.

11.

내 노트들에는 쓱쓱 그려넣은 얼굴들이 가득하다. 존재하지 않는 사람들의 얼굴······ 여기 이 노트에도 있다. 그동안 내가 써온 모든 노트와 마찬가지로······ 그들이 누군지는 모른다. 나는 그 얼굴들이 누구와 닮았는지 찾아보지 않는다.

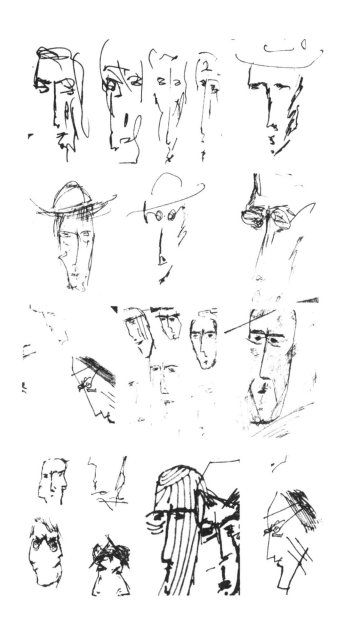

뭘 하십니까?

존재하지 않는 얼굴들을 그립니다.

그 사람들은 아직 태어나지 않은 건가요, 아니면 이미 떠난 건가요?

아직 태어나지 않았고 이미 떠났습니다.

얼굴의 특징을 조합해 낯선 얼굴을 디자인하고 생성하는 소프트웨어를 만들었다는데, 그렇게 생성된 얼굴들은 완전히 사실적이다. 기사에서 모든 사진 아래에 거듭 밝혔듯이, 그중 어떤 얼굴도 존재하지 않는다. 그런데도 나는 그들을 어디선가 본 듯한 느낌을 지울 수가 없었다. 존재하지 않는 사람들의 얼굴을 만들어낸다는 건 어쩐지 좀 무서운데, 정확히 무엇이 어떻게 무서운지도 잘 모르겠다.

12.

얼굴에 대한 갈망. 나는 열아홉 살, 불가리아와 그리스 국경의 경비다. 앞으로 일 년 내내 그곳에, 그 무인지대에, 사람 얼굴을 보면 총으로 쏴야만 하는 곳에 있을 것이다. 누구도 국경을 넘을 권한이 없다. 초소에는 다른 병사 열두 명과 지휘관한 명이 있다—아침, 정오, 밤까지 항상 눈앞에 있는 얼굴은 그 정도가 전부다. 이곳이 교도소도 아닌데 말이다. 매달 하루씩 휴가를 받는다. 병사들 대부분은 밀린 잠을 보충하는 데 그 하루를 쓴다. 병사에게 잠은 음식과 더불어 가장 중요한 생활의 일부다. 섹스는 실현 불가능한 사치다. 나는 그 하루 휴가를 받으면 근처의 지방 소도시로 간다. 인구가 삼천 명도 채 되지 않는 그곳에 내가 아는 사람은 없다. 해가 뜨기 전에 일어나 수킬로미터를 걸어가면서, 중간에 마차라도 만나면 태워달라고 한다. 자동차가 지나가는 일은 극히 드물다. 두 시간 뒤, 중심가에 있는 유일한 카페가 문을 여는 시간에 딱 맞춰 시내에 도착한다. 바깥 자리에 앉아 레모네이드 아니면 슈웹스를 주문하고 나서 얼굴들을 바라본다. 나는 앉아서 바라본다—당시에 우리가 '민간인'이라고 부르던 사람들의 얼굴을. 군인 아닌 사람들의 얼굴. 내 눈은 저절로 그들을 좇는다. 이것이 유일하게 내게 만족과 평안을 준다. 전방의 초소 너머 이 세상 어딘가에는 정상적인 삶을 사는 사람들이 있다는 사실이. 그건 내게 너무 멀게 느껴지고 앞으로도 "내 기능을 온전히 유지한 채" 그곳에 돌아갈 수 없을 것 같아 두렵다. 저 문구는 내가 방독면이 든 가방에 감춰놓은 어느 책에 나온 것이다.

다른 인간의 얼굴이 있다는 것을 알 때의 안심, 내 얼굴은 거기에 속하지 않는다고, 어쩌면 내 얼굴은 존재하지 않는지도 모른다고 생각하면 고개를 드는 두려움.

13.

나는 세상을 관찰한다. 17세기에 건축되었고 21세기의 와이파이를 갖춘 방에 틀어박혀, 적어도 백 년은 된 목제 책상에서 글을 쓰고 철제 머리판과 발판이 달린 19세기의 침대에서 자면서. 앞으로 펼쳐질 과거를 끝까지 묘사하려 한다. 기억력이 약해지고 정신은 나를 저버려, 내가 생각해낸 것이 내 뒤를 바짝 추격한다. 그것이 나를 따라잡고 추월한다. 용서하길, 오, 유토피아의 신이여, 시간이 뒤죽박죽 섞여버렸고, 이젠 이야기를 하면서도 그것이 이미 일어난 일인지 앞으로 일어날 일인지 알지 못한다.

14.

그래서 일어난 일과 일어나지 않은 일이 기하급수석으로 불어나기 시작했다……

훨씬 더 자세히, 실제 사건들에 더욱 가깝게, 때로는 원본보다 더 진짜처럼. 이젠 아무도 무엇이 실제이고 무엇이 닮은꼴인지 구분할 수 없을 것이다…… 실제와 닮은꼴이 서로에게 흘러들어 합쳐질 것이다. 그래서 사람들은 인간의 따뜻한 진짜 피가 흐를 때도 마치 극장에서처럼 환호하는 반면, 다른 곳에서는 유독한 진사에서 추출한 빨간 염료를 피로 오인하면서 맹목적인 분노에 휘말릴 것이다……

—가우스틴, 시간의 뒤섞임에 관해

15.

부르크극장, 1925 / 2025

북구의 오디세우스, 페르 귄트가 고향에 온다…… 거센 폭풍이 맹렬히 불고 번개가 하늘을 가르며 바다는 미쳐 날뛰고 배는 곧 부서진다……

갑자기, 무대 위로 뇌우가 불어닥치는 와중에 객석에서 총성이 터져나온다. 이층 발코니 박스석에 앉은 한 여자가 비명을 지른다. 총알이 그 여자의 오른뺨을 뚫고 혀를 스쳐 다른쪽 뺨으로 빠져나갔다. 일층 객석에 있던 관중이 고개를 든다. 그런데, 이렇게 끔찍할 수가, 난간 너머로 한 남자의 머리가 매달려 있다. 핏방울이 바로 아래 좌석으로 뚝뚝 떨어져 공포에 질린 두 젊은 여성의 흐린 장미색 드레스를 적신다. 공연장 안에 있던 사람들 모두가 일어섰다. 몇몇 커플은 달려나가고, 출구에 몰린 사람들이 몸싸움을 벌이며, 다른 사람들은 얼어붙은 채 앉아 있다……

그 순간 체구가 작은 여자 하나가 아직 연기가 나는 마우저 권총을 들고 박스석에 나타난다. 여자는 부상자에게 손을 내밀고, 살인 희생자는 피로 범벅된 얼굴을 들며, 세 사람은 환호하는 관중을 향해 공손히 인사한다……

비극의 끝. 무대 위에서 커튼이 소리 없이 내려온다. 이제 그쪽을 보는 사람은 아무도 없긴 하지만.

빈의 가장 대단한 볼거리 중 하나—부르크극장에서 공연하는 〈페르 귄트〉. 1925년 제작된 작품 그대로, 같은 해 5월 8일에 마케도니아 혁명가 토도르 파니차가 살해당한 일까지 충실히 재현한다. 파니차는 5막 중간에 폭풍이 몰아치는 장면에서 "5막 중간에 죽진 않아"라는 대사가 나오기 직전 살해당한다. 얼굴을 다친 여자는 파니차의 아내다. 그를 쏜 체구가 작은 여자는 적대 파벌 소속으로 이름은 멘차 카르니체바다. (완전한 이름은 멜포메나, 즉 연극의 뮤즈라는 뜻이니 이 얼마나 역설적인가.)

관객들은 대체로 이 몇 분—무대 위의 조난과 객석의 유혈—을 보기 위해 극장에 왔다. 극장에서 살인이 일어나는 1920년대의 맛을 누군들 보고 싶지 않겠는가? 표는 일 년 후 공연까지 매진이다.

16.

우린 벌써 써버렸던가, 친애하는 벗들이여, 미래의 수표를? 미래의 그 무보증 수표를……

과거조차 이제는 더이상 아니고 미래는 이제 아직 아니다—그게 성 아우구스티누스가 『고백록』 제11권에서 한 말 아닐까?

아직 아니다에는 그래도 어떤 위안이 있다. 여기에 있지 않지만 오긴 올 것이다. 하지만 미래가 더이상 아니게 되면 우리는 어떡할 것인가? 아직 아닌 미래와 더이상 아닌 미래는 어떻게 다를까? 그 부재는 어떻게 다를까. 전자는 많은 것을 기약하고 후자는 세상의 종말이다……

—가우스틴, 시간의 종말에 대한 기록

17.

기억은 당신이 두고 떠날 수 없는 한 사람, 그 단독자의 고정된 윤곽 안에 당신을 붙들어 동결시킨다. 망각은 당신을 해방하러 온다. 얼굴의 이목구비는 선명함과 또렷함을 잃고 형태는 어렴풋하게 흐려진다. 내가 누구인지 확실히 기억할 수 없다면 나는 누구든 될 수 있다. 심지어 내가 될 수도, 어린 시절의 내가 될 수도 있다. 갑자기 보르헤스의 게임들, 당신이 젊은 시절 너무나 좋아했던 그 분신의 게임들이 현실이 되어 눈앞에서 일어난다. 손택의 말과 정반대로, 전에는 은유이던 것이 이제 질병이 되었다.* G가 말했듯, 여기엔 더이상 그 어떤 은유도 없다. 예전에 우리가 처음 만나 하루가 저물면 죽는 하루살이에 대해 이야기하면서 그가 한 말이다. 이제 당신은 자신이 역사의 어느 편에 있는지 진정 더이상 확신할 수 없다. 이제 '나'는 가장 무의미한 단어, 해변에서 파도가 이리저리 굴려대는 텅 빈 조개껍데기가 된다.

거대한 떠남이 당신에게 닥쳐온다. 지금까지 당신이었던 몸들이 하나하나 떠나간다. 그것들은 자신을 버리고 작별을 고한다.

---

* 수전 손택이 『은유로서의 질병』에서 한 주장을 반대로 비튼 것.

떠나는 이들의 천사와 남는 이들의 천사―때로는 다 똑같은 하나……

18.

노란색 노트에서 우연히 다음 메모를 읽고 나서 지금까지 며칠 동안 평정심이 돌아오지 않는다.

"기억을 잃은 사람들에 관한 소설을 쓰는 동안 그 자신도 기억을 잃기 시작한다…… 그는 자신이 무엇을 쓰고 있었는지 잊기 전에 서둘러 글을 끝내려 한다."

그는 나를 조롱하는 건가, 위협하는 건가, 아니면 내게 아이디어를 주는 건가?

19.

이름을 잊을 때의 당혹스러움…… 물론 누구나 어떤 나이가 되면 이런 문제를 토로한다. 하지만 내가 말하는 건 가장 가깝고 소중한 이들의 이름이다. 예컨대 당신은 전에 함께 살던 여자, 여러 해 결혼생활을 한 여자, 그리고 지금 미소를 띤 채 당신에게 소설 한 권을 내밀면서 아주 사적인 저자 서명을 기대하는 여자의 이름을 잊을 순 없다. 좀처럼 대중 앞에 나서지 않는 내가 얼마 전 어떤 행사에 참여했을 때 여자가 줄을 서서 기다리고 있었다. 그리고…… 완전한 백지상태. 여자의 몸은 세세히 기억한다. 어디에 점이 있는지, 우리가 처음 함께 보낸 밤. 내 인생의 오 년이었다.

하지만 여자의 이름은…… 머릿속에서 이름 십수 개를 빠르게 훑어보지만 어느 것도 그녀의 이름은 아니다. 이런 일을 처음 겪는 건 아니지만 이만큼 겁에 질린 적도, 상대가 이처럼 가까운 사람인 적도 없다. 나는 속수무책으로 주위를 둘러본다. 줄을 서서 기다리는 사람들이 있다. 그런 경우에 쓰는 수법 하나를 안다―근처에 지인이 보이면 그를 여자에게 소개해 그녀가 이름을 말할 때 듣는 것. 하지만 안타깝게도 당장 주변엔 아는 사람이 없다. 나는 플랜 B를 택해, 충분히 사적인 문구를 적지만 이름을 빠트린다. 예컨대 이런 말이다. 지금의 우리를 이루는, 함께 나눈 과거를 위해. 책을 건넨다. 여자는 책을 펼쳐보더니 천진하게 다시 내게 건넨다. 어서, 내 이름도 적어 줘야지……

불안한 나머지 단상의 투명한 상판을 움켜쥐자 어딘가가 무너지며 내 발치로 유리가 와장창 쏟아진다. 손목에서 피가 뿜어나오고, 줄을 서 있던 한 여자는 기절하고, 사람들이 내 주위로 몰려들고, 서점 여자 직원이 상처에 물을 붓고 붕대를 꺼낸다. 사인회는 유예되고, 줄은 흩어지고, 사진 기자 두 명이 계속 사진을 찍는다. 내일이면 어느 타블로이드 신문 웹사이트에서 내 모습을 볼 것이다…… 피에 흠뻑 젖은 채로…… 하지만 이 모든 것이 내게는 굉장한 위안이다…… 내가 뭐든 좀 도와줄까? 내 아내가 걱정스럽게 묻는다. 그러니까, 내 전처, 내가 도살장의 돼지처럼 피를 흘리는 이유인 그녀가. 다 괜찮아, 나는 대답한다. 그런데 그녀가 가진 책에 피가 약간 묻어 있다. 내가 쓴 문구 바로 옆에.

교환해드릴까요? 서점 직원이 묻는다.

오, 아뇨, 괜찮아요, 이게 더 사적인 의미가 있어요, 에마는 대답하고 범죄 현장을 떠난다.

에마! 에마, 그렇지, 에마…… 에마 보바리처럼.

20.

나는 즉시 신경과 전문의인 친구를 찾아갔다. 어쨌든 그 친구는 나를 건강염려증 환자로 본 지 오래다.

이건 일시적인 대응 기제로 볼 수 있지, 스트레스 말이야. 너는 많은 사람을 만나잖아, 게다가 네가 지어내는 사람들까지 합친다면……

(친구 말이 옳았다, 내가 내 작품 안에서 배회하는 인물까지 전부 머릿속에 간직할 필요를 느낀다는 생각은 미처 해보지 않았다. 나는 마음이 물러서 다른 사람들처럼 쉽게 내 인물들을 쳐내지 못하며, 그래서 그들을 잘 통제하기가 더욱 힘들다.)

물론 누구나 조금씩 둔해지긴 하지, 의사가 말했다. 뉴런은 여기저기서 소진되고 어떤 연결 작용은 너무 깊이 파묻혀 상실된 것 같다가도 어느 날 예기치 않게 되살아날 수 있어. 하지만 꼭 우리가 찾으려고 하는 순간에 되살아나는 건 아니야. 잠과도 비슷해—밤에 침대에 누워 속으로 얼른 자야 해, 얼른 자야 해, 하고 말할수록 잠이 들 가망은 더욱 낮아지지. 조금 더 잘 쉬려고 노력해봐……

나는 진료실을 나오며 꾀병이나 부리고 편집증을 지어내는 사람으로 인식되었다는 께름칙함을 느꼈다. 그런데, 젠장맞을, 저 의사 친구 이름은 뭐였더라? 복도를 따라 몇 미터쯤 걷다가 그런 궁금증이 일자 다시 돌아가서 문에 붙은 명패를 읽었다.

여러 글에서 언급되듯이, 우리는 태어나기 전에 전생을 완전히 잊기 위해 레테강의 물을 마셨다. 하지만 왜 우리는 이따금 한밤중에 잠에서 깨어, 혹은 오후 3시 무렵 돌연한 깨달음처럼 이런 생각을 하는 걸까? 이 순간을 이미 살아봤다는, 앞으로 어떤 일이 일어날지 안다는 생각. 예기치 않게 어떤 틈이 나타났다. 과거의 빛이 흘러나오는 틈. 그런데도 우리는 모든 것을 잊었다고 치고 살아간다.

레테강의 물이 예전과 달라졌다.

21.

나는 신화에서 위대한 기억의 신을, 아니 못해도 망각의 신마저 찾을 수가 없다. 사랑, 불, 복수의 신 등등은 있는데⋯⋯ 심지어 반신반인이나 정령조차 찾을 수 없다. 원래는 신과 반신반인과 반인반마, 영웅을 비롯해 온갖 잡다한 존재로 우글거리는 그리스신화도 기억과 망각의 신은 잊어버렸다. 그래, 므네모시네가 있긴 하지만 그녀는 뮤즈들의 어머니로 더 잘 알려져 있다. 그리고 망각의 여신 레테도 있지만, 이들은 다늘 어쩐지 그림자에 싸여 있다. 처음 신화가 나왔을 때 세상은 너무 젊어서 아직 건망증이 없었는지도⋯⋯ 게다가 사람들은 노화가 정신을 비워버리기 전에 젊어서 죽었다.

결국, 인간이 기억만으로는 충분하지 않다고 깨달을 때 글쓰기가 나타난다.

메소포타미아의 설형문자가 적힌 역사 초기의 점토판에는 우리가 기대하듯 세상의 비밀에 대한 지혜가 담긴 것이 아니라, 오히려 양떼 한 단위가 몇 마리인지, 혹은 '돼지'를 달리 부르는 말이 무엇인지 등에 관한 완전히 실용적인 정보가 담겨 있다. 최초의 문자 유물은 목록들이었다. 시초에는 (그리고 최후에도) 항상 목록이 있다.

22.

올해는 내 삶에 아무 일도 일어나지 않아서 작년 일기를 하루하루 베껴쓰고 있어, 하고 한 친구가 말했다. 11월 26일 오늘은 작년 11월 26일에 내게 일어난 일을 베껴쓰는 거지.

나는 그보다 더 우울한 얘기를 들어본 적이 없다.

나 역시 오랫동안 일기를 썼다. 날짜나 연도는 기록하지 않고 낮이었는지 밤이었는지만 적다가 어느 순간부터는 그마저도 적지 않았다.

지금, 내 기억으로부터 그 어느 때보다 멀어졌음을 깨닫고 나니 그건 정말이지 멍청한 행동이었다는 생각이 든다. 어느 해였고 어느 달이었는지에 대한 사소한 기준점조차 잃어버렸다. 일기를 읽다보면 어떤 일들이 기억나지만 그게 언제 일어 났는지, 일 년 전인지 십오 년 전인지는 이미 다시 짜맞추기가 어렵다. 전혀 기억나지 않는 일들도 있다. 아예 모르는 사람에 게 일어난 일, 다른 사람의 손으로 적은 글인 것처럼.

내 필체는 갈수록 지저분하고 작고 뾰족해진다. 어릴 적의 내 글씨가 그랬다.

어떤 말들은 쓰자마자 흩어져 횡설수설로 변하고 음절들은 어지럽게 뒤섞여 신화 속 어떤 생물처럼 머리가 꼬리가 된다. 재빨리 대충 꿰맞춘 켄타우루스나 변태한 올챙이처럼.

기도—도기.

내가 어디서 시작했더라, 정확히 무슨 말을 하고 싶었지?……
희미해지는 기억에 관한 책을 탈고하려 애쓰고 있다…… 그 게 정말로 무엇에 관한 책인지 잊기 전에 끝내려고 서두르는 중이다. 하지만 내가 쓰는 모든 것이 실현된다면 나는 다른 사 람 안으로 도피해야 한다.

23.

처음에는 단어 몇 개가 사라졌다. 그는 이것을 게임으로 만들었다. 오래전이었고 그들은 아직 대학생이었다. 그는 아내와 친구들에게 사라져가는 단어 대여섯 개를 말했고, 그중 한 단어가 필요해지면 그들이 하나씩 말했다—"처마돌림띠" "상업" "로즈메리" "대결"……

어느 날, 아마도 아내와 헤어지고 친구들을 보지 않게 되어, 그리고 사라지는 단어들이 급증해서, 그는 단어들을 적기로 했다. 처음에는 종이 한 면으로 충분했다가, 다음에는 양면이 필요해졌다. 그러다 또 한 면, 또 한 면…… 그때 노트를 한 권 샀다. 그것을 『잊힌 말들의 축약본 사전』이라고 불렀다. 거기에는 사람들 이름을 적는 칸이 별도로 있었다. 시간이 흐를수록 칸의 수가 늘어났다—그에게 다양한 기억을 불러일으키는 냄새를 적는 칸도 추가되었다. 그러다 소리를 적는 칸도 넣었다. 그 와중에 그는 귀가 어두워지고 있었다. (의사는 청력 상실과 기억 상실은 연관되어 있다고, 그 두 능력은 두뇌 안에서 같은 방을 쓴다고 말해주었다.)

마침내 노트에 또하나의 칸, 어쩌면 가장 중요한 기록을 위한 칸이 나타났다—그에게 정말로 일어난 일을 쓰는, 그래서 책에서 읽었거나 머릿속에서 만들어낸 일들과 구분하기 위한 칸이었다.

머지않아 모든 것이 뒤죽박죽 섞일 것이다—실제로 일어난 일, 글로 읽은 일, 머릿속에서 만들어낸 일이 툭툭 튀어나와 자리를 바꾸고 마침내 서서히 조용해지다 흐릿하게 사라질 것이다. 하지만 그는 아직 경계를 잘 유지하려고 애쓰고 있었다. 여러 해가 지난 뒤 그의 전처가 사인회에 와서 줄을 설 테고 그는 머릿속에서 전처의 이름을 찾을 수 없을 것이다.

24.

이름일 때가 가장 심했다. 그리고 언어를 바꿔 말해야 할 때는 악몽 같았다. 그는 심지어 사과하고 이름을 물을 때 쓸 적절한 말까지 잊곤 했다.

　죄송하지만 성함이 기억나지 않네요……
　죄송하지만 성함이……

매일 아침 그는 빈 종이 한 장을 가져다 이 네 어절을 손으로 썼다. 어린 시절 학교에서 받던 벌이 생각났다. 어떤 단어를 잘못 썼을 때나 사소한 위반을 했을 때, 예컨대 '깜빡 잊고 숙제를 안 했습니다' 같은 문장을 백 번 쓰게 하던 벌 말이다. 반복은 의미를 변화시킨다는, 글의 뼈를 발라내고 느낌을 제거한다는 이른 깨달음이 바로 그런 벌에서 생겨났다. 백 번 반복하고 나면 모든 것이(심지어 죄책감도) 무의미한 음절로 분해된다.

그랬더라도 이제 그는 이 기억을 즐거이 떠올렸다. 남아 있는 얼마 안 되는 기억 중 하나여서 소중한 반려동물처럼 보살폈다. 그 기억을 불러들여 귀를 쓰다듬고 말을 걸었다.

그는 언젠가 다음과 같은 말을 사용하게 되는 날이 오리라는 것을 알았다.

죄송하지만 내 이름이 기억나지 않네요.

25.

그는 글자까지 잊어버리는 순간이 얼마나 빨리 오게 될지 궁금했다. 글자는 그가 없이 살 수 없는 유일한 것이었다. 네 살인가 다섯 살 꽤 어린 나이에 글자를 배웠으니 글자를 잊는 것도 맨 나중이 되어야 할 것 같았다. 그는 글자가 개미나 딱정벌레 같은 작은 동물처럼 이 노트와 서재의 책들에서 줄지어 빠져나가 주변을 기어다니다가 방을 가로질러 일제히 떠나는 모습을 선명하게 상상할 수 있었다. 글자들의 대이동. 이제 щ가 지네처럼 살살 기어가고, Б는 배를 앞으로 쑥 내민 채 손을 흔들며 사라지고, О는 살진 쇠똥구리처럼 굴러가고, Й는 작고 우스꽝스러운 모자를 벗어 작별을 고하고, Ж는 개구리처럼 폴짝 뛰어 문밖으로 사라진다. 나는 아무 책이나 열어본다. 안은 비었고 작은 e 하나가 바닥으로 떨어져 라디에이터 뒤로 굴러간다.

텅 빈 채 버려진 책들의 서재—책에는 제목도, 저자 이름도, 텍스트도 없다. 흰 지면들, 빈 서판. 아이의 정신은 빈 서판이며 거기에 우리가 모든 것을 써야만 한다. 이것은 그의 선생이 1학년의 시작을 기념하는 의식에서 한 말이다. 그는 이 이상한 문장이 도무지 이해가 되지 않아서 정확히 외워두었다. 그의 정신은 이제 다시 백지상태가 되었다. 이젠 그 위에 아무것도 쓰일 수 없다는 점만이 다를 뿐. 필름은 이미 빛에 노출되었다.

26.

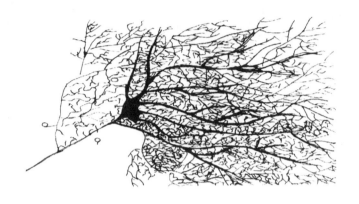

뉴런(섬유질, 신경을 뜻하는 고대 그리스어 νεῦρον에서 유래)은 전기적 자극이 가능한 세포로 정보를 처리하고 전달하는 역할을 한다. 수상돌기는 다른 신경세포에서 보낸 신호를 받아들이고 축삭돌기는 수천 개의 가지를 통해 이 신호를 다른 뉴런으로 전달하며, 이를 다시…… (7학년을 위한 해부학)

뉴런의 그 즐거운 (혹은 두려운) 교감, 그 끊임없는 부산함. 번득거림, 이온의 움직임, 세포막의 진동, 축삭돌기, 신경전달물질, 시냅스에서 일어나는 교류, 신호, 충동, 노동의 행복한 부산함*…… 그러다 갑작스럽게, 혹은 그다지 갑작스럽지 않고 외려 서서히, 이들은 서로에게 더이상 말을 걸지 않는다. 서로를 찾아가지도 않고, 이웃끼리 밀가루와 소금과 뒷소문을 나누기를 멈추고, 부산함은 잦아들고, 작업장 안의 모든 것이 서서히 중단된다. 모든 것이 부식하고 불이 꺼진다……

27.

한 친구가 자기 어머니와 장모에 관해 가끔 하던 이야기가 있다. 여든 살가량 된 이 여인들은 거의 동시에 기억을 잃기 시작했다. 다른 방법이 없어서 그의 가족은 소피아의 아파트로 두 분을 다 모셔왔다. 그리고 아침마다 다음과 같은 대화가 이루어졌다.

이 여사님은 누구실까, 어디에서 오신 분일까, 정확히? 하고 한 사람이 묻는다.

아, 저는 저쪽 거기 출신이에요. 그 뭐더라, 해안가에 있는데. (두 사람은 이제 고향 이름뿐만 아니라 자기 이름도 기억하지 못했다.)

오, 그런가요, 나도 해안가 출신인데, 이런 우연이. 그런데 여기서 뭘 하고 계시나요?

---

* (원주) 불가리아 원로 문인 이반 바조프(1850~1921)의 시 「일을 하자」에서 발췌한 구절.

아들 보러 왔어요. 여기에서 아내랑 함께 살아요. 그리고 손주도 보려고요. 여사님은 무슨 일로 오셨어요?

아, 저는 딸을 보러 왔어요. 여기에서 남편이랑 함께 살아요. 그리고 저도 손녀를 보러 온 거예요.

아하, 이런 우연이! 손녀는 몇 살인가요, 여사님?

일곱 살인가 여덟 살인가 그럴 거예요. 여사님은요?

세상에나, 이런 우연이, 내 손녀도 똑같아요. 여기 사진도 있어요.

정말인가요, 여사님? 다른 한 사람이 소리친다. 이앤 내 손녀예요.

그들은 가끔 말다툼을 했고, 또 가끔은 둘 다 같은 가족을 보러 와서 같은 집에 머물고 있다는 사실, 한 여자의 딸이 다른 여자의 아들과 결혼했다는 사실을 깨닫고 화해를 하기도 했다.

그런데 다음날이 되면, 내 친구는 말하곤 했다. 모든 것이 처음부터 다시 시작돼.

이 여사님은 어디에서 오신 분일까, 정확히……

28.

소금

오랜 신화(그리고 새로운 이데올로기)는 뒤돌아보기를 싫어한다…… 뒤를 돌아본 오르페우스는 에우리디케를 영원히 잃는다. 소돔을 향해 뒤돌아본 롯의 아내는 소금 기둥으로 변해 버린다. 훗날에도 뒤를 돌아보는 사람들은 그저 감금된다. 모든 것이 깨끗한 서판에서, 아무런 기억도 없이 시작되어야 한다. (공산주의의 별은 새롭고도 새로워서 그 앞에는 아무것도 없다, 라는 말을 오래전에 지역의 당서기가 낭송하곤 했다.)

롯의 아내를 기억하라. 소돔과 고모라를, 하늘에서 비 오듯 쏟아지던 불길을 기억하라. 그리고 감히 뒤돌아보지 마라, 라고 루카는 우리를 일깨운다. 모두가 지금 그 자리에 머물러야 한다. 지붕 위에 있는 누구도 아래로 내려와서는 안 된다. 종말이 닥칠 때 들판에 있는 누구도 제자리를 벗어나서는 안 된다. 이는 마치 경찰의 명령처럼 들린다.

하지만 과거가 무슨 끔찍한 범죄를 저질렀던가? 왜 돌아보면 안 되는가? 왜 과거가 그토록 위험하고, 왜 과거를 돌아보는 일이 사람을 소금 기둥으로 변하게 할 만큼 엄청난 죄란 말인가? 종말은 바로 과거를 파괴하러 온다. 소돔과 고모라를 떠나기만 하면 되는 게 아니다. 그것은 쉬운 부분이다. 모두가 재난을 피해 도망친다. 진짜 시험은 과거를 잊는 것, 과거를 기억에서 지우는 것, 과거를 그리워하지 않는 것이다. 롯의 아내는 도시를 떠났지만 그곳을 끝내 잊지 못했다.

시간은 방금 막 지나간 마지막 초(秒)가 아니라 과거로 넘긴 (그리고 미래로도 이어질) 실패의 연속이자 발터 벤야민이 말한 폐허 더미이며, 그 폐허 더미 앞에서 역사의 천사는 경악하여 얼굴을 돌린 채 서 있을 것이다. 역사의 천사(클레가 〈앙겔루스 노부스〉의 모습으로 그린)는 사실 롯의 아내일 수도 있지 않을까?

롯의 아내는 왜 걸음을 멈추고 뒤돌아보는가?

그것이 인간적인 행동이니까.

거기에 무엇을 두고 왔을까?

과거.

왜 하필 소금인가?

소금은 기억이 없으니까. 소금에서는 아무것도 자라지 않는다.

15세기 말에 하르트만 셰델이 쓴 『뉘른베르크 연대기』에는 이런 장면을 그린 삽화가 있다. 전경에 아버지와 그의 딸들이 있고 그들은 아버지에게 수다를 떠는 쾌활한 천사를 따라간다. 그들은 불타는 소돔과 무너지는 탑들을 뒤로하고 앞으로 성큼성큼 걸어간다. 중간 부분에는 떠나가는 무리와 불타는 도시 사이에 흰옷을 입고 서 있는 여자가 한 명 있다. 여자는 얼굴을 뒤로 돌렸다. 사실 여자는 살짝 옆을 보고 있다. 불도 그렇지만 과거 역시 정면으로 바라볼 수 없다. 여자의 얼굴은 평온하다. 공포도 두려움도 고통도 없다. 그저 소금만 있을 뿐. 수다 떠는 천사를 따라가는 늙은 롯과 딸들은 여자가 없다는 사실도 알아차리지 못한다. 그들은 이미 그녀를 잊었다.

29.

너희를 위한 보물을 현재에 쌓아두지 마라. 그곳을 좀과 동록이 해하며 도적이 쳐들어와 도적질하느니라. 오직 너희를 위하여 보물을 과거에 쌓아두라. 거기는 좀이나 동록이 해하지 못하며 도적이 쳐들어와 도적질하지도 못하느니라. 네 보물 있는 그곳에 네 마음도 있느니라.

　　　　　　　　　　　　―가우스틴, 비정전 판본들과 신약성서들

30.

각기 다른 대륙에서 발간된 똑같은 백과사전 전집들—오래
된 체리빛 빨간색, 밤색, 검은색—이 깔끔하게 줄지어 꽂힌
모습보다 더 마음의 평안을 주는 것은 없다.

이 제목들을 악귀와 시간에 대항한 주문으로 사용할 수도
있다.

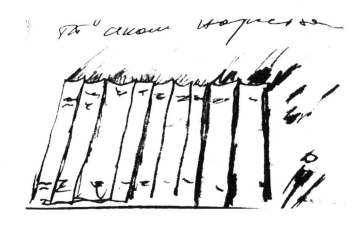

바스크 지역 일러스트 백과사전(Enciclopedia general
ilustrada del País Vasco)

멕시코 백과사전(Enciclopedia de México)

푸에르토리코 신백과사전(Nueva enciclopedia de Puerto

Rico)

베네수엘라 인명 사전(Diccionario biográfico de Venezuela)

브리태니커 백과사전(Encyclopedia Britannica)

뉴욕 공립도서관, 동양 장서(The New York Public Library, Oriental Collection)

미국문학 속의 남부, 1607년~1900년(The South in American Literature, 1607–1900)

세계 해양의 독성 및 독침 동물(Poisonous and Venomous Marine Animals of the World)

생물 분류 목록(Nomenclator Zoologicus)

이탈리아 요리 대백과사전(Il grande libro della cucina italiana)

헝가리의 요리(The Cuisine of Hungary)

1905/1906 현재 도서 가격 (런던)(Book–Prices Current (London), 1905–1906.)

1880년 이전 출간 도서의 주제별 색인(Subject Index of Books Published Before 1880)

모든 책 목록의 어머니(The Mother of All Booklists)

영국의 익명 및 가명 문학 사전(A Dictionary of Anonymous and Pseudonymous Literature of Great Britain)

브라질 서지 사전(Dicionário bibliográfico brasileiro)

볼리비아 서지 목록(Catálogo de la bibliografía boliviana)

1475년~1640년 영국, 스코틀랜드 등지에서 인쇄된 도서의 간략 제목 목록(A Short-Title Catalogue of Books Printed in England, Scotland..., 1475-1640)

1455년~1600년 독일 도서 목록(Catalogue of German Books, 1455-1600)

범죄소설 IV: 1749년~2000년 종합 서지(Crime Fiction IV: A Comprehensive Bibliography, 1749-2000)

히스패닉문학 서지(Bibliografía de la literatura hispánica)

31.

안데스산맥 어딘가에 사는 사람들은 오늘날까지도 미래가 뒤에 있다고 믿는다. 미래는 예기치 않게 등뒤에서 다가와 놀라게 하지만 과거는 항상 눈앞에 있는 것, 이미 일어난 일이다. 아이마라 부족 사람들은 과거에 대해 말할 때 자기 앞을 가리킨다. 당신은 과거를 바라보며 앞으로 걸어가고 뒤로 돌아 미래를 향한다. 이 경우 롯의 아내에 관한 우화는 어떻게 들리는가?

우리는 앞으로 걸어가 끝없는 천국의 들판으로 들어간다.
나는 앞으로 걸어가 과거가 된다.

32.

그 꿈을 다시 꾸고 있다. 세상의 어느 도서관, 프레스코화로 장식된 높은 천장과 목제 책상들, 기둥을 돌림판으로 깎고 오래 묵은 금의 부드러운 색깔을 입힌 전등 따위가 있는 주열람실에서 한 남자가 활짝 펼친 신문 뒤에 숨어 앉아 있다. 크기가 꽤 큰 걸로 보아 오래된 신문이다, 오래전에는 신문이 컸으니까. 나는 그를 향해 걸어가고 사방에 사람들의 얼굴이(꿈속에서는 얼굴밖에 보이지 않는다) 내 쪽을 바라본다. 얼굴은 어디에선가 본 듯 익숙해도 이름은 잊은 지 오래인 남자들과 여자들. 모두가 우리를 지켜보고 있다는 것을 나는 안다(안다기보다는 감지할 수 있다). 이것은 중요한 장면이다. 제1면의 표제가 전보양식의 큰 글자로 쓰여 있는데…… 뭐지, 아직도 그걸 읽을 수가 없다.

가까워 보이지만 꿈에서는 거기까지 가는 길이 저절로 늘어나고 나는 움직이기가 점점 더 힘들어진다. 어떤 끈적끈적한 것을 헤치고 지나가듯이, 혹은 그저 그에게 다가가기가 두려운 듯이…… 나는 이중의 두려움을 느낀다―첫째로는 거기 쓰인 글을 읽기가 두렵다. 머리 한구석에서는 그 내용을 다 알고 있는데도(나는 신문 전체를 외우고 있다).

둘째로는 그에게 다가가면 남자가 신문을 내리고 나는 거기서 내 얼굴을 보게 될 것 같아 두렵다.

33.

모든 것이 괜찮은 듯싶은 날들이 있다. 글을 쓸 수도 있다. 내가 가본 도시와 방들을 기억해낼 수도 있다. 내 정신은 양동이의 빗물처럼 맑았다가, 이내 모든 것이 다시 흐려지며 늪처럼 변한다…… 얼굴 없는 사람들이 나타난다. 그들이 방안을 쿵쿵거리며 돌아다닌다. 말을 한다. 그들이 나를 행복하게 해줄 것 같은 조짐이 보이고, 그러다 좀 지나면 아무것도 기억나지 않는다. 어느 한 지점만 물끄러미 바라보고 있는 나는 시선을 돌릴 힘이 없다……

34.

브루클린에서 프랭크 시나트라 노래를 흥얼거리는 타지크 사람 자니에게서 이발을 받는다. 그가 목을 면도하기 위해 일자형 면도날을 탁 펼치자 나는 양처럼 도살되는 듯한 원초적 두려움에 사로잡힌다. 잠시 후 자니가 참을 수 없이 뜨겁고 축축한 수건을 꺼내 내 얼굴에 척 올린 뒤 꾹꾹 누른다. 그래서 반쯤 도살되고 반쯤 질식한 나는 피날레로 바른 라벤더 향 오드콜로뉴에 젖은 채 부활하듯 눈을 뜨고 살려준 대가로 치르는 몸값인 양 팁을 듬뿍 쥐여준다. 인도로 나오자마자 수많은 이발의 기억을 일깨우는 이발소 오드콜로뉴의 향을 노트에 적는다. 모두가 그것에 대한 기억과 두려움이 있다. 모두가 이발소 의자에 앉아 하나둘 생겨나는 흰머리를 발견해왔다.

썩은 은행 열매에서 비롯되는 뉴욕 거리의 그 독특한 향기. 나는 그 향기도 노트에 적는다…… 뉴욕의 은행나무. 그 기억은 무엇을 보유할까. 공룡의 최후를 기억하는 나무. 빙하기 이전부터 있었던 움직이는 (그리고 무너지는) 고층건물들. 그리고 그들 옆에서 역시 무너지는 진짜 고층건물들—이것은 한없이 무시무시한 기억이다. 네가 왜 악몽을 꾸는지 이제 이해돼? 나는 나 자신에게 말한다. 넌 망각과 싸우려고 오랫동안 그렇게도 은행을 처먹었는데 은행은 끔찍한 일들을 기억하잖아.

　나는 매일 브루클린에서 피프스 애비뉴와 포티세컨드 스트리트 교차로에 있는 뉴욕공공도서관을 오간다. 그 경로를 따라 보이는 자잘한 세부에 점점 익숙해진다. 맨해튼브리지를 건너는 동안 살짝 옆으로 멀리 자유의여신상이 보이고 길가의 출구 없는 벽과 굴뚝과 급수탑과 거대한 옥상 테라스에 빨래가 널린 풍경이 이어진 뒤 전철은 다시 지하로 내려간다. 나는 타임스스퀘어에 내린다. 잠시 선 채로 그날의 신문 앞 몇 페이지를 훑어보듯이 옥외 광고판들을 쭉 읽는다. 광고판은 새로운 신문이다. 거기엔 무엇이 쓰여 있나—어떤 괴물들, 미래로 돌아가기, 세상의 종말로 우리를 겁주는 블록버스터들, 시계와 대출…… 확실히 앞날에 좋은 일이 있을 것 같지는 않다. 포티세컨드 스트리트를 따라 계속 걸어가는 동안 영화에서처럼 소방차와 경찰차의 사운드트랙이 깔린다. 브라이언트파크를 향해, 즐비한 초록색 테이블과 의자를 지나고 높은 플랜턴 나무 밑을 걸어간다. 제체시온양식을 세로로 구현한 크라이슬러 빌딩을 흘낏 쳐다보고 나서 마치 다른 시대로, 시간 대피소로 가듯이 도서관의 서늘한 굴속으로 내려간다.

35.

라디오에서 7월의 사막에 눈이 오고 있다고 보도한다. 피라미드 위에 눈더미가 쌓이고 있다. 나는 눈으로 만들어진 스타킹 모자를 쓴 스핑크스를 상상한다. 오든이 썼듯이 눈은 공공장소의 동상들을 흉하게 변형시킨다. 눈 내리는 사막에서 낙타들은 무얼 하고 있을까 궁금하다. 낙타들은 어떻게 해야 할지 몰라서 깊은 기억 속을 허겁지겁 뒤지겠지만 아무런 기록도 없다. 그들 유전자의 타임캡슐에 그런 건 들어 있지 않다.

시간의 종말이 오면 계절이 뒤죽박죽된다고들 말한다.

36.

꿈을 꾸었는데 기억에 남는 건 단 한 문구뿐이다. 과거라는 천진한 괴물. 꿈은 잊었지만 그 문구는 남았다.

37.

사라예보 1914 / 2024

역사 재현은 점점 더 악랄해지고 점점 더 진짜처럼 되어간다. 발칸반도에서 가장 인기 있는 역사 재현물 중에는 프란츠 페르디난트 대공의 자동차—그라프 앤드 스티프트의 검은색 4기통 파에톤—복사품을 타고 사라예보 돌아보기가 있다. 여기에 더해 대공의 흰 셔츠와 제복, 군도 등의 복장과 이동 경로, 정차 지점, 기사의 치명적인 착각까지—모든 것을 그날과 똑같이.

"바깥에만 있지 말고 역사 안으로 들어가십시오! 1914년 사라예보의 가브릴로 프린치프*나 프란츠 페르디난트가 되십시오!"

주최측은 참고로 시의회와 연줄이 있는 사람들로서, 암살 기념일 6월 28일(그레고리력 기준)에 매우 특별한 일을 하고 싶어한다. 지금까지 본 적 없는 극사실적인 어떤 것을. 이때는 마침 제1차세계대전 발발의 중요 기념일이기도 하다. 엑스트

---

* 1914년 6월 28일에 오스트리아-헝가리 제국의 후계자인 프란츠 페르디난트 대공을 암살해 제1차세계대전을 촉발한 세르비아 민족주의 활동가.

라로 출연하는 지역 주민 수천 명이 그 시기의 의복을 차려입고 몇 주 내내 도시 전역을 거닐고 있다. 현존하는 기록 사진들을 참고하고 대학 역사학자들의 자문을 받은 세세한 재현 행사가 벌어진다. 하지만 뭔가가 부족하다. 긴장감이, 위협적인 분위기가 없다. 이것은 화창한 6월 어느 날 왕족 고위급 인사의 짧은 시내 나들이에 불과한 사건이 아니다…… 어쨌거나 전쟁이 시작되고 있다, 가든파티가 아니라. 사람들은 왕가의 먼 친척 한 명을 간신히 추적해 찾아낸다—다소 먼 방계의 친척이기는 해도, 어쨌든 왕가의 피가 필요하지 않은가?

가브릴로 프린치프 역할을 찾기 위해서는 무정부주의 성향이 있는 세르비아 청년 중 무직이고 뭐든 할 자세가 된 이들을 대상으로 오디션을 연다. 그러는 사이에, 당시 암살자들을 길러냈던 예전의 '검은 손' 운동이 재결성된 것으로 밝혀진다. 그 조직의 구성원 중 한 젊은이가 선발된다. 그에게 적당한 권총—작고 납작해서 은닉 소지에 완벽한 브라우닝 FN M1910—을 구해준다. 물론 공포탄을 장전했지만 그래도 총성은 들릴 것이다.

6월 28일이 다가오고, 도시 전체가 밖으로 나와 구경한다. 일부는 표를 구했고 어떤 이들은 근처 건물 발코니에서 구경하며 아이들은 나뭇가지에 매달리기도 한다. 우연히도 1914년

6월 28일과 놀랍도록 비슷하다. 심지어 구름도 똑같다고, 이후 누군가가 사진들을 비교하며 평할 것이다. 산들바람이 이미 낙화한 보리수 꽃잎을 싣고 온다. 엑스트라 배우 중 어떤 이들은 연미복과 실크해트를 갖춰 입었고 나머지는 좀더 별난 차림새로 성급히 돌아다닌다. 여자들은 황새 둥우리만한 큰 모자를 자랑스럽게 쓰고 (대체로 바로 그날로 인해) 곧 막을 내릴 한 시대의 스타일로 치장했다.

대공은 그의 육중한 검은색 4기통 그라프 앤드 스티프트 파에톤을 타고 부르릉 달려간다. 모든 것이 그날 오전과 똑같이 벌어진다—세 대의 차량으로 이루어진 행렬이 출발하고, 첫번째 폭탄 공격 시도가 실패한 뒤 잠시 거쳐간 시청에서 대공은 눈에 띄게 동요한 채 말한다. 나는 여기에 여러분을 보러 왔는데 여러분은 나를 폭탄으로 맞이하는군요. 부상자를 살피기 위한 병원 방문, 잘못된 길로 들어선 자동차들, 라틴다리 근처에서 차를 돌리려 할 때 하필이면 바로 앞에 있는 가브릴로 프린치프. 절망에 빠져 주점 앞에서 맥주를 진탕 마시던 암살자는 바로 그 순간 고개를 들고 암살 대상이 제 발로 찾아왔음을 깨닫는다. 권총을 꺼낸 프린치프는 육중한 딱정벌레처럼 제자리에서 차체를 돌리고 있던 자동차 앞으로 성큼 다가가 대공을 쏜다.

대공의 흰 셔츠 위에 빨간 장미꽃이 피고 피가 뿜어나온다. 모든 것이 너무나 사실적이어서 군중 속 사람들은 충격에 빠져 감히 아무도 박수를 치지 못한다. 대공의 아내 조피는 프란츠 페르디난트의 발치에 고꾸라지지만 여기에 특별히 관심을 두는 사람은 없는데, 이는 역사에도 그렇게 쓰여 있다. 하지만 암살자의 행동 어딘가가 예상과 다르다. 방금 일어난 일을 본인이 오히려 믿을 수 없다는 듯하다. 대본대로라면 그는 총으로 자신을 쏘려 하고 청산가리를 삼키려 하다 실패해야 하지만 그는 대신 말을 삼켜버린다.

긴 일 초, 역사적으로 기나긴 일 초가 사라예보 중심가 위로 흘러간다. 마치 시간의 흐름이 딸깍 바뀐 듯, 우리는 가브릴로 프린치프가 아직 연기가 나는 총을 든 채 엉거주춤 서 있는 모습을 볼 수 있다. 멈춰버린 그 순간에 입을 딱 벌리고 있던 군중이 이윽고 그를 찢어발기려고 달려든다. 바람은 잦아들었다. 아무 소리도 들리지 않는다. 한 아이가 나뭇가지에서 떨어지지만 감히 울음소리도 내지 못한다……

(잠시 나는 여기에서 뎀비의 특징이 보이는 것 같다고 느낀다. 그의 새로운 노천 연극, 트라지코메디아 델라르테.)

그런데 그 순간 대공이 거친 숨을 내뱉고 피가 분수처럼 분출한다. 이 남자는 정말로 마지막 숨을 쉬고 있다.

경비대가 가브릴로 프린치프에게 달려든다. 아니, 가브릴로 프린치프를 연기하는 남자라고 해야 맞겠지만 이제 그런 건 아무래도 상관없다. 모든 것이 예전의 그날처럼 걷잡을 수 없이 굴러간다. 대소동 속에서 총성이 한번 더 울리고, 공포탄이어야 할 탄환이 경비대 중 한 사람의 복부를 관통한다. 그러자 군중이 살인자를 찢어발기려고 정말로 달려든다. 경찰 사이렌이 울부짖기 시작하고 구급차는 사람들 사이를 힘겹게 헤치고 지나간다. 말들이 경찰관들을 등에서 떨어뜨리고는 아수라장 속에서 숙녀 몇 명을 그들의 모자와 함께 짓밟아버린다. 혼란은 통제 불가능하고 대본도 없다.

이후 사람들은 공포탄이어야 할 것이 어떻게 실탄으로 변했는지 설명할 수 없을 것이다. 빈 소총도 백 년에 한 번씩은 발사한다는 이 지역 격언도 있지만, 그 누가 알겠는가……?

오스트리아 정부 당국은 즉시 대공의 후손인 자국민의 살해에 항의하는 신랄한 서한을 보낸다. 유럽 검찰청은 재현 행사 주최측을 기소하고 관련자 전원을 즉시 체포할 것과 무정부주의 단체인 검은 손에 대한 조사를 요구한다. 사라예보 지역 주민들은 자발적으로 들고일어나 세르비아 회사 여러 곳의 사무실을 즉시 깨부순다.

유럽은 자신들이 두번째 제1차세계대전의 문턱에 와 있음을 깨닫는다.

38.

뭔가 달라졌다. 뭔가가 전과 같지 않다.

질질 끄는 발소리, 무거운 숨소리가 들린다. 예전에는 이렇지 않았다. 예전에는 춤추고 달리는 리듬이 있었다.

잠시, 나뭇잎 그림자 사이에서 나는 어제의 피로한 빛을, 혹은 수년 전의 잊힌 오후를 흘낏 본다. 한 방울, 한 방울 스며드는 다른 시간의 퇴적물.

입천장에서 재의 맛을 느끼고, 코로는 타는 냄새를 감지한다. 저절로 불이 붙은 그루터기나 숲 같은 것이 타는 냄새……

뭔가 달라졌다. 뭔가가 전과 같지 않다.

손가락으로 차갑고 오돌토돌한 다른 피부를 만진다. 전에는 따뜻하고 매끈했는데, 사람의 손처럼 생기가 있었는데, 지금은 독사가 벗어둔 허물 같다.

8월의 뜨거운 오후에 산책하는 도중, 갑자기 덤불 뒤에서 썩은 냄새가 훅 끼쳐온다. 사체, 아마도 쥐의 사체겠지만, 어쨌든 사체는 맞다.

뭔가가 썩기 시작했다. 쌉쌀해지고 악취가 나고 어두워지고 차가워지기 시작했다. 나는 그것을 오감으로 느낀다.

뭔가 달라졌다. 뭔가가 전과 같지 않다.

하지만 시간이 이미 멈춰버렸다면? 우리는 어떻게 알 수 있나? 시계가 멈출까? 달력이 똑같은 날에 들러붙어버릴까? 그럴 리가, 그것들은 시간을 먹고 살지 않는다. 시간을 주식으로 삼지 않는다.

그렇다면 시간을 먹고 사는 것은 무엇일까?

당연히, 살아 있는 모든 것. 고양이, 소, 벌, 그리고 물뱀, 엉겅퀴, 검은뿔작은매와 도마뱀, 공원의 다람쥐, 지렁이와 초파리, 청상어와 홍민어―헤엄치고 벅벅 기고 꼬물꼬물 움직이고 나무에 오르고 자라고 번식하고 늙고 죽는 모든 것. 오직 이것들만이 시간을 먹고 산다…… 아니면 시간이 우리를 먹고 산다. 우리는 시간의 먹이다.

제기랄, 그게 죽는다면 우리가 알겠지.

39.

그러다 다시 서가로 돌아간다. 세상이 제본되어 가지런히 꽂힌 책들처럼 질서정연하다고 믿기 위해서다. 여기는 똑같은 붉은색 표지의 백과사전 열두 권으로 마무리된 제1차세계대전이다. 여기는 커다란 회색 책 세 권의 표지 사이에 영원히 묻힌 냉전이다. (맨 꼭대기 선반에서 잠든) 스페인내전도, 책장

두 개 전체를 차지하는 제2차세계대전도 이제 더는 공포스럽지 않다. 모든 것이 조만간 한 권의 책으로 끝난다. 말라르메가 한 그 말은 보르헤스가 무척 좋아한 인용구였다. 생각해보면, 그 또한 그다지 나쁜 귀결은 아니다.

나는 로즈 주열람실의 베로나풍 이중 천장의 프레스코화 하늘 아래에 서 있다. 역사책 서가 가까이에 앉는다. 2008년에 출간된 『냉전 백과사전』 중 첫 글자 A에서 D까지가 수록된 1권을 알리바이삼아 꺼낸다. 내가 이 전쟁에 대해 전선에서 전해 온 이야기를 할 수 있다는 사실을 깨닫는다. 당시에 우리 어린이들도 그 전쟁에서 싸웠다. 책을 대충 넘겨 보며 스파이처럼 주변 사람들을 은밀히 흘낏거린다. 무엇을 읽든 그것이 당신을 규정한다. 내 앞 테이블에 딱 봐도 홈리스임을 알 수 있는 사람이 있다. 나는 늘 홈리스에게 설명할 길 없는 친밀감을 느꼈다. 그는 빵빵한 겨울 외투를 입었는데 크기가 상당히 크고(내게도 비슷한 게 있다) 귀마개가 달린 모자는 양옆으로 툭 튀어나와 있다. 열람실 안은 따뜻하지만 그에게는 이런 식으로 둘둘 감싼 채 누가 쫓아내면 바로 나갈 수 있도록 준비하고 있는 편이 낫다. 나도 그런 예상된 죄책감에 대해 아주 잘 안다.

그는 책 한 무더기를 왼쪽에 놓아두었다. 사실 그는 내 주변에서 실제로 책을 읽고 있는 몇 안 되는 사람 중 하나다. 나머지는 전화기를 뚫어지게 쳐다보거나 문자를 보내거나 밖에서 내리는 비가 멈추기를 기다리고 있다. 도서관은 대피소, 누구에게나 개방된 따뜻하고 보송보송한 장소다. 오래전에 홈리스가 들어오지 못하게 막으려는 시도가 있었지만 관리자들이 포기해버렸다. 그가 정확히 무엇을 읽고 있는지 궁금해 견딜 수가 없어서 나는 자리에서 일어나 근처 책장에서 책을 찾는 척하다가 살짝 몸을 튼다. 그의 바로 앞에는 두껍고 모서리가 잔뜩 접힌 『야만인 연대기』가 있다. 그 책 바로 아래에 있는 책등이 간신히 보인다. 『간략한 인도사』, 그런데 왼쪽 무더기 맨 위에 있는 책은…… 이럴 수가, 가우스틴Gaustine의 『선집』이다. 나도 모르게 그 책으로 팔을 뻗자 홈리스 남자가 고개를 들고, 그제야 나는 표지를 옳게 읽는다—아우구스티누스Augustine다, 당연히도. (좀전에는 저자 이름이 가우스틴이었다고 정말로 맹세할 수도 있다.) 나는 사과하고, 그는 나를 빤히 바라보다가 손에 들고 있던 책, 19세기 스페인 저택들이 담긴 앨범으로 다시 고개를 구부정하게 숙인다.

40.

몇 년 전부터 서서히 청력을 잃기 시작했다. 아침의 찌르레기와 여름밤의 귀뚜라미 소리가 돌아올 거라는 기약과 함께 눈에 잘 띄지 않는 보청기를 처방받았지만 보청기는 별 도움이 되지 않았다. 모든 소리가 오래된 축음기 음반에 녹음된 것처럼 들렸고 미세한 금속성 메아리와 지직거리는 잡음도 드문드문 섞여들었다. 발터 벤야민이 말한 기술적 복제의 느낌이랄까. 무한 루프를 돌며 녹음되고 재생되어 어제의 세계에 배경으로 깔리는 사운드트랙.

전쟁중에도 새들은 노래했다. 이 문구를 머릿속에서 되새기며 메시앙의 〈시간의 종말을 위한 사중주〉를 듣는다. 이 곡은 1941년 프랑스의 포로수용소에서 작곡되고 초연되었다. 나는 음량을 최대로 틀었다. 메시앙은 묵시록에 나오는 말을 사중주 앞부분에 넣었다―시간의 종말을 선언하는 천사에 관한 말. 그날 오후에는 찬비가 내렸고 연주회는 야외에서 열렸는데 사백 명의 포로와 간수 중 누구도 자리를 뜨지 않았다. 피아노, 클라리넷, 바이올린, 첼로라는 특이한 조합―포로들 중에서 구할 수 있는 연주자가 그 정도였다…… 제1악장 '수정의 예배'는 깨어나는 새들의 소리로 시작된다. 클라리넷이 경이로운 독주로 찌르레기를 모방하고 바이올린이 그뒤를 잇는다―나이팅게일 소리, 끊임없고 반복적이고 망각적이고 감미롭고 두려운, 평온하면서도 불안한 소리.

전쟁중에도 새들은 노래했다. 바로 그 점이 내포하는 참혹…… 그리고 위안.

41.

구약의 전도서는 우리에게 모든 것을 위한 시간이 있다고, 이것을 위한 시간과 저것을 위한 시간이 다 있다고 가르치지만, 성경 마지막 권에서 갑자기 시간의 종말이 선포된다. 계시록의 천사가 발 한쪽으로는 바다를 다른 한쪽으로는 땅을 디딘 채 손에는 두루마리를 들고서 이를 선포한다. 요한이 먹어버려야 하는 두루마리. 우리가 "난 그 책을 완전히 먹어치웠어"라고 말할 때 어디선가 그 목소리의 메아리가 들려온다.

이걸 가지고 가서 먹으라, 천사가 요한에게 두루마리 책을 내밀며 말한다. 네 배에는 쓰나 네 입에는 꿀같이 달리라. (독서에 열성적이었던 어린 시절의 나는 책의 한 페이지를 먹은 적이 있다. 어떤 책이었는지 지금은 기억나지 않는다. 아마도 소책자로 된 시집이었을 것이다. 그런 책은 잉크를 가장 적게 쓴다. 그때도 이미 내 입에는 썼다.)

그런데 계시록의 바로 그 지점에서 천사는 이제 더이상 시간은 없을 거라고 선언한다. 끝이다. 천사는 세상의 종말이 아니라 시간의 종말을 선언한다.

나날을 가두었던 철창이 열리고 모든 시간이 하나로 모일 것이다.

……그리고 하느님이 과거를 불러들이실 것이다.

42.

……나의 한평생은 다른 사람들의 인생을 모아 붙여 기운 것이다. 지금 누리는 삶도 누군가 다른 이의 삶이다, 누군지는 모르지만. 나는 각기 다른 여러 시대를 얼기설기 꿰맞춘 괴물처럼 느껴진다. 내가 체류중인 이 낯선 도시는 늘 화염에 휩싸이고 있는지 소방차 사이렌이 끊임없이 울려댄다. 날마다 이 도시의 도서관에서 하루를 보낸다. 서늘한 열람실의 채색된 하늘 아래에서 붉은색 표지에 금색 글자가 적힌 온 세상의 백과사전에 둘러싸여 있다. 날짜가 지난 신문을 읽고 사람들의 얼굴을 바라본다. 언제라도 누군가 나타나 주위를 두리번거리다가 내게로 곧장 다가올까봐 두렵다……

나는 도서관에 앉아 있네, 세상의 도서관에. 매일 아침 1939년

오버슌 in coats, wide even?

B-C... here a when been cop.

Emerson
self-powered
Portable

어느 특정일의 신문을 읽어. 모든 것이 익숙하네. 거기에 가본 적이 있거든. 52번가의 허름한 술집에서 술을 마셨지. 그 가을 의 빗방울이 내 몸에 떨어졌어. 신문은 입구일 뿐이야. 신문은 사소하고 하찮은 것들 속으로 들어가는 입구라는, 왜 그런 말 도 있잖은가. 과거가 뇌관을 제거해야 하는 시계장치를 달고 거기 숨어 있네. 거기 어딘가에, 그 계절의 마지막 할인판매 광고들과 〈뉴욕 타임스〉 3면에 독일 학교에서 사용되는 가스 마스크를 큰 사진과 함께 보도한 기사 사이에 숨어 있어(한 고 등학교에서 모든 학생이 건물 밖으로 나와 가스마스크를 쓴 얼 굴 없는 모습으로 서로 손을 잡고 서 있는 사진이지). 나는 영 화관과 나이트클럽 할인 행사들을 꼼꼼히 살펴볼 거야. 37면의 술집 친자노에 앉아 있을 거야. 단돈 19.95달러짜리 안테나 없는 무선 에머슨 라디오를 켤 거야. 최신 국제뉴스를 들을 거야. 로어맨해튼의 월세방을 홍보하는 작은 광고란에서 밤을 보낼 거야. 가십난에서 저녁 무렵 밖으로 나온 사람들의 얼굴을 볼 거야. 그 무엇도 놓쳐선 안 돼. 도화선이 거기 어딘가에, 8월 막바지의 어느 밤에 있으니까……

　그대의 벗, G

　나는 그 편지를 손에 든 채 창가에 서 있다. 발신자이자 수신자. 편지를 읽으며 나는 세상은 언제나 9월 1일 조금 전이라고 생각한다. 여름의 끝, 신문에 실린 광고들과 막 시작된 전쟁의 먼 굉음…… 세상의 오후, 기우는 태양 아래 우리의 그림자가 점점 길어지고 마침내 밤이 찾아오기 전의 그 시간.

43.

　기억이 적을수록 과거는 많아진다.

　기억하는 한, 지나간 시간의 접근을 막을 수 있다. 숲 한가운데에서 밤중에 불을 피우듯이. 악령과 늑대가 사방에 웅크리고 있다. 과거의 짐승들이 포위망을 좁혀오지만 아직은 감히 원 안으로 들어서진 못한다. 이 알레고리는 단순하다. 기억의 불길이 타오르는 한 당신이 주인이다. 불길이 잦아들기 시작하면 짐승들은 점점 더 크게 포효하며 점점 더 가까이 다가온다. 과거라는 짐승의 무리.

종말이 목전에 다가오면 시간이 뒤죽박죽된다. 철창이 이미 열렸고 모두가 기어나올 테니까…… 나날들이 아니라면 우리는 어디에서 살 것인가, 라고 한 시인이 물었는데, 그 시인 이름이 뭐였더라. 하지만 나날들은 끝장났다…… 달력은 스스로를 파면했다. 이제 오로지 낮 한 번과 밤 한 번이 있을 뿐이며 그 낮과 밤은 영원히 반복된다……

나는 기억한다, 과거를 과거에 묶어두기 위해……

—노란색 노트

44.

나는 일곱 살이다…… 우리는 다른 도시에 사는 지인을 찾아갔다. 어떤 축하 행사가 진행되고 있다. 사람들이 우글거린다. 내 키는 그들의 허리 정도에 그친다. 그들은 서로 밀치며 나를 밟는다. 누군가는 해바라기씨 껍질을 내게 뱉는다. 나는 아버지의 바지를 붙잡고 있다가 놔버린다. 칸막이로 된 사격장 앞에서 걸음을 멈추지만 카운터가 내 머리보다 살짝 더 높은 곳에 있다. 거기에 얼마나 오래 서 있었는지 기억나지 않는다. 뒤를 돌아보니…… 아버지와 어머니가 사라졌다. 이제 어쩌지? 헨젤과 그레텔의 아버지는 산책을 가자며 아이들을 이상한 숲으로 데려갔는데…… 아이들이 뒤를 돌아보았을 때 아버지는 가고 없었다.

　나는 군중 사이를 비집고 달린다. 소리를 지른다. 인파에서 벗어난다. 늦은 오후가 되었다. 시내의 거리가 북적인다. 사람들이 일터에서 집으로 돌아가고 있다. 어머니 또래의 어떤 여자를 불러 세운다. 아줌마, 길을 잃었어요, 하고 나는 흐느낀다. 우리 가족이 머무는 집 주소도 거리 이름도 생각나지 않는다. 아는 거라곤 문이 초록색이라는 사실뿐…… 아 그래, 문은 다 초록색이야, 꼬마야. 난 지금 퇴근해서 집에 가는 길이니까, 다른 사람한테 물어봐. 나는 다른 여자에게 묻는다. 남자들은 감히 불러 세우지 못한다. 난 지금 급하단다, 얘야, 정말로 급해, 여기 어디에 착한 경찰관 아저씨가 있을 거야, 걱정하지 마…… 이제 완전히 캄캄해졌다. 차들이 쌩쌩 지나가고 거리가 비어간다. 추워진다. 아무도 나를 눈여겨보지 않는다. 코에서 피가 뚝뚝 떨어지기 시작한다…… 그런데 갑자기 어떤 손이 나를 움켜잡고, 찰지게 올려붙인 따귀 두 번, 우리가 얼마나 걱정했는지 알기나 해?…… 나는 구원되었다.

45.

나는 여섯 살이고 남동생은 네 살이다. 우리는 반바지에 샌들을 신었지만 머리는 비틀스처럼 기른 채(나는 존이고 동생은 폴이다) 마을 광장의 공산게릴라 기념비 앞에 있다. 사진은 아버지가 우리를 (마을 경찰과 동행하여) 페트레 할아버지에게 데려가기 직전에 찍은 것이다. 페트레 할아버지는 시장의 명령으로 우리의 머리를 빡빡 밀기로 되어 있었다. 할아버지는 아버지의 머리도 밀 참이었는데, 아버지는 머리가 길 뿐만 아니라 턱수염까지 길렀다. 마을에는 이발소가 없다. 페트레 할아버지는 우리를 나무 그루터기에 앉히고, 할아버지가 기르는 당나귀가 근처에서 힝힝거린다. 나는 밝은 금발 뭉텅이로 떨어지는 내 머리를 바라보는데, 요란스러운 울음을 터트릴 엄두는 내지 못한다. 경찰관이 무서우니까. 어쩌면 울음이 허용되지 않는지도 모른다. 머리를 기르는 것도 허용되지 않으니까……

결국 우리 셋—아버지, 남동생, 나—은 머리를 죄수처럼 밀고 페트레 할아버지의 싸구려 오드콜로뉴를 뿌린 채 서둘러 집으로 돌아간다. 울 생각은 하지도 마, 아버지가 이를 악물고 말한다. 우리가 막 요란한 울음을 터트리려 한다는 걸 알아본 것이다.

딸기밭은 영원히Strawberry fields forever……

46.

나는 늙어간다. 유년기라는 로마에서 더욱 멀리 추방되어 노년이라는 멀고 텅 빈 지방으로 쫓겨났다. 거기에선 돌아갈 길이 없고, 로마는 더이상 내 편지에 답하지 않는다.

과거는 어딘가에서 집이나 거리로 존재한다. 당신은 그 집에서 잠시, 오 분 정도 떠나왔을 뿐인데 어느새 낯선 도시에와 있음을 깨닫는다. 여러 글에서 과거는 타국으로 표현되었다. 말도 안 된다. 과거는 고국이다. 미래야말로 낯선 얼굴만 가득한 타국이다. 나는 그곳에 발을 디디지 않을 것이다.

집으로 돌아가게 해줘…… 엄마가 늦게 오지 말라고 했어……

47.

난 아마 세 살일 것이다. 정원의 장미꽃과 키가 같다. 따뜻한 흙 위에 맨발로 서서 어머니 손을 잡고 장미꽃을 아주 가까이에서 오래도록 바라본다. 그게 내가 기억하는 전부다. 최초의 기억이자 최후의 기억.

48.

무소속자 증후군

어떤 시간도 당신에게 속하지 않고 어느 장소도 당신의 것이 아니다. 당신이 찾는 것은 당신을 찾지 않는다. 당신이 꿈꾸는 것은 당신을 꿈꾸지 않는다. 다른 어떤 곳에서, 다른 어떤 시대에는 자신만의 무언가가 있었음을 당신은 안다. 그래서 늘 과거의 여러 방과 나날을 누비고 다니는 것이다. 하지만 당신이 올바른 장소에 있어도 시대가 다르다. 올바른 시대에 있어도 장소가 다르다.

치유 불가능.

　　　　　　　　　　　　—가우스틴, 곧 나타날 새로운 진단명

에필로그

　소설은 질서와 형식에 대해 기만적인 위안을 제공한다. 누군가가 행동의 모든 가닥을 쥔 채로 순서와 결과, 어떤 장면이 어떤 장면 뒤에 나오는지 등을 전부 알고 있다고 가정한다. 진실로 용감한 책, 용감하고 절망적인 책은 그 안에서 모든 이야기가, 일어난 일과 일어나지 않은 일 전부가, 우리 주변의 원초적 혼돈 속에 둥둥 뜬 채로 어둠 속에서 고함치고 속삭이는, 애원하고 킬킬거리는, 만나고 스쳐가는 그런 책일 것이다.

　소설의 끝은 세상의 끝과 같다. 미루는 것이 좋다.

　죽음은 독서에 몰두한 나머지 망각에 빠졌고 큰 낫은 그 옆에서 녹슬고 있다. 그건 뒤러의 판화에서, 혹은 보스의 그림 어떤 부분에서 본 이미지일 수도 있다.

나는 결말을 좋아한 적이 없다. 결말이 기억나는 책이나 영화가 단 한 편도 없다. 그런 진단명도 있는지 궁금하다―결말 기억 불능. 그런데 (항상 이미 알려진) 결말에 대해 기억할 게 정말이지 뭐가 있을까?

나는 오로지 시작만을 기억한다.

나는 아주 오랫동안 일찍 잠자리에 들었다는 것을 기억한다…… 마을에 얼음이 처음 들어왔을 때, 아빠가 나를 데리고 집시를 보러 갔을 때를 기억한다…… 그 집시의 이름은 잊었다. 무시무시한 겨울 폭풍우를, 집에서 타고 있던 촛불을 기억한다. 촛불이 타고 있었다…… 내가 지금 얼굴을 바짝 갖다댄 채 바라보고 있는 장미를 기억한다. 나는 장미 덤불과 키가 똑같다. 어느 전쟁에서 젖은 외투를 입고 참호 속에 앉아 짧고 매운 담배를 피우는 나를 기억한다. 나는 52번가 허름한 술집에서 불확실하고 두려운 마음으로 앉아 있다…… 혹은 샌들 끈을 묶고 방패를 쳐들자 방패가 햇빛을 받아 번쩍인다.

사람들은 내 인생이 완전히 달랐다고 말한다.
그들의 심기를 거스르지 않으려고 나는 동의한다. 하지만 나에게 이것 말고 다른 인생은 없다.

　내가 가우스틴을 만들어냈는지 가우스틴이 나를 만들어냈
는지 이제는 기억하지 못한다. 과거 요법 클리닉이라는 게 정
말로 있었는지, 그저 떠오른 아이디어였거나 노트 속 메모였
거나 마구잡이로 읽은 신문에 언급된 얘기였는지. 그리고 과
거의 도래에 관한 이 모든 일이 이미 일어났는지 아니면 내일
시작될 것인지도……

0.

1939 / 2029

군대가 집결해 대기하고 있다. 최초의 포격은 슐레스비히-홀슈타인호에서 시작되고 공격 대상은 단치히 근처 베스테르플라테반도의 군수창고가 될 것이다. 이 계획은 오랫동안 준비되었고, 어떤 기념일과 같은 적당한 때를 노려 이행될 예정이다. 모든 것이 한 시간 단위로 정확히 재현될 것이다. 시작이 정확히 몇 분이었는지를 두고 예비 단계에서 가벼운 논쟁이 벌어진다. 누군가는 오전 4시 44분에 시작되었다고 주장하고 또 누군가는 4시 48분이라고 주장한다. 전쟁은 최초의 전사자로 폴란드군 병장 보이치에흐 나이사레크를 희생시킬 것이다. 루프트바페*가 공중전을 지원한다…… 발트해에서 잠수함 여러 척이 대기한다.

어떤 일이 일어날지 나는 안다. 백오십만 군대가 준비태세를 갖추었고 포탄 한 발만 발사되면 시작이다…… 탱크들이 숲을 뚫고 우르릉거리며 진격하고, 낡은 전함이 포탄을 쏟아붓기 시작하고, 은폐된 기관총 진지가 드러나면서 따다다다 소리와 함께 모든 것을 쓰러트릴 것이다─최초의 육신이 갈가리 찢기며 아아아 비명을 지른다. 누군가 공포탄을 실탄으로 바꿔놓았다. 반대편에서도 응사할 것이다…… 미쳐 날뛰는 여우들, 겁에 질린 까마귀들, 하늘을 가르는 신호탄, 모든 것이 대기중이었다. 모든 것이 점점 고조되어 이제 수문이 열리고 말았다…… 어디선가 읽어서 안다. 첫날에는 폴란드 쪽 네 명과 독일 쪽 열여섯 명을 합쳐 이십 명가량이 전사할 테고, 마지막에 가서는─수백만의……

사상 최대의 실물 크기 군대 재현. 엑스트라 배우 백오십만 명이 베어마흐트**의 병사가 되어 폴란드 접경 천육백 킬로미

---

* 제2차세계대전 당시 나치 독일의 공군.
** 1935년부터 1945년까지 있었던 나치 독일의 군대인 독일국방군.

터 구간에 포진, 총 62개 사단 중 54개 사단이 완전 전투태세, 탱크 2800대, 전투기 2000대(구형 융커스 혹은 슈투카를 개조했다), 숲속에 은폐하여 대기시킨 대포 설비, 잠수함, 전함, 구축전단, 수뢰전단.

우리는 모든 전쟁을 끝내기 위해 이 전쟁을 재현하고 있습니다, 누군가가 라디오에서 말할 테고 이 터무니없는 동어반복은 모든 것을 촉발할 것이다.

내일은 9월 1일이었다.

-1.

Жгмцццрт NºNºNºNºкктррпх ггфпр111111111······
внтгвтгвнтгггг777ppp······

감사의 말

어제의 세계를 사랑하는 사람으로서 이 책은 쉽지 않았습니다. 어느 정도는 과거의 꿈에 고하는 작별, 아니 오히려, 일부 사람들이 시도하는 과거의 변형에 고하는 작별이었습니다. 어느 정도는 미래에 고하는 작별이기도 했고요.

이 소설의 여정에는 다양한 장소와 대피소가 포함되었습니다.

제가 2017년에서 2018년까지 십 개월간 행복하게 책을 읽고 메모하며 지냈던 뉴욕공립도서관 컬먼 센터에 깊이 감사드립니다.

2019년에 저를 초청해 책을 쓸 시간과 신선한 공기를 선사해주신 취리히문학관의 후의에 감사드립니다.

글쓰기는 고립 속에서 이루어진다고 생각할 수 있지만, 글을 쓰다보면 머릿속에서 다른 사람들이나 다른 책들과 끊임없는 대화를 하게 됩니다. 모든 분께 감사드립니다. 여러분은 이 소설에서 그러한 부재중 대화를 발견하시게 될 가능성이 큽니다. 항상 근처 어딘가에 있어준 가우스틴에게도 감사합니다.

소설을 쓰는 동안 아이디어를 나눠준 분들, 첫 독자가 되어준 분들께도 감사드립니다—보이코 펜체프, 이반 크라스테프, 나데즈다 라둘로바, 디미테르 케나로프, 보자나 아포스톨로바, 안겔라 로델, 갈린 티하노프……

자료 조사, 특히 과거회귀 국민투표에 관한 장의 조사와 관련해, 헬레 달가르트, 마리에 브리나트-니콜로프, 마리아 부토바, 헨리케 슈미트, 마그다 피틀라크, 야로슬라프 고둔, 헬렌 코이만, 보리슬라바 차크리노바, 주세페 델라가타, 베셀린 바스코프, 마리넬라 립체바, 마르틴 바이스 등 여러분께 감사드립니다.

2020년 윤이월에 이 책을 마치는 동안 머문 베를린 고등학술연구소에도 감사드립니다. 그곳에서 많은 친구 및 동료와 즐겁고 고무적인 대화를 나눴습니다. 에프라인 크리스탈(보르헤스가 내내 우리와 함께 있었죠), 볼프 레페니스, 토르스텐 빌헬미, 바르바라 슈톨베르크-릴링어, 카타리나 비거, 다니엘 쇤플루크, 스토얀 폽키로프, 루카 줄리아니, 다비트 모타델, 펠릭스 쾨르너……

자네트-45 출판사에서 나온 내 모든 전작과 마찬가지로 이 원고 역시 굳건히 지지해준 보자나 아포스톨로바에게 감사드립니다.

팬데믹의 와중에 이 책의 작업에 매진하신 네드코 솔라코프, 로라 술타노바, 흐리스토 고체프, 네베나 디슐리에바-크리스테바, 이바 콜레바에게 감사드립니다.

이 책을 사랑과 인내로 기다려주고 나의 부재를 참아주신 부모님께 감사드립니다.

그리고 마지막으로, 늘 그래왔듯, 이 소설을 쓰는 동안 내 곁에서 나를 견뎌준 이들께 감사드립니다—원고를 읽고 교정해준 빌리아나, 비판적이면서도 관용적인 라야. (당신의 인물들은 이름이 없어서 당신이 잊어버릴 일이 없을 거야, 라고 라야가 말했고 그건 맞는 말입니다.)

어느 오후엔가 이 책의 시간 대피소에 앉아 계실 모든 분께 감사드립니다.

GG

2020년 2월 29일

베를린에서

'그리운 옛날'의 아늑하고도 두려운 위안

불가리아 작가 게오르기 고스포디노프의 소설 『타임 셸터』는 환상소설의 외피를 두른 진지한 철학적 탐구이다. 알츠하이머 환자들의 편안한 여생을 위해 과거의 특정 시대를 완벽히 재현한 요양 시설을 만들거나, 유럽 대륙 전체가 조약을 맺어 시간을 뒤로 되돌리기로 합의한다는 설정은 비현실적인 만큼 궁금증과 흥미를 불러일으키지만 이 소설에 담긴 근본적 질문들은 현실의 시대성과 맞물려 서늘한 충격을 준다.

전쟁중에 폭격을 피해 방공호bomb shelter에 숨듯이, 시간이 인간에게 가하는 폭력을 피하기 위해 타임 셸터로 들어간다는 참신한 발상은 단순한 장르적 장치를 넘어 기억과 정체성, 시간의 유동적 속성, 그리고 노스탤지어의 본질에 대한 깊은 성

찰로 이어진다. 과거 요법 클리닉과 과거회귀 국민투표에 대한 묘사는 현재의 고통과 불안을 피해 과거에 머무는 것이 개인에게는 위안이 될 수 있지만 사회적 차원에서 과거에 대한 맹목적 동경은 위험한 퇴행을 가져올 수 있다는 메시지를 전한다.

소설 후반부에서 유럽 각국이 가장 영광스러운 시대로 돌아가기 위한 국민투표를 실시하는 장면은 이 주제를 극적으로 드러낸다. 이는 러시아-우크라이나 전쟁, 가자 지구의 참혹한 사태, 유럽연합의 결속력 약화, 그리고 동아시아에서 감지되는 새로운 냉전 구도의 징후 등 현재의 세계정세를 떠올리게 한다.

소설은 뚜렷한 플롯을 속도감 있게 전개하기보다는 환자들의 사례나 인물들의 일화, 서술자의 메모와 단상 등을 곳곳에 배치하는 느슨한 구조를 취하고 있다. 하지만 각각의 일화는 독립된 이야기처럼 흥미로우며, 날카로운 비평과 깊은 사유가 담긴 문장들은 여러 번 곱씹고 싶을 만큼 인상적이다. 기억장애에 대한 '과거 요법 클리닉'이라는 다소 허황된 해법이 설득력 있게 다가오는 것도 작가의 탁월한 필력과 독창성 덕분일 것이다.

게오르기 고스포디노프는 작품 속에 실명으로 직접 등장하여 유럽 대륙을 혼란으로 몰아넣는 기획을 주도하는 가우스틴을 돕고 관찰하고 기록하는 일인칭 서술자 역할을 한다. 소설 속 고스포디노프가 점점 기억을 잃어가며 때로 가우스틴과 자신을 분리하지 못하는 정체성의 혼란을 겪는 장면들을 보면 이 모든 사건이 실은 혼미한 정신 속에서 펼쳐지는 상상이거나 일종의 우화 혹은 풍자로 느껴지기도 한다. 이러한 메타소설적인 장치를 통해 작가는 불가리아의 역사와 사회, 개인적 경험 등을 유머와 냉소가 뒤섞인 어조로 풀어내는데, 특정 국가나 특정 대륙의 겉껍질을 한 겹 벗기면 결국 인간 보편의 슬프고도 따스한 이야기가 드러난다.

2023년 인터내셔널 부커상을 수상한 『타임 셸터』는 이 상을 받은 최초의 불가리아어 작품이다. 소설 속 표현대로 불가리아어는 외국의 공공장소에서 "닥치는 대로 뒷말을 해도 아무도 알아듣지 못한다는 차분한 확신을 주는 군소 언어"이고, 그래서 한국어 번역도 작가와 함께 부커상을 수상한 번역자의 영문본을 원문으로 삼았다. 소설 번역을 하는 사람으로서, 중역은 세 언어의 미로에서 헤매는 듯한 느낌이 들어 되도록 피하고 싶다는 바람이 있지만, 중역 없이 한국어 독자들이 이처럼 훌륭한 불가리아어 소설을 만나기는 쉽지 않았을 것이다. 이렇듯 『타임 셸터』는 시간과 기억에 대한 보편적인 사유를 자극하면서 불가리아라는 상대적으로 낯선 나라의 문화와 문학을 접할 귀한 기회를 선사한다.

민은영

옮긴이 **민은영**

고려대학교 영어교육과를 졸업하고 이화여자대학교 통번역대학원에서 석사학위를 받았다. 현재 전문 번역가로 활동중이며, 옮긴 책으로 『사라진 것들』 『거지 소녀』 『사랑의 역사』 『남자가 된다는 것』 『어떤 날들』 『곰』 『칠드런 액트』 『프란츠 카프카의 그림들』 『존 치버의 편지』 『여름의 끝』 『에논』 『내 휴식과 이완의 해』 등이 있다.

문학동네 세계문학

타임 셸터

1판 1쇄 2024년 11월 29일 | **1판 4쇄** 2025년 2월 18일

지은이 게오르기 고스포디노프 | **옮긴이** 민은영
기획 이현자 | **책임편집** 박효정 | **편집** 윤정민 김혜정
디자인 이혜진 최미영 | **저작권** 박지영 형소진 오서영
마케팅 정민호 서지화 한민아 이민경 왕지경 정유진 정경주 김수인 김혜원 김예진
브랜딩 함유지 박민재 김희숙 이송이 김하연 박다솔 조다현 배진성
제작 강신은 김동욱 이순호 | **제작처** 영신사

펴낸곳 (주)문학동네 | **펴낸이** 김소영
출판등록 1993년 10월 22일 제2003-000045호
주소 10881 경기도 파주시 회동길 210
전자우편 editor@munhak.com | **대표전화** 031)955-8888 | **팩스** 031)955-8855
문의전화 031)955-1927(마케팅) 031)955-2685(편집)
문학동네카페 http://cafe.naver.com/mhdn
인스타그램 @munhakdongne | **트위터** @munhakdongne
북클럽문학동네 http://bookclubmunhak.com

ISBN 979-11-416-0787-6 03890

www.munhak.com